巫 신비소설 무 4 / 하늘이 열리는 날

문성실 장편소설

# 巫

신비소설 무 4 / 하늘이 열리는 날

달빛정원

巫

신비
소설

무

4

## 차례

**제1화**
잃어버린 그대  7

**제2화**
행운을 부르는 슬픈 소인  59

**제3화**
봉선이여, 사라지는 달의 날이여  133

**제4화**
넋이 떠도는 밤  365

제 1 화

잃어버린 그대

# 1

두터운 갈나무로 겹겹이 뒤덮인 산속의 이른 새벽은 평야의 밤보다 어둡고 차가웠다. 그 깊은 산골에 작은 황토 너와집이 나무마냥 고요히 앉아 있었다. 벽을 뒤덮은 누런 황토는 해마다 두텁게 막을 더하고 켜켜이 새겨진 손자국들은 주인이 들인 손품을 고스란히 드러냈다. 지붕에는 투박한 갈나무, 전나무, 소나무 널빤지로 촘촘히 짜 맞춘 너와가 나뭇등걸마냥 걸쳐져 있었다.

너와집 대청마루에 하얀 소복을 입은 여인이 꼿꼿이 몸을 세운 채 새벽을 맞이하고 있었다. 그녀는 추위도 아랑곳하지 않고 곧은 몸으로 좌선하고 기도했다. 깊게 멍든 살점처럼 시퍼렇게 물든 하늘빛 사이로 뭉글뭉글 생각의 덩어리들이 움직였다.

'어머니, 그리운 어머니. 문안 인사 드립니다.'

저 멀리서 눈에 넣어도 아프지 않은 귀하디귀한 아들의 상념이 그녀의 의식 속으로 흘러 들어왔다. 세상에 하나뿐인 아들 낙빈이 이른 새벽부터 머나먼 곳에 있는 어머니를 향해 문안을 전해 오고 있었다.

아이의 기는 날이 갈수록 세져만 갔고 어머니에게 보내오는 의식의 강도 역시 더욱더 강해지고 있었다. 때문에 초반에는 생각을 집중해야만 간신히 느껴지던 낙빈의 상념이 이제는 매일 아침

인사를 올릴 때마다 고스란히 그녀의 마음에 전달되었다.

'그리운 어머니. 홀로 계신 자리가 외롭고 쓸쓸하지 않은지 걱정이에요. 누구라도 어머니 곁에 있다면 이리 걱정되지는 않을 텐데……. 어머니, 언제나 외로운 나의 어머니……'

아들의 깊은 애정과 걱정의 상념들이 그녀의 뇌리를 스쳤다. 전화도 편지도 할 수 없는 어머니의 집으로 이렇게 매일 아침 낙빈의 마음이 전달되었다. 마음과 마음이 이어지는 것이다 보니, 낱낱이 적은 살뜰한 편지처럼 구체적인 생각을 알 수는 없어도 어머니를 걱정하는 아들의 감정만큼은 고스란히 전달되었다.

고요히 정좌한 낙빈 어머니의 입가에 살그머니 미소가 어렸다. 누가 누구를 걱정하는지. 어린아이를 억지로 떼어놓은 어미의 심정만 한 것이 있을까 싶다가도 이토록 자신을 걱정해주는 존재가 있다는 게 여간 위로가 되지 않았다.

차가운 새벽바람이 그녀의 귓가를 스쳐갔다. 낙빈 어머니는 저고리 앞섶을 단단히 여미며 자리에서 일어섰다. 푸른빛 저고리와 청자색 치마를 차려입은 어머니는 이른 아침부터 집을 나설 채비를 했다. 머리부터 발끝까지 단 하나의 흐트러짐도 없이 단정하게 한복을 걸치고는 너와집 문을 나섰다. 필요한 것들은 분홍빛 보자기에 단단히 싸서 두 팔에 꼈다. 오늘은 멀리 읍내 네거리에 있는 무당집으로 나갈 참이었다.

잰걸음으로 산 아래를 내려오는데 스멀스멀 이상한 기분이 느껴졌다. 강력한 기운이 어른거렸다. 자신을 만나기 위해 애를 쓰고 다가오는 염원이었다. 단단히 몸을 숨겼는데도 이렇게 찾아오는 것을 보니 여간한 바람이 아니었다. 아무래도 오늘 숲을 다 빠져나가기 전에 누군가를 만날 모양이었다.

아직도 하늘은 검푸른빛이었다.


## 2


깊은 숲 속에 단단히 숨어 있는 황토 너와집을 떠나 마을로 내려가는 숲길의 초입에 다다랐을 때 낙빈 어머니의 귓가에 낯익은 목소리가 울려 퍼졌다.

'저 앞에 너를 찾아온 자들이 있구나. 산 사람이 하나, 그리고 살았다고도 죽었다고도 할 수 없는 자가 하나 오는구나.'

예지의 신이었다. 신령은 낙빈 어머니를 찾아온 자들에 대해 나지막이 일러주었다. 그녀는 잰걸음을 멈추고 지그시 앞쪽을 바라보았다. 갈나무 잎이 수북이 쌓인 숲은 그녀만 아는 길을 제외하면 길다운 길이 전혀 없었다. 그만큼 사람의 발길이 닿지 않은 이 깊은 숲 안으로 누군가가 다가오고 있었다.

바스락.

저 앞에서 갈잎이 부서지는 소리가 어렴풋이 들렸다.

"게 누구요?"

낙빈 어머니는 저 앞까지 들리도록 단단한 음성으로 물었다.

잠시 갈잎 소리가 잦아들더니 갑자기 다급한 숨소리가 느껴졌다.

"무…… 무녀님? 큰무당 어르신? 거기 계신가요?"

여인의 목소리였다. 기가 쇠하고 혼탁한 목소리. 오랫동안 지칠 대로 지쳐 갈라져버린 여인의 목소리였다.

목소리뿐이 아니었다. 숨을 몰아쉬며 허우적허우적 다가오는 여인의 몰골은 말도 아니었다. 여인은 늘어진 윗도리와 무릎이 튀어나온 일바지를 걸치고 있었고 파마머리가 모두 풀어지고 헝클어져 있었다. 검은 기미와 마른버짐이 번진 얼굴은 끼니도 제대로 챙기지 못하고 살아온 몰골이었다.

"무…… 무녀, 무녀님!"

비쩍 마른 여인은 한복을 차려입은 낙빈 어머니를 보자마자 넙죽 엎드려 머리를 조아렸다. 낙빈 어머니는 그녀의 모습을 찬찬히 바라보았다. 형편없는 몰골의 여인 뒤로 흐릿한 영령英靈 하나가 들러붙어 있었다. 집중하지 않으면 보이지 않았을 매우 흐릿한 기운이었다. 좀 전에 예지의 신이 말하던 것이 생각났다.

'살았다고도 죽었다고도 할 수 없는 자…….'

여인의 뒤에 들러붙은 영령은 대여섯 살쯤 먹은 여자아이였다. 분홍색 원피스를 입고 양 갈래로 머리를 묶은 곱상한 여자아이였다. 아이에게는 별다른 악의도, 세상에 대한 미련도 느껴지지 않았다. 무엇보다도 이상한 점은 아이에게서 죽은 영혼의 향기가 풍기지 않는다는 것이었다.

"무녀님, 제발 도와주세요! 저 좀 도와주세요! 다른 무당들은 따라오지 못할 만큼 능력이 있으신 분이라 들었습니다. 제발……
제발……!"

여인은 다짜고짜 손이 발이 되도록 빌었다. 그녀의 간절한 염
원은 온 숲을 감싸 안을 정도로 강렬했다. 그렇듯 절박하지 않았
다면 절대로 낙빈 어머니를 찾아올 수 없었으리라.

"나는 어찌 찾았지요?"

"세상천지에 유명하다는 무당은 다 찾아가봤습니다. 그러다
제천에 계시는 무당분이 숲에 무녀분이 계시다고…… 웬만한 무
당들이 해결치 못하는 일을 해결해주시는 분이 계시다는 말을 해
주기에 무작정 이곳으로 왔습니다. 제발…… 제발 도와주세요!"

낙빈 어머니는 짧게 한숨을 내쉬었다. 가끔 돕고 지내던 무당
의 입에서 자신의 이야기가 흘러나온 모양이다. 별로 좋지 않은
신호였다. 자신을 찾지 못하도록 쳐둔 다양한 결계가 약해졌다는
의미이기 때문이다. 낙빈 어머니의 내상이 커지면서 여러 겹의
결계가 약해진 것이 틀림없었다. 여러모로 신력神力이 약해진 때
에 이름 모를 여인을 도와주는 것이 그리 내키지 않지만 안타까
울 만큼 강렬한 바람을 모른 척할 수는 없었다. 낙빈 어머니는 다
시 여인과 함께 온 흐릿한 영령을 바라보았다.

"아이 때문에 왔소?"

낙빈 어머니의 말에 여인은 얼굴이 하얘질 만큼 화들짝 놀랐
다. 그러고는 절을 하다 못해 아예 낙빈 어머니의 흰 고무신에 고
개를 박아버렸다.

"아이고, 무녀님! 맞습니다, 맞습니다. 다른 분들은 제 아이가 보이질 않는다고 하시던데…… 한눈에 알아보셨군요! 네, 맞습니다. 열 살 된 우리 아이 때문에 왔습니다!"

여인은 눈물을 펑펑 쏟으며 연신 고개를 끄덕였다. 지금껏 수많은 무당집을 찾아갔어도 아이 때문에 왔느냐고 첫마디를 건네는 무당은 없었다. 예사 무당이 아닌 게 틀림없었다.

"열 살? 내 눈에는 대여섯 살로밖에 보이지 않는데?"

"아이고, 아이고, 맞아요. 무녀님……!"

여인은 이제 낙빈 어머니의 다리를 부여잡고 눈물을 흘렸다.

"사고로 정신을 잃은 게 다섯 살 때예요! 그 뒤로 5년간 식물인간 상태랍니다!"

여인이 낙빈 어머니를 찾아온 것은 딸 때문이었다. 아이는 5년 전에 사고를 당해 식물인간이 되었다. 그러고는 산 것도 죽은 것도 아닌 상태로 버텨온 모양이었다. 그 때문에 여인의 등 뒤에 있는 영령은 5년 전 다섯 살 무렵의 아이 모습이고 그 영령에게서 죽음의 냄새도 느껴지지 않았던 것이다. 예지의 신이 산 자도 죽은 자도 아니라고 말한 까닭이 여기에 있었다.

낙빈 어머니는 지그시 영령을 바라보았다. 정신을 집중하고 더욱더 또렷이 아이를 훑었다. 안타깝게도 아이에게서 생명력이라고는 거의 느껴지지 않았다. 죽음의 냄새가 나지 않을 뿐, 이미 저승길로 한 발을 내디딘 모습이었다. 살아야 하는 이유가 무엇인지는 모르겠지만 명줄을 완전히 놓지 않았을 뿐, 생명력은 이미

14

사라진 것으로 보였다.

낙빈 어머니가 천천히 고개를 저었다.

"미안하지만 아이를 살릴 방법은 없어요. 아이는 이미 저승길에 한 발 들어섰고 이승에 남을 이유가 없습니다. 그런 아이를 이승으로 불러들이는 건 불가능한 일이에요. 이 상태로 5년간 버텨왔다니 그 점이 오히려 이상할 정도군요."

여인은 낙빈 어머니의 치맛자락을 붙잡은 채로 흐르는 눈물을 훔쳤다. 그제야 땅에 박았던 얼굴을 들어 무녀의 눈을 바라보았다.

"네, 그래요. 알고 있습니다. 병원에서도 살아 있는 게 기적이라는 말을 내내 했습니다. 그뿐 아니라 생년월일시를 보는 분들마다 우리 아이의 생시는 살아 있는 사람의 것이 아니라고 말씀하시더군요."

여인의 뇌리에 지난 일들이 스쳐 지나갔다. 그리고 그녀의 뇌리를 스치는 영상들이 낙빈 어머니의 머릿속에도 파노라마처럼 지나갔다.

처음 아이의 사고 소식을 듣고 헐레벌떡 병원을 찾았던 일. 아이가 돌이킬 수 없는 상태로 사망 선고를 받은 일. 하지만 이상하게도 아이는 죽지 않고 인공호흡기에 의지해 간신히 생명을 유지한 일. 아이를 살리기 위해 유명한 의사를 모조리 찾아다닌 일. 그리고 결국엔 이곳저곳 용하다는 점쟁이와 무당을 찾아다닌 일. 이제 모든 것을 포기하는 심정으로 아이의 인공호흡기를 떼는 모습까지……. 지난 5년간의 눈물 나는 여정이 스쳐갔다.

"알고 있습니다. 이미 살릴 수 있는 상황이 아니라는 것도…….
우리 아이가 제 명을 다 살았다는 것도 알고 있습니다. 살려달라
는 게 아닙니다. 살려달라는 부탁을 드리려고 온 게 아닙니다."

여인은 흘러내리는 눈물을 손등으로 훔쳤다. 지친 주름 사이로
그녀의 고단함이 묻어났다.

"짧은 인생이지만 제 명을 다 살았으니 이제 놓아주고 싶습니
다. 지난 5년간 숨을 쉬느라 고통스러워하는 아이를 보면서……
썩어 들어가는 살점들을 보면서…… 이제 그만 힘들게 하자고,
이제 그만 놓아주자고 생각했습니다. 그래서 인공호흡기도 떼고
연명 치료도 중단했습니다. 그런데…… 아이가 가지를 않는 거
예요. 그만 힘들게 하고 싶은데, 그만 좋은 곳에 보내주고 싶은
데…… 무슨 미련이 남았는지 모르겠습니다. 이제 그만 우리 아
이를 괴롭히고 싶습니다. 천국에 올라가서 또래 아이들이랑 행복
하게 살라고 하고 싶어요. 혹시 저 때문인가요? 저 때문에 아이가
가질 못하는 걸까요? 우리 아이 좀 그만 보내주세요. 제발 도와주
세요."

눈가의 주름 사이로 흘러내리는 여인의 눈물이 한없이 아파 보
였다. 낙빈 어머니의 가슴도 미어질 것 같았다. 같은 부모의 마음
으로 어린 자식을 차라리 떠나보내자고 마음먹을 때까지 얼마나
힘들고 고통스러웠을지. 차라리 놓아주자고 결심하기까지 얼마
나 힘들고 아팠을지. 그 아픔이 고스란히 전해졌다.

16

## 3

낙빈 어머니는 좀처럼 사람들을 들이지 않는 황토 너와집에 여인을 들였다. 아이를 둔 부모의 심정으로 이 여인을 도와주지 않을 수가 없었다. 그녀는 작은 신방神房에 초를 밝혔다. 흔들리는 촛불 너머로 방 안 가득 그림들이 어른거렸다. 사방 벽에 낙빈 어머니가 모시는 신령들의 모습이 새겨져 있었다. 작은 교자상을 사이에 두고 낙빈 어머니와 여인이 마주 앉았다.

"아이가 태어난 일시를 알려주세요."

"네, 모년 모월 모일 모시입니다."

낙빈 어머니는 붉은 홍철릭紅天翼◆을 입었다. 붉은 장삼의 흉배에는 한 수 한 수 직접 새겨 넣은 산신山神◆◆의 모습이 수놓아져 있었다. 장군신을 불러내 싸울 일이 없어 보이니, 산신의 도움을 받아 조상신을 불러낼 생각이었다.

낙빈 어머니는 정신을 집중했다. 붉은 철릭을 걸치고 푸른 술띠를 매자 평소에도 매섭게 빛나던 눈이 사방에 불을 밝힐 듯 빛났다. 예지의 신이 그녀의 안으로 들어서자 그녀는 소매 끝에 늘

◆무당들이 굿할 때 입는 무복(신복)이다. 무복은 종류를 헤아리기 힘들 만큼 다양한데, 붉은색의 홍철릭과 푸른색의 남철릭이 대표적이다. 홍철릭과 남철릭은 관복의 모습과 같다. 목과 소매는 흰색으로 덧대는데 소매의 한삼은 팔 아래로 늘어질 정도로 길게 이어져 있다. 홍철릭은 허리에 푸른색 술띠를 맨다.
◆◆산신은 산을 수호하며 산의 일체를 관장하는 자연의 지배자다. 특히 우리나라에서는 단군을 의미하는 최고最古 조상신을 상징하기도 한다. 때로 산신은 인간의 형상이 아닌 거대한 호랑이로 나타나기도 하는데, 이는 호랑이를 숭배하던 고대 문화에 기인한다.

어진 하얀 한삼을 걷었다. 한삼 속에서 그녀의 핏줄 선 손이 나왔다.

낙빈 어머니는 교자상 끝에 놓인 새하얀 백자에서 하얀 쌀알을 꺼내 상 위로 던졌다. 작은 쌀알들이 흩어졌다. 그녀의 등 뒤에서 예지의 신이 튀어나와 천장에서 쌀알을 내려다보았다.

'이미 죽었어야 할 시時니라. 살아 있는 자의 생시가 아니구나.'

'그러하군요.'

예지의 신 역시 아이는 이미 죽었어야 할 생시를 가졌다고 속삭였다. 쌀알의 형태로 보아 이미 저승길에 갔어야 할 운명이었다. 그런 운명을 거스르고 지금껏 생명을 유지하고 있는 아이. 산 자도 죽은 자도 아닌 아이. 이제 저 흐릿한 영령에게 무슨 이유가 있어 이승에 남아 있는지 알아내야 한다.

낙빈 어머니는 예지의 신을 통해 아이의 넋을 바라보았다. 또렷이 응시하는 것도 아니고 먼 곳을 바라보는 것도 아닌, 초점을 흐릿하게 맞춰서 보는 듯 마는 듯 어린아이의 모습을 살폈다.

'이상도 하다.'

한참을 바라보는데도 아이의 영령에게서 느껴지는 것이 아무것도 없었다. 자신의 운명을 거스르고 이승에 남아 있을 정도라면 강력한 염원이 있어야 이치에 맞는 일. 한데 아이는 공기처럼, 연기처럼 있는 듯 마는 듯 존재 자체가 거의 느껴지지 않았다. 그저 아무런 의지 없이 끈에 매달린 풍선마냥 엄마 뒤에 대롱대롱 매달린 것 같았다.

'어미는 보내려 하는데 의지도 없는 넋이 떠나질 않고 이승에 붙어 있다……? 어떻게 이런 일이 있을까?'

그녀는 고개를 절레절레 저었다.

'이유 없는 일은 어디에도 없느니. 그 이유를 찾아 넋을 보내는 것이 너의 일이니라. 의지라는 것이 이곳에는 없어도 다른 곳에는 있을 수 있으니 저 아이를 이승 언저리에 붙들고 있는 의지의 근원을 찾아내거라.'

예지의 신은 낙빈 어머니에게 작은 힌트를 주고 사라졌다. 그분은 이미 무언가를 감지하신 모양이었다.

'네. 알겠습니다.'

낙빈 어머니는 사라진 예지의 신에게 감사 인사를 올렸다. 그분의 말에 따라 아이가 저승길로 고이 가지 않은 이유를 찾아야 했다. 그리고 어딘가에 있을 의지의 근원을 찾아야 했다. 그러기 위해서는 아이 곁에서 그 아이를 꾸준히 바라보았을 수호신을 만나야 한다.

낙빈 어머니는 산신을 불렀다.

'산신님, 오소서…….'

낙빈 어머니의 흉배에 새겨진 산신. 그분은 산과 자연의 신이면서 산의 정기를 받고 태어나 살아온 이 땅의 조상신이기도 했다. 그녀의 등줄기가 싸늘해지더니 흉배의 중심 부위가 뜨겁게 달아올랐다.

잠시 후 흉배에 새겨진 모습처럼 하얀 수염을 길게 늘어뜨린 산신이 나타났다. 산신은 낙빈 어머니의 등 뒤에 고요히 서서 눈앞에 앉은 여인과 그녀의 등 뒤에 선 흐릿한 작은 영혼을 지그시 바라보았다.

'수호령은 나타나라.'

산신의 음성이 방 안에 울려 퍼졌다. 부드럽고 포근하면서도 거역할 수 없는 위엄이 담긴 음성이었다. 그러나 그 음성은 살아 있는 자들 가운데 낙빈 어머니를 제외하면 아무도 들을 수 없는 것이었다.

산신의 명령에 따라 아이의 뒤쪽에서 수호령이 모습을 드러냈다. 아이의 넋도 한없이 엷고 약한데, 아이의 뒤에 나타난 수호령은 더욱 흐릿했다. 웬만한 무당이라면 아무리 애를 써도 보이지 않을 만큼 흐릿한 모습이었다.

위대한 산신의 힘이 아니라면 아이의 수호령은 불러낼 수도 없었을 것이다. 수호령은 얼굴 전체에 짧고 덥수룩한 회백색 수염을 기른 노인이었다.

"돌아가신 분들 중에 얼굴 전체에 덥수룩한 회백색 수염을 기르신 분이 계신가요? 한 손에 낫을 들고 계신 분이 보이네요."

"아…… 아앗!"

낙빈 어머니의 설명을 듣던 여인이 소스라치게 놀랐다.

"시아버님이세요! 재래 농기구부터 현대식 기기까지 농기구를 판매하는 상사 일을 하셨지요. 얼굴 전체에 곱슬곱슬한 수염을 기르고 계셨어요. 그런데 그분이 왜……?"

"아이의 수호신이 그분이십니다. 그런데……."

낙빈 어머니는 설레설레 고개를 흔들었다. 수호신은 모습만 흐릿한 것이 아니었다.

'자네의 아이가 이승을 떠나지 못하는 이유가 무엇인고?'

'……'

산신이 잔잔한 음성으로 수호령에게 물어보아도 노인은 말을 할 수 없는지 한 손으로 목을 감싸고 답답한 표정을 지었다. 워낙 기운이 약해서 모습을 만들어낸 것이 다인 듯했다. 수호령에게서 이야기를 끌어오기는 힘들어 보였다. 낙빈 어머니는 혼령을 강신降神시키기로 했다. 혼령을 자신의 몸으로 받아 내린 후에 이야기를 끌어낼 참이었다.

그녀는 무령巫鈴을 꺼냈다. 갈라진 두 개의 가지에 일곱 개의 방울이 달린 무령이었다. 가지 끝에는 붉은 띠가 길게 묶여 있었다. 낙빈 어머니는 무령을 머리 위로 들어올렸다. 그녀의 팔이 허공을 가르며 파르르 떨자 맑은 방울 소리가 신방을 가득 메웠다. 마음이 방울 속으로 빠져들 것처럼 맑고 청아한 소리였다.

낙빈 어머니의 방울 소리에 따라 방 안에 있던 신령들의 그림이 움찔거렸다. 고요히 잠자고 있던 신령들을 깨우고 그녀의 안으로 빠져들게 만드는 신비한 소리였다.

낙빈 어머니는 자신의 몸에 신령을 받을 준비를 했다. 눈앞에 있는 아이의 수호령을 뚫어져라 바라보며, 얼른 자신의 몸 안으로 들어오기를 기다렸다.

하지만 아이의 수호령은 여전히 답답한 듯 목을 쥐고 고개를 가로저었다. 힘이 약해서인지 아이의 넋 뒤에서 옴짝달싹도 못하는 모양이었다. 한참을 기다려도 소용이 없었다. 온몸에 진땀이 흐르고 이마가 촉촉이 젖은 후에야 낙빈 어머니의 손에서 무령이 떨어졌다.

철그렁!

바닥에 떨어져 뒹구는 방울 소리가 몹시도 처량했다.

낙빈 어머니의 맞은편에 앉은 여인은 신령을 볼 수는 없지만 무언가 잘되지 않는다는 것을 눈치챌 수 있었다. 땀에 흠뻑 젖은 채로 점점 표정이 어두워지는 무녀의 얼굴이 모든 것을 말해주고 있었다.

'어찌하면 좋을까……?'

낙빈 어머니는 산신에게 물었다. 고요히 생각에 잠겨 있던 산신이 아이의 어머니를 물끄러미 바라보았다. 어떻게든 어머니로부터 단서를 찾을 수밖에 없다는 뜻이었다.

"아이가 사고를 당한 날이 언제지요?"

"네, 모월 모일 모시입니다."

"네 개의 도로가 보이고 차와 사람들이 잔뜩 보이는군요. 아이가 사고를 당한 곳이 어디죠?"

"집에서 한참 떨어진 네거리 횡단보도였습니다. 유치원을 마치면 차를 타고 돌아와 집 앞에서 내리는데, 그날은 집에 오질 않고 엉뚱한 곳에 가 있었습니다. 차에서 내린 다음 집이 아닌 반대쪽으로 한참을 가다가 사고를 당했어요. 대체 왜 그런 곳에 간 건지……."

낙빈 어머니는 여인에게 여러 가지를 물었다. 단서들을 통해 실마리를 이끌어낼 참이었다.

'그래, 그렇구나…….'

주고받는 대답 속에서 산신은 그날의 일들을 읽어냈고 그분이 읽어내는 모든 것이 낙빈 어머니의 머릿속에 생생하게 펼쳐졌다.

아주 작고 어린 아이였다. 영혼의 모습대로 그날도 분홍색 원피스를 입고 양 갈래로 머리를 묶은 것이 보였다. 아이는 다부지게 입술을 다물고 허겁지겁 달리고 있었다. 무언가 매우 다급한 모습이었다.

주변으로 사람들이 지나고 회색 아스팔트가 눈에 들어온다. 왠지 아이의 눈이 그렁그렁하다. 아이는 못 박힌 듯 어딘가를 보고 있다. 지나치는 사람이 많아 자꾸만 부딪힌다. 하지만 아이는 어딘가만 보고 마구 달린다. 인도인지 차도인지 가리지 않고 달리고 있다. 두 눈은 계속 한곳만 응시한다. 다른 것은 보지 않는다.

빠앙.

커다란 소음이 들려오자 아이는 고개를 든다. 그제야 자신이 차도로 나왔다는 것을, 그리고 눈앞에 새하얀 자동차가 달려오고 있다는 것을 깨닫는다. 하지만 경적 소리와 함께 아이의 두 다리는 멈추고 말았다. 다가오는 흰 차를 피하기는커녕 그 자리에 얼어붙어버렸다.

끼이익.

네 개의 바퀴가 아스팔트 위를 긁어댄다. 불꽃이 튄다. 찢어지는 듯한 날카로운 소리가 온 거리에 퍼진다. 운전자가 있는 힘껏 차를 멈췄지만 이미 늦었다. 아이의 몸이 허공으로 튀어 오른다. 새도 아닌데 날아오른다.

"아아, 저런. 흰 자동차가…… 아아, 분홍 치마가……."

낙빈 어머니의 입에서 저도 모르게 신음 소리가 번져 나왔다. 죄 없는 어린아이의 안타까운 순간에 가슴이 쓰라렸다. 아이를 둔 어미로서 여인의 심정이 어떠할지 절절히 느껴졌다.

아이의 엄마는 바닥에 고개를 박고 통곡하기 시작했다. 자동차에 치여 날아오르는 아이의 분홍색 원피스가 그녀의 뇌리에도 떠올랐기 때문이다. 괴이하게도 세세한 설명 없이 지금 눈앞의 무녀가 무엇을 보고 있는지, 무엇을 느끼고 있는지 알 수 있었다.

"그날이 마지막 순간이어야 했는데……."

낙빈 어머니는 신음했다. 그날, 아이는 이승을 떠났어야 했는데 살아남았다. 식물인간이 되어 목숨줄을 연명한 채였다. 살았지만 살았다고 할 수 없었다. 수호령과 대화만 되었더라도 무엇이 아이의 명줄을 잡고 있는지 알았을 텐데, 아이의 조부인 수호령은 대화가 불가능할 정도로 미약하기 짝이 없었다. 간신히 기운만 붙어 있는 상태라고 할 수 있었다.

'어찌해야 할지요.'

낙빈 어머니는 다시 산신에게 물었다. 그녀는 딱히 방법을 찾을 수 없었다.

'보라, 저 수호령을…….'

산신은 어미의 곁에 흐릿하게 남아 있는 아이의 넋을 가리켰다. 흐릿해서 안개처럼 뿌연 아이의 넋은 인형처럼 생기 없이 어미의 어깨에 앉아 있었다. 아이는 처음부터 지금까지 미동도 없었다. 그런데 그 아이의 수호령에게서 작은 변화가 느껴졌다.

낙빈 어머니는 온 정신을 집중해 수호령의 모습을 바라보았다. 그가 손가락을 뻗어 어딘가를 가리키는 것이 간신히 눈에 들어왔다. 그리고 이번엔 가자는 듯이 손목을 흔들었다. 그 동작을 바라보는 동안 낙빈 어머니의 뇌리에 아이의 사고 지점이 생생히 떠올랐다.

'이제 가거라.'

'네, 알겠습니다.'

산신의 잔잔한 음성이 들려왔다. 머릿속에 생생히 떠오른 그 사고 지점으로 가라는 뜻이었다. 낙빈 어머니는 고개를 끄덕였다. 수호령이 주는 작은 단서들을 쫓아가다 보면 이유를 알 수 있을 것이다.

"일어나시죠. 사고가 났던 곳으로 가야겠어요."

"네? 네에?"

부산히 일어서는 무녀를 보며 아이 엄마는 당황했다.

"실마리를 찾아야 합니다. 아이가 이승에 남아 있는 이유를 찾아봅시다. 아이의 할아버지가 도와주실 거예요."

낙빈 어머니의 눈동자가 번쩍거렸다. 여인은 그 눈동자에서 지금껏 보지 못했던 작은 희망을 보았다. 범상치 않은 눈빛을 번쩍이는 무녀에게서 웬만한 무당들은 범접할 수 없는 강력한 신력이 느껴졌다.


## 4

사고 지점은 아이가 다니기에 결코 좋은 장소가 아니었다. 큰 도로가 네거리로 뻗어 쉴 새 없이 차들이 엉키기 일쑤였고 오토바이나 자전거 등 이륜차들의 행렬도 뒤섞여 복잡했다. 사방에는 높다란 건물이 빼곡히 들어차 병원이며 약국, 편의점이며 분식집 등 거대한 아파트 단지를 끼고 수많은 상가가 줄지어 있었다. 그러다 보니 지나다니는 사람도 많아 거리가 비좁기 그지없었다. 작은 아이가 다니기에는 너무나 혼란스러웠다.

낙빈 어머니는 머리가 지끈거렸다. 고요한 산속에 살다가 이렇게 사람이 벅적거리는 곳에 나오니 두통이 엄습했다. 키가 어른 허리춤에나 닿는 작은 꼬마가 이런 곳을 혼자 방황하면서 몹시 당황했겠다는 생각이 들었다.

아이의 눈높이에 맞춰 무릎을 꿇고 사방을 바라보니 오가는 사람들의 다리만 가득해 정신을 차리기 힘들었다. 그런 상황에서 도로를 건너다 사고가 난 것은 어쩌면 당연한 일인지도 몰랐다. 저마다 수호령이 없다면 이곳을 지나다니는 수많은 사람이 시체가 되었을 것이다. 그러나 바쁘게 움직이는 사람들은 자신을 지키고 도와주는 수호령의 존재 따윈 까맣게 모르고 살아가고 있었다.

낙빈 어머니는 네거리의 한 귀퉁이에 자리를 잡고 앉았다. 먼지가 그득한 거친 인도이지만 그곳이 바로 아이가 길을 건너던 자리였기 때문이다. 길을 지나는 사람들은 의아한 얼굴로 낙빈 어머니를 힐끗거렸다. 단아한 한복을 입고 머리도 질끈 틀어 올린 여인이 두 눈을 감고 길바닥에 정좌한 모습이 이상해 보이는 건 당연했다.

본래의 나이보다 훨씬 더 나이 들어 보이는 아이 엄마도 그 앞에 무릎을 꿇었다. 그녀는 조금이라도 도움이 될까 하여 온갖 정성을 쏟았다.

'산신님, 오소서…….'

낙빈 어머니는 산신을 불렀다. 또다시 산신이 나타나 낙빈 어머니의 등 뒤에 우뚝 섰다. 산신이 나타나자 어린아이의 넋 뒤에서 희미한 수호령의 모습이 일렁였다. 산신의 등장과 함께 낙빈 어머니의 눈에는 아이의 사고 장면이 더욱 생생하게 떠올랐다.

분홍색 원피스를 입고 양쪽으로 머리를 묶은 작은 여자아이가 눈앞에서 달리기 시작했다. 달린다고 해봤자 어른들의 걸음에 미치지 못할 정도로 어설픈 동작이었다. 아이는 두 주먹을 꼭 쥐고 있었다. 그리고 한곳만 바라보며 달려갔다. 사람들과 이리저리 부딪히면서도 무언가를 놓치지 않으려는 듯 목을 빼고 바라보았다. 그리고 마침내…….

낙빈 어머니는 눈을 질끈 감았다. 사고 장면을 반복해서 보는 것은 여간 고통스러운 일이 아니었다. 하지만 끔찍한 장면 속에서 한 가지 실마리를 잡았다.

'뭘 쥐고 있는 거지?'

그녀는 아이의 꼭 쥔 두 손 사이에서 뭔가를 보았다. 작은 종잇조각 같았다. 낙빈 어머니가 주의 깊게 아이의 손을 바라보자 아이의 할아버지, 즉 수호령이 크게 고개를 끄덕였다. 무언가 중요한 단서라는 뜻인 듯했다.

"아이가 손에 쥐고 있던 게 뭐죠? 사고가 났을 때도 놓지 않았을 텐데."

"그걸 어떻게……?"

아이 엄마는 깜짝 놀라는 표정이었다. 그녀는 말하기가 영 내키지 않는지 뜸을 들였다.

"……아이 아빠…… 사진이었어요."

낙빈 어머니는 여인의 얼굴을 조용히 살폈다. 아이 엄마의 얼굴에서 그녀의 인생길이 느껴졌다. 비교적 어린 나이에 남자를 만나 속깨나 썩었을 인생. 초년엔 남자 복이 없어 특히나 고생을 하지만 해가 갈수록 좋아질 것으로 보였다.

남편은 역마살이 있을 것이나 아이가 계기가 되어 집으로 돌아올 것이다. 즉 아이가 생긴 뒤로는 속을 썩이던 남편이 가정적으

28

로 변하고 말년으로 갈수록 여인의 인생도 점차 나아질 것이다. 불행이긴 하나 아이가 죽는다면 그 희생으로 인해 부부의 금실은 더욱 돈독해질 팔자였다.

그렇다, 정상적이라면 이런 시나리오가 전개되어야 했다. 한데 여인의 얼굴에서 남편의 그림자가 지워져 있었다.

"아이 아빠는 지금 없군요. 살아는 있지만 곁에 없어요. 멀리 떠났군요."

"네, 네, 무녀님⋯⋯. 으흐흑! 그 사람은 저와 딸아이를 모두 버리고 떠났습니다! 제 인생은 왜 이런가요! 남편이란 작자는 떠나버리고⋯⋯ 아이는 벌써 5년째 사경을 헤매고⋯⋯. 으흐흑!"

여인의 얼굴에서 삶의 고단함이 묻어나왔다. 가정은 풍비박산 나고 사랑하는 사람은 모두 잃어야만 하는 박복한 인생의 고난이 그녀의 얼굴을 10년은 늙어 보이게 했다.

"남편이란 사람⋯⋯ 원래 한곳에 머무를 수 없는 사람이란 걸 알고 있었습니다. 워낙에 자유로운 사람이라 결혼에는 별 관심이 없었어요. 처음 만나는 자리에서도 그 사람은 온통 산 이야기뿐이었어요. 사람보다 산을 좋아해서 사시사철 산에서 먹고, 자고, 뒹굴어도 만족하는 사람이었지요.

산에서 시를 쓰고 노래를 짓고⋯⋯. 자유롭게 사는 사람이었어요. 그는 부모님의 성화로 나를 만나러 나왔다더군요. 그러면서 등산을 다니며 지은 노랫말을 읊어주었죠. 나는 그 모습이 괜스레 좋았어요.

나에겐 관심이 없다는 걸 알면서도 그 사람을 따라 산에 가고, 그 사람의 노래를 듣고……. 그렇게 그 사람을 그림자처럼 쫓아다녔어요. 제 부모님의 반대를 무릅쓰고 그저 그 사람이 좋아서 따라다녔습니다.

결혼을 하면 달라질 줄 알았죠. 하지만 아니었어요. 결혼 후에도 그 사람은 아무 말 없이 훌쩍 사라지기 일쑤였죠. 양가 부모님이 가게라도 하면 나아질까 해서 음식점도 내주셨지만 열심히 일하다가 갑자기 말도 없이 사라져서 한두 달씩 산에서 뒹굴다 오곤 했어요.

결혼을 했어도 그 사람은 내 것이 아니었어요. 언제든 날 떠나갈 사람이었어요. 하지만 그 사람을 놓을 수가 없었어요. 영영 돌아오지 않을까봐 큰 소리 한 번 못 내고 죄인처럼 살았어요. 점점 나아지겠지, 그렇겠지 믿으면서. 그리고 아이가 생기면 달라지겠지, 그렇게 믿으면서…….

그러다 결혼 3년 만에 아이가 생겼고 딸이 태어났어요. 그런데 아이가 태어난 뒤로 기적처럼 그 사람이 달라졌어요. 사람이 완전히 변했어요! 아이가 없으면 못 살 것처럼, 하루라도 아이를 보지 않으면 병이라도 날 것처럼. 아이를 위해서 가게 일도 열심히 하고, 말없이 집을 나가는 일도 없어졌어요. 그래서 변한 줄 알았어요. 완전히 변한 거라고 생각했는데, 그런데…….”

아이 엄마는 그대로 무너졌다. 얼굴이 벌겋게 달아올라 눈물 콧물 범벅이 되었다.

"변했다고 생각해서였을 거예요. 원래는 제가 양보하고 그 사람의 말을 받아주었죠. 항상 그 사람이 원하는 걸 들어주었는데……. 딸아이가 세 살이 되었을 때, 그날은 왠지 그와 싸우고 말았어요. 아주 사소한 다툼이었는데 저는 양보하지 않았죠. 그랬더니…… 얼굴이 벌게진 그 사람이 집을 나가버렸어요.

그래도 돌아올 거라고 생각했어요. 달라졌으니까. 머리만 식히고 금세 돌아올 거라고 생각했어요. 하지만…… 뜬눈으로 밤새 기다려도 그 사람은 돌아오지 않았어요. 아이가 생긴 후로 비가 오나 눈이 오나 한 번도 빠진 적이 없던 가게에도 나타나지 않았어요. 그렇게 완전히 사라져버렸어요.

전 그 사람이 한두 달만 지나면 돌아올 거라고 생각했어요. 하지만 그 사람은 7년이 지난 지금까지 전화 한 통, 편지 한 통 없이 우리 곁을 영영 떠나버렸어요.

그 사람이 사라지고 그의 물건을 살펴봤어요. 빈 연습장에 '떠나고 싶다. 내 길을 찾아 떠나고 싶다. 모든 것을 잊고서 떠나고 싶다'는 말이 가득 적혀 있더라고요. 그 사람은 이미 절 떠날 준비를 하고 있었던 거예요."

여인은 가슴을 치며 울었다. 애정과 원망과 후회가 뒤섞여 그녀의 가슴을 어지럽혔다.

"그래도 아빠가 우리를 버리고 떠났다는 말을 아이에게 할 수는 없었어요. 아빠를 찾는 아이한테 아빠는 여행을 가셨다고, 곧 돌아오실 거라고 말했어요. 얼마나 아이를 좋아하고 사랑했는지도 말해주었어요. 그래서 아이는 아빠를 무척 그리워하고 항상 기다렸어요. 평소에도 유치원 가방에 아빠 사진을 넣고 다녔죠. 그런데…… 사고를 당한 아이 손에 애 아빠 사진이 있더라고요. 그 사고를 당하고도 손을 펴지 않고 꼭 쥐고 있더라고요.”

여인은 두 손으로 얼굴을 가린 채 하염없이 눈물을 흘렸다. 아이의 넋과 수호령이 서글픈 얼굴로 여인을 바라보았다. 특히 아이의 할아버지인 수호령은 계속 아이의 손바닥을 가리키고 있었다.

“그냥 가지고 있는 사진은 아니었을 거예요. 그 사진에는 중요한 의미가 있을 겁니다.”

수호령은 낙빈 어머니에게 그 의미를 알려줄 만큼 기운이 없었다. 수호령은 정신을 집중해야 감지할 수 있을 정도로 기운이 약했다. 이대로라면 더 이상은 어려울 듯싶었다.

‘포기하지 말자. 내가 포기하면 아무도 도울 수 없다.’

낙빈 어머니는 흐느끼는 여인을 보며 마음을 다잡았다. 강력한 기운을 가진 그녀가 이리도 어렵다면 누가 여인과 아이를 도와줄 것인가 싶었다. 그때였다.

‘보아라. 기운을 모으거라.’

산신의 낮은 음성이 낙빈 어머니의 귓가에 울려 퍼졌다. 그와 동시에 그녀는 모든 생각을 집중해 눈앞을 바라보았다. 순간 사방에 가득했던 차와 사람의 소음이 사라졌다. 잠시 후에는 아이 엄마의 울음소리도 사라졌다. 눈에 가득한 것은 아이의 넋과 그 수호령뿐이었다.

아이는 넋이 빠진 듯 아무런 감정 없이 멍한 얼굴이었다. 처음부터 지금까지 그저 습관처럼 어미에게 매달려 있을 뿐, 어떤 감정도 의지도 느껴지지 않았다. 달라진 것은 아이의 수호령이었다. 흐릿한 수호령의 모습이 좀 전과 달라져 있었다.

덥수룩한 흰 수염이 온 얼굴을 가리고 있었지만 집중해서 보니 그의 표정이 무척이나 다급해 보였다. 어딘가를 향해 손을 뻗고 있는 그의 눈빛은 사고가 나던 날 어딘가를 향해 눈을 떼지 못하던 아이의 눈빛과 같았다.

'어디를 보는 걸까?'

스르륵.

낙빈 어머니는 수호령에게 모았던 기를 풀었다. 다시 주변의 소음이 귀에 들려오고 지나치는 사람들의 모습도 보이기 시작했다. 그녀는 다급히 한곳을 가리키는 수호령의 손끝을 바라보았다.

'무얼 말하는 거지?'

낙빈 어머니는 수많은 사람과 차 사이에서 그가 가리키고 있는 것을 찾았다. 재빠르게 수호령의 손끝과 주변을 살폈다. 지나가는 사람들? 아니다. 차도를 건너는 사람들? 아니다. 맞은편 건물? 그것도 아니다. 그렇다면…… 수호령의 손끝이 움직이는 대상을 가리키듯 서서히 방향을 틀었다. 낙빈 어머니의 고개도 함께 움직였다. 그 끝에 있는 것은 다름 아닌 파란 버스 한 대였다.

"일어나요. 얼른 따라와요!"

낙빈 어머니는 부리나케 자리에서 일어섰다. 그러고는 네거리 건너편에 있는 버스를 향해 달렸다.

영문도 모르는 여인은 미친 듯이 달리는 무녀를 보고 소스라치게 놀랐다. 무슨 일인지 물을 것도 없이 그녀 역시 달렸다. 건널목에는 붉은 신호가 번쩍이고 있었지만 문제되지 않았다. 움직이던 차들은 찻길로 뛰어드는 두 여인으로 인해 대혼란을 겪었다. 찢어질 듯 경적 소리가 울려 퍼졌다. 그러나 낙빈 어머니의 귀에는 아무 소리도 들리지 않았다. 모든 신경은 온통 수호령의 손끝에 닿아 있었다.

곧 버스가 움직이기 시작했다. 수호령이 가리키는 버스가 출발하려는 것이었다. 아직 두 여인은 찻길을 반밖에 건너지 못했다. 낙빈 어머니는 두 팔을 쭉 뻗어 사방에 기를 뿌렸다.

'지박령들이여, 조상님들이시여. 도우소서! 저것이 도망치지 않도록 붙잡으소서!'

그녀의 강력한 기운이 사방으로 흩어졌다. 그러자 출발하려던 버스 앞으로 트럭 한 대가 오른쪽 깜빡이를 반짝이며 들어섰다. 버스 앞의 네거리 신호등도 멈춤을 의미하는 붉은색으로 변했다. 동시에 골목에서 남자 한 명이 달려 나와 버스의 앞문을 두드렸다. 잠깐의 승강이 끝에 푸르륵 김빠지는 소리를 내며 앞문이 벌컥 열렸다. 낙빈 어머니와 여인이 그 남자의 뒤를 이어 버스에 올라탔다.

숨이 턱까지 차올랐다. 영문도 모르고 달린 여인은 헉헉거리며 낙빈 어머니의 뒤를 따랐다. 두 사람은 맨 뒷좌석에 나란히 앉았다.

'감사합니다, 신령님들……'

낙빈 어머니는 거친 숨을 몰아쉬면서도 두 손을 모아 합장했다. 여러 신령들의 도움이 없었다면 꼼짝없이 버스를 놓쳤으리라.

사는 동안 우연처럼 보이는 모든 것이 우연이 아닌 경우가 있다. 지독하게 잘 맞아떨어지는 각본 같은 경우는 신령의 도움 없이는 결코 얻을 수 없는 결과물이고 이러한 도움을 얻는 데는 인간의 바람과 신의 보살핌이 함께 필요한 법이다.

"헉. 헉. 왜 이 버스를 타신 건가요?"

간신히 버스에 올라탄 여인은 진땀을 흘리며 부녀를 바라보았다. 하지만 낙빈 어머니 역시 그 이유를 알지 못했다. 버스 안에 중요한 사람이라도 탔나 했지만 수호령은 평온한 얼굴로 버스 차창만 바라볼 뿐이었다.

"나도 모르겠습니다. 할아버지가 시키는 대로 가봅시다."

낙빈 어머니는 계속 수호령에 집중했다.

평온한 얼굴은 좀처럼 변화가 없었다. 무감각한 얼굴이었다. 이 버스 안에 있는 사람이나 버스 자체에 의미가 있는 것은 아니라는 뜻이었다. 그렇다면 수호령은 자신을 어딘가로 데려가려고 손짓을 했던 모양이다.

'어디를 가려는 것일까?'

너무나도 흐릿한 수호령에게 온 정신을 집중하느라 머리가 저
릿저릿해질 무렵 수호령의 표정이 또다시 다급하게 바뀌었다.

"내립시다."

낙빈 어머니와 여인은 서둘러 버스에서 내렸다. 버스정류장 주
변으로 작은 가게가 빼곡하긴 했지만 건물들은 대체로 나지막하
고 사람도 몇몇 보이지 않는 한산한 동네였다. 낙빈 어머니는 수
호령이 가리키는 곳으로 걸음을 서둘렀다. 낙빈 어머니의 뒤를
따라 아이 엄마 역시 종종걸음을 했다.

"저……."

그녀는 뭔가 말하려는 듯 쭈뼛거리다 고만 입을 닫았다.

낙빈 어머니는 수호령에게 집중하느라 주변이 보이지 않는 듯
했다. 그녀에게 말을 걸어서는 안 될 분위기였다.


5


두 여인은 정류장 근처의 가게들을 지나 언덕 위쪽으로 이어
진 회색 아스팔트 길로 접어들었다. 산을 깎아 만든 듯 가파른 길
이었다. 비탈진 언덕길을 올라 왼편으로 구부러진 길로 들어서니
언덕 끝에 하얀 건물이 우뚝 서 있었다. 그 건물은 중앙 부분이 좀
더 불쑥 솟아 있고 그곳에 초록색 원형 표시와 함께 '추암의료원'
이라는 글씨가 쓰여 있었다. 낙빈 어머니는 수호령의 손짓에 따

라 병원 안으로 들어섰다. 그리고 낯익은 듯 복도를 누볐다. 3층 복도 중앙을 가리키던 수호령이 어느 병실 안을 바라보았다.

'무엇이 있기에 이곳에……?'

낙빈 어머니는 천천히 병실 안으로 들어갔다. 벽에 맞닿은 하얀 침대 하나가 눈에 들어왔다. 그리고 그 위에 미동도 없이 고요히 누워 있는 환자가 보였다. 익숙한 얼굴이었다.

뒤에서 아이 엄마의 음성이 들렸다.

"딸아이입니다. 지난 5년간…… 이곳에서 지내고 있는 제 딸아이입니다."

너무나 몰두한 무녀의 얼굴을 보고 미처 못한 말이었다. 낙빈 어머니가 급하게 버스를 잡아타고 찾아온 이곳은 바로 아이가 입원한 병원이었던 것이다.

"이런!"

낙빈 어머니의 두 무릎이 휘청했다. 무언가 중요한 실마리를 주는가 싶어 열심히 따라왔더니 수호령은 단순히 아이의 병실로 자신을 안내했단 말인가! 낙빈 어머니는 그만 맥이 탁 풀리고 말았다.

"이리 허무할 수가…….'

낙빈 어머니는 혼잣말을 중얼거리며 아이의 침대 끝에 걸터앉았다.

아이는 고요히 잠자는 것처럼 눈을 감고 있었다. 좀 전에 보았던 어린 소녀의 모습이 아니라 그보다 조금 더 성숙해진 얼굴이었다. 다섯 살에 사고를 당한 이후 아이의 넋은 다섯 살로 남아 있지만 몸은 조금씩 나이를 먹었기 때문이다.

아이는 조금 더 어른스러워지고 조금 더 수척해진 것만 빼면 다섯 살 때와 별로 달라진 것이 없었다. 다른 사람들에게는 보이지 않지만 낙빈 어머니에게는 그 모습 위로 또 하나의 흐릿한 안개 같은 것이 보였다.

잿빛 안개가 잠자는 아이의 머리부터 발끝까지 뒤덮고 있었다. 죽은 사람에게서나 보이는 그림자였다. 고요한 얼굴 위로 죽음의 그림자가 발끝까지 뒤덮였는데도 아이는 이곳에 남아 있었다. 그 이유를 알지 못하고는 아이를 저승으로 보낼 수 없을 것이다.

"휴우……."

낙빈 어머니가 아이의 얼굴을 바라보는데 절로 한숨이 새어나왔다.

수호령은 본능적으로 자신이 지키고 있는 아이의 본체를 가리켰을 뿐, 아이의 사고 원인이나 아이를 저승으로 보낼 실마리를 알려주려는 것이 아니었던 모양이다. 고작 이 병원을 찾기 위해 미친 듯이 달려오고 신력을 소모했나 싶었다.

낙빈 어머니는 맥을 놓고 멍하니 병원 벽을 바라보았다. 기운이 빠지는 느낌이 들었다. 그러자 산신 역시 스르르 사라지기 시작했다. 간신히 보이던 수호령도, 아이의 희미한 넋도 안개처럼 뿌옇게 사라졌다.

'너 스스로 깊이 생각하던 바를 잊었느냐. 이 세상 모든 이치에 우연이 있더냐? 우연이 아니라 모든 일이 필연인 것을. 작아 보이는 것에도 깊은 의미가 있느니라. 잊지 말거라.'

낙빈 어머니의 등 뒤로 사라지던 산신이 말했다.

'필연요? 그게 무슨 말씀이신지요?'

낙빈 어머니는 다급히 물었지만 산신은 굳게 입을 다문 채 멀어져갔다. 맥이 풀린 채 후회하는 그녀의 모습에 실망하신 모양이었다. 낙빈 어머니는 다시 정신을 모았다.

'내가 이리 넋을 놓을 일이 아니구나! 그래, 세상에 우연은 없다고 몇 번이나 생각하지 않았더냐. 버스 한 대를 타는 데도 사방으로 뿌린 나의 기운이 있었듯 작은 일 하나도 범상히 볼 것은 아니다. 그렇다면…… 지금 수호령이 이 병실로 나를 데려온 것은 우연일까? 아니다. 단순하게 생각할 일이 아니야.'

낙빈 어머니는 정신을 하나로 모았다. 그러고 보니 조금 이상한 점이 있었다. 수호령을 따라오느라 알아차리지 못했던 무언가 석연치 않은 구석. 우연으로 치기엔 왠지 걸맞지 않은 일이 있었다. 우연이 아니라면 그것은 필연. 아주 중요한 실마리가 이곳에 있는 게 분명했다.

"이상하군요."

"네?"

한동안 인상을 쓰고 있던 무녀가 문득 입을 떼자 여인이 흠칫 놀랐다.

"아이는 처음부터 이 병원에서 치료했나요?"

"네에."

"사고가 난 곳은 분명 굉장히 번화한 거리였는데……. 그 근처에는 병원도 많을 텐데……."

"네, 그렇죠."

낙빈 어머니가 탁 하고 무릎을 쳤다. 그녀의 눈이 번쩍였다.

"그런데 왜 이런 곳까지 한참을 달려와 입원하게 되었을까요? 가까운 곳을 두고 여기에 온 까닭이 무엇일까요?"

"제가 듣기론 그때 119 구급대원들이 병원을 찾았는데 여기가 가장 가까운 곳이었다고……. 그날따라 다른 곳은 자리가 없었다는 것 같았어요."

낙빈 어머니는 슬슬 고개를 끄덕였다.

마침 주변에 있던 병원들이 응급 환자를 받을 여력이 없어서 결국 꽤 떨어진 이곳까지 아이를 데리고 왔다는 것이다. 우연으로 치기에는 너무나 많은 것이 맞아떨어져야 했다. 즉 아이가 이 병원에 온 것부터가 우연이 아니었다. 강력한 바람과 기원이 만들어낸 필연이 5년 전 아이를 이곳에 데려온 것이라고 느껴졌다.

그렇다면 낙빈 어머니를 이곳으로 데려온 수호령도 단순히 아이의 본체를 향해 온 것이 아니라 중대한 메시지를 전달하려는 것이 아닐까? 낙빈 어머니는 남은 힘을 모두 짜내 두 눈에 가득 실었다. 그러자 사라졌던 아이의 넋과 수호령이 서서히 눈앞에 떠올랐다.

'무엇을 말씀하시려는지요?'

아주 미세한 기운만을 가진 수호령은 침대에 누운 손녀의 머리맡에 있었다. 어글어글한 눈이 안타까이 소녀를 바라보며 아이의 오른손을 가리켰다. 낙빈 어머니는 다급히 아이의 오른손께로 다가갔다. 작고 여린 하얀 손이 꼭 쥐어져 있었다. 하얀 손을 펼쳤다. 하지만 파리한 손바닥뿐 아무것도 없었다.

"……네, 그 손에 아빠 사진을 꼭 쥐고 있었지요."

그녀의 뒤쪽에 서 있던 아이 엄마가 눈물을 훔치며 말했다. 낙빈 어머니의 머리가 쭈뼛거렸다. 수호령도 그 말을 하고 싶었는지 고개를 끄덕였다.

"사진! 사진을 가져오세요. 아이가 쥐고 있던 그 사진!"

"네, 네에……."

아이 엄마는 개인의 짐을 넣어두는 작은 서랍 속을 부스럭거리며 뒤졌다. 서랍의 저 안쪽에 벌써 몇 년째 연락조차 없는 무정한 남편의 얼굴이 있었다.

"여기……."

여인이 내민 사진 속에는 수호령과 꼭 닮은 남자가 빙긋이 웃고 있었다. 덥수룩한 털은 없지만 귀 밑으로 거뭇거뭇 이어진 구레나룻을 보면 그 역시 털 많은 아버지를 쏙 빼닮은 것이 분명했다.

낙빈 어머니는 좀 더 꼼꼼히 얼굴을 살펴보았다. 사진 속 아이 아빠의 관상에서는 역마살이 그대로 보였다. 이마의 중심 부분이 울룩불룩했고 눈썹 뼈가 툭 튀어나와 있었다. 그와 동시에 가정적인 모습도 보였다. 서글서글한 눈매와 얇게 갈라지는 눈꼬리를 보면 아이가 태어난 후 역마살을 죽이고 가정으로 돌아올 상이었다.

낙빈 어머니가 그렇게 뚫어져라 사진을 보는데 병실 안으로 간호사가 들어왔다.

"어머나, 오늘은 손님이 오셨네요."

간호사가 아이 엄마에게 가벼운 목례를 하는데 갑자기 수호령이 그녀의 뒤로 다가갔다. 타인의 영이 가까이 다가온 탓에 간호사는 자신도 모르게 한기를 느끼고 두 팔을 부르르 떨었다.

낙빈 어머니는 그런 모습을 멍하니 바라보다가 수호령이 하고 싶은 말이 무엇인지 곰곰이 생각해보았다. 왜 갑자기 간호사에게 다가갔을까? 왜 그 모습을 낙빈 어머니에게 보여주려는 것일까? 한참 동안 생각에 빠져 있으려니 이번에는 수호령이 아이 아빠 사진과 간호사를 번갈아 가리키는 것이 아닌가.

"혹시…… 이 사람, 압니까?"

낙빈 어머니가 간호사에게 다가가 사진을 내밀었다.

"네?"

갑작스러운 질문에 간호사는 잠시 놀라더니 곧 사진 속의 얼굴을 찬찬히 들여다보았다.

"글쎄요. 어디서 본 것 같기도 하지만…… 모르겠네요. 저희 병원 환자였나요?"

진실이었다. 감추거나 거짓을 말하는 모습이 아니었다. 간호사는 사진 속의 남자를 모르는 것이 분명했다. 그런데 왜 수호령은 그녀를 지목했을까? 낙빈 어머니는 수호령 쪽을 바라보았다. 수호령은 고개를 슬슬 젓더니 문 밖으로 나갔다. 낙빈 어머니도 수호령을 쫓아 복도로 나섰다. 한 손에 사진을 든 채로.

수호령은 중앙 복도에 섰다. 그러고는 둥근 데스크 앞에 앉아 있는 또 다른 간호사를 가리켰다.

"혹시 이 사람을 압니까?"

한복 차림의 낯선 여인이 다가와 다짜고짜 물으니 간호사는 퍽이나 놀란 눈치였다. 간호사는 한복 자태를 위아래로 훑으며 낙빈 어머니가 제정신인지 가늠하는 모습이었다. 차림새는 남들과 다르지만 단아한 매무새와 또렷한 눈동자를 보고 정상이라고 생각한 듯했다. 간호사는 낙빈 어머니가 내민 사진을 찬찬히 살폈다.

"몰라요. 모르겠어요."

간호사는 생각나는 사람이 없는지 냉큼 대답하더니 살짝 고개를 갸우뚱거렸다. 당장 떠오르는 사람은 없어도 낯이 익은 게 분명했다.

"떠오르는 게 있으면 뭐라도 말해주세요."

간호사는 번뜩이는 무녀의 눈빛 앞에서 어쩐지 오금이 저렸다. 자신의 모든 것이 벌거벗겨진 느낌, 뭔가 죄를 짓는 느낌이 들었다.

"저기 그게…… 어디선가 본 거 같은 느낌이긴 한데 누군지는 잘 모르겠어요."

간호사는 기어 들어가는 소리로 대답했다. 역시 거짓은 느껴지지 않았다. 낙빈 어머니는 다시 수호령에게로 시선을 옮겼다. 설레설레 고개를 젓던 수호령이 이번엔 복도와 계단을 지나 다른 층으로 이동했다. 그러고는 또 다른 간호사를 가리켰지만 그녀 역시 모른다고 대답했다.

다음으로 수호령이 가리킨 건 하얀 문이었다. 문 앞에 의사의 이름이 적혀 있고, 주변에는 상담을 기다리는 환자와 근무하는 간호사가 그득했다. 의사는 상담실 안에서 연이어 환자를 살피는 중이었고 간호사는 한 환자와 상담이 끝나면 기계적으로 다음 환자를 들여보냈다. 대기 인원은 빼곡했고 의사는 화장실에 갈 시간도 없어 보였다. 하지만 낙빈 어머니는 차례를 기다릴 시간이 없었다.

"잠시만 부탁드립니다."

그녀는 환자들과 간호사들을 바라보더니 깊이 고개를 숙이며 합장했다. 사람들은 한복을 입은 여인이 상담실 앞에서 절을 하자 이상하게 여기며 흘끗거렸다. 그러고는 그녀에게 더 이상 관심을 갖지 않았다.

마침 환자 한 명이 상담을 마치고 밖으로 나왔다. 보통 때라면 다음 환자의 이름이 불리고 그 환자가 곧장 진료실로 들어서야 했다. 그런데 웬일인지 한 환자가 간호사에게 몇 가지 질문을 하기 시작했다. 또 다른 간호사에게도 근처에 있던 다른 환자가 다가가 다음 예약에 대해 물어보기 시작했다.

다음 환자의 이름이 불리지 않는 그 잠시 동안 낙빈 어머니는 누구의 제지도 받지 않고 진료실로 들어갈 수 있었다. 이 또한 주변 신령들의 도움 덕분이었다.

"이 사람을 압니까?"

그녀는 다짜고짜 사진을 내밀었다. 책상 앞에서 컴퓨터 모니터를 들여다보던 흰 가운의 의사는 갑작스러운 질문에 깜짝 놀랐다. 하지만 너무나도 심각한 여인의 표정을 보고는 찬찬히 사진을 확인했다. 놀랍게도 의사는 사진 속의 남자를 알아보았다.

"아, 이분! 기억납니다. 머리나 차림새가 좀 다르긴 하지만 그분이 맞는 것 같네요. 몇 년 전쯤에 오셔서 몇 번 상담을 받으셨지요."

의사는 고개를 끄덕이더니 책상 앞에 놓인 키보드를 두드렸다. 그는 이리저리 자료를 확인하더니 곧 자신이 기억하는 환자의 자료를 찾아냈다.

"이분 친척 되십니까? 보기 힘든 해리성 둔주♦ 환자분이라 잘 기억하고 있습니다."

"해리성…… 둔주라고요?"

"네. 자신의 과거를 전혀 기억하지 못하는 환자였죠. 집에서 한

---

♦해리성 둔주는 해리성 기억상실과 마찬가지로 자신의 과거나 정체감에 대한 기억을 상실한 장애다. 해리성 기억상실과 다른 점은 기억을 상실할 뿐만 아니라 가정이나 직장을 떠나 다른 주거지로 이동하거나 예정에 없는 여행을 하는 것이다. 개인사에 대한 기억은 없지만 세상의 지식에 대한 기억은 보존되기 때문에 새로운 곳에서 새로운 정체감을 가지고 살아가게 된다.

참을 떠나왔는지 주변에 아는 사람도 없었고, 신분을 증명할 만한 것도 가지고 있지 않았죠. 환자 말로는 실종 신고까지 조사해봤지만 신고 내역도 없어서 신분을 찾을 길이 없다고 했습니다. 제게 주소가 있긴 하지만 환자의 개인 정보라서 말씀드릴 수는 없군요. 해당 경찰서에 가시면…….”

“그만하면 됐습니다. 고맙습니다.”

포기하지 않은 보람이 있었다. 산신의 말씀처럼 아이가 이곳에 입원한 것과 수호령이 이곳으로 자신을 인도한 것은 우연이 아니었다. 아마 아이는 꿈에도 그리던 아버지의 모습을 길거리에서 보았을 테고 그 모습을 따라 정신없이 달리다가 사고를 당한 것이리라. 그리고 아버지를 만나려는 간절한 바람이 근처에 있는 모든 병원을 지나 이곳, 아버지를 아는 사람들이 있는 병원에 입원토록 인도한 것이 분명했다.

이제 아이의 아버지를 만나면 운명을 거스르고 있는 아이를 보낼 수 있을 것이다. 그녀는 진료실로 들어올 때처럼 순식간에 진료실을 빠져나갔다. 경찰서에는 갈 필요도 없었다. 의사의 모니터에 나타난 환자 기록에서 이미 주소를 파악했기 때문이다.

그녀가 진료실 밖으로 나가자마자 간호사가 다음 환자를 데리고 방으로 들어섰다. 의사는 한복을 입은 낯선 여인의 뒷모습을 보며 고개를 갸웃거렸지만 다시 일상이 반복되기 시작했다.

“가야 할 곳을 알았습니다.”

아이의 병실로 돌아온 무녀가 아이 엄마에게 말했다. 그사이에 무슨 일이 있었는지 알지 못하는 여인은 멍하니 낙빈 어머니를 바라보았다. 무엇이 어찌 돌아가는지 알 수 없지만 하루라는 짧은 시간 동안 무녀는 많은 것을 알아내고 차근차근 문제를 해결하고 있는 것이 분명했다.

# 6

1차선 국도를 따라 완만하게 경사진 길을 오르자 산등성이 중반에 굵은 통나무로 지은 산장 휴게소가 나타났다.

산장은 인자해 보이는 둥근 산등성이를 뒤로하고 앞으로는 좁고 시원한 시냇물이 흘렀다. 이 산장은 녹푸른 산을 끼고 있으면서 코앞까지 국도가 뻗어 있어 접근성이 매우 좋았다. 덕분에 차량 이용자뿐만 아니라 오토바이 동호회와 산악자전거 동호회까지 사시사철 사람들이 득시글거렸다. 이동 수단을 놓아두고 산을 한 바퀴 돌기도 좋았으며, 코앞에 있는 시냇물에 발을 담그는 것도 운치 있었다. 피곤하면 한숨 쉬어갈 숙박 시설도 마련되어 있었고 밤마다 열리는 야외 라이브 콘서트도 빼놓을 수 없는 즐거움이었다.

낙빈 어머니와 여인이 산장 휴게소에 도착한 것은 다 늦은 저녁이었다. 정말 하루가 일주일, 열흘 같았다. 아침 일찍 여인을 만나 이곳저곳을 찾아다닌 끝에 결국 날이 가기 전에 산장에 도착한 것이다.

눈앞에 나타난 산장은 오래된 갈색 통나무를 멋스럽게 엮어 만든 이층집이었다. 산장 앞으로는 넓은 테라스가, 그 앞으로 널찍한 돌이 박힌 잔디밭이 있었다. 잔디밭 중앙에는 둥근 야외무대가 설치되어 있고 무대를 중심으로 바위와 통나무 벤치가 마련되어 있었다.

산장의 저 멀리서부터 구수한 통기타 소리와 시를 읊듯 이어지는 고요한 노랫소리를 들은 여인의 심장은 터질 듯 쿵쾅거렸다. 마침내 가수의 얼굴이 보일 만큼 무대와 가까워지자 그녀는 그 자리에 무릎을 꿇었다.

"여보……."

너무나도 익숙한 얼굴이 그곳에 있었다. 시아버지의 얼굴에서 보았던 진한 구레나룻과 수염이 얼굴선 전체를 덥수룩하게 덮은 중년의 남자. 구불거리는 고수머리와 진한 일자 눈썹까지……. 여인이 알고 있는 그 남자였다.

평일이라 그런지 사람은 많지 않았다. 잔디밭 중앙을 비추는 불빛 아래서 남자는 직접 만들었을 법한 낯선 노래들을 부르고 있었다. 주변에 앉은 몇몇 사람이 그의 노래에 맞춰 천천히 몸을 흔들었다.

"아아아……."

여인은 남편이 잘 보이지도 들리지도 않을 거리에서 속절없는 울음을 터뜨렸다. 그저 자신과 딸을 버리고 멀리 떠나버렸다고만 생각했는데, 항상 그래 왔듯이 연락도 없이 강산을 헤매는 역마살이 도졌다고만 생각했는데, 그래서 그토록 원망하고 또 원망했는데……. 그가 기억을 잃은 채 낯선 곳에서 낯선 이름으로 살고 있는 것이다. 그런 그가 통기타를 메고 음유시인이 되어 노래를 부르고 있었다.

낙빈 어머니는 아이가 그리도 흐릿한 영으로 남은 이유를 이제야 알 수 있었다. 보다 또렷한 아이의 넋이 노래를 부르는 아빠의 등 뒤에 있었다. 아이는 천진한 얼굴로 웃으며 아빠의 노래를 듣고 있었다. 사고와 동시에 대부분의 넋이 아버지를 따라온 것이 분명했다. 아이는 죽을 운명도 잊고 눈이 빠져라 기다려왔던 아비 곁에 머물고 있었다. 혼자 남은 어미가 불쌍해서인지 아주 흐릿한 기운만 남겨두고 아이의 모든 기운이 아비를 따라 이곳에 왔다. 그리고 지난 5년간 아비의 곁을 맴돌았던 것이다.

이제 아이 부모를 만나게 해준 다음 나뉘어 있던 넋을 합쳐주면 아이는 가야 할 곳으로 떠날 수 있을 것이다.


"가볼까요? 이제 만나러 갑시다."

낙빈 어머니는 꼼짝도 하지 않고 눈물만 흘리는 여인의 팔을 붙잡아 일으켰다. 그녀의 뒤에 여전히 흐릿한 딸의 넋이 너울댔다.

"잠시만요, 잠시만……."

여인은 한사코 손을 내저었다. 그녀는 움직일 생각도 하지 않고 한동안 멍하니 남편의 얼굴을 바라보았다.

산으로 떠나지 못하고 집과 가족에게 갇혀 있던 남자가 자연 속에서 살아 움직이는 생생한 얼굴로, 오롯이 자신만의 인생을 노래하고 있었다. 그 모습을 보니 다시 주르륵 눈물이 흘렀다.

"무녀님, 저는 저 사람을 만나지 말까 봐요."

여인은 흐르는 눈물도 닦지 않고 그저 먼 곳을 바라보듯 말했다.

"저 사람…… 저 사람은 저렇게 살아야 하나 봐요. 괜스레 제가 쫓아다니는 바람에 결혼을 하고, 아이를 낳고……. 제가 옴짝달싹도 못하게 집이랑 가게에 저 사람을 가뒀어요. 저 사람은 자유롭게 산을 돌아다니고 시를 읊으며 살아야 하는데, 저 때문에 팔자에도 없는 감옥 생활을 했던가 봐요. 그게 얼마나 괴롭고 힘들었으면 기억마저 잊어버리고 떠돌게 되었을까요. 얼마나 힘들고 싫었으면 저와 아이에 대한 모든 걸 다 잊고 말았을까요. 가엾은 사람……."

여인은 두 손에 얼굴을 파묻었다. 그녀는 남편을 다시 집이라는 공간에 가둘 엄두가 나지 않는 모양이었다.

무어라 말해야 할지…… 낙빈 어머니는 그저 하염없이 눈물을 흘리는 여인을 바라만 보았다. 그때였다.

끼잉…….

마이크의 잡음 소리가 귀에 스쳤다.

"저, 거기 두 분, 뭐하십니까? 이쪽으로 나와서 들으세요."

마이크 너머로 남편의 음성이 울렸다. 어두운 나무 그늘 아래에 있는 두 여인의 인기척이 느껴진 모양이었다. 그는 손을 흔들며 앞쪽 자리를 가리켰다.

"이왕 왔으니 노래라도 들읍시다."

낙빈 어머니가 성큼성큼 앞서 나갔다. 그러고는 가수 오른편의 둥근 바위에 걸터앉았다. 여인도 서둘러 눈물을 훔치고 낙빈 어머니의 뒤를 따랐다. 그녀는 바위에 걸터앉고도 남편의 얼굴을 똑바로 바라볼 수가 없어서 고개를 푹 숙였다.

디리링…….

깊고 맑은 기타 소리가 산을 울렸다.

오늘도 별이 뜨누나.
검은 산 너머 저편에 뜨는 별.
오늘 내 마음도 별이 되어 떠오른다.
검은 산 너머 저편에 떠오른다.
별이 흐르면 내 마음도 흐르네.
그대를 그리워하는 내 마음 흐르네.
갈 곳 없이 방황하는 내 마음
그대 곁을 맴도네.

거칠고 허스키한 음성이 산속에 메아리쳤다. 여인은 남편의 모습을 차마 바라볼 수 없었다. 그의 모습이 형언치 못할 만큼 눈부시게 아름다웠다. 한눈에 반해버렸던 젊은 날의 그 청년처럼 너무나 사랑스러웠다. 그 날개를 꺾어 우리에 가둬두고 싶었던 젊은 시절 그때만큼 매혹적이었다.

디리링…….

노래의 끝을 알리는 기타 반주 소리가 들렸다. 주변에 앉아 있던 사람들이 박수를 보내고 일어나더니 산장 카페 안으로 자리를 옮겼다. 라이브 시간이 끝난 것이다.

모두가 떠나고 낙빈 어머니와 여인, 그리고 가수만 그 자리에 남았다. 주섬주섬 주변을 챙기던 남자가 두 여인 쪽을 물끄러미 바라보았다.

"저, 혹시 절 아시나요……?"

그는 뒷머리를 긁적였다.

"아, 제 말이 이상하게 들렸나요? 여기 산장 말고 혹시 예전에 절 본 적이 있으신가 해서……."

낙빈 어머니는 아무런 대답 없이 여인을 바라보았다. 대답은 그녀가 해야 했다.

"아, 아뇨. 오늘 처음 뵙네요. 노래가 너무 좋아서……."

그녀는 차마 남편 쪽을 바라보지도 못했다.


"그냥 갈 거예요?"

낙빈 어머니의 물음에 여인은 힘없이 고개를 끄덕였다. 그러고는 부스스 자리를 털고 일어섰다.

"'떠나고 싶다. 내 길을 찾아 떠나고 싶다. 모든 것을 잊고서 떠나고 싶다…….' 저 사람 노트에 있던 글귀예요. 붙잡아서는 안 될 사람이었어요. 제 욕심이었어요."

그녀는 몸을 돌려 한두 걸음을 내딛었다. 그때였다.

디링…….

부드러운 통기타 선율이 그녀의 뒤를 따랐다.


떠나고 싶다. 내 길을 찾아 떠나……

떠나고 싶다. 모든 것을 잊고서……

떠나고 싶다. 내 생명을 찾아 떠나……

떠나고 싶다. 모든 것을 잊고서…….


남자의 음성이 고요한 산등성이에 울려 퍼졌다.

"오늘 여기 처음 왔다면서 내 노래를 어떻게 아세요?"

돌아서는 여인의 음성이 남자 쪽에도 들렸던 모양이다.

남자는 잊힌 기억 속에서도 노랫말을 잊지 않았던 것이다. 그는 노래를 이어갔다.


그대, 그대는 나의 길.

그대, 그대는 나의 모든 것.

그대, 그대는 나의 생명.

그래, 모든 것을 잊고서.

그대, 그대는 내가 가야 할 길…….

그대, 그대는 나의 마지막.

그대, 그대에게 나 복종하리.

그래, 헛된 자유를 버리고…….


남아 있지 않았던 낙서의 뒷부분이 남자의 노랫말로 돌아왔
다. 여인은 그 자리에서 발걸음을 멈췄다. 1절이 끝나고 간주가
시작되었다. 그리고 나지막이 이어지는 독백이 간주 사이로 흘
러나왔다.


자유란 헛된 꿈이란다.

정아, 너 없는 자유란 이제 나에게 의미 없는 몸짓이다.

나는 이제 너에게 간다.

정아, 먼 곳을 돌아왔지만 너는 나의 마지막이다.

생명을 걸고 너에게 향한다.

정아, 내가 숨 쉴 수 있는 곳은 오직 너의 곁이니까.


독백이 끝나고 격렬한 반주가 이어졌다. 익숙한 노랫말이 다시
이어졌다.


떠나고 싶다. 내 길을 찾아 떠나……

떠나고 싶다. 모든 것을 잊고서……

떠나고 싶다. 내 생명을 찾아 떠나……

떠나고 싶다. 모든 것을 잊고서…….

여인은 그 자리에서 무너졌다. 그녀의 눈에서 폭포처럼 눈물이 흘러내렸다. 둑이 무너진 것처럼 도저히 멈출 수 없는 깊고 깊은 설움이 한꺼번에 흘러나왔다.

낙빈 어머니는 설명을 듣지 않아도 알 수 있었다. 그녀의 남편이 기억을 잃기 전에 그녀를 어떻게 불렀는지. 그녀의 남편이 진정으로 떠나려 했던 그곳이 어디였는지. 이 모든 것을 알게 된 '정아'라는 여인의 심장이 얼마나 벅차오르는지. 말하지 않아도 알 수 있었다.

"정아…… 당신이 나의 그녀인가요?"

남자도 본능적으로 모든 것을 눈치챘다. 그는 등을 돌리고 흐느끼는 여인에게 다가왔다. 그리고 천천히 그녀의 어깨를 돌렸다. 산등성이 아래, 무대 불빛 아래로 몇 번이나 꿈에서 본 듯 낯익은 얼굴이 그를 보았다.

꿈속에서 보았던 그 모습보다 훨씬 마르고 초췌하긴 했지만 꿈에도 그리웠던 그녀의 얼굴이 분명했다. 그는 천천히 그녀의 등에 손을 둘렀다. 그리고 힘껏 그녀를 안았다. 그의 눈에서도 하염없이 눈물이 흘러넘쳤다.

"아아, 당신이구나, 당신이야!"

"여보, 여보……!"

다부진 팔뚝이 여인을 끌어안았다. 한아름 가득 망설임 없이 안아주는 팔 힘에 여인은 부서질 것만 같았다. 그토록 그리웠던 그 사람이 그녀 앞에 있었다. 이제는 그녀를 까맣게 잊은 줄로만 알았던 그 사람이 잊힌 기억 속에서도 그녀를 알아보고 힘주어 안고 있었다. 모든 걸 다 잊었는데도 기적처럼 자신의 이름을 기억해준 그 남자가 너무나 고맙고 이 순간이 너무나 행복해서 그녀는 넋이 다 나가버릴 것만 같았다.

그렇게 두 사람이 서로를 끌어안는 순간 그들의 주변으로 새하얗게 밝은 빛이 번쩍였다. 두 사람을 중심으로 하얗게 물안개가 피어오르는 것처럼 묽은 기운이 퍼지더니 사방에서 작은 반딧불이 같은 것이 반짝였다. 그 작은 빛가루가 한없이 사랑스러운 노래를 부르며 웃어대는 것처럼 느껴졌다.

엄마와 아빠 양쪽으로 나뉘었던 어린 딸의 넋이 드디어 하나로 합쳐지는 순간이었다. 동시에 서로 헤어져 있던 세 식구가 하나로 굳게 합쳐진 순간이기도 했다. 그것은 눈이 부시도록 아름답고 눈물이 나도록 기쁜 순간이었다.

"여보, 보여요?"

"보여⋯⋯."

영혼의 빛은 영력이 있는 무녀에게만 보이는 영역이었다. 하지만 그들은 희미하게 그 빛을 느끼고 있었다. 안개 같기도 하고 눈송이 같기도 한, 엷은 빛이 두 사람의 발밑에서 피어나와 하늘로 오르는 것이 보였다. 그 하얀 빛 속에서 한없이 밝게 웃고 있는 어린 딸의 미소가 느껴졌다.

비로소 아이는 떠나고 있었다.

꿈에도 원했던 가족의 만남. 너무나 그리웠던 아빠와 엄마의 모습에 아이는 한없이 기뻐하고 있었다. 그리고 몹시도 원하고 바라던 소망이 이루어지자 5년 만에 자신의 운명을 받아들였다. 아이는 팔짝거리며 뛰어다니고, 이리저리 몸을 뒹굴며 까르르 웃었다. 그렇게 행복한 얼굴로 두 사람 곁을 맴돌다가 하나 아쉬움 없이 이승을 떠나고 있었다.

'그래, 이제 만족했구나.'

낙빈 어머니는 하늘 위로 피어오르는 아이의 넋을 바라보다가 천천히 등을 돌렸다. 그리고 조용히 그 자리를 벗어났다. 그녀의 등 뒤로 7년 만에 만난 가족이 그동안 숨겨두었던 설움을 터뜨리고 있었다.

이미 사방은 컴컴하고 길은 모두 산그늘에 덮였다. 차가운 바람 소리와 풀 소리를 제외하면 사위는 쥐 죽은 듯 고요했다. 낙빈 어머니는 천천히 길을 따라 산을 내려왔다. 어쩐지 몹시도 한기가 도는 밤길이었다.

"아버지라……."

그녀는 자신도 모르게 중얼거리고 있었다. 아들 낙빈의 얼굴이 눈앞에 아른거렸다. 그 아이도 아비를 보고 싶어 할까, 그 아이도 제 아비를 만나고 싶어 할까, 이미 저 세계로 떠나버린 그 사람을 작은 기운으로라도 만나고 싶어 할까, 알고 싶어 할까 궁금했다.

한 번도 아비의 얼굴을 보지 못한 어린 아들의 팔자가 못내 가엾고 서글퍼 더욱 가슴이 시렸다.

파사사…….

바람이 불었다. 서늘하고 차가운 바람이었다.

제 2 화

행운을 부르는
슬픈 소인

# 1

시장의 낮과 밤 풍경은 사뭇 달랐다. 낮에는 사람들로 붐비던 곳이 새까만 밤하늘이 내려앉자 개미 새끼 한 마리 지나다니지 않을 정도로 조용해졌다. 남은 것은 걸쭉한 구정물과 여기저기 흩어진 젖은 쓰레기뿐이었다.

너무나도 고요해진 시장 상점에서 무언가 작은 소리가 새어나오고 있었다. 시장을 통틀어 가장 큰 왕천명의 토산품 상점은 이미 문을 굳게 걸어 잠그고 밖으로 불빛 하나 새어나오지 않았지만 상점 깊숙이에 있는 작은 골방에서 이상야릇한 소리가 들려오고 있었다.

짜악! 짜악!

작은 골방에는 흐릿한 촛불 하나만 밝혀져 있어서 겨우 사물을 분간할 수 있었다. 이 골방은 장부를 정리하는 방이었다. 또한 혈혈단신인 가게 주인 왕천명의 유일한 안식처였다. 그런데 바로 그 골방 안에서 날카로운 채찍 소리가 새어나오고 있었다.

"흑······ 흑흑······ 흑흑흑······."

채찍이 무언가를 내려칠 때마다 구슬픈 울음소리가 흘러나왔다. 어찌 들으면 어린아이의 흐느낌 같고, 또 어찌 들으면 여자의 울음소리 같았다.

"더 내놔라, 이놈! 더 내놔! 숲에 가고 싶다고? 숲에 가고 싶다? 헛소리를 지껄이고 있구먼! 이놈, 더 내놔, 복福을 쏟아내란 말이다! 날이 갈수록 농땡이를 부리다니! 더 내놔라, 더 내놔! 이대로는 부족해. 어서 더 내놓으란 말이다!"

왕천명의 음성은 조금의 아량도 없이 가혹했다. 그리고 그가 휘두르는 채찍을 맞고 있는 나약한 누군가는 그의 학대 아래서 처량하게 울음만 터뜨릴 뿐이었다.

"흑흑흑…… 주인님. 그만, 그만하세요. 톈안먼에 커다란 상점을 하나 내면 절 풀어준다고 하지 않으셨나요. 주인님 소원대로 마지막 행운을 그러모아 소원을 이뤄드렸잖아요. 이제 더 이상 제가 드릴 행운은 없어요. 아무리 절 때리셔도 더 이상 드릴 수가 없어요. 그러니 이제 그만 저를 풀어주세요. 약속대로 절 놓아주세요. 흑흑흑……."

"이, 이놈이! 이놈, 거짓말 마라! 헛소리 마! 어서 내놓아라, 이놈! 어서 내놓아라!"

짜악! 짜악! 짜악!

채찍과 울음이 범벅이 된 밤. 촛불 하나만 간신히 켜져 있는 왕천명의 토산품 상점 바깥에 또 다른 그림자가 있었다. 숨을 죽이고 조용히 몸을 웅크린 그는 채찍 소리가 들려올 때마다 몸을 움찔움찔 떨었다.

"아아, 사장님. 제발 그만하세요. 제발……."

그의 눈에서는 한 줄기 안타까움의 눈물이 흘러내리고 있었다.

## 2

　낙빈은 물론이고 정희와 정현도 공항이라는 곳에는 생전 처음
와보았다.

　넘실거리는 푸른 바다 위에 공중 부양한 것 같은 영종대교가
나타날 때부터 낙빈은 바짝 얼어 침을 꼴깍꼴깍 삼켰다. 하필이
면 안개까지 자욱해서 마치 하늘로 올라가는 다리를 지나가는 것
처럼 묘한 느낌이 들었다. 바다를 가르는 거대한 교량 위를 달리
는데, 생사의 강을 넘나드는 것처럼 무시무시했다. 단순히 다리
하나를 넘는 것뿐인데 말이다.

　공항에 도착해서는 어마어마한 건물의 위엄에 정신이 나갈 정
도였다. 엄청나게 커다란 기둥이 거대한 터널을 받치고 있는 듯
한 인천공항 안으로 들어가자 하늘 위로 드리워진 겹겹의 기하학
적 곡선과 그 사이를 누비는 수많은 사람의 행렬에 정신을 차릴
수가 없었다.

　어둑어둑한 저녁이 와도 사방이 밝은 빛으로 번쩍거리는 통로
와 어디가 어딘지 알 수 없는 수많은 문 사이에서 낙빈은 완전히
방향감각을 잃고 말았다. 이런 곳에 혼자 남았다가는 도저히 일
행을 찾을 수 없겠다는 생각이 더럭 들었다. 낙빈은 두려움에 승
덕의 손을 단단히 쥐었다.

　"괜찮아."

　낙빈의 마음을 알았는지 승덕은 소년의 까만 머리카락을 장난

스럽게 휘저었다. 그러면서도 작은 손을 꼭 쥐고 놓지 않았다.

"오빠, 정말 정신이 없네요."

웅장한 규모에 주눅이 든 건 낙빈만이 아니었다. 정희도 살짝 긴장한 얼굴이었다. 어색한 미소를 지으며 어깨를 으쓱거리는 모습이 낯설었다. 정현은 말이 없긴 했지만 평소보다 커진 눈으로 사방을 두리번거리는 것을 보면 그 역시 낯설기는 마찬가지인 모양이었다. 일행 중 승덕만 익숙한 얼굴로 긴장한 세 사람을 이끌었다.

승덕과 낙빈, 정희와 정현은 모두 커다란 가방을 어깨에 짊어지고 사방을 바라보았다. 공항까지 오는 버스에서 내린 그들은 여기서 만나기로 한 일행을 찾는 중이었다.

"저쪽이다. 11번 게이트 앞으로 가자."

승덕은 능숙하게 일행을 이끌며 걸음을 옮겼다.

천신을 제외한 암자의 네 식구는 일월신검을 찾아 길을 떠나는 중이었다. 이번에 그들이 갈 곳은 중국이었다. 제검가製劍家의 영혼이 알려준 대로 양기와 음기를 모두 모아 일월신검의 위치에 대한 결정적인 힌트를 얻었기 때문이다. 대무신제의 일월신검이 만들어진 당시 그 검을 보호하던 두 개의 검 대신 일행은 운명처럼 태양의 양기와 달의 음기를 모으는 해의 검과 달의 검을 보호하고 있었다. 낙빈을 비롯한 일행은 이 두 개의 검을 만난 건 운명이라고 생각했다.

운명은 그들을 이끌었고 해의 검과 달의 검은 그들에게 운명의 장소를 알려주었다. 그곳은 바로 중국의 선양이었다. 두 개의 검이 선양을 가리키자 승덕과 일행은 수많은 고서를 뒤지며 그곳에 일월신검이 있을 가능성이 높은지 면밀히 조사했다. 고구려 역사를 기록한 문헌들은 물론 수많은 전설과 야사까지 샅샅이 뒤져본 결과 그곳이 현재는 중국의 영토이지만 고대에는 고구려 땅이었기 때문에 일월신검이 있을 가능성이 농후하다는 결론을 얻었다. 그리고 지금 낙빈과 정희, 그리고 정현은 난생처음 다른 나라를 향해 비행을 시작하려 하고 있었다.

"오빠, 승덕 오빠!"

승덕과 일행이 11번 게이트를 향해 걸음을 옮기는데 저 앞에서 호들갑스러운 목소리가 울려 퍼졌다. 동그란 하얀색 모자를 쓰고 양 갈래로 머리를 묶은 날씬한 소녀가 요란한 몸짓으로 손을 흔들어대고 있었다. 주홍빛으로 반짝이는 선글라스를 끼고 하늘거리는 원피스를 입은 소녀가 승덕과 낙빈을 확인하고는 가벼운 발걸음으로 사뿐사뿐 달려왔다. 소녀가 달릴 때마다 그녀의 주변에서는 탄성과 함께 요란한 플래시가 터졌다. 노래면 노래, 공부면 공부, 연기면 연기까지 무엇 하나 빠지는 것 없는 그녀. 대한민국에서 그녀를 모르면 간첩이라는 엄친아의 대명사. 소녀 가수 조미니였다.

"승덕 오빠, 낙빈아. 정말 보고 싶었어!"

미니는 사람들의 눈은 아랑곳하지 않고 승덕의 허리를 와락 껴안으며 가슴에 얼굴을 묻었다. 미니가 얼굴을 비비며 흔들어대자 길고 새까만 생머리가 반짝이며 찰랑거렸다.

"야, 야! 이러지 마."

승덕이 얼굴을 뒤로 쭉 빼며 몸을 젖히자 미니는 승덕의 허리를 더욱 조이며 매달렸다. 여기저기서 플래시가 터졌지만 미니는 신경 쓰지 않았다.

"낙빈이도 잘 있었어?"

미니는 여전히 승덕의 허리를 감싼 채로 그의 어깨 너머로 낙빈에게 아는 체했다. 말로는 낙빈에게도 반갑다고 했지만 미니의 관심이 온통 승덕에게 쏠려 있다는 건 삼척동자도 알 수 있었다.

"누나, 안녕하세요. 도와주셔서 감사해요. 여기는 정희 누나, 정현이 형이에요."

"아, 그렇구나. 안녕하세요."

미니는 살짝 고개를 숙이며 인사했다. 정희와 정현도 허리를 굽히며 인사했지만 미니는 두 사람을 제대로 쳐다보지도 않았다. 승덕은 노골적으로 달려드는 미니의 이마를 손바닥으로 밀었다. 다가가지 못해 안달하는 미니를 귀찮은 듯 밀쳐내는 낯선 남자의 모습에 여기저기서 웅성거리기 시작했다.

"아이 참, 오빠도!"

미니는 어쩔 수 없이 승덕의 허리를 놓고 그의 왼팔에 두 손을 단단히 둘렀다. 아무리 털어내도 놓치지 않겠다는 듯 팔짱을 낀 손에 잔뜩 힘을 주었다.

"오빠, 왜 내 편지에 답장 안 했어요? 오빠가 산으로 가고 나서 계속 편지를 썼는데……. 편지 다 받은 거 맞잖아요, 그죠?"

"응, 잘 받았어. 잘 지낸다니 다행이더라."

미니는 그동안 아무리 연락해도 감감무소식이었던 승덕의 무심함에 심술을 냈다.

"치, 지난달에는 그 험한 산까지 오빠를 만나러 엄마랑 같이 갔었다고요. 알아요?"

"응, 스승님께 말씀 들었어."

미니는 승덕과 낙빈 등이 일월신검을 찾아나선 동안 천신만 남은 암자를 다녀갔다며 툴툴거렸다.

"하지만 이렇게 만나게 됐으니 용서해줄게요, 뭐."

미니는 뭐가 그리 좋은지 양 볼을 살짝 붉혀가며 환하게 재잘거렸다. 때로는 입을 삐죽거리다가도 또다시 환한 미소가 가득 번지는 것을 미니 자신도 어쩔 수가 없었다. 좀 전 공항 대기실에서 승덕을 기다리며 초조하게 발을 구르던 소녀 가수는 눈앞에 짝사랑의 대상인 승덕이 나타난 이후 미소가 떠나질 않았다.

"고맙다, 무리한 부탁인데도 들어줘서."

"아니에요. 마침 스케줄이 있었는데 잘됐죠."

미니는 고맙다는 승덕의 말이 너무 좋아서 환하게 미소 지었다.

승덕은 대무신제의 일월신검을 찾는 데 꼭 필요한 해의 검과 달의 검을 중국까지 가져갈 방법을 찾다가 미니의 도움을 받게 되었다. 두 자루의 검이 모두 날 선 무기이다 보니 해외로 가지고 나가는 것은 불가능한 상황이었다. 이때 마침 CF를 찍기 위해 중국에 가는 미니의 도움을 받아 두 자루의 검을 촬영 도구로 등록할 수 있었다.

"엄마가 오빠랑 낙빈이랑 모두 잘 모시고 다녀오라고 신신당부했어요. 오빠는 내 은인이라고요. 뭐든 내가 할 수 있는 일은 다 할게요."

"미니야, 우린 갈 곳이 있어. 마침 가까운 지역이라 함께 비행기를 타긴 하지만 도착하면 같이 있을 수는 없어. 그거 알고 있지?"

승덕은 눈에 띄게 흥분한 미니에게 일 때문에 중국에 간다는 사실을 명확히 알려주었다.

"알고 있어요. 오빠가 무슨 칼을 찾아서 중국에 간다는 거. 나도 얘기 들었단 말예요. 하지만 엄마가 오빠한테 무지무지 잘해주라고 신신당부했단 말예요. 그러니까 어쩔 수 없어요. 오빠랑 낙빈이, 그리고 저 언니랑 오빠도 제가 신경 써서 잘해드릴 거니까 그건 뭐라고 하지 마세요!"

승덕이 정색하고 말하자 조금 풀이 죽었지만 여전히 마음속으로는 승덕과의 재미있는 추억 여행을 상상해보는 미니였다. 지금 미니에게는 어떤 말도 귀에 들어오지 않았다. 외국으로, 그것도 엄마 없이, 게다가 꿈에도 그리던 승덕과 함께라니! 짝사랑에 빠져버린 소녀에게는 꿈같은 여행의 시작이기만 했다.

승덕은 차갑게 말하는데도 여전히 꿈꾸는 표정으로 자신을 바라보는 미니를 보며 작게 한숨을 내쉬었다. 검을 찾아 쉴 새 없이 사방을 돌아다니며 고생할 텐데, 미니는 전혀 그런 사정을 이해하는 눈치가 아니었다. 미니의 성격이라면 CF는 둘째 치고, 무슨 핑계를 대고라도 승덕의 뒤를 졸졸 쫓아다닐 것 같은 불안감이 엄습했다.


3


대도시라 그런지 선양의 중심가는 사람들로 붐볐다.

개방 이후 사유재산에 대한 규제가 풀리면서 나라 이곳저곳이 부를 쌓기 위해 분주한 모습이었다. 선양도 예외는 아니라서 거리 양쪽으로 아파트가 삐죽삐죽 솟아나고 도로를 따라 음식점이 즐비했다.

얼마 전까지만 해도 허허벌판이었다는 선양은 불과 몇 년 사이에 천지개벽이라도 일어난 것처럼 달라졌다. 수많은 음식점과 토산품 상점, 그리고 거대한 백화점까지 들어선 선양은 이미 시장경제 체제를 깊숙이 받아들인 모습이었다. 경제 개방 이후 수많은 외국인이 선양을 찾으면서 관광객을 위한 외국어 간판도 쉽게 눈에 띄었다. 주 고객이 일본인과 한국인인지 한국어와 일본어 간판이 종종 보였다.

선양의 중앙 시장 주변에는 술집과 식당을 중심으로 관광객이 몰려들었다. 묘한 눈초리와 흐트러진 몸짓으로 관광객을 유혹하는 젊은 아가씨들 역시 낯설지 않은 모습이었다.

중국의 문호 개방 이후 '돈'을 알게 된 중국 본토인들은 자신들을 부자로 만들어줄 수 있는 것이 바로 '관광객의 주머니'라는 사실을 잘 알고 있었다. 특히 선양 시내에서 관광객이 가장 많이 몰려드는 왕천명의 토산품 상점은 관광객을 상대로 돈을 긁어모으기로 유명한 곳이었다.

"어머, 예뻐라!"

"세상에, 어쩌면 이렇게 내 마음에 쏙 들까?"

"이것 좀 주세요, 아저씨!"

"아저씨, 이거요!"

왕천명의 토산품 가게는 관광객이 가득 들어차 발 디딜 곳이 없었다.

"불고기 열 대요!"

"냉면 스무 그릇이오!"

"메추리 열 마리요!"

토산품 가게 옆에 붙은 왕천명의 음식점에도 수많은 사람이 밀려들어 인산인해를 이루고 있었다. 왕천명의 두 가게에는 그 어느 곳보다도 많은 관광객이 몰려들었다.

왕천명의 가게는 묘하게도 바로 옆 가게들과 달리 언제나 사람들로 북적거렸다. 시장 사람들은 비슷한 제품에, 비슷한 메뉴에, 비슷한 인테리어에도 불구하고 유독 왕천명의 가게만 사람이 미어터지는 까닭을 알 수가 없었다.

들리는 말에 의하면 왕 씨는 관광객이 많은 톈안먼 근처에도 이런 토산품 가게를 하나 냈는데, 그곳 또한 장안의 화제가 될 정도로 장사가 잘된다고 했다. 왕 씨가 손을 댔다 하면 뭐든 순풍에 돛 단 듯 일이 술술 풀리는 걸 다들 부러워했다.

"이 인형 좀 주세요. 선물용으로 열 세트 주세요."

"하이고, 잘 보셨습니다! 그런데 이 인형은 지금 다 팔리고 딱 하나 남은 거예요. 어쨌든 눈이 높으십니다, 눈이 높으세요!"

비단옷을 걸친 양귀비 인형의 가격은 일반 노동자의 반달치 월급이 넘을 정도였다.

"이 보석 세공은 정말 특이하네요. 이걸로 할게요."

"아이고, 정말 물건을 볼 줄 아시는군요! 이건 최고급품입니다!"

관광객들은 가격이 일반 중국인의 몇 달치 월급과 맞먹는 물건도 거리낌 없이 사들였다. 중국인의 한 달치 월급을 아무렇지 않게 한 끼 식사 값이나 기념품 하나 값으로 내놓는 사람들의 줄이 매일 왕천명의 가게 앞에 길게 늘어섰다.

오늘도 왕 사장의 가게는 눈코 뜰 새 없이 바빴다. 코가 빠질 정도로 장사가 잘되어 신날 법도 하지만 오늘따라 왕 사장의 표정이 좋지 않았다. 웬일인지 한 번도 지각한 적이 없는 주 씨가 가게 문을 열고 한 시간이 지났는데도 나타나지 않았기 때문이다.

정신없이 바쁜 때에 손이 하나 비니 가게를 총괄하던 왕 사장은 머리끝까지 화가 치밀어 올랐다. 토산품을 판매하는 10여 명의 점원들은 조마조마한 얼굴로 왕 사장을 바라보았다. 가장 오랫동안 이 가게에서 일해왔고 누구보다 성실하고 정직한 주 씨이지만 왕 사장에게 관용이란 찾을 수 없는 단어였다. 아마도 주 씨가 오면 큰 사달이 날 것이 분명했다.

"아니, 이놈의 새끼는 왜 안 오는 거야! 오기만 해봐라, 내 이놈을!"

뚱뚱한 몸집에 앞머리가 훌렁 벗겨진 왕 사장은 두꺼운 눈썹을 치켜세우며 이리저리 씰룩거렸다. 이것은 그가 무척이나 화가 났다는 뜻이었다.

"에고, 웬일이래, 주 씨가? 큰일 났구먼, 큰일 났어!"

평소 왕 사장의 성질을 잘 알고 있는 점원들은 서로서로 눈짓을 해가며 여전히 연락 없는 주 씨에 대한 걱정을 되뇌었다. 최근 왕 사장은 저기압이었다. 원래도 성미가 급하고 화를 자주 내지만 요즘 들어 그 정도가 심해졌다.

"허억! 허억!"

주 씨가 가쁜 숨을 몰아쉬며 허겁지겁 가게로 들어온 것은 정확히 출근 시간으로부터 한 시간 15분이 지나서였다. 커다란 키에 비쩍 마른 주 씨는 30대 후반의 남자였다. 두 볼이 홀쭉하고 두 눈이 아래로 축 처져서 바보처럼 순할 것만 같은 인상이었다. 그가 헐레벌떡 가게 안으로 들어와 겁먹은 표정으로 왕 사장의 발아래 납죽 엎드렸다.

"죄송합니다, 사장님. 죄송합니다."

"나가, 이놈의 새끼야! 나가, 이 거지새끼야!"

왕 사장은 발아래 무릎을 꿇은 주 씨에게 눈길도 주지 않고 무시해버렸다.

주 씨가 지각한 것은 이 일을 시작한 지 10여 년 만에 처음 있는 일인데도 왕 사장은 주 씨의 말을 들어볼 생각조차 하지 않았다.

"죄송합니다, 사장님! 죽을죄를 지었습니다! 오늘 아침에 어머니가 객혈을 하고 쓰러져서 어쩔 수 없이 늦었습니다. 죽을죄를 지었습니다, 죽을죄를 지었습니다! 한 번만 용서해주십시오, 제발 한 번만 용서해주십시오!"

주 씨는 왕 사장의 바짓가랑이를 잡고 늘어졌다. 다른 점원들은 주 씨가 가엾고 안쓰러워 눈물이 찔끔 나오려 했다.

'다른 사람이라면 몰라도 주 씨라면 이해해줄 법도 하건만……'

워낙 성실하고 부지런한데다 모든 행동이 바르기 짝이 없는 주 씨인지라 그들은 더욱 마음이 아팠다. 그러나 왕 사장의 얼굴은 조금도 용서가 되지 않는다는 표정이었다.

"빌어먹을 놈! 네 어미가 객혈을 하건 네 모자가 굶어 죽건 나랑 무슨 상관이냐? 당장 꺼져! 꼴도 보기 싫으니 당장 꺼져라!"

"사장님, 사장님! 한 번만 용서를…… 제발 한 번만 용서해주십시오. 뭐든 하겠습니다. 그만두라는 말만 제발 하지 마십시오."

사람 좋은 주 씨는 요즘같이 경기가 잘 풀리는 때라면 왕 사장만큼 일을 시키고 왕 사장만큼 월급을 주는 곳을 어디서든 어렵지 않게 구할 수 있을 텐데도 굳이 왕 사장의 발치에 꿇어앉아 애타게 용서를 구했다.

"잔소리 마라, 꼴도 보기 싫다! 오늘 내로 당장 그만둬라!"

애타게 애원할수록 왕 사장은 더더욱 주 씨를 용서하고 싶은 생각이 들지 않았고, 오히려 모질게 쫓아내고 싶은 충동마저 들었다. 밟으면 밟을수록 숙이고 엎드리는…… 그야말로 주 씨는 혼낼 기분이 나는 사람이었다.

"당장 짐을 싸라! 지금은 일손이 달리니 우선은 일을 하고 오늘 저녁 가게 문을 닫으면 짐을 싸라. 네가 맡았던 장부는 밤을 새워서라도 다 정리하고 나가거라! 가게에 입힌 피해를 생각해서 이번 달 월급은 없다!"

왕 사장은 매몰차게 소리치고 나서 휙 하니 나가버렸다.

"아아, 이런……."

그동안 단 한 번도 쉬지 않고 성실하게 일해온 주 씨는 청천벽력과도 같은 말에 아연실색하며 철퍼덕 엎어져 일어나지 못했다. 왕 사장이 사라지자 직원들이 몰려들어 주 씨의 등을 토닥였다.

"주 씨, 여기를 나간다고 일자리가 없겠어? 요즘 공장에서 사람을 많이 뽑더라고. 아무렴 여기보다 못하겠어? 주 씨는 어딜 가든 잘할 거야. 구질구질하게 여기 남아 있을 필요가 없어. 저놈의 왕 사장 밑에서 굽실거릴 필요 없다고!"

위안의 말이 쏟아졌지만 여전히 주 씨의 표정은 밝아지지 않았다.

왕천명의 토산품 가게를 그만둔다는 것, 당장 어머님의 약값이 부족하다는 것은 문제도 아니었다. 아직 자신은 젊어서 마음만 먹으면 어디든 취직할 수 있는데다 이렇게 개발로 들뜬 도시에서는 당장이라도 막노동을 시작할 수 있었다.

단 하나, 주 씨의 마음에 걸리는 것이 있었다. 자신을 유일한 친구로 아는, 언제나 상처받는 가엾은 작은 친구……. 그를 생각하면 이곳을 그만둬야 하는 주 씨의 마음이 무겁기만 했다.


4


초저녁 붉은 기를 머금은 태양이 떨어지자 낮부터 붐비던 토산품 상점의 손님들은 왕천명의 음식점으로 발걸음을 돌렸다. 수십 개의 상이 즐비하게 일렬로 펼쳐진 불고기 집은 빈자리가 없을 정도로 사람들이 가득했다.

"이봐요, 왕 사장! 내가 또 한국에서 찾아온 미래의 학자 선생들을 모시고 왔소이다! 시간이 되면 이리 좀 오시구려!"

이리저리 손님들 사이를 돌아다니던 왕 사장을 부른 사람은 선양 동북대학교의 한국인 교수였다. 그는 종종 한국에서 찾아온 유학생이나 중문과 학생들을 데리고 왕 사장의 가게에 들르는 단골이었다. 오늘도 그는 네댓 명의 한국인 유학생과 함께 왕 사장의 식당을 찾았다.

"하이고, 또 오셨군요? 오늘은 곱디고운 여학생들과 함께시군요! 꽃밭이라면 나비가 날아와야지요!"

왕 사장은 손님들이 앉은 테이블 앞으로 건너와 너스레를 떨었다. 한국 여학생들은 왕 사장의 과장된 몸짓을 보며 키득거렸다.

"역시 여자는 한국 여자가 최고라니깐! 우리 중국 아가씨들도 이렇게 하얀 피부에 야들야들하니 예쁘게 생겨 가지고 나긋나긋하면 얼마나 좋을까요! 이런 얘기를 중국 아가씨들 앞에서 했다간 난리가 나겠지만.

아무리 법적으로 여자의 지위를 보장했다고 해도 여잔 여자 아닙니까? 과년한 처녀가 거리에서 미니스커트를 입고 자전거를 타는 모습 좀 보세요! 처녀든 아줌마든 가릴 것 없이 미니스커트 차림으로 페달을 밟으니 정말 못 봐줄 몰골들입죠! 요즘 한족 여인네들은 남편의 뺨을 갈기질 않나, 맞담배를 피우질 않나, 남자 머리 꼭대기에 오르질 않나, 아주 지겨워 죽을 지경입니다.

공산당이 여자의 지위를 헌법으로 보장해준데다 요즘 젊은것들은 남자들이 부엌일 하는 걸 당연하게 생각하고 있으니 원. 이러니 여자가 돈을 더 버는 집에서는 남자가 맥도 못 추게 되어버렸죠. 그러니 모든 집 안이 항상 지저분하고 더러울 밖에요. 제가 이렇게 한인 음식점을 낸 것도 다 그런 이유에서죠. 한국인들, 얼마나 좋습니까!"

왕 사장은 꽤나 권위적인 생각을 갖고 있었다. 그는 남성의 지위가 확고하게 높은 한국이 부럽다며 낄낄거렸다.

"이러니 왕 사장이 혼자지. 껄껄. 그나저나 왕 사장, 우리 아가씨들한테 재밌는 이야기나 하나 해주시게나. 중국의 전설이나 민담이나, 뭐 그런 거라면 좋겠는데……. 우리 아가씨들이 그런 쪽에 관심이 많거든! 자, 이거 한잔 받으시고.”

교수는 왕 사장에게 잔을 권하며 술을 가득 따랐다.

왕 사장은 단번에 술잔을 비우고 여학생들을 둘러보더니 재미있는 이야기를 해주겠다고 큰소리쳤다. 이리저리 안면 있는 사람들의 술자리를 누비고 다닌 탓에 왕 사장은 술기운이 슬슬 올라오는 것을 느꼈다.

“내가 재미있는 얘기 하나 해드리지. 어험!”

그는 마른기침을 해대며 기름기가 번들번들한 얼굴을 여학생들의 코앞으로 내밀었다.

“10년도 훨씬 전의 이야기죠. 이 가게가 세워지기도 전이고 제가 여기서 기반을 잡기도 훨씬 전의 일입니다. 내게 땡전 한 푼 없던 막막한 시절의 이야기지요. 당시 중국은 문호를 개방하고 사유재산제도를 받아들이기 시작했습니다. 그렇게 되자 돈 한 푼 없는 제 입장은 더더욱 난처해졌습죠. 더욱이 다니던 회사가 망하면서 졸지에 일자리까지 잃었지요.

아이들은 벌써 스물이 다 되어서 독립할 나이였지만 그 녀석들한테 기댈 수는 없었죠. 녀석들 역시 내가 기대는 것을 끔찍하게 싫어하는 놈들이었고요. 바깥일을 하던 아내에게도 나는 짐짝 같은 존재가 되어버렸죠. 그때가 제게 가장 어려운 시절이었습니다.

집 안에서도, 밖에서도 발붙일 곳이 없던 저는 정말 죽을 결심을 하고 집을 뛰쳐나왔습죠. 그러고는 아무런 기약도 없는 여행자 생활을 시작하게 되었답니다. 당시 나는 혼자 있는 것이 좋아서 이곳저곳을 떠돌아다니며 가족과는 모든 인연을 끊었습지요. 명산대천이라 해도 오래 머물지 않았고 걸어서 갈 수 있는 곳이라면 어디든지 돌아다녔습니다."

왕 사장은 또다시 잔을 비우고 한국 아가씨들의 얼굴을 둘러보았다. 그녀들은 왕 사장의 이야기가 흥미로운지 모두들 눈을 크게 뜬 채 귀를 기울이고 있었다. 왕 사장은 신이 나서 이야기를 이어나갔다.

"나는 여기저기를 떠돌아다니다가 어느 시골 마을에서 요상한 이야기를 하나 들었답니다. 그곳 사람들은 중화인민공화국에서 붙여준 이름이 있는데도 자신들의 마을을 '소호少昊'라 부르더이다.

그 마을에서 문득 내가 알고 있던 소호국小昊國♦ 이야기가 떠오릅디다. 우리 옛이야기에 나오는 소호국은 하늘나라의 신 사이에서 태어난 서방천제西方天帝 소호♦♦가 동쪽 바닷가에 세웠다는 새들의 나라지요. 그런데 그 마을도 그 전설 그대로 새가 많더이다.

그 소호라는 작은 촌에는 이런 전설 외에도 수많은 전설이 대대로 내려오고 있었습니다. 그중 하나가 소호국에 있다는 소인小人의 나라♦♦♦에 대한 전설이었습니다. 그 소인들은 1만 살까지 산다더군요. 또 소인들에게는 묘한 재주가 있다더군요. 바로 온 세상의 수만 가지 행운을 모으는 힘이라고 합디다. 죽어가던 이가 살아나고 가난한 이가 하루아침에 부자가 되며 모든 일을 일사천리로 풀어주는 행운의 능력이 있다고 전해지더이다.

그 외에 교인鮫人, 즉 인어에 관한 이야기도 있더군요. 옛날에는 그곳 호수에 인어가 살았는데, 인어는 남녀를 불문하고 매우 아름다웠다고 합니다. 피부는 옥돌처럼 희고 머리카락은 검은 비단 같이 아름답고 신비로웠다고 합디다. 게다가 술을 조금만 마시면 몸이 복숭아꽃 같은 분홍빛이 되어 더욱 아름다웠기 때문에 아내나 남편을 잃은 바닷가 주민들은 그들을 잡아다가 연못에서 기르며 배우자로 삼았다고 합니다.

특히 중요한 건, 교인의 눈물방울은 빛나는 진주가 된다는 이야기였습니다. 한데 놀랍게도 그 시골구석 조그마한 동네에 대대로 내려오는 귀한 진주들이 집집마다 한 줄씩은 있지 뭡니까?

바람 따라 구름 따라 정처 없이 떠돌던 제게 그 마을보다 흥미로운 곳은 일찍이 없었지요. 저는 예정에도 없었던 체류를 하게 되었지요. 아예 움막 하나를 빌려 마을에 눌러앉아버렸습니다."

---

◆중국 전설에 나오는 상상의 나라로, 신하와 백성이 모두 새인 왕국으로 알려져 있다.
◆◆중국 전설에 나오는 인물로, 하늘나라 궁전에서 옷감을 짜던 황아皇娥와 계명성啓明星 사이에서 태어나 동쪽 바닷가에 새들의 왕국인 소호지국을 세웠다. 그는 새에 대해 각별한 애정을 가지고 있었던 것으로 전해지며, 이런 이유로 사람의 얼굴에 새의 몸을 하고 있는 구망句芒이 그의 아들이라고도 한다. 나중에 그는 서방의 천제가 되어 서방 1만 2,000리를 다스렸다고 한다.
◆◆◆중국에는 소인과 거인에 대한 전설이 지역마다 다양하게 전해져온다. 예를 들어 주요국周饒國이라는 소인국은 사람들이 무척이나 왜소해 석 자만 되어도 큰 키에 속했고, 작은 사람들은 키가 몇 치밖에 안 되었다고 한다. 또한 원교산 부근에는 지이국池移國이라는 소인국이 있었고, 이 나라의 소인은 1만 살까지 살았다고 전해진다. 중국에 내려오는 소인과 거인에 대한 전설을 살펴보면 소인은 머리가 좋고, 착하며, 유순하고, 개미처럼 아침부터 저녁까지 열심히 일하는 이들로 묘사되는 경우가 많은 반면 거인은 대개 성품이 온순하고 유순하지만 우둔하고 꾸준히 노력하지 않는 종족으로 비춰진다.

왕 사장은 당시를 떠올리며 천장을 바라보았다. 그의 눈은 어느새 당시 소호라는 마을로 되돌아간 것만 같았다.

"탐이 나더군요. 왜 그렇지 않겠습니까? 행운을 물어다주는 소인에, 진주 눈물을 흘리는 교인……. 난쟁이나 인어를 하나 잡기만 하면 고생이 끝난다는 생각이 퍼뜩 들더란 말입니다! 전 냉큼 그물 같은 장비를 구해 동네를 등지듯이 서 있는 거대한 산봉우리를 오르기 시작했습니다. 갑자기 왜 산을 올랐느냐고요? 그 산은 온갖 귀기鬼氣가 어려 있어 감히 인간이 오르지 못한다는 산이었기 때문입니다. 그 산은 수백 개의 봉우리가 이어진 작은 산맥의 일부였습죠. 봉우리와 봉우리 사이 산맥의 중앙에는 끝을 알 수 없을 정도로 깊고 깊은 숲이 있다고 했습니다. 동네 사람들은 그 숲을 '요마妖魔의 숲'이라 불렀습죠. 그러고는 감히 어느 누구도 그 숲에 다가가지 않았습니다. 그 숲에 가면 저주를 받는다는 것이었지요.

그곳은 수많은 새들이 둥지를 틀고 지내는 곳이었으며, 산의 초입부터 정상까지 발 디딜 틈 없이 자라난 빼곡한 나무로도 유명한 곳이었습니다. 게다가 정상에 올라가면 평평한 분지가 있고 거대한 분지호까지 있다더군요.

새가 살고 나무가 빽빽해서 사람이 들어갈 수도 없고, 분지가 있어서 인어가 살 수 있는 곳. 게다가 온갖 귀기가 어려 있는 곳……. 저는 그곳에 소인과 인어가 숨어 있을 거라고 확신했습죠."

왕 사장은 다시 술을 한 모금 들이켰다. 그는 자신을 바라보는 여학생들의 얼굴을 한번 쓰윽 훑어보았다. 그들은 눈을 동그랗게 뜨고 왕 사장의 이야기에 흠뻑 빠져 있었다. 왕 사장은 만족스러운 얼굴로 빙글거렸다.

"……낮이었습니다. 제가 그놈의 '요마의 숲'에 들어간 것은 햇빛이 아주 쨍쨍한 대낮이었죠. 산맥을 굽이굽이 따라 3일 밤낮을 걸었을 때 나는 마을 사람들이 말하는 그 '요마의 숲'이란 곳에 다다랐습니다. 숲으로 몇 발 들어가자 낮인지 밤인지 분간하기 어려울 만큼 어두워지더군요. 너무나 빽빽한 나무숲 때문에 태양이 보이지 않고 빛이 들어오질 않아 늦은 오후처럼 컴컴했습니다. 게다가 귀신이 나온다는 숲답게 몹시 차갑고 눅눅하더군요. 금방이라도 무언가가 펄쩍 하고 튀어나온다 해도 이상하지 않을 만큼 해괴한 분위기의 숲이었습니다."

"그…… 그래서요? 귀신을 보셨나요? 소인은? 인어는? 그것들을 보셨어요?"

왕 사장이 뜸을 들이고 목을 축이자 한국 유학생 한 명이 그를 재촉했다.

"호호, 그래서 말이지요……."

그는 작은 눈을 더욱 가늘게 뜨며 천천히 그 괴상한 숲에 대한 이야기를 이어갔다.

"음산한 기운, 어둡고 차가운 기운이 사방을 뒤덮었습니다. 하지만 나는 그저 '이 숲을 지나 정상에만 가자! 정상에 있는 분지호까지만 가자! 거기에 있는 인어 한 마리만 데려오자!' 하는 마음으로 겁도 없이 발길을 서둘렀습니다.

하지만 한 치 앞도 보이지 않는 숲길에서 정상을 찾아 올라간다는 게 정말 생각보다 훨씬 어렵더군요! 아무리 올라가고 아무리 헤매도 한곳을 빙빙 도는 것만 같고 좀처럼 그 끝이 보이지 않았습니다.

서서히 어둠이 밀려들자 이상한 소리가 들려오기 시작했습니다. '끼익 끽끽' 하는 괴상한 새의 울음소리가 커다랗게 들려오고 퍼드덕 날아오르는 수많은 새의 눈이 나를 노려보는 것 같았습니다.

갑자기 묘한 노랫소리도 들려왔습니다. 딱히 가사를 알아들을 수도 없으면서 사람 목소리 같기도 하고 새소리 같기도 한 이상한 소리 말이지요. 왠지 괴기스럽고 스산하면서…… 뭐라고 해야 좋을지 모르겠지만 온몸에 소름이 돋는, 기분 나쁜 소리였습니다.

갑자기 온몸이 굳으면서 두려움이 엄습하기 시작하더군요. 손이 덜덜덜 떨리면서 더 이상 발걸음을 내디딜 수가 없었습니다. 날도 저물어서는 어둡던 숲이 순식간에 깜깜해지기 시작했습지요.

나는 떨어지지 않는 발을 이끌고 다시 마을로 내려가기 시작했습니다. 더 이상 인어건 소인이건 생각나질 않았지요. 다만 어서 이 괴상하고 음산한 숲에서 벗어나야겠다는 한 가지 목표뿐이었습니다.

구르고, 자빠지고…… 난리도 아니었습니다. 뭔가가 자꾸 뒤쪽에서 쫓아오는 기분이 들어 저는 뒤도 돌아보지 못하고 정신없이 숲을 내달렸지요. 하지만 숲에 들어올 때처럼 숲을 헤쳐 나가는 것도 장난이 아니었습니다. 어디가 어딘지 한 치 앞이 보이지 않아 더 이상 움직일 수 없을 때까지도 저는 여전히 그놈의 빌어먹을 숲에서 벗어나지 못한 채였습니다.

빌어먹을 새까만 밤! 나중에는 귀신이든 도깨비든 뭐가 나와 날 죽이건 잡아먹건 홀리건, 될 대로 되라는 생각까지 들더군요. 한데 그런 생각이 들자 오히려 사방이 다시 보이더군요. 아니, 더 또렷하게 보이더군요. 마침내 저는 그 어둠 속에서 제 몸 하나가 충분히 들어갈 정도의 동굴 하나를 발견했습니다.

온몸이 땀으로 푸욱 절었다가 밤의 한기를 맞으니 이가 딱딱 부닥칠 정도로 춥더군요. 그래서 나는 주변에 있는 나뭇가지를 꺾어 작은 모닥불을 피우고 배낭에 담아온 과자와 빵 부스러기를 꺼내 허기진 배를 채웠습니다. 그리고는 기진맥진 잠에 빠져버리고 말았습니다.

그런데 문득 바스락거리는 인기척이 들리는 것이었습니다. 뭔가가 내가 먹던 빵과 과자 부스러기를 건드리는 것 같았습니다. 산짐승이나 작은 너구리일 거라고 생각했지만 혹시나 위험한 녀석일지 모른다는 생각에 눈을 떠보았습니다.

하지만 피곤에 절은 눈은 맘과 달리 좀처럼 떠지지가 않더군요. 마음은 '눈을 떠야 한다'고 외치는데 이놈의 눈꺼풀은 '내버려두라'고 소리를 질러댔지요. 그렇게 나 자신과의 싸움을 벌이

다가…… 마침내 겨우겨우 한쪽 눈꺼풀을 들어올릴 수 있었습니다. 그런데 그곳에는……."

왕 사장은 또다시 한국인 아가씨들의 얼굴을 둘러보았다.

아가씨들은 완전히 그의 이야기에 빠져들어 다음 말을 목이 빠져라 기다리고 있었다.

"그런데 그곳에는…… 다름 아닌……."

"다름 아닌……."

그녀들은 왕 사장의 말을 저도 모르게 따라 하며, 그것의 정체가 밝혀지길 기다렸다.

"그곳엔 다름 아닌…… 소인이 있었습니다!"

"소, 소인요?"

"그렇습죠! 소인, 소인 말입니다! 사람 팔뚝 크기의 소인이 제가 먹었던 빵 봉지와 과자 봉지를 신기한 듯 이리저리 쳐다보고 있더이다! 온갖 행운을 갖다 준다는 바로 그 소인 말입니다!"

"와아, 그래서요? 그래서요?"

아가씨들은 저도 모르게 목소리가 커지고 있었다. 소인이라니! 전설에만 나오는 소인이라니! 모두들 흥분에 들떠 있었다.

"그래서…… 나는 그놈이 눈치채지 못하게 배낭 안에 들어 있는 그물을 조심조심 꺼냈소. 그 그물은 용하다는 점쟁이가 귀신도 잡을 수 있다고 만들어준 귀하디귀한 내 보물이었소. 나는 그놈이 도망가지 않도록 최대한 소리 내지 않고 살살 그물을 펼친 다음 그놈을…… 콱!"

왕 사장은 그물을 씌우는 시늉을 하며 요란하게 상을 쳤다.

탕!

상 위의 접시까지 서로 부딪혀 덜커덩 소리를 냈다.

"그놈을…… 콱! 하고 잡았소!"

"자…… 잡은 거예요? 정말 잡으신 거예요?"

다급한 질문에 왕 사장은 고개를 크게 끄덕였다.

"와아, 정말요? 그래서 이렇게 커다란 가게도 내고 이렇게 부자가 되신 거군요!"

아가씨들의 질문에 왕 사장은 두 눈을 감고 고개를 크게 끄덕였다. 한국 아가씨들은 손바닥을 치며 동그란 눈으로 왕 사장에게 애원하기 시작했다.

"그러면…… 그럼 그 소인은요?"

"그 소인은 지금 어디 있나요?"

"저희한테도 좀 보여주세요."

"저희한테도 행운을 좀 나눠주세요!"

그녀들의 말에 왕 사장은 고개를 끄덕이며, 가게의 한 면을 가리켰다.

"저기 있소, 저기! 팔뚝 크기의 소인! 행운을 주는 놈이오!"

"어, 어디?"

아가씨들은 왕 사장이 가리킨 곳을 동시에 쳐다보았다.

"아아, 뭐야아!"

"너무하세요!"

모두에게서 실망하는 말이 튀어나왔다.

왕 사장이 가리킨 것은 그의 가게에 진열해놓은 팔뚝 크기의 인형들, 식당 바로 옆에 있는 그의 토산품 가게에서 파는 인형들이었다.

"와하하하! 왕 사장, 또 우리 아가씨들을 속여 넘겼구먼!"

한국 유학생들을 데려온 교수는 크게 웃어댔고, 왕 사장 역시 가게가 떠나갈 듯 크게 웃었다.

"하여간 왕 사장은 타고난 장사꾼이라니까! 이래서야 자네들도 얘기 값으로 저 인형을 하나씩 사야 하지 않겠나?"

한국인 아가씨들 역시 킬킬대며 웃었다. 마지막이 허탈하긴 했어도, 어쨌든 유쾌한 시간이었으니까!


5


마침내 낙빈 일행의 눈앞에 거대한 대륙이 펼쳐졌다. 그곳은 고대로부터 면면히 이어져 내려온 우리의 조상, 우리의 뿌리가 고스란히 남겨진 곳이었다.

수백 년, 수천 년 혹은 수만 년 전부터 한님桓因의 뿌리에서 펼쳐져 내려왔기 때문일까. 아니면 배달국 시대부터 고구려에 이르기까지 우리 한민족이 살아왔기 때문일까. 이상하게도 이곳은 낙빈에게 '외국'이라는 느낌보다 여전히 '우리나라'라는 느낌을 주었다.

공항 주변에 세워진 직각 건물 너머에는 끝이 보이지 않을 정도로 드넓은 논밭이 펼쳐져 있고 그 평야를 한참 동안 달린 후에야 선양 시내에 도착할 수 있었다.

미니의 CF 스태프들은 드넓은 대륙을 달리는 고구려인의 기상을 모 음료와 결합시키기로 했다. 그렇게 드높은 남성적 이미지를 부각하기 위해 유명한 남자 배우도 함께했다. 그가 남성미를 풍기며 아름답고 소중한 여인을 구하는 장면을 촬영하기로 되어 있었는데, 그 여성 역이 바로 미니였다. 공교롭게도 미니 일행의 여행지는 승덕과 낙빈 일행의 목적지와 정확히 맞아떨어졌다. 공항까지 무사히 도착한 일행은 미니와 촬영 스태프들과 떨어져 그들만의 숙소로 향했다.

"내일부터 본격적으로 길을 헤매야 될 거야. 어디를 얼마나 헤매야 할지 모르겠지만, 어쨌거나 쉽진 않을 거야."

승덕은 호텔에서 짐을 풀기 무섭게 다시 한 번 일행의 목적을 상기시켰다.

지금 낙빈 일행이 묵고 있는 곳은 선양의 중심지에서 조금 벗어나 있는 호텔이었다. 공항 주차장에서 미니 일행을 기다리던 주재원들이 소형 버스를 대절해 일행을 선양 시내의 가장 좋은 호텔로 안내했다. 하지만 승덕은 미니의 눈을 피해 미리 알아두었던 저렴한 호텔로 자리를 옮겼다. 그러지 않았다가는 꼼짝없이 미니와 같은 호텔에 묵게 될 것이 분명했다. 물론 나중에 승덕이 몰래 다른 곳으로 옮긴 것을 알아차린 미니가 어떤 얼굴을 할지 상상되기는 했지만 중국에 도착한 이상 검을 찾는다는 목적에 충실해야 한다는 걸 모두들 잘 알고 있었다.

사실 일행이 묵기로 한 곳은 '호텔'이라는 말이 무색한 곳이었다. 이곳은 한 방에 4인이 묵을 수 있었다. 서로 얼굴을 모르는 이들이라도 반드시 4인이 방을 배정받아야 하기 때문에 가격이 매우 저렴했다.

"중국 땅에 도착했으니 다시 한 번 해보자. 낙빈아, 깔아라."

"네, 형."

승덕의 말에 낙빈은 배낭에 고이고이 말아온 커다란 지도를 펼쳤다.

"정현아."

"네, 형."

이번엔 정현이 메고 있던 배낭에서 두 자루의 검을 빼냈다.

은빛으로 번쩍거리는 두 자루의 검은 바로 '해의 검'과 '달의 검'이었다. 다른 나라에 무기를 반입하는 것은 큰 문제가 될 수도 있는 일이었다. 하지만 미니의 CF팀 덕분에 낙빈과 승덕 일행은 무사히 검을 들여올 수 있었다. 고구려 의상과 장검, 그리고 창 등 CF 촬영용 물건들과 함께 두 자루의 검도 무사히 중국으로 건너올 수 있었던 것이다.

이제 해의 검과 달의 검은 정현의 수족처럼 항상 그와 함께했고 서로의 마음도 이해하는 듯했다. 지금도 검집에서 꺼내는 순간 두 검은 무엇을 해야 하는지 이미 알고 있는 것 같았다.

'천하의 명검은 반드시 그의 수호검이 있는 법이다. 천하의 명검은 함부로 검집에서 나오지 않는 법! 수호검이 있어 천하의 명검을 지키는 법이지. 일월신검은 말 그대로 태양과 달의 힘을 받은 검이니라. 그래서 그 검을 수호하는 두 자루의 검도 일광검과 월광검이라는 이름이었느니라. 두 자루의 수호검이 일월신검을 찾는 방법은 그 충만한 양기와 음기를 좇아 방향을 정하는 것이었다. 지금은 두 자루의 수호검이 남아 있지 않을 터이나 놀랍게도 너희가 가지고 있는 검이 바로 양기와 음기를 찾는 검이다. 그 두 자루의 검은 필연적으로 양기와 음기를 모으고 충만한 양기와 음기를 찾아 헤매게 되어 있다. 그러니 두 자루의 검이 찾는 곳! 그곳에 바로 일월신검이 있을 것이다. 그 두 자루의 검에 의지하여 길을 떠나보거라.'

정현은 그들이 중국으로 떠나오기 전에 만난 제검가 영혼의 말을 다시 한 번 마음속에 새겨보았다. 그리고 양손에 든 검에 힘껏 기를 불어넣고 두 눈을 질끈 감았다. 눈앞은 칠흑같이 어두운 암흑인데, 희한하게도 새하얀 작은 불꽃이 하나 보였다. 정현은 그 흰 불꽃을 내내 응시하다가 마침내 그것이 주먹만큼 커지자 두 눈을 번쩍 떴다. 정현의 부릅뜬 두 눈이 지도를 바라보는 순간.

파바박!

두 자루의 검이 날카로운 소리를 내며 동시에 지도 위의 한 점을 향해 힘차게 내리꽂혔다. 꽤 힘이 들었는지 그 잠시 동안 정현의 이마에는 흥건하게 땀이 배어 있었다.

"후우, 검들은 이곳에 가려고 해요. 음기는 음기대로, 양기는 양기대로 지극히 충만한 곳. 바로 저곳이에요."

두 자루의 쌍둥이 검이 가리킨 곳! 바로 이곳 선양의 서쪽, 그리고 고구려의 400년 도읍이었던 지린吉林 성 지안集安 현의 서쪽에 있는 드넓은 평원이었다.

"우리나라에서 했을 때랑 정확히 똑같은 지점이구나. 역시 이곳에 일월신검이 있다는 이야기 같다."

승덕의 말 한마디 한마디는 어딘가 비장했다. 외국에, 그것도 이런 낯선 땅에 전혀 익숙지 않은 정희, 정현, 낙빈을 인솔해야 하는 막중한 책임 탓인지 승덕은 전에 없이 진지한 모습이었다.

"정말 저곳에 일월신검이 있을까요……?"

중국에 도착해 고지가 코앞에 있다고 생각하니 낙빈은 오히려 불안감과 의심이 생기는 모양이었다.

"난 아주 가능성이 높다고 생각한다, 낙빈아. 지금 쌍둥이 검이 가리킨 곳은 고구려의 첫 도읍지였던 '환런桓仁'◆과 두 번째 수도였던 '지안'◆◆과 멀지 않은 곳이야. 특히 지안, 즉 국내성은 고구려가 400년 이상이나 도읍으로 삼았던 곳이니 당연히 고구려 왕과 높은 관리의 무덤이 많이 발견되기도 했지.

고구려의 첫 번째 수도인 환런과 두 번째 수도인 지안을 중심으로 지금도 많은 고구려 유적이 발굴되지 못한 상태라고 하니, 대무신제의 '일월신검' 역시 미처 발굴되지 못한 수많은 유물 속에 묻혀 있을지도 모를 일이야. 일월신검이 이 근처 어딘가에 아직 발견되지 않은 채 고스란히 묻혀 있다고 생각하면…… 우리가 찾아내는 것도 충분히 가능하다는 이야기지!

게다가 고구려의 수도가 어디였는지, 한국의 역사를 전혀 알지 못하는 쌍둥이 검이 이곳을 가리킨 것을 보면 분명 이곳에 일월신검이 숨죽여 우리를 기다리고 있을 거야. 그러니까 아무 걱정 말고 푹 자둬라. 고생은 이제부터 시작이니까!"

승덕은 조금 의도적으로 과장된 확신을 표현하며 낙빈의 등을 세게 두드렸다. 이제 겨우 시작인데 벌써 불안한 마음을 가져선 안 되리라.

"내일은 새벽같이 일어나서 렌터카를 알아보고 곧장 저곳으로 출발할 테니까 모두 일찍 자두자! 알았지?"

"넵! 알았어요, 형!"

---

◆졸본卒本. 부여를 떠나 비류수를 따라 내려오던 주몽이 고구려를 세운 곳이 바로 졸본, 지금의 환런이다. 고구려의 첫 번째 도읍지인 졸본은 고구려의 돌무덤들과, 고분벽화로 주목받고 있는 미창구米倉溝의 장군묘에 이르기까지 수많은 고구려의 유물이 묻혀 있다. 그러나 1950년대와 1960년대에 중국의 댐 건설 당시 환런 지구 최대 규모인 고구려 무덤떼가 있던 고구려묘지촌이 수몰되었다. 고구려의 첫 수도인 환런과 두 번째 수도인 지안을 잇는 비류수는 지금도 혼강이라는 이름으로 흐르고 있다.
◆◆고구려의 두 번째 왕인 유리왕(대무신제의 아버지)이 즉위 후 졸본에서 국내성으로 천도했다. 국내성의 위치는 현재 중국 지린 성의 지안 현이다. 최근 중국에 개발 바람이 불면서 고구려의 수도였던 지안은 고층 건물이 들어선 도시로 바뀌고 국내성이 있던 성터에도 커다란 아파트가 들어섰다. 이 때문에 국내성 성벽 중 극히 일부만 남아 있다. 지안 지역은 유리왕이 즉위하던 때부터 광개토대왕에 이르기까지 고구려의 수도 자리를 굳건히 지켰다. 따라서 지안에 남아 있는 고구려의 무덤떼는 1만여 기가 넘고 장수왕의 무덤으로 알려진 장군총을 비롯해 광개토대왕의 무덤으로 알려진 태왕릉도 바로 이곳에 있다. 광활한 평야에 우뚝 서 있던 광개토대왕비가 옮겨진 곳도 바로 이곳이다. 대부분의 무덤들은 이미 도굴되어 유물이 남아 있지 않으며, 그 보존조차 엉성하니 참으로 안타까운 일이다.

그런 승덕의 마음을 이해하는 일행 역시 밝은 목소리로 크게 대답하며 희망에 찬 생각만 하기로 결심했다.


이미 바깥은 새까만 어둠으로 가득하고 네 사람 모두 각자의 침대로 들어가 잠에 빠져들려 하고 있을 때였다.

"오빠, 승덕 오빠!"

낯익은 목소리, 낯익은 한국말이 복도 저편에서 울려 퍼졌다. 잠결에 꿈인가 싶었지만 곧 꿈이 아니라 생생한 현실임이 드러났다. 두 번 생각하지 않더라도 그것은 분명 미니의 목소리였다.

"으이그!"

낯선 땅에서 좀처럼 잠이 오지 않던 승덕은 눈이 번쩍 떠지고 말았다.

"오빠, 승덕 오빠! 낙빈아! 정희 언니! 정현 오빠! 낙빈아아! 승덕 오빠아아아!"

가수라서 그런 걸까? 어쩌면 목소리가 그리 큰지 호텔 복도 전체가 쩌렁쩌렁 울릴 정도였다.

"저, 저 계집애가!"

모른 척 뒤척거리며 잠을 청하던 승덕은 결국 포기하고 벌떡 일어나 앉았다.

"형아, 나도 잠이 안 와……."

승덕의 맞은편 침대에 누워 있던 낙빈도 일어났다.

불을 끄고 누운 지 시간이 꽤 지났건만 승덕이나 낙빈이나 모두 몸만 뒤척인 것이었다. 그건 정희와 정현도 마찬가지였다.

"승덕 오빠, 어서 문이나 열어주세요."

정희는 배시시 웃으며 승덕에게 손짓했다.

"어이구, 내 팔자야!"

어쩐지 한국을 떠나올 때부터 옆에 착 달라붙어 있던 것이 심상찮아 보였건만 미니는 불안한 느낌 그대로 행동을 시작한 것이었다. 미니의 이번 중국 여행은 CF보다 승덕을 따라온다는 데 더 큰 의미가 있는 것 같았다. 시끄럽게 떠들어대는 미니 때문에 결국 승덕은 불을 켜고 현관문을 열어젖혔다.

"야, 이 계집애야! 우리 이 호텔에서 쫓겨나. 게다가 넌 유명 인사고. 정신이 있냐, 없냐?"

승덕은 방 밖에서 서성이던 미니의 팔을 거칠게 잡아끌었다.

"꺄아, 오빠!"

거의 울상이 되었던 미니의 얼굴은 승덕을 보자마자 함박꽃마냥 환하게 벌어졌다. 최고의 소녀 가수로 추앙받고 최고의 인기인으로 대접받는 그녀였지만 승덕 앞에서만큼은 '귀찮은 계집애'라는 말을 들어도 싫지가 않았다.

방 안에 들어온 미니는 낙빈과 정희, 그리고 정현이 각자의 침대에 앉아 있는 모습을 보았다.

"어머, 다들 벌써 자려는 거예요? 중국까지 와서 그냥 자는 거야? 말도 안 돼! 관광도 안 해요? 아무리 그래도 구경은 해야 할 거 아냐?"

미니는 제일 만만해 보이는 낙빈의 이불 속으로 다짜고짜 비집고 들어가더니 낙빈을 설득하기 시작했다.

"놀러 가자, 응? 놀러 가자! 오빠, 놀러 가요, 응? 오빠아아아……."

미니는 낙빈과 승덕을 바라보며 떼를 썼지만 승덕은 시큰둥한 표정이었다.

"내일 새벽부터 탐사 시작이다. 방해하지 말고 가라, 가!"

승덕은 머리 위까지 이불을 덮어쓰고 귀찮은 듯 돌아누웠다.

"오빠아!"

미니가 꿈꿨던 중국 여행은 달밤 아래 승덕과의 살가운 대화, 오붓한 데이트였는데 기대가 산산이 부서지고 있었다. 미니는 거의 울상이 되어 이불을 덮어쓴 승덕의 등만 노려보았다.

"오빠, 미니가 일부러 신경 써서 여기까지 왔잖아요! 억지로 자려고만 하지 말고 잠깐 바람이나 쐬고 와요. 우리도 중국에 처음 왔는데 이 나라가 어떻게 생겼는지 구경 좀 해요."

역시나 착한 정희였다. 정희는 금방이라도 울음을 터뜨릴 것 같은 미니를 향해 눈을 찡긋거렸다.

"나도, 나도 갈래요! 형아, 우리 구경해요, 응?"

애원하는 낙빈과 정희에 아무 말 없이 외출 준비를 마친 정현까지…… 승덕도 할 수 없이 침대에서 일어나 앉았다.

"아이고! 가자, 가! 고집쟁이 같으니!"

미니는 얼굴의 반이 입으로 덮일 만큼 기뻐했다.

승덕은 점퍼에 팔을 꿰며 한숨을 내쉬었다. 앞으로도 미니의 등쌀에 제대로 검을 찾으러 다닐 수 있을까 걱정이 밀려드는 순간이었다.


6


어두컴컴한 저녁, 왕 사장의 두 번째 가게인 불고기 집은 고기와 술을 먹고 마시는 사람들로 여전히 벅적거렸다. 자정이 가깝도록 가게는 분주했다. 시끌벅적한 이야기 소리가 끊이지 않았고 주변 상가를 뒤덮을 정도로 자욱한 연기가 쉴 새 없이 뿜어져 나왔다.

반면 낮 동안 정신없이 바빴던 토산품 상점은 불이 꺼지고 직원들도 모두 퇴근한 후였다. 다만 상점 안의 작은 골방에는 아직 조그마한 촛불 하나가 켜져 있었다. 그곳에 홀로 남은 이는 주 씨였다.

주 씨는 오늘이 왕천명의 토속품 상점에서 일하는 마지막 날인데도 장부들을 꼼꼼히 정리하고 있었다. 어느새 주 씨 옆에는 두꺼운 장부가 수북이 쌓였다. 주 씨는 멍하니 장부를 바라보다가 크게 한숨을 쉬었다.

"괜찮아요, 소소塑樣?"

어두컴컴한 골방에는 아무도 없는 것처럼 보였지만 사실 주 씨

혼자가 아니었다. 촛불에 아롱아롱 흔들리는 그림자 사이로 또 하나의 존재가 깊고 깊은 어둠 속에 숨어 있었다.

"소소, 약을 가져왔으니까 이리 나와요. 어제도 심하게 맞은 거 알고 있어요. 얼른 나와요."

주 씨가 나지막이 중얼거리자 무언가 책상 위에서 덜컹거렸다. 아무것도 없는 듯하던 그 공간에 작은 인기척이 들렸다. 책상 벽에 박아놓은 섬세한 인형의 집에서 작은 그림자가 일렁였다.

철컹…… 철컹…….

그림자가 움직이자 쇠사슬 부딪히는 소리가 났다. 인형의 집이 삐거덕 열리는 순간 비밀스러운 존재가 촛불 앞으로 모습을 드러냈다.

"소소…….."

그 모습을 보자마자 주 씨는 두 눈이 그렁그렁해졌다.

그것은 키가 60센티미터쯤 되는 작은 인간이었다. 피부는 아프리카인보다 밝고 아시아인보다 검은 기름진 황토색처럼 까무잡잡한 빛이고 긴 머리는 하나로 모아 머리 꼭대기에 묶고 있었다. 이 작은 인간은 왕천명의 가게에서 파는 토속 인형들처럼 반짝이는 비단으로 만든 중국 전통 복장을 걸치고 있었다.

"소소, 이리 와봐요. 옷 벗어요. 약 발라줄게요."

주 씨가 그를 살짝 잡아끌자 소인은 고개를 폭 숙인 채 주 씨 앞으로 걸어 나왔다.

소소라 불린 작은 인간의 양쪽 발에는 무거운 쇠사슬이 채워져 있었다. 그 쇠사슬 하나하나에 검은 글자들이 또렷하게 새겨져 있었다.

"세상에……!"

소소가 천천히 윗옷을 벗자 심하게 다친 작은 등이 나타났다. 새빨간 채찍 자국이 나 있는 소소의 등은 성한 곳이 없을 정도로 피범벅이었다.

"미안해. 미안해요, 소소……."

주 씨는 동그란 작은 통에 담긴 반투명한 연고를 발라주며 계속 눈물을 흘렸다. 주 씨는 제대로 치료조차 받지 못한 소소 앞에서 죄인이 되어버린 기분이었다.

"친구, 당신 짓이 아닌 걸요? 미안하긴요. 걱정 말아요, 난 괜찮아요."

소인은 작은 입을 오물거리며 말했다. 그는 분명 쓰리고 아픈 상처 때문에 고통스러울 텐데도 자신을 위해 눈물 흘리는 주 씨의 얼굴을 쓰다듬으며 위로했다.

"아아, 이제 어떡하면 좋을까요, 소소. 주인님이 오늘 나를 이곳에서 쫓아냈어요. 이제는 이렇게 약도 발라줄 수 없게 되었으니……. 아아, 소소를 남겨두고 떠나야 한다니……. 이를 어쩌면 좋아요, 소소. 이제 난 이곳에 올 수가 없게 됐어요."

주 씨는 두 팔에 얼굴을 묻고 엉엉 울었다. 가엾은 작은 친구를 두고 떠나야 한다는 사실이 너무나 미안하고 괴로워서 견딜 수가 없었다.

"아아…… 내 친구. 그게 정말인가요? 왜요, 왜 그렇게 되었죠? 혹시 나와 이야기하는 걸 주인님께 들켰나요? 아니면 내게 약을 발라준 걸 들켰어요? 당신이 나를 알고 있다는 사실을 주인님이 알아챘나요?"

작은 인간도 주 씨의 말을 듣고는 슬픈 눈으로 바뀌었다. 그는 작은 손으로 주 씨의 흐르는 눈물을 닦으며 애통한 얼굴로 주 씨를 바라보았다.

"아니, 아니에요. 소소를 알고 있다는 사실을 들킨 게 아니라…… 오늘 제가 한 시간 넘게 가게에 늦었기 때문에……."

"왜요? 왜 늦었나요? 당신은 그럴 분이 아니잖아요!"

소소의 얼굴에 안타까움과 슬픔이 가득했다. 이야기를 나눌 유일한 친구를 내일부터 볼 수 없다는 사실에 소소는 비탄을 느꼈다.

"흐윽, 소소……. 오늘 새벽에 어머니께서 객혈을 하고 쓰러지셨어요. 동네 병원에 모시고 갔더니 아무래도 폐암 같다고 하더라고요. 흐흑, 더 자세히 알아보려고 이모님이 큰 병원으로 모시고 가셨는데……. 그래서 늦어버렸어요."

소소는 안타까운 얼굴로 주 씨를 바라보았다. 유일한 친구를 만나지 못한다는 슬픔도 컸지만 걱정이 가득한 주 씨의 얼굴 때문에 더욱 가슴이 아팠다.

"내 친구, 이리 와요. 내가 당신에게 행운을 불러줄게요."

소소가 주 씨의 이마에 손을 대려고 하자 주 씨가 펄쩍 뛰었다.

"안 돼요! 그럴 때마다 소소가 얼마나 힘들어하는지 알아요! 난 아직 젊고 희망도 가득해요. 그럴 필요 없어요, 됐어요!"

주 씨는 소소가 행운을 부를 때마다 왕 사장에게 맞아 생긴 상처들이 벌어지면서 몹시 앓는다는 사실을 알고 있었다. 그래서 그는 감히 소소에게 그런 짓을 시킬 수가 없었다.

"당신에게 찾아올 행운 중에 하나를 잠시 빌려 쓰는 것뿐이에요, 친구. 어차피 당신이 받아야 할 복이고 행운이니까 미안해하지 말아요."

소소는 재빨리 주 씨의 이마 한가운데를 톡 치면서 그에게 행운을 불어넣어주었다. 소소가 건드리는 순간 주 씨의 이마 주변에 하얗고 맑은 빛이 몽글몽글 부풀어 올랐다.

"이런……!"

주 씨는 소소의 상처가 또다시 터질까 걱정되어 더 이상 행운을 불어넣지 못하게 이마를 돌렸다. 그는 소소가 괴로워하고 힘들어하는 모습을 보고 싶지 않았다.

"내 친구, 당신은 참 이상하군요. 주인님은 행운을 꺼내달라고 나를 때리는데, 당신은 왜 그러지 않나요?"

"그건…… 사장님껜 죄송하지만 사장님은 소소에게 엄청난 잘못을 저지르고 계시는 거예요. 나는 아직 젊고 희망도 많아요. 내 힘으로 살아갈 수도 있고요. 굳이 욕심을 부리고 싶지 않아요. 아마 사장님은 늙고 희망도 없기 때문에 그러실 거예요. 그리고 왕 사장님은 저와 달리 인생의 목표가 매우 높으셔서 소소에게 기대는 것이겠죠."

주 씨는 자신을 그토록 모질게 대하는 왕 사장에 대해 나쁘게
말하지 않으려고 애썼다.

"나는 소소가 어서 풀려나 고향으로 돌아가길 바라요. 그래서
소소의 가족을 만나 다시 행복하게 살았으면 좋겠어요."

주 씨는 고개를 푹 숙였다. 소소에게 아무것도 해줄 수 없는 게
괴로웠기 때문이다. 주 씨는 할 수만 있다면 왕 사장 몰래 소소의
다리에 묶인 고리를 풀어주고 싶었다. 왕 사장을 아무리 이해하
려고 애써도 소소를 저렇게 묶어둔 건 엄청난 잘못이라는 생각
을 털어버릴 수 없었기 때문이다. 주 씨는 자신이 모진 매질을 당
한다 해도 소소를 구해주고 싶었다. 하지만 왕 사장이 소소를 묶
어둔 쇠사슬에는 굉장한 주술이 걸려 있어 평범한 망치나 끌로는
절대로 끊을 수 없다고 했다.

따르릉…… 따르르릉…….

조용하던 왕천명의 토산품 상점에 갑자기 전화벨이 울렸다. 주
씨는 침묵을 깨는 전화벨 소리에 깜짝 놀랐지만 곧 상점에는 아
무도 없다는 걸 깨닫고 마음을 놓았다. 그는 서둘러 가게로 뛰어
나가 전화기를 들었다.

"네, 왕천명 토산품 상점입니다."

주 씨가 전화를 받자 전화선 너머에서 귀에 익은 목소리가 들
려왔다.

"이모님? 아아, 이모님이시군요? 병원입니까? 네, 어머니는 어

떠세요? ……네에, 그게 정말입니까?"

한참 동안 전화기를 든 채 이모의 목소리를 멍하니 듣던 주 씨는 전화기를 내려놓고도 한동안 믿을 수 없는 소식에 기뻐하고 있었다.

"왜 그래요? 친구, 무슨 일인가요?"

소소가 묻자 주 씨가 천천히 소소를 바라보았다.

"소소, 어머니가 멀쩡하답니다! 폐암은커녕 온몸이 멀쩡하고 건강하답니다! 동네 병원에서 찍은 엑스레이에 나타났던 것들이 큰 병원에서는 깨끗하게, 아무것도 없는 걸로 나왔답니다! 게다가…… 우연히 병원에서 오래전에 헤어진 친척을 만났는데…… 예전에 저희 집에서 도움을 드린 적이 있었답니다. 그런데 글쎄, 그분이…… 이제는 성공한 사업가가 되어 아파트 건설을 한다면서 우리에게 커다란 아파트를 한 채 준다고 했답니다! 과거에 베푼 은혜를 갚겠다면서요!"

도저히, 정말 도저히 믿을 수 없는 일이었다. 어떻게 이런 일이 자신에게 생겼는지 주 씨는 믿어지지 않았다.

"당신이군요? 소소가 한 일이지요?"

주 씨는 믿을 수 없다는 눈빛으로 소소를 바라보았다. 초록색 비단옷을 걸친 소인이 천천히 고개를 흔들었다.

"내가 한 일이 아니에요, 내 친구. 당신이 워낙 마음이 착하고 쌓아놓은 덕업德業이 많아서랍니다. 전 당신에게 찾아올 복 중에 하나를 지금 끄집어냈을 뿐, 모든 것이 당신의 것이랍니다.

보다 착하게 살고 덕업을 쌓으면 더 큰 행운들이 당신을 기다릴 거예요."

소소는 싱긋 웃으며 주 씨를 쳐다보았다. 그러나 주 씨의 얼굴은 별로 기뻐 보이지 않았다.

"소소, 다시는 이런 일 하지 말아요. 난 스스로 행운을 잡을 거예요. 소소가 행운을 줘서 너무너무 고맙고 기쁘지만…… 이런 식으로 줘선 안 돼요. 방금 전에 나도 왕 사장님처럼 될까봐 갑자기 겁이 났어요."

주 씨는 심각한 표정으로 책상 앞에 앉았다.

"왕 사장님께 이런 행운을 줬기 때문에 소소가 이렇게 괴로움을 받는 거예요. 소소, 나는 왕 사장님도 문제지만 소소에게도 잘못이 있다는 것을 지금 깨달았어요. 이런 식이라면…… 행운에 맛을 들인 왕 사장님은 영원히 소소를 놓아주지 않을 테고, 그러면 소소는 다시는 아름다운 숲과 사랑하는 가족을 만날 수 없게 돼요."

주 씨의 말에 소소는 고개를 숙였다. 그 역시 깊이 공감하는 눈치였다.

"친구, 하지만 그런 걱정은 없어요. 이제 주인님에게는 더 이상 드릴 행운이 없어요. 내가 주는 행운은 그가 받을 행운들을 미리 앞당겨서 필요할 때 주는 것뿐이에요. 하지만 이제 그분께 드릴 행운은 없답니다. 그분이 쌓은 덕업으로 받을 수 있는 행운을 모두 다 드렸으니까요. 그분이 매일 때리고 학대해도 난 더 이상 그분께 행운을 드릴 수가 없어요. 그러면 결국 주인님은 날 풀어주실 테고, 난 내 가족에게 돌아갈 수 있어요."

소소는 며칠 전부터 남아 있는 행운이 없다고 말할 때마다 이렇게 모진 매질을 당하고 있었다. 하지만 왕 사장이 자신에게 정말로 행운이 남아 있지 않다는 사실을 이해하면 그를 놓아줄 거라 생각하고 있었다. 처음엔 주 씨도 고개를 끄덕였지만 곧 불안한 생각이 떠올랐다.

"하지만, 소소. 만일…… 만일 사장님이 마지막으로 당신을 이용해 돈을 벌려고 한다면요? 당신을 돈 많은 부자에게 비싸게 팔아넘겨서 또다시 새로운 주인에게 행운을 줘야 한다면…… 그렇다면……."

주 씨나 소소 모두 순식간에 얼굴이 잿빛이 되었다.

충분히 가능한, 아니 왕 사장이라면 분명히 그러고도 남을 사람이었다. 그렇게 다른 사람들에게 팔리고, 팔리고, 또 팔리다 보면 소소는 평생 노예가 되어 절대 가족 품으로, 정든 숲으로 돌아갈 수 없을 것이 분명했다.

"아아, 그럴 수가!"

절망적인 생각에 소소는 풀썩 주저앉아 흐느꼈다.

이제 내일부터 그의 유일한 친구인 주 씨도 없고, 고향으로 돌아갈 희망도 없는 세상에서 죽지도 못하고 살아야 한다는 생각에 소소는 눈앞이 아득해졌다.

"소소, 안 되겠어요!"

주저앉아 울고 있는 소소의 귀에 평소와 다르게 비장한 주 씨의 목소리가 들려왔다.

"안 되겠어요. 은혜는 갚아야 하는 법! 당신이 내 어머니를 살렸듯이 난 당신을 돕겠어요! 내가 죽는 한이 있어도 소소를 가족에게 돌려보내고 말겠어요!"

항상 서글서글하고 착하기만 했던 주 씨가 굳건한 결심을 한 눈빛으로 소소를 바라보았다.

"소소, 나랑 함께 도망쳐요!"

"하지만 어떻게…… 내 두 다리의 쇠사슬과 인형의 집에는 주술이 걸렸어요. 끊을 수도 없고 끊어지지도 않아요. 심지어 내 스스로 목숨을 끊거나 다리를 잘라낼 수도 없게 되어 있어요. 그런데 어떻게 도망을 가나요?"

소소는 절망적으로 고개를 흔들었다. 그러나 주 씨는 포기하지 않았다. 그는 망치와 끌, 그리고 도끼 등을 가져다가 벽에 단단히 붙어 있는 인형 집의 못을 떼어내기 시작했다.

"인형의 집에서, 쇠사슬에서 당신을 풀어줄 수 없다면 인형의 집을 통째로 떼어낼 수밖에요!"

주 씨는 벽에 단단히 박힌 커다란 인형의 집을 힘껏 떼어냈다. 인형의 집이라곤 하지만 팔뚝 크기의 소소가 지낼 정도니 크기가 만만치 않았다. 벽에 박혔던 인형의 집을 바닥에 내려놓으니, 장신의 주 씨에게도 허리까지 올라오는 거대한 크기였다.

"사장님껜 정말 죄송하지만 내가 죽더라도 꼭 소소를 숲으로 데려다줄게요!"

주 씨는 커다란 인형의 집을 토산품 상점에 굴러다니는 흰 천으로 친친 동여맸다. 그러고는 끈을 길게 당겨 두 개의 고리 모양으로 만들었다. 주 씨는 어깨에 고리를 꿰고 등짐을 지듯 인형의 집을 둘러멨다. 잠시 다리를 휘청거렸지만 기다란 지팡이를 짚고 일어서니 인형의 집을 메고도 걸을 만했다.

주 씨는 인형의 집 안을 살짝 들여다보았다. 작은 틈새로 불안과 기대가 범벅된 채 두려움에 떨고 있는 작은 사람이 보였다. 주 씨보다 훨씬 까무잡잡한 피부에 작고 깡마른 소소의 눈만 어둠 속에서 하얗게 반짝거렸다.

우연히 왕 사장에게 얻어맞는 소소를 본 이후 매일 밤마다 몰래 약을 발라주고 소소를 위로해주던 주 씨. 잘못하면 철창에 갇히고, 또 잘못하면 왕 사장의 심복들에게 맞아죽을지 모르는데도 거리낌 없이 소소를 생각해주는 마음씨 착한 주 씨가 소소는 고마울 따름이었다.


7


선양의 최고 번화가인 중제中街에 도착한 미니는 낙빈 일행을 이끌고 백화점이며, 상점가며, 영화관을 구경하느라 바빴다.

허리까지 내려오는 기다란 생머리에 동그란 채플린 모자를 쓴 미니는 짧은 미니스커트에 착 달라붙는 벨벳 윗도리를 입고 흰 털이 북슬북슬한 조끼를 걸쳤다. 아무리 얼굴을 가려도 찰랑거리는 머릿결이 흔들릴 때마다 주변 사람들의 고개가 미니 쪽으로 돌아가는 것을 보면 역시 타고난 연예인이었다.

그렇게 예쁘장한 소녀가 들뜨고 신나서 깡충거리는 모습에 낙빈과 일행 역시 조금씩 마음이 부풀어 올랐다. 미니의 들뜬 감정이 전염되면서 일행은 중국의 번화가를 구경하는 데 푹 빠져 있었다.


"야, 배고프다! 이제 어디 가서 뭐 좀 먹고 돌아다니자!"

"응, 좋아요. 오빠!"

나이가 제일 많은 승덕이 제일 먼저 지쳤다. 그 말이 떨어지자마자 미니는 근처 음식점으로 쏘옥 들어갔다.

"휴, 기름 냄새. 역시 중국이구나!"

둥그런 상 앞에 앉으니 코 안으로 진한 기름 냄새가 풍겨왔다. 다량의 기름을 사용하는 중국 음식 특유의 냄새였다.

"도대체 뭐가 뭔지 알 수가 없네?"

커다란 메뉴판을 보던 미니가 불만을 토로하며 낙빈과 정희 쪽으로 메뉴판을 밀었다.

"나도 뭐가 뭔지……. 그저 고기란 것만 알겠네."

낙빈과 정희도 어깨를 으쓱해 보였다.

낙빈과 정희, 그리고 정현은 한자의 뜻을 어렵지 않게 파악할 수 있지만 메뉴판에 적힌 글자는 대부분 간자라 정확히 어떤 음식인지 알 수가 없었다.

중국 음식에 들어가는 샹차이香菜라는 향채를 피하려고 애썼지만 네 가지 음식 중 둘은 향이 진해 감히 손대지 못하고 나머지 두 개인 고기와 국수로 일행의 젓가락이 바쁘게 움직였다. 한꺼번에 다섯 명의 젓가락이 국수 가락을 잡았을 때는 누가 먼저랄 것 없이 웃음이 터져 나왔다.

음식을 시키느라 진땀을 뺀 것도, 지독한 냄새를 풍기는 음식의 맛을 본 것도, 나머지 두 가지 음식에 다섯 사람의 젓가락이 달려드는 것도 너무나 재미있는 추억이 되어갔다.

"후후후……."

미니는 자꾸만 새어나오는 웃음을 막을 수가 없었다. 그냥 이렇게 승덕 가까이에 있다는 것만으로도 너무너무 좋았다.


한밤중의 시장 골목은 낮과 크게 달랐다. 깊고 깊은 밤이 다가오자 하나둘 불이 꺼지고 마침내 새벽이 되자 사람들로 가득 찼던 거리는 텅 비어버렸다. 커다란 네거리 안쪽의 비좁은 뒷골목은 더욱 그랬다. 골목과 골목이 맞닿아 미로를 만들어낸 시장 뒷골목은 빛줄기 하나 없이 캄캄했다. 낮의 강렬한 열기가 식어서일까? 길바닥에는 축축한 습기만 가득할 뿐이었다.

"헉헉헉……."

주 씨는 이미 턱까지 숨이 차오르고 있었다. 그의 등에는 아이 키

만 한 커다란 인형의 집이 매달려 있고 가슴에는 쇠사슬에 묶여
있는 작은 소소가 안겨 있었다.

"육시戮屍할 놈! 당장 서지 못하느냐!"

"죽여버리겠다!"

좁고 어두컴컴한 골목 여기저기서 거칠게 내지르는 음성이 주
씨의 귀를 자극했다. 어찌어찌 골목과 골목을 누비며 간신히 도
망 다니고는 있지만 주 씨가 그들의 손아귀에 잡히는 건 시간문
제였다.

"저놈, 저기 있다! 사장님 저깁니다!"

누군가가 주 씨의 뒤에서 외쳐대는 소리가 들려왔다. 그 소리
는 시간이 갈수록 점점 가까워졌다.

"헉헉. 안 돼, 안 돼!"

두려움과 공포로 오그라든 주 씨는 있는 힘껏 소리가 나는 반
대쪽 골목을 향해 뛰었다. 그러나 마음과 달리 지칠 대로 지쳐버
린 다리는 점점 더 속도가 떨어지고 있었다.

"저기 있다! 이제 도망칠 수 없다. 서라, 이놈아!"

거친 목소리가 주 씨의 앞쪽에서도 들려왔다. 주 씨는 땀과 눈
물로 뒤범벅된 채 거친 숨을 내쉬며 두려움이 가득한 눈으로 주
위를 살폈다. 어둡고 좁은 골목. 왕 사장이 고용한 폭력배들이 그
골목의 앞과 뒤에서 주 씨를 향해 조여 들어오고 있었다.

"네놈이…… 네놈이…… 감히 네놈이!"

노여움과 분노로 가득한 왕 사장의 목소리도 그를 향해 점점

다가오고 있었다.

"아아, 안 돼!"

주 씨는 더 이상 도망칠 곳이 없다는 사실에 벽을 타고 주르르 미끄러져 주저앉았다. 눈앞이 깜깜해지는 순간이었다. 하지만 이렇게 소소를 빼앗길 수는 없었다!

"소소, 부탁이야. 한 번만…… 미안하지만 한 번만 내 행운을 꺼내줘, 이번 한 번만……."

그는 고개를 숙이고 몸을 웅크리더니 가슴팍에 안고 있는 소소를 향해 속삭였다. 소소를 구할 방법은 이제 행운밖에 없을 것 같았다.

소소는 이미 절망과 슬픔으로 눈물이 가득했다.

"응, 내 친구. 날 위해 당신의 행운을 사용하다니, 고마워요."

소소가 주 씨의 이마 한가운데를 가볍게 톡 치자 주 씨의 이마 사이에서 몽글몽글 하얀 빛이 일어났다. 하지만 바로 1미터도 되지 않는 거리에 10여 명의 건장한 건달들이 버티고 서 있었다. 어두컴컴한 골목을 가득 메운 검은 그림자들은 무시무시한 괴물처럼 주 씨와 소소를 집어삼키고 있었다.

"두들겨 패라! 죽여버려! 저 자식을 패 죽여버려!"

분노 가득한 왕 사장의 목소리가 떨어지기 무섭게 단단한 쇠파이프가 주 씨의 목덜미를 가격했다.

퍼억!

"끄, 끄으윽……."

아득한 고통으로 눈앞에 별이 번쩍하고 빛났지만 주 씨는 소소를 안고 있는 두 손을 놓지 않았다. 그는 얻어맞는 순간에도 소인을 품에 안고 그를 보호하려 몸을 둥글게 말았다.

픽! 퍼억! 퍼어억!

주 씨의 등, 머리, 어깨, 옆구리, 다시 뒤통수로 비가 쏟아지듯 무수한 몽둥이들이 내리꽂혔다. 주 씨는 머리가 깨지고, 옆구리가 갈라지고, 등짝이 떨어지는 고통 속에서도 소소를 안은 두 팔을 풀지 않았다.

"그만!"

잠시 멈추라는 왕 사장의 손짓에 건장한 사내들이 조금 뒤로 물러섰다. 왕 사장은 여전히 몸을 오그린 채 소소를 안고 있는 주 씨를 살펴보며 음흉한 미소를 지었다.

"이놈 때문이냐? 소소, 네 녀석이 내게 더 이상 행운을 불러주지 않은 게 모두 이 멍청한 주가 놈 때문이냐고!"

그는 주 씨의 머리채를 뒤로 확 젖히며 그의 가슴께에서 슬피 울고 있는 소인을 향해 소리쳤다. 검고 깡마른 소인은 커다랗게 튀어나온 눈으로 펑펑 눈물을 쏟으며 자신의 유일한 친구를 붙들고 있었다. 겁먹은 소인 대신 대답한 것은 엉망으로 얻어맞은 주 씨였다.

"아닙니다……. 저, 저 때문이 아닙니다, 사장님. 사장님의 운이 이제 모두 다했기 때문이지, 소소가 제게 행운을 주려고 그런 게 아닙니다……."

얼굴이 뒤로 젖혀진 주 씨는 머리가 깨져 양쪽 이마에서 피를 흘리면서도 소소를 보호하려 애썼다.

"멍청한 놈! 누가 너 따위에게 물었냐!"

왕 사장은 주 씨의 머리를 뒤로 잡아당기고 이미 피가 배어나오는 그의 옆구리와 허벅지를 구둣발로 질근질근 밟았다.

"윽, 끄으윽!"

소소를 보호하려고 배 쪽만 가렸던 주 씨는 쏟아지는 발길질에 갈빗대를 부여잡고 쓰러졌다. 뼈에 금이 갔는지 갈빗대에 꽂히는 발길 하나에도 금방 숨이 넘어갈 것 같은 통증을 느꼈다.

"친구, 내 친구……."

그런 주 씨를 바라보는 소소는 더 이상 흘릴 눈물이 없을 만큼 펑펑 울고 있었다. 그의 눈에 슬픔과 안타까움이 가득 고여 있었다.

"대답해. 저딴 놈 때문에 나에게 더 이상의 복을 주지 않았던 거냐?"

왕 사장의 손아귀가 소소의 목을 잡아 쥐었다. 가느다란 목과 어깨까지 왕 사장의 손아귀에 붙들린 소소는 공포와 두려움이 가득한 눈초리로 왕 사장의 매서운 눈을 쳐다보았다.

"아무리 그러셔도 더 이상 주인님께 드릴 복은 없습니다. 제 친구 때문이 아니라 주인님이 쌓은 덕업이 더 이상 없기 때문에 드릴 행운이 없는 것입니다."

순간 왕 사장의 손아귀가 불거지더니 있는 힘을 다해 소소의 온몸을 내리눌렀다.

"컥! 커억! 커어어억!"

우둑, 우두둑…….

뼈가 부러지는 소리에 이어지는 숨넘어가는 소리. 고요한 공기 사이로 퍼지는 그 음산한 소리는 왕 사장을 둘러싼 폭력배들까지 도 소름이 돋을 만큼 끔찍했다.

"그만, 그만해요!"

이미 양쪽 이마에 피를 철철 흘리던 주 씨는 그 끔찍한 소리 속에서 죽어가는 친구를 구하기 위해 있는 힘, 없는 힘을 짜내 왕 사장의 손가락을 풀었다. 마침내 그 작은 친구가 왕 사장의 손아귀에서 툭 하고 떨어지자 정신을 잃은 소소를 가슴에 부여안고 힘껏 소리쳤다.

"나는 내 행운 때문에 이러는 게 아니에요! 절대 그런 게 아닙니다, 사장님! 이젠 소소의 능력으로도 더 이상 사장님께 행운을 드릴 수가 없어요. 그러니 그만 소소를 놓아주세요! 소소에겐 고향에 가족들이 있습니다! 고향에 있는 소소의 가족을 생각해주세요! 가족과 헤어진 소소의 슬픈 마음을 이해해주세요!

사장님, 저는 홀어머니 밑에서 자랐습니다. 제 아버지는 억지로 전쟁에 끌려 나갔다가 허무하게 죽고 말았답니다. 사장님, 그래서 전 잘 알고 있습니다. 사랑하는 가족이 헤어져 서로를 그리워하고 눈물 흘려야 하는 괴로움을 잘 알고 있습니다! 아버지의 기일, 아니면 제 입학식이나 졸업식 때마다 아버지의 사진을 들고 한없이 눈물 흘리던 어머니의 슬픈 뒷모습을 잘 알고 있습니다!

숲에서 소소의 가족은 매일매일을 눈물로 보내면서 손꼽아 기다릴 겁니다. 이제나저제나 소소가 돌아오기를요! 사장님, 제발 용서해주십시오! 제발 소소를 풀어주십시오! 제발 부탁합니다!"

주 씨는 왕 사장의 발아래 엎드려 이마가 깨지도록 머리를 조아리고 또 조아렸다. 부디 왕 사장의 마음이 돌아서서 불쌍한 소소를 고향에 데려다주기를 간곡히 빌면서 고개를 묻고 또 묻었다. 하지만 그런 주 씨를 바라보는 왕 사장의 눈은 더욱더 매섭게 변했다. 그는 지독한 배신감과 분노가 뒤범벅된 눈동자로 주 씨와 그의 품에서 벌벌 떨고 있는 소인을 노려보았다.

"죽어라, 이놈! 죽어버려! 이 자식을 죽어버려라!"

주 씨의 피맺힌 절규에도 불구하고 왕 사장의 눈동자는 벌겋게 타오르고 있었다.

가족…… 돈을 벌어오지 못하는 그를 인간 취급도 하지 않다가 그가 집을 나가자 기다렸다는 듯이 이혼소송을 낸 아내, 그를 멸시하는 아내와 지겨워하는 아이들의 눈빛, 짐짝이 되니 차라리 집에서 나가라는 암묵적인 압력……. 왕 사장에게 가족이란 그런 존재들이었다. 왕 사장이 돈을 벌어 선양 최고의 부자라 불릴 만큼 성공하고도 가족을 만들지 않는 이유는 바로 그것이었다.

가족은 그런 것이다. 겉으로 '가족'이라 내세울 뿐, 속으로는 남과 마찬가지로 지독한 이해타산으로 살아가는 것이다. 그런 가족

따위…….

"죽여버려!"

주 씨의 애타는 절규는 오히려 왕 사장의 깊은 상처를 건드리고 말았다.

"저, 그럼 저 녀석이 갖고 있는 저놈은요? 저 작은 놈은 어쩔까요?"

한 사내가 묻자 왕 사장이 소리쳤다.

"어차피 내게 복을 가져오지 못할 놈이라면 필요 없다. 죽여라! 다 죽여버려! 두 놈 다 죽여버려!"

픽! 퍼억! 퍼버벅!

쇠파이프와 몽둥이가 주 씨의 온몸에 수없이 내리꽂혔다.

"끄악! 끄억! 끄아악!"

쇠파이프와 몽둥이가 얼굴, 등, 옆구리, 머리로 내리꽂힐 때마다 주 씨는 자지러지는 비명을 지르며 괴로워했다. 마침내 비명조차 지를 수 없을 정도로 그의 몸은 피투성이가 되어버렸다.


# 8


"꺄악, 무슨 일이야!"

몽둥이 소리가 가득한 깊숙하고 더러운 골목 끝에서 찢어지는 여자의 비명 소리가 들려왔다.

"뭐야?"

10여 명의 폭력배는 일시에 손을 멈추고 비명을 질러댄 여자아이를 바라보았다. 아마도 길을 잃고 헤매던 관광객이 재수 없게도 이 광경을 목격한 것이리라. 화려한 여자아이와 회색 승복 차림의 사람 등 한 무리가 이 광경을 놀란 눈으로 바라보고 있었다.

"어쩔까요?"

폭력배들은 왕 사장의 눈치를 살폈다.

매섭고 차가운 눈빛의 왕 사장이 지그시 관광객 일행을 살폈다. 그러고는 낮게 웅얼거렸다.

"지나가게 해라."

왕 사장이 명령하자 폭력배들은 길을 터주었다.

"오, 오빠, 나가자! 딴 길로 가자, 낙빈아!"

소녀는 뒤쪽에 있는 일행에게 뭔가 우는소리를 해댔지만 중국 사내들은 그 소리를 알아들을 수 없었다. 다만 말투를 듣고 한국인 관광객임을 짐작할 뿐이었다.

대부분은 이렇게 길을 터주면 서둘러 이 자리를 빠져나가게 마련이다. 제정신이 아니고서야 이런 험악한 분위기에 끼고 싶지 않을 테니까. 그러나 긴 머리의 여자아이가 우는소리를 해대는데도 승복을 입은 빡빡머리의 건장한 사내가 험상궂은 사내들 옆으로 당당하게 걸어왔다.

빡빡머리 뒤로 머리를 길게 땋아 내린, 역시 승복 차림의 여자가 따라 나왔다. 그 여자는 하얗고 가녀린 체구인데도 전혀 겁이 나지 않는지 빡빡머리 뒤로 침착하게 걸음을 옮겼다. 그 뒤로는 흰색 한복을 입은 소년이 사방을 힐끗거리며 따라왔다. 소년의 뒤로는 좀 전에 소리를 질러대던 흰 털의 조끼를 걸친 여자아이가 따랐다. 그 여자아이는 일행과 달리 아주 세련된 옷차림에 긴 머리를 찰랑거렸다. 두 손을 가슴에 꼭 모아 쥐고 미적미적 걸어오는 모습이 겁을 잔뜩 집어먹은 게 분명했다. 그 소녀의 뒤로 남색 모자를 푹 눌러쓴 청바지 차림의 남자가 마지막으로 걸어왔다.

세련된 옷차림에 긴 머리를 찰랑거리는 여자아이만 안절부절 못하는 모습이고, 나머지는 이 험악한 분위기에도 별로 동요하지 않는 특이한 일행이었다.

골목의 중간쯤, 엉망으로 맞아 피투성이가 된 주 씨 앞에서 빡빡머리의 발걸음이 멈췄다. 그러고는 옴짝달싹 움직이질 않았다.

"상관하지 말고 어서 지나가라!"

왕 사장은 착 가라앉은 목소리로 그들에게 말했다. 그의 말에는 형용할 수 없을 정도로 스산한 살기가 담겨 있었다. 지금의 왕 사장이라면 누군가를 죽인다고 해도 하나 이상할 것이 없을 만큼 분노가 들끓었다. 그러나 빡빡머리의 젊은 중은 왕 사장의 말을 못 알아들었는지 그 자리에 버티고 서서 꿈쩍도 하지 않았다.

"이 자식! 말귀를 못 알아듣나!"

마침내 검은 그림자의 깡패 한 명이 참지 못하고 빡빡머리의 먹살을 잡아끌었다.

"그만둬라. 우리말을 못 알아듣는 모양이다. 어서 내보내!"

왕 사장이 다시 한 번 아량을 베풀었다.

그러나 가라는 손짓을 하고 길을 더 터줘도 빡빡머리는 꼼짝하지 않았다. 그런 빡빡머리를 보고 안절부절못하는 것은 일행 중 세련된 차림의 여자아이뿐이었다.

"무슨 일입니까? 한 사람에게 이 많은 사람들이 다……."

다행히 모자를 눌러쓴 자는 중국말을 할 줄 알았다. 청바지를 입은 마지막 남자가 피범벅인 주 씨와 그를 둘러싼 사람들을 바라보며 중국말로 물어왔다.

왕 사장의 패거리는 기가 막힐 지경이었다. 일말의 정의감을 가진 녀석들이 왕 사장의 무서움도 모르고 이 위험한 순간에 끼어들고 있었다. 왕 사장의 말 한마디면 이 땅에서 사람 하나 사라지는 것은 일도 아니었다. 이 외국 관광객들은 자신들의 목숨이 촌각에 달렸다는 것도 인지하지 못한 채 호기를 부리는 것이다.

"이 녀석이 내 가게에서 물건을 훔쳤소. 저놈 뒤에 있는 인형의 집이 바로 내 것이오. 그러니 외국인들은 더 이상 간섭하지 말고 여길 떠나시오. 다쳐도 난 모르오!"

왕 사장은 음산한 표정으로 승덕을 위협했다.

"도둑이라면 공안公安에 신고하시오. 이런 식으로 여러 사람이 한 사람을 해쳐서는 안 됩니다."

어찌 된 놈들인지 이 관광객들은 전혀 말이 통하지 않았다. 이

117

정도면 분위기를 파악하고 줄행랑을 쳐야 정상인데 참으로 답답한 놈들이 나타난 것이다.

"이 녀석들이!"

마침내 참지 못한 한 사내가 주먹을 올렸다. 이제 왕 사장도 말리지 않았다.

휘익! 퍼억! 픽!

그러나 바람처럼 재빠르게 무언가가 눈앞에서 획획 지나간 뒤 더럽고 습한 시장 골목에 나뒹굴고 있는 것은 빡빡머리가 아닌 왕 사장의 심복이었다. 빡빡머리는 폭력배가 멱살을 잡는 순간 그의 팔을 백팔십도 돌려서 명치를 가격하고 재빨리 땅바닥에 굴려놓은 것이다.

"누나, 저 사람 좀 봐줘."

게다가 빡빡머리는 굴러떨어진 폭력배가 서 있던 자리를 차지하며 뒤의 일행을 피투성이인 주 씨 쪽으로 보냈다. 승복 차림의 여자가 주 씨 쪽으로 달려가더니 피범벅인 팔뚝을 붙잡았다. 온몸을 사시나무처럼 떨던 세련된 여자아이만 당황하며 어쩔 줄 몰라 했고 빡빡머리와 흰색 한복을 입은 어린아이, 청바지를 입은 남자가 왕 사장 패거리를 막아섰다.

"간덩이가 부은 놈들이로구나! 얘들아, 뒤는 내가 책임질 테니 전부 죽여라!"

왕 사장의 명령이 떨어지자 10여 명의 폭력배가 커다란 함성을 지르며 정현과 일행을 향해 몽둥이와 쇠파이프를 날렸다.

118

퍼억!

우둑! 우둑! 우둑!

그러나 승복을 입은 빡빡머리가 좁은 골목을 딛고 날아오를 때마다 폭력배들이 들고 있던 쇠파이프와 나무몽둥이는 구부러지고, 부러지고, 날아가버렸다.

폭력배들이 무기를 잃고 우왕좌왕하는 사이 정현의 손이 미간, 정수리, 목, 가슴, 배를 쿡쿡 찔러댔고, 그때마다 건장한 사내들이 끽 소리도 못하고 폭폭 고꾸라졌다.

고수高手! 전설에나 나올 법한 고수가 눈앞에 있었다. 가볍게 통통 튀는 그의 두 다리와 두 팔이 허공을 한 바퀴 휘돌 때마다 좁은 골목을 메웠던 사내들이 그대로 정신을 잃고 말았다. 그나마 겨우 깨어난 자들은 왕 사장이 뭐라고 욕을 하든 꽁지가 빠지게 줄행랑을 쳐버리고 말았다.

"어머나, 세상에!"

대부분의 폭력배가 전의를 잃고 도망간 뒤 정희의 놀란 목소리가 들려왔다.

"이것 좀 봐! 세상에…… 이게 뭐지?"

그녀는 주 씨의 품에서 완전히 정신을 잃은 팔뚝 크기의 작은 인간 소소를 발견한 것이었다. 생명이 위독할 만큼 위험한 순간을 넘기고 깊은 숨을 쌕쌕 들이쉬며 정신을 잃은 주 씨의 가슴에 흙색 피부를 가진 소인이 찰싹 달라붙어 있었다. 처음에는 주 씨만 확인하고 치료하던 정희가 또 다른 존재에 깜짝 놀랐다.

"꺅! 징그러! 그게 뭐야?"

미니는 소소가 인형인 줄로만 알고 손을 댔다가 깜짝 놀랐다. 까무잡잡한 피부의 감촉과 체온이 진짜 사람과 똑같았던 것이다.

"손대지 마! 내 거야! 내 거란 말이야!"

사내들은 이미 줄행랑을 쳤는데도 늙은 왕 사장만은 여전히 그 곁을 떠나지 못하고 있었다. 낙빈도 작은 인간을 보고 깜짝 놀랐다. 생전 듣도 보도 못한 소인이 눈앞에 있었다. 처음엔 어린아이인 줄 알았지만 몸의 비율이 어린아이와 달랐다.

"으, 으음……."

마침 정희의 치료력으로 정신을 차린 주 씨가 천천히 자리에서 일어섰다. 그러고는 생전 처음 보는 낯선 얼굴들에 화들짝 놀랐다.

"괜찮아요? 많이 다쳤는데……."

승덕이 중국말로 묻자 주 씨는 바로 좀 전에 있었던 일을 기억하고는 얼굴이 새파랗게 변했다.

"어, 여기는? 소…… 소소는?"

주 씨는 벌떡 일어나 자신의 가슴에 기절해 있는 소소를 보고 잽싸게 두 팔로 감싸 안았다. 갑작스럽게 소소를 끌어당기는 바람에 소소의 작은 손을 쥐고 있던 정희가 그를 놓치고 말았다.

"잠깐만요! 당신도 온몸이 말이 아니지만 그 작은 분도 위험하답니다. 제가 치료하려는 거니까 그분을 이리 내주세요."

정희의 말을 승덕이 통역해주었지만 주 씨는 겁이 나는지 좀처럼 소소를 내주지 않았다.

"아이, 참!"

안타까워진 정희는 소소를 감싸고 있는 주 씨의 손등을 감싸 쥐더니 온 마음으로 그의 상처를 받아냈다.

"아, 아아……."

주 씨는 시큰시큰한 통증이 서서히 사라지는 것이 두 눈을 질 끈 감고 땀을 뻘뻘 흘리는 정희 덕분이라는 것을 알아챘다. 그제 야 주 씨는 순순히 품에 안고 있던 소소를 정희에게 내주었다. 정 희는 이미 주 씨의 고통을 어느 정도 받아낸 터라 머리가 빠개질 듯 아프고 옆구리도 시큰거렸지만 이번에는 소인의 두 손을 잡고 희생보살의 힘을 썼다.

"으음……."

정희의 미간이 깊게 주름졌다. 있는 힘을 다해 애를 쓰고 있지 만 무언가 잘되지 않는 것 같았다. 결국 그녀의 얼굴이 파랗게 질 려버렸다.

"안 되겠어. 치료가 제대로 되지 않아. 이 사람의 상처를 제대 로 못 받아내겠어."

정희는 삐져나온 머리카락을 쓸어 올리며 고개를 흔들었다. 몹시도 힘을 썼는지 앞머리 솜털 사이에 땀이 송골송골 배어 있 었다.

"아아, 알았어요! 누나, 우선 쇠사슬부터 끊어야겠어요."

그 모습을 지켜보던 낙빈이 탁 하고 손뼉을 쳤다.

"저분 발에 쇠사슬이 묶여 있네요. 그런데 저·사슬에 주술이 걸려 있어요. 단순한 쇠사슬이 아니라 주술이 담긴 사슬이에요. 아마 저 사슬이 누나를 방해하는 것 같아요."

그제야 모두의 눈에 검은 소인의 양쪽 발에 단단히 묶인 두꺼운 사슬이 들어왔다. 누군가의 자유를 억압한 그 끔찍한 증거에 모두들 인상이 찌푸려졌다.

"저런 사슬은 물리적인 힘만으론 부술 수가 없어요. 제가 힘을 써볼 테니까 정현 형이 해의 검으로 잘라주세요. 제 힘으로는 부족해도 쌍둥이 검의 능력이 있으니까 아마 될 거예요!"

이 쇠사슬을 만들기 위해 주술사 혹은 무당이 몇 날 며칠 동안 숱한 공을 들였음에 틀림없었다. 그런 주술을 단번에 없앤다는 건 무리한 시도지만 낙빈의 모자라는 부분은 정현과 해의 검에게 맡기기로 했다.

"결계를 파괴해라!"

낙빈이 작은 두 손에 힘을 주자 새빨간 불덩이가 이글이글 타올랐다. 그건 불덩이 같기도 하고 아닌 것 같기도 했다. 눈을 비비고 보면 보였다가 다시 눈을 비비면 사라지는 이상한 불덩이였다. 낙빈이 그 시뻘건 불덩이를 소소의 발에 묶인 쇠사슬을 향해 내쏘았다.

"무…… 무슨 짓입니까!"

주 씨는 소소가 잘못되는 게 아닌가 겁이 덜컥 나서 일행에게 소리쳤다.

"걱정 말아요. 쇠사슬을 끊으려는 거예요."

승덕이 대답하는 순간.

스르릉…….

정현의 등에 숨어 있던 기다란 은빛 검 한 자루가 캄캄한 공기를 가르며 나타났다.

"무슨 짓이야!"

요상한 짓을 해대는 무리를 향해 왕 사장이 미친 듯이 소리를 질렀다.

"내 거야, 하지 마! 내 거라고!"

왕 사장의 고함 소리와 함께 은빛 검이 허공을 갈랐다.

채애애앵!

요란한 금속성이 고요한 하늘에 메아리쳤다.


9


"소소! 소소!"

주 씨는 두 눈을 껌뻑거리는 소소를 붙들고 왈칵 눈물을 쏟았다. 정희는 소소의 고통을 온몸으로 받은 뒤 거의 실신 상태가 되어 정현의 등에 업혔다. 덕분에 소소는 정신을 되찾을 수 있었다.

"소소, 우리의 행운이 이분들을 불러왔나 봐요! 우린 살아 있어요! 이분들이 우릴 살려줬어요!"

소소는 주 씨의 말을 듣고 그의 품에서 빠져나왔다. 믿을 수가 없었다. 그의 발이 가벼웠다. 두 발을 단단히 감싸고 있던 차갑고 무거운 사슬에서 완전히 해방되어 있었다. 소소는 축축한 바닥에 이마를 대고 낙빈 일행에게 절을 했다.

"어머, 신기해라."

미니는 장난감같이 보이는 까무잡잡한 피부의 소인이 사람처럼 움직이자 신기하기만 했다.

"이야기는 대충 들었어요. 괜찮으신가요?"

승덕이 중국말로 묻자 소소가 고개를 끄덕였다.

"괜찮습니다. 도와주셔서 감사합니다."

"어머나!"

소소가 입을 열자 모두들 깜짝 놀랐다. 그의 입에서 한국어가 흘러나왔기 때문이다. 게다가 더욱 놀라운 것은 그 말이 주 씨에게는 자신의 모국어인 중국말로 들린다는 점이었다.

"모든 세계에서 통하는 언어가 정말 있구나!"

승덕은 참으로 신기해하며 소소의 입모양을 유심히 바라보았다.

어떤 이에게는 중국어로, 어떤 이에게는 한국어로, 또 다른 이에게는 그들의 언어로 소소의 말이 들린다니 정말 신기한 일이었다. 승덕은 어떻게 이런 일이 가능한지 알고 싶어서 소소가 말할 때마다 입모양을 뚫어지게 살피고 소리에 귀를 기울였다.

"당신이 정신을 잃은 동안 얘기를 들었어요, 소소. 정확하게 한 번 이야기해봅시다. 주 씨 아저씨는 당신이 왕 사장에게 붙잡혀서 가족과 헤어졌다고 말하고, 왕 사장은 당신 스스로 자신을 따라온 거라고 하는데 누구 말이 맞는 거죠? 당신은 저기 서 있는 왕 사장에게 납치된 건가요, 아니면 그의 소유물인가요?"

왕 사장은 여전히 소소는 자신의 것이라고 외쳐댔다. 그는 정현이 무서워서 차마 소소의 곁으로 다가오지 못했지만 좁은 골목 맞은편에 꼿꼿이 앉아 소소를 내놓으라며 고래고래 소리를 지르고 있었다.

소소는 슬픈 눈으로 왕 사장 쪽을 바라보다가 승덕의 눈을 바라보았다.

"비록 크기는 작지만 나는 하나의 인격체입니다. 종족이 다르다 하여 누가 누구를 노예로 삼고 소유물로 여길 수는 없지요. 나의 종족은 다른 인간들과 생김새가 조금 다릅니다. 조금 작고, 또 조금 다른 재주를 가지고 있긴 합니다. 그러나 우리 역시 인간입니다. 우리는 몸이 작은 대신 특별한 능력을 지녔죠.

세상을 조금 편히 살라고 주어진 그 능력이 종족을 파멸시키는 능력이 되어버렸답니다. 그래서 나의 종족은 예로부터 수많은 고초와 괴로움을 당했습니다. 이제 우리 종족 대다수가 죽고 얼마 남지 않았지만 내게는 가족이 있습니다. 내 대에 우리 종족이 멸망한다 하여도 나는 내 가족을 위해 살아야 하는 아비입니다."

소소는 커다란 눈을 껌뻑였다. 그의 작디작은 손이 가슴을 치며 괴로워할 때마다 그의 말을 듣는 모두의 마음이 먹먹해졌다.

처음에는 인형 같고, 또 어찌 보면 외계인이나 요정 같았지만 한 마디 한마디가 이어질수록 그냥 일반 사람과 다를 바 없이 느껴졌다. 다른 사람들보다 많이 작고 많이 말랐을 뿐, 그는 그냥 '사람'이었다. 감정을 가지고서 가족을 그리워하는 평범한 인간이었다.

눈이 안 보이는 사람에게 예민한 청력이 있고 귀가 안 들리는 사람에게 예민한 촉각이 있듯 그는 키가 많이 작은 대신 조금 독특한 능력을 가졌을 뿐, 우리와 다를 바가 없는 인간이 분명했다.

"저는 어서 내 가족이 있는 숲으로 돌아가고 싶습니다. 나의 숲에 깊이 숨어 다시는 가족과 헤어지고 싶지 않습니다. 우리 종족이 오랫동안 그렇게 살아왔듯 저도 그리 살겠습니다. 주인님께는 죄송합니다만, 전 더 이상 주인님께 드릴 행운이 없고, 더 이상 인간 세상에 머물고 싶지 않습니다. 저를 숲으로 돌려보내주십시오."

"안 돼! 넌 내 거야! 내가 가져온 거란 말이야! 이 도둑놈들, 남의 것을 훔쳐가다니! 다 가만두지 않겠다! 가만두지 않겠어!"

왕 사장은 화가 머리끝까지 치밀어 올라 버럭버럭 욕을 해대며 소소를 내놓으라고 협박했다. 그러나 소소는 하나의 독립적인 인간이었다. 누구도 그를 왕 사장의 학대 속으로 돌려보낼 수는 없었다.

"우리는 소소 씨의 의견을 존중하겠습니다. 인형의 집과 쇠사슬은 사장님께 돌려드리기로 하고 소소 씨는 당신의 뜻대로 친구분과 함께 숲으로 가시죠. 혹시 모르니 여기 저희와 연락할 수 있는 연락처를 적어드리겠습니다."

승덕은 왕 사장에게 인형의 집과 쇠사슬을 돌려준 다음 소소는 그의 뜻대로 주 씨의 품에 보내주었다. 이대로 조용히 끝나면 좋겠지만 지금도 골목에서 소소를 내놓으라고 소리를 질러대는 왕 사장의 모습을 보니 불안감은 여전했다. 소소가 왕 사장의 손아귀에서 벗어나 고향으로 무사히 돌아갈지 걱정되었다.

"네 이놈들! 다 죽여버리겠다! 죽여버리겠어!"

왕 사장은 악에 받쳐 소리를 질렀지만 무서운 눈초리로 버티고 있는 정현 때문에 감히 덤빌 수가 없었다. 그런데 어찌할 줄 모르고 버럭버럭 소리를 질러대는 왕 사장의 뒤에서 다급한 소리가 들려왔다.

"사장님, 사장님! 큰일 났습니다! 가게가…… 가게가 불타고 있습니다! 음식점에서 일어난 불이 토산품 상점에까지……."

"뭐, 뭐라고?"

그는 펄쩍 뛰었다.

"네놈이구나! 네놈이야! 나에게 불행을 불러왔구나! 앙심을 품고 내게 불행을 불러왔어!"

그는 주 씨의 품에 있는 소소에게 다짜고짜 달려들었지만 곧 정현에 의해 제지되었다.

"주인님, 아닙니다. 말씀드렸듯이 제 재주는 주인님이 받을 행운을 먼저 끌어오는 것뿐이었습니다. 이제는 주인님이 쌓아둔 모든 행운이 고갈되어 더 이상 가져올 행운이 없으니 주인님의 악업惡業들이 만든 불행이 주인님을 덮칠 차례입니다.

행운이 있으면 불행이 있는 법. 불행이 닥칠 때마다 쌓아두었던 덕업이 행운을 불러와 불행의 크기를 줄여주지만 이제 주인님께는 남은 행운이 없으니 불행만 남은 것입니다.

주인님, 이제부터라도 덕업을 쌓으시면 불행들을 조금이라도 막을 수 있습니다. 그러니 제발 제가 떠나더라도 덕업을 쌓으시어 불행들을 이겨나가십시오."

소소는 진심을 담아 얘기했지만 왕 사장의 귀에는 그런 말이 들릴 리 없었다.

"죽어라! 다 죽어버려! 네놈들을 다 죽여버릴 테다!"

왕 사장이 소리를 질러대며, 그를 데리러 온 심복을 따라 불타는 가게로 정신없이 뛰어갔다.

소소는 왕 사장의 뒷모습을 한없이 슬픈 눈으로 바라보았다.


좁고 캄캄한 골목을 빠져나오자 소소는 주 씨의 품속에서 일행을 향해 인사했다.

"안녕히…… 정말 감사합니다."

주 씨와 소소는 머리가 땅에 닿도록 인사했다.

"괜찮을지 모르겠군요. 또 그 작자들이 괴롭히는 건 아닌지……."

주 씨와 소소를 보며 승덕은 왕 사장과 그 심복이 보복할까 걱정했다.

"걱정 마십시오. 지금 새벽차를 타고 당장 소소의 고향 숲으로 갈 작정입니다. 불을 끄고 정신을 차린 왕 사장이 저를 찾았을 때는 이미 소소가 숲으로 돌아간 뒤겠지요."

주 씨는 선한 눈매로 싱긋 웃었다.

"게다가 왕 사장님께는 더 이상 행운이 없습니다. 불행만 가득 남은 그분께서는 이제 절대로 저를 다시 찾지 못할 것입니다. 걱정하지 마세요."

소소는 커다란 눈을 껌뻑거리며 걱정하는 일행에게 고개를 흔들었다. 두 사람은 한시도 지체하지 않고 기차와 버스를 타고 소소의 고향으로 직행할 모양이었다.

"그 후에 주 씨 아저씨는 괜찮을까요? 소소 씨는 산에 들어가신다고 했지만 주 씨 아저씨는 다시 이곳으로 돌아와야 하잖아요? 그때 혹시 왕 사장이 괴롭히지 않겠어요?"

"아뇨, 걱정 안 합니다. 전 소소만 숲으로 돌아간다면, 나의 친구가 다시 가족을 만난다면 더 바랄 게 없겠어요. 소소는 너무나 소중한 친구고 나의 은인이니까요. 혹시라도 나중에 안 좋은 일이 생긴다 해도 별 걱정은 안 해요. 제가 쌓은 덕업이 저를 그 불행에서 지켜줄 거라고 믿으니까요. 저 이래뵈도 착하게 살아왔거든요. 걱정 마세요."

주 씨는 서글서글한 눈매로 일행에게 인사하며 자유를 찾은 소소를 품에 안고 천천히 네온사인 속으로 사라졌다. 두 사람의 모습이 사라질 때까지 낙빈 일행은 멍하니 그 뒷모습을 바라보았다.

"보기 좋군. 진짜 우정이야. 외모가 다르건 종족이 다르건, 그런 건 아무 의미가 없어."

"정말이에요."

"저도 기분이 좋아요."

승덕과 정희, 그리고 낙빈이 한마디씩 하며 빙긋 웃었다.

어쩐지 주 씨에게는 앞으로도 좋은 일만 항상 함께할 거라는 생각이 들었다. 그렇게 사라지는 주 씨의 뒷모습을 지켜보던 미니가 이마를 탁 치며 발을 굴렀다.

"아차차! 에이, 아깝다! 이럴 줄 알았으면 나도 행운이나 하나 달랠 걸!"

미니가 아까워했다.

꽁!

승덕의 꿀밤이 여지없이 미니의 정수리에 꽂혔다.

"이 녀석! 대체 무슨 말을 들은 거야? 행운을 쓰는 것은 빚을 당겨쓰는 것과 마찬가지야. 행운은 준비된 사람에게만 오는 거란 말이야. 그러니 쓸데없는 소리 하지 마!"

"잉!"

미니는 승덕의 꿀밤을 맞고 찔끔하면서도 여전히 아쉬움이 가시지 않는 눈치였다.

"쳇, 이러니까 행운이 당장 필요하지, 뭐! 지금 당장 누구 때문에 행운의 힘이 필요한데!"

미니는 그렇게 중얼거리며 여전히 자신을 어린아이로만 생각하는 승덕을 원망스러운 눈초리로 노려보았다.

선양에서의 첫 밤이 지나가고 새 아침이 시작되려 했다.

새까만 밤은 어느새 서서히 저물고 푸르스름한 새벽하늘이 일행의 머리 위로 밝아오고 있었다.

제3화

봉선이여, 사라지는 달의 날이여

# 1

주 씨는 작디작은 소소의 몸을 품에 안았다. 혹시 누군가가 소소를 보고 이상한 생각을 할까 싶어 커다란 외투 안에 아이를 안듯 넣어서는 얇은 보자기로 덮었다. 모르는 사람이 본다면 영락없이 어린 아기라 생각할 것이었다.

주 씨는 소소의 고향을 알지 못했다. 소소도 자신의 고향이 무엇이라 불리는지 몰랐다. 그저 소소의 느낌에 의지해 멀고 먼 고향 땅을 향해 나아갈 뿐이었다. 주 씨는 어머니를 살려준 소소를 위해서 당연히 그래야 한다고 생각했다. 때문에 머나먼 여행길이 은혜를 갚는 시간 같아 그저 기쁘기만 했다.

해도 뜨지 않은 새벽 첫차. 텅 빈 기차 안에는 냉기가 가득했다. 하지만 왕 사장에게서 빠져나온 기쁨에 소소도 주 씨도 추운 줄을 몰랐다. 주 씨는 텅 빈 기차 안을 몇 번이나 둘러본 뒤에야 소소를 덮은 보자기를 살짝 열었다. 그의 품속에 가만히 숨죽이고 있던 소소의 커다란 눈이 깜빡거리는 게 눈에 들어왔다.

"소소, 괜찮아요?"

"네."

소소는 지난 수년간 맡을 수 없었던 싱그러운 공기를 느끼며 눈을 감았다. 까무잡잡한 피부에 깡마른 소소의 얼굴에는 눈만 툭 튀어나왔다.

"음, 나는 알 수 있어요. 점점 더 가까워지고 있어요. 내 고향으로…… 나의 가족에게로……."

감은 소소의 눈가에 커다란 눈물방울이 맺혔다.

소소는 본능적인 방향감각으로 가족과 종족이 있는 곳을 감지하고 있었다. 그의 가슴이 파닥파닥 뛰면서 그의 종족과 점점 가까워지고 있음을 직감했다. 기쁨과 벅찬 감동이 소소의 가슴 밑바닥에서 용솟음쳤다.

"아무리 멀고 험한 길이라도 꼭 당신을 보내줄게요. 은혜를 갚을게요, 소소."

주 씨는 소소의 작은 심장이 팔딱거리는 것을 느꼈다. 그리고 그 심장박동 속에서 벅찬 감동과 기쁨을 함께 느꼈다.

기차는 까맣게 물든 하늘 저 멀리로 어둠을 뚫고 요란한 소리를 내며 달리고 또 달렸다.


2


태양이 환하게 내리쬐는 맑은 날은 여행자에게 늘 반갑고 고마운 선물이었다. 사륜 구동 지프를 빌려서 대무신제의 일월신검을 찾아 떠나는 낙빈 일행의 마음은 오늘 날씨처럼 포근하고 따뜻하고 또 약간은 들떠 있었다.

승덕은 검은 선글라스를 끼고 운전석에 앉았다. 조수석에 앉은 정현은 커다란 지도를 펼쳐놓고 그들이 바른 길로 가고 있는지 확인했다. 그들은 내비게이터에도, 매우 세밀한 대축척지도에도 나오지 않는 어딘가를 향해 달리는 중이었다. 다만 믿는 것은 해의 검과 달의 검뿐이었다. 두 개의 검은 허허벌판 어딘가를 가리키고 있었다. 벌판 한가운데에 등고선이 굽이굽이 드리워진 그곳은 깊은 산속임에 틀림없었다. 그런 산중에서 어떻게 일월신검을 만나게 될지는 상상할 수도 없는 일이었다.

길의 중간에는 옛 고구려의 터도 있었다. 고구려 왕의 자취를 거슬러 올라가는 것이니 그 주변에 고구려의 발자취가 있는 건 당연한 일일 듯했다. 두 검이 가리키는 그곳 어딘가에서 일월신검이 낙빈을 기다리고 있으리라고 그들은 믿었다. 아니, 일월신검을 만나지 못하더라도 이 여행이 절대 헛되지 않은 경험이 되리라고 믿었다.

점차 도시의 풍경이 사라지자 중국 땅이 제 모습을 드러내기 시작했다. 붉은 황토빛 구릉지와 너른 벌판이 눈앞에 펼쳐졌다. 그 너른 벌판 위로 뜬금없이 불쑥불쑥 솟아오른 산의 모습이 무척이나 신기했다.

계속될 것만 같은 아스팔트 길이 사라지고 흙먼지가 푸르르 날리는 오래된 흙길을 따라 달리자 끝도 없이 펼쳐진 넓은 대지가 일행의 눈을 사로잡았다.

대륙의 드넓은 평야는 그 규모부터 차이가 있었다. 시골 어디를 가도 곳곳에 걸린 전신주가 시야를 가리는 한국과 달리 이곳의 평야는 말 그대로 가리는 것 하나 없이 뻥 뚫려 있었다. 끝없이 펼쳐진 드넓은 평야가 처음엔 한없이 신기하다가 곧 익숙해지자 너무나 지루해서 꾸벅꾸벅 잠이 올 지경이었다.

"오빠, 피곤하지 않으세요?"

뒷좌석에 앉아 있던 정희가 걱정스러운 눈초리로 승덕을 바라보았다. 엊저녁 예기치 않게 소소라는 소인을 만난데다 그 뒤로도 한참 동안 떨어지지 않는 미니 때문에 일행 중 가장 늦게 잠자리에 든 승덕이었다. 그래서 무척 피곤할 텐데도 줄곧 혼자 운전을 도맡아야 하니 미안하고 또 걱정되었다.

"아냐. 오랜만에 운전을 하니까 졸리지도 않고 오히려 머리가 생생하다."

승덕은 오랜만에 쥐어보는 운전대를 툭툭 치며 빙긋 웃었다. 정희는 승덕이 정말로 괜찮은가 싶어서 지그시 바라보았다. 아마 피곤하더라도 내색하지는 않을 것이다. 어차피 일행 중에 운전할 수 있는 사람은 승덕뿐이니, 거짓으로라도 괜찮다고 말할 승덕이었다.

"정현아, 어떠니? 맞게 가는 거 같으냐?"

승덕은 조수석에 앉은 정현에게 물었다. 정현은 지도를 내려놓고 두 다리 사이에 단단히 세워둔 쌍둥이 검을 감싸 쥐었다. 정현의 품에 안긴 두 자루의 검은 단단한 가죽 검집 속에서 고요히 주인의 뜻을 따르고 있었다.

"네, 형. 분명히 이쪽 방향이 맞다는 생각이 들어요. 검에게서 그런 느낌이 와요."

"그래, 그렇구나."

승덕은 고개를 끄덕이며 낮게 중얼거렸다. 어쩐지 기분이 점점 좋아지는 걸 보면 좋은 일이 생길 것만 같았다.

한참을 더 달리자 삐죽삐죽한 산등성이가 저 멀리 나타났다. 길게 구릉진 산맥이 둥그런 마을을 감싸고 있었다. 작은 마을로 다가갈수록 드문드문 안내판이 눈에 들어왔다. 안내판을 훑어보던 승덕이 잠시 차를 세웠다.

"잠깐 여기 들렀다 갈까? 근처에 고구려 유적지가 있는 모양이다."

표지판이 가리키는 대로 승덕은 마을 반대편 야산 쪽으로 방향을 틀었다.

"오빠, 낙빈이 깨울까요?"

정희는 차가 출발하고 얼마 후부터 깊은 잠에 빠진 낙빈을 보며 속삭였다. 정희와 함께 뒷좌석에 앉아 있던 낙빈은 덜컹거리는 비포장도로를 달리는 사이 정희의 무릎을 베고 누워 단잠에 빠져 있었다. 워낙 늦은 시간에 잠이 든데다 새벽 일찍 출발한 탓에 무척 피곤했을 터였다. 정희는 제 무릎에 기대어 세상모르고 깊이 잠든 평화스러운 모습에 웃음이 배어 나왔다.

"아이고, 녀석. 침 흐르겠다. 피곤하겠지만 깨워라. 여기 고구려 옛 땅을 대무신제님께 보여드려야 하니까 깨워야겠다."

룸미러에 비치는 순박한 낙빈의 모습에 승덕은 픽 하고 웃었다.

승덕이 얕은 야산 밑에 차를 세웠을 때 낙빈이 부스스 눈을 떴다. 일행은 잔뜩 낡은 표지판 하나가 세워진 야산의 끄트머리에 차를 세우고 돌무더기를 층층이 다진 부실한 계단을 올랐다. 야산 아래 둥그런 언덕배기에 고구려 고분 발굴터가 있었다.

낙빈은 처음에 가슴이 콩콩 뛰었지만 가까이 다가갈수록 실망스럽기만 했다. 돌을 층층이 쌓아올려 단을 세우고 그 뒤로 흙을 덮은 낯선 모양의 돌무덤에는 한 사람이 몸을 세우고 들락날락할 정도의 네모난 입구가 있었다.

비와 바람에 훼손된 낡은 표지판 하나를 제외하고 고분을 지키는 것이 아무것도 없었다. 네모난 입구가 무너지지 않도록 세워둔 낡은 철문 두 개가 바닥에 녹물을 뚝뚝 떨어뜨리는 모습은 흉물스럽기까지 했다.

고구려 옛터라 기대했던 모두의 마음이 차갑게 식었다. 아무런 보호도 받지 못한 채 버려진 폐허를 연상시키는 모습에 가슴이 아팠다.

"안에 좀 보고 갈까?"

승덕은 실망한 눈빛이 역력한 동생들을 보며 뒷머리를 벅벅 긁었다. 그러고는 작은 손전등을 꺼내들고 고분 안으로 들어갔다. 혹시나 싶어 들어간 고분 안쪽 역시 상태가 좋지 못했다. 습기가 축축한 내부 벽에는 무언가 흐릿한 자국들이 있었다. 벽화 같았지만 심하게 훼손된 상태였다.

"아아……."

낙빈은 차가운 회색 벽에 두 손을 대보았다.

대륙을 지배하던 드넓은 기상의 고구려인들. 그들의 용맹과 드높은 투지, 그들의 삶과 생활, 그들의 신앙과 믿음을 혼신의 힘을 다해 그려냈을 고분벽화들이 흔적만 남았거나 가득한 습기와 흘러내리는 석회에 부식되어 형체조차 알아보기 힘들 지경이라니 갑자기 울컥 눈물이 났다.

"아아, 정말 한숨이 나오는구나."

승덕은 혀를 차며 고개를 저었다.

"국사 교과서에 나오는 고구려의 무용총도 과거 일제강점기에 촬영한 것이고, 지금은 석회에 부식되어 예전 모습을 찾을 수가 없다더니. 이곳저곳 할 것 없이 다들 이런 꼴이로구나. 어쩐지 조상님을 뵐 면목이 없는 걸."

승덕은 또다시 뒷머리를 벅벅 긁었다.

"시간이 지나면 뭐든 흩어지고 없어지는 것이 당연지사겠지만 옛 발자취를 담은 얼마 안 되는 유적들이 사라진다는 건 슬픈 일이에요."

정희도 안타까운 듯 한숨을 쉬었다.

"고구려 왕릉들 거의 전부가 도굴되었다던데…… 그나마 남아 있는 곳들마저 이런 모습이라니 안타깝네요."

평소 과묵하던 정현도 깊은 한숨을 쉬며 중얼거렸다.

한참 동안 차가운 벽을 더듬던 낙빈이 갑자기 천장을 가리켰다.

"형, 저기…… 저기 좀 비춰주세요."

어둠 속에서도 무엇이 느껴졌는지 낙빈은 비좁은 무덤 위쪽을 가리켰다. 승덕이 손전등을 들어 최대한 밝혀보니 천장 구석에 두 명의 신선 혹은 선녀가 머리 위로 둥근 무언가를 들고 구름 속을 나는 모습이 언뜻언뜻 보였다. 그 둘의 옆으로 구름 속을 나는 용과 말 같은 것을 타고 있는 인간의 모습도 보였다.

승덕이 환하게 미소 지었다.

"그래, 머리 위로 둥근 무언가를 들고 있는 건 해의 신과 달의 신이야. 그 옆에 용과 기린을 타고 있는 건 신선이고. 다행히 저곳은 간신히 남았구나. 고구려 벽화에서는 화려하게 묘사된 해의 신과 달의 신을 자주 볼 수 있단다. 그건 고구려인이 태양과 달을 숭배했기 때문이야. 하늘의 자손, 즉 천손天孫족으로서의 자긍심이 있었기 때문이지. 바로 그 천손족의 자긍심을 담은 것이 우리가 찾는 일월신검이고 말이야."

낙빈과 일행은 천장에 남아 있는 해의 신과 달의 신을 바라보았다. 거의 전부 훼손된 그림들 사이에서 그 모습을 고고히 간직하고 있는 두 신은 마치 일행이 해와 달의 기운을 품은 일월신검을 꼭 만날 수 있으리라고 약속해주는 것만 같았다.


중국 땅은 넓고 넓었다. 지도 속에서 꽤나 가까워 보였던 곳이

가도 가도 좀처럼 나오지 않았다. 한동안은 붉은 사막만 보이는 지역을 통과했고, 한동안은 굽이굽이 높고 삐죽한 산만 가득한 지역을 지났다. 끝없이 펼쳐진 평원도 한없이 달려보았다. 하지만 워낙에 포장되지 않은 길을 구불구불 돌고 도느라 아무리 달려도 원하는 지점에 도착하지 못했다.

결국 허리가 끊어질 정도로 아파오자 승덕이 지프를 멈췄다.

"어쩌지? 정말 곤란한데?"

승덕이 허리를 두드리며 지도와 내비게이터를 이리저리 살펴보았다. 벌써 몇 시간째 달렸지만 주변에 인가가 보이지 않은 지 한참이었다. 너무 캄캄해서 좁은 비포장도로를 계속 달리는 것도 위험한 상황이었다.

"묵을 곳도 찾지 못할 것 같아. 여긴 정말 사람의 발길이 닿지 않는 오지인가 봐."

승덕은 동생들을 보며 침울한 표정을 지었다. 이 상황이 모두 자기 탓인 것처럼 책임감을 느꼈다.

"이럴 거라고 생각했어요. 지도에도 나오지 않는 곳인데 어련하겠어요?"

승덕의 마음을 아는지 정희는 아무렇지도 않은 듯 미소 지었다.

"그나저나 오빠야말로 괜찮아요? 혼자 운전하느라 너무 무리하고 있어요. 낙빈아, 조금 불편하겠지만 오늘은 차에서 눈을 좀 붙이자."

정희는 승덕과 낙빈을 살갑게 챙기며 특유의 부드러운 미소를 지었다. 그런 정희의 미소를 보면 누구라도 불안했던 마음이 한순간 푸근해졌다.

"이럴 줄 알고 간단히 이불이랑 음식도 좀 챙겨왔어요."

낯선 땅. 불빛 한 점, 사람 한 명 없는 깊은 오지의 길 아래에 갑자기 작은 캠프가 세워졌다. 낮은 야산들이 굽이굽이 이어진 길의 한쪽에 차를 세우고 일행은 둥그렇게 모여 앉았다.

정현은 금세 나무를 모아 불을 피웠다. 수많은 수련을 받으면서 여러 산을 누비고 다녔기에 불을 피우고 쉴 자리를 마련하고 간단한 먹거리를 데우는 것은 식은 죽 먹기처럼 쉬웠다.

정현은 누이가 준비해온 쌀과 간단한 반찬거리들을 모두 한데 넣고 물을 부어 먹음직스러운 잡탕죽을 끓였다. 작은 나뭇가지들 위로 천천히 보글보글 끓어오른 잡탕죽 냄새가 캄캄한 밤공기 사이로 퍼져나갔다.

둥그렇게 둘러앉아 빨간 모닥불을 바라보며 작은 냄비와 뚜껑에 죽을 나누어 담으니 갑자기 허기가 한꺼번에 밀려왔다.

"형, 진짜 맛있어요!"

"정현이 솜씨가 정말 장난 아닌 걸?"

낙빈도 승덕도 맛깔스러운 잡탕죽에 칭찬이 늘어졌다.

"정말 깜짝 놀라겠어, 정현아."

언제나 요리를 담당하던 정희마저 두 눈을 동그랗게 뜨자 정현은 쑥스러운 듯 웃었다. 화려한 맛은 아니지만 따끈한 죽은 싸늘한 밤공기 아래 차갑게 얼어붙은 온몸을 녹여주었다.

낙빈은 죽 한 사발을 들이켰다. 더 달라는 말을 하지 않았지만 정현은 한 그릇 더 퍼서 낙빈에게 건넸다. 낙빈은 다시 채워진 그릇을 바라보며 자신도 모르게 배시시 웃었다. 말하지 않아도 마음이 통하는 게 신기하고 또 기뻤다.

힘들고 험한 여행길이지만 함께라서 조금도 힘들지 않았다. 혹시 일월신검을 만나지 못하더라도 아쉽지 않을 것 같았다. 다정한 가족 여행처럼 모든 것이 하나하나 추억이 되고 즐거움이 되어 기억에 남을 것만 같아 마음이 콩닥콩닥 들떴다.


# 3


승덕은 이른 아침의 한기와 함께 무언가 둔탁한 소리에 눈을 떴다.

차 시트에 기대어 잠이 들었는데, 어느새 날이 밝아오기 시작한 모양이었다. 허리를 곧게 세우고 벌떡 일어나 앉으니 막 차문을 닫으며 올라타는 정현의 모습이 보였다.

"으음, 일어났냐?"

승덕은 두 눈을 비비며 정현의 얼굴을 확인했다. 정현의 뒤로 초록 덤불이 눈에 들어왔다. 자리를 잡고 앉아 주변을 바라보니 어젯밤 칠흑같이 검기만 했던 주변의 풍광이 제대로 보였다.

비포장도로 옆 비교적 평평한 길에 세워둔 차는 얕은 구릉지의 중간쯤에 서 있었다. 구릉지의 양쪽으로는 시야를 가릴 정도로 덤불이 그득했다. 길만 빼고는 숲 안쪽이 보이지 않을 정도로 나무와 풀이 우거져 있었다.

"형, 일어났네요? 더 자요. 전 몸도 풀 겸 물을 좀 길어왔어요."

정현은 내내 차 안에 있느라 답답했던 모양이다. 등에 멨던 기다란 해의 검과 달의 검을 뽑아드는 폼을 보니 새벽부터 주변을 돌아다니며 검도 휘두르고 약수도 찾아 떠온 것이다.

승덕은 온몸을 늘어지게 펴며 기지개를 켰다. 허리를 좌우로 돌리자 뒷좌석에 잠든 정희와 낙빈의 모습이 눈에 들어왔다. 하얀 한복을 입고 잠든 낙빈은 초록색 모포를 덮고 있었다. 정희는 행여 낙빈이 담요를 걷어찰까봐 낙빈의 가슴에 손을 나란히 포개고 잠들었다. 마치 엄마가 아이를 끼고 잠든 것처럼 낙빈이 정희 품에서 포근히 잠든 모습이 정다워 보였다.

"너희는 좀 더 자거라."

승덕은 들릴 듯 말 듯 중얼거리고는 열쇠를 돌려 시동을 걸었다. 그리고 또다시 어딘가에 있을 일월신검을 향해 가속페달을 밟았다.


주 씨는 이름도 들어본 적 없는 작은 간이역에서 내렸다.

그리고 하루에 한 대밖에 없다는 버스를 타고 마지막 정류장까지 갔다. 그러고도 소소의 고향은 한참을 걷고 또 걸어야 했다. 생전 처음 멀리 떠나온 주 씨로서는 모든 것이 낯설고 신기하기만 했다.

"친구, 점점 다가가고 있어요. 나의 고향 땅으로…… 우리는 곧 도착할 거예요."

주 씨의 품에 안긴 소소는 점점 말이 많아졌다. 주 씨는 누군가가 소소의 말을 들을까 두렵기도 했지만 다행히 사람은 거의 보이지 않았다. 주 씨는 자신의 가슴팍으로 전해오는 소소의 두근거림을 느끼며 슬며시 미소를 지었다. 십수 년 만에 가족을 만나는 소소가 얼마나 행복한 꿈에 부풀어 있을까 싶어 주 씨도 한없이 기분이 들떴다.

하지만 또다시 아침이 지나고, 정오가 지나고, 오후가 지나서까지도 좀처럼 원하는 곳이 나타나지 않자 주 씨의 들뜬 마음이 슬슬 가라앉기 시작했다. 한참 전부터 발가락이 뻐근하고 시큰거렸지만 소소를 품에 안은 채 걷고 또 걸었다.

소소의 말로는 그의 고향 내음이 서서히 난다고 했지만 주 씨는 소소가 가리키는 그의 '고향'이 어디인지 확실히 알 수 없었다. 소소 역시 인간의 교통수단을 이용해 고향에 가본 적이 없으니 과연 얼마나 남았는지, 확실히 이쪽 방향인지도 애매한 듯했다. 다만 소소는 내내 굽이굽이 이어지는 산맥 줄기의 어딘가에서 분명 고향의 냄새가 솔솔 풍겨 나온다고 말했다. 그렇게 하루종일 주 씨는 서쪽 방향으로 터벅터벅 발걸음을 뗐다.

"소소, 그런데 정말 이곳이 맞는 걸까요?"

주 씨는 자신의 품에 안긴 소소에게 물었다.

그런데 아까까지만 해도 종알종알 이런저런 말을 하던 소소가 갑자기 입을 다물고 침묵하는 것이었다. 그것도 머리 가득 보자기를 단단히 덮어쓴 채.

"소소, 왜……?"

주 씨는 소소에게 말을 걸려다가 곧 입을 다물었다.

구불구불 이어지는 좁디좁은 산길 사이에서 갑자기 나타난 붉디붉은 색채에 주 씨는 두 발을 멈췄다. 언제부터 그곳에 있었는지 저 멀리 머리부터 발끝까지 붉은색을 뒤덮은 여자가 눈에 들어왔다.

키가 크고 몹시도 마른 여자는 어디서든 한 번 보면 잊을 수 없을 정도로 강렬한 붉은빛으로 온몸을 휘감은 채 굽이진 산길의 끝에 꼿꼿이 서서 주 씨를 바라보고 있었다. 여자의 온몸을 휘감은 얇고 사각거리는 붉은 천은 마치 타오르는 불꽃처럼 그녀의 등 뒤에서 펄럭거렸다.

그뿐이 아니었다. 그녀의 머리도 뿌리부터 붉은색이었다. 무슨 색으로 물들이면 저렇게 깊은 붉은빛이 날지 감도 오지 않을 정도로 붉은 핏빛의 머리카락이 그녀의 허리를 지나 발목까지 길게 드리워져 있었다. 그 붉은 머리는 바람이 불 때마다 그녀의 붉은 드레스와 함께 나부끼며 활활 불타오르는 듯했다.

눈을 뗄 수 없을 정도로 지독히 매혹적인 동시에 발을 뗄 수 없을 정도로 무시무시한 기운이 느껴졌다. 알 수 없는 본능이 온몸의 세포를 자극하면서 주 씨의 온몸에 작은 소름이 돋았다. 온몸은 긴장과 피곤으로 범벅이 되어 있었지만 주 씨는 그녀의 얼굴에서 단 한순간도 눈을 뗄 수가 없었다. 심지어 눈꺼풀조차 깜빡일 수 없었다.

그 붉은 여인은 매서운 표정으로 주 씨를 노려보았다. 아니, 주 씨가 아니었다. 정확히는 소소가 숨어 있는 주 씨의 가슴팍을 노려보고 있었다. 바람에 날리는 옷자락과 머리카락 외에 미동도 없던 붉은 여인이 주 씨를 향해 한 발을 떼려는 순간이었다.

사락.

좁은 산길에 살아 있는 모든 것이 팽팽한 긴장감으로 얼어 있는 그 순간. 붉은 여인의 바로 옆에서 뭔가가 움직였다.

주 씨는 눈 한 번 깜빡이시 못한 채 그 직은 움직임을 향해 눈동자를 굴렸다.

산길의 중간까지 늘어진 나뭇가지에 작은 여자아이가 앉아 달랑달랑 위아래로 움직이고 있었다. 체구로 보아서는 예닐곱 살이나 될까 싶은 아이는 작은 가지에 앉아 주 씨도, 붉은 여인도 아닌 머나먼 어딘가를 향해 고개를 돌리고 있었다. 그 아이를 보는 순간 주 씨는 숨이 막혔다.

여자아이의 머리카락은 흑단보다도 까맸다. 쭉 뻗은 검은 머리카락이 허리까지 곧게 내려왔다. 아이의 얼굴에는 백지보다도 새하얀 둥근 가면이 씌워져 있었다. 짧고 둥근 눈썹에 얇고 길게 뻗은 눈동자와 작게 오므린 빨간 입술이 그려진 가면은 일본풍이었다. 가면 아래로는 붉은 피보다 더 붉은 비단으로 만든 기모노가 있었고 기모노의 허리춤에는 하얀 천이 둘둘 말려 있었다.

미동도 없이 나뭇가지에 앉아 있는 아이의 모습은 사람인지 인형인지 분간되지 않을 정도였다.

불꽃보다 붉은 여인은 주 씨와 소소를 향해 다가오려다 가면을 뒤집어쓴 인형 같은 여자아이 쪽을 바라보더니 다시 멈춰 섰다. 두 사람 사이에 어떤 말도 오가지 않았지만 그들은 무언의 대화를 하는 듯했다.

이제 주 씨는 더 이상 숨을 참을 수 없어서 머리가 하얘질 지경이었다.

바로 그때 붉은 기모노를 입은 까만 머리의 아이가 나뭇가지에서 사뿐히 내려와 흙을 밟았다. 굽 높은 나막신이 바닥을 밟는 순간 아이는 아무런 기척도 없이 산길 저편으로 몸을 틀었다. 붉은 여인은 주 씨 쪽을 좀 더 노려보다가 곧 인형 같은 아이의 뒤를 따라 사라졌다.

주 씨는 두 사람이 사라지고도 한참 동안 움직일 수 없었다.

"찌르릉!"

어디선가 이름 모를 새의 울음소리가 들려온 뒤에야 주 씨는 가쁜 숨을 몰아쉬었다.

"하아, 하아, 하아."

그동안 자신이 숨을 참고 있었다는 사실도 까맣게 잊었던 모양이다. 주 씨는 두 다리의 힘이 빠져 그 자리에 털썩 주저앉았다. 그러다가 덜컥 겁이 났다. 가슴팍에서 어떤 움직임도 느껴지지 않았기 때문이다.

"소소, 소소?"

주 씨는 급하게 소소를 덮고 있던 보자기를 들어올렸다. 주 씨의 가슴에 몸을 웅크리고 있는 소소의 얼굴이 나타났다. 그제야 주 씨는 안도의 한숨을 쉬었다. 하지만 그는 곧 소소의 몸이 딱딱하게 굳은 채 벌벌 떨고 있는 것을 알아챘다.

"소소, 괜찮아요? 왜 그래요?"

주 씨가 한참이나 불렀지만 소소는 움직이지 않았다. 주 씨가 굳어진 팔다리를 한참 동안 주무르고 나서야 소소는 간신히 입을 열었다.

"가야 해요. 어…… 어서 우리 종족에게로 가야 해요. 무서운 느낌이 들어요. 무서운 일이…… 일어날 것만 같아요."

커다랗게 튀어나온 소소의 두 눈은 불안과 공포에 물들어 있었다. 소소는 새처럼 높고 가는 소리로 거의 비명을 지르다시피 말했다. 주 씨도 알 수 없는 불안감에 머리카락이 한 올 한 올 서는 것만 같았다.

주 씨는 소소를 가슴에 안고 뛰기 시작했다. 발가락이 붙어터지고 피가 나도 멈출 수가 없었다. 넘어지고 깨지는 것도 문제되지 않았다. 그렇게 주 씨는 소소가 가리키는 깊고 깊은 숲 속 어딘가를 향해 있는 힘껏 내달렸다.

# 4

승덕은 운전에 집중했다. 선글라스 너머로 끝없이 들판이 이어졌다. 낙빈의 느낌이 닿는 곳과 두 검이 가리키는 미지의 장소를 향해 달리는 것은 생각보다 어려웠다. 찻길이 끊긴 곳도 있고 전혀 방향이 가늠되지 않는 곳도 있었다. 하지만 그저 달리고 또 달리는 수밖에 없었다.

그렇게 한참을 달리다 보니 거대한 산맥이 길 옆으로 굽이굽이 이어졌다. 해의 검과 달의 검은 그 산맥 어딘가를 향해 가려는 것 같았다. 하지만 산맥이 끝나는 지점까지 달리고 또 달려도 좀처럼 원하는 장소라는 느낌이 들지 않았다.

그렇게 주변을 돌고 돌고 또 돌다 보니 산맥의 끝자락으로 너른 평야가 이어지고 그 평야의 중간에서 갑자기 홀로 동떨어진 거대한 산이 나타났다. 산의 밑동부터 꼭대기까지 빈틈 하나 없이 나무와 풀이 빽빽하게 들어찬 그곳은 한눈에 보기에도 산세가 험준했다.

"표지판도 없고 길도 점점 험해지고……. 어디 좀 물어보기라도 하면 좋겠는데, 가게는커녕 집도 한 채 없으니."

산줄기를 타고 들어갈수록 승덕은 어쩐지 길이 끊기고 인가도 없을 것 같다는 불길한 예감이 들었다. 날은 점점 어두워지는데, 눈앞에는 작은 집 한 채도 보이지 않았다.

"형, 가까이 온 것 같아요. 해의 검과 달의 검의 떨림이 두 손에 느껴질 정도예요."

정현은 조수석에서 내내 두 자루의 검에 정신을 집중하고 있었다. 산줄기에 가까이 다가왔을 때부터 쌍둥이 검은 정현의 손바닥을 자극하고 있었다.

"분명히 이 숲 가득 음기가 흘러나와요, 형. 아주아주 가득하고 강력한 음기요."

낙빈 역시 심상치 않은 기운을 느꼈다. 하지만 낙빈은 과연 이곳에 일월신검이 있을까 반신반의했다. 왜냐하면 이 산을 휘휘 돌아 느껴지는 것은 자욱한 음기뿐이기 때문이었다. 그것도 아주 강력하고 지독한 음기였다. 이상하게도 이 산에서는 양기가 느껴지지 않았다. 낙빈은 대무신제의 일월신검이 묻힌 곳이라면 분명 음과 양이 균형 있게 강할 것이라고 생각해왔다. 그렇기에 음기만 자욱한 산이라면 적당치 않다는 생각이 들었다.

"정현 형, 혹시 해의 검도 떨고 있나요? 달의 검만 떨고 있지 않아요?"

"아니, 해의 검도 똑같이 떨고 있어."

"그래요?"

정현의 말대로, 그의 손 안에서 두 자루의 검이 모두 미세하게 떨리고 있었다. 낙빈은 계속 고개를 갸웃거렸다. 이상했다. 양의 기운에 반응하는 해의 검까지 함께 반응하고 있다면 분명 양기도 가득하다는 건데……. 아무리 집중해도 낙빈에게는 자욱한 음기만 느껴질 뿐이었다.

"어쨌든 더 어둡기 전에 이 근처에 잠자리를 마련해야겠어. 작은 집이라도 있으면 좋을 텐데."

승덕은 날이 더 어두워지기 전에 묵을 곳을 마련해볼 생각이었다. 산을 중심으로 차가 다닐 수 있는 길을 빙빙 돌아보니 커다란 호수와 함께 볼품없이 작은 오두막 한 채가 나타났다. 얼기설기 나무판으로 엮은 집이지만 사람이 사는지 굴뚝 위로 연기가 뭉게뭉게 피어올랐다.

"신세를 질 수 있는지 한번 알아봐야겠는 걸?"

승덕은 호수 옆에 차를 세우고 낡은 오두막을 향해 앞장섰다. 정현과 정희, 그리고 낙빈이 차례로 뒤를 따랐다.

오두막은 가까이 다가갈수록 더욱더 볼품이 없었다. 조잡한 지붕과 벽을 덮은 널빤지는 온통 썩어 있었다. 연기만 피어오르지 않는다면 버려진 집이라고 생각될 지경이었다.

"실례합니다."

승덕은 중국말로 크게 외치며 오두막 안으로 들어섰다.

오두막 안은 바깥쪽보다는 나은 편이었다. 방수 텐트천으로 사방의 썩은 나무 벽을 가리고 한쪽에는 벽돌 난로에 불을 피워놓아 꽤나 아늑해 보였다.

누가 사는지 몰라도 평범한 농가 같지는 않았다. 뻥 뚫린 거대한 공간에서 맨 먼저 눈에 띈 것은 아주 커다란 책상이었다. 십수 명이 앉아 토의할 수 있을 법한 테이블의 한쪽에는 먹다 남은 음식이 담긴 접시 하나가 놓여 있고 그 옆으로 엄청난 양의 책과 사전, 지도와 필기구 등이 어지럽게 뒹굴고 있었다.

"아무도 안 계십니까?"

승덕이 다시 한 번 크게 외쳐보았지만 아무런 대답도 들려오지 않았다.

"형, 이것 좀 봐요."

정현이 커다란 책상 위를 가리키며 눈을 크게 떴다.

"어라?"

승덕도 낙빈도 깜짝 놀라 눈이 커졌다. 책상 한쪽에 수북이 쌓인 수많은 책 중에 낯익은 제목이 눈에 들어왔다. 대무신제의 일월신검을 찾기 위해 뒤졌던 고려시대의 역사서 번역본이었다. 그것도 한글 판본이었다.

"뭐야, 이건?"

승덕은 눈앞에 펼쳐진 책들을 뒤적이기 시작했다. 중국 서적도 많지만 적어도 절반 가까이는 한국어 서적이었다.

"누구예요?"

일행이 낯익은 책들을 뒤적이며 의아해하고 있는데, 그들의 뒤쪽에서 낭랑한 여자아이의 목소리가 들려왔다.

오두막 입구에 대여섯 살쯤 되어 보이는 여자아이가 꼿꼿이 서서 일행을 바라보고 있었다. 아이는 핏기 없는 새하얀 얼굴에 눈을 동그랗게 뜨고 있었다. 아이는 시골구석에서 제대로 보살핌을 받지 못하는지 어깨쯤 내려오는 머리카락이 엉망으로 헝클어져 있고 진한 풀색 옷은 검게 얼룩져 있었다.

아이는 낯선 사람들이 신기한지 두 눈을 동그랗게 뜨고 이리저리 뜯어보았다. 아마도 한참 전부터 일행을 바라보고 있었던 모양이다.

"너, 한국인이니?"

낙빈이 눈을 크게 뜨며 되물었다. 아이의 입에서 나온 말은 분명 낙빈도 잘 알아듣는 한국말이었다. 북한 사투리 같은 억양의 차이는 있었지만 분명 우리말을 하고 있었다.

"아빠 만나러 왔어요?"

아이가 오히려 일행에게 되물었다.

낙빈과 일행은 서로를 바라보다가 멍하니 고개를 저었다. 이 낯선 땅에서 예기치 않게 같은 말을 하는 사람을 만났다는 게 너무나 이상했다.

"아빠랑 둘이 사는 거니?"

정희가 아이 앞으로 다가가 무릎을 꿇었다. 그러고는 아이와 눈높이를 비슷하게 만들고 나서 부드러운 목소리로 물었다.

"응, 둘이 살아요."

아이는 정희를 요리조리 바라보았다. 동그란 눈이 이리저리 구르는 것으로 보아 아이에게도 낯선 사람들의 등장이 무척 신기한 모양이었다.

"만져도 돼요?"

아이는 허리까지 내려오는 정희의 머리카락을 보더니 물었다. 그러고는 대답도 듣지 않고 질끈 묶은 검은 머리를 손가락으로 비벼대기 시작했다. 길고 반짝이는 보드라운 머리카락을 처음 보는 것처럼 신기한 듯 만지작거렸다.

"엄마는 안 계시니?"

"엄만 죽었어요."

아이는 아무렇지도 않게 대답했다.

죽음에 대해 말하는 태도가 하도 아무렇지 않아 정희의 말문이 막혔다.

"아버지는 어디 계시니? 뵐 수 있을까?"

이번에는 승덕이 아이에게 다가갔다.

아이는 승덕에게는 관심도 없는 듯 여전히 정희의 머리카락만 만지작거리며 무심히 답했다.

"산에 갔어요. 올 거예요."

승덕은 뭔가 더 물으려다가 입을 닫았다. 아무래도 아이의 아버지는 지금 근처에 없는 모양이다. 아이의 태도로 보면 산에 갔다가 날이 어두워지면 돌아오는 모양이었다.

승덕은 오두막 밖으로 나갔다. 혹시나 산에서 내려오는 사람의 그림자가 보일까 싶어 이리저리 살폈다. 그런데 마침 저 멀리 수풀이 마구 들썩이는 것이 눈에 들어왔다.

"어?"

어느새 정현도 다가와 승덕과 같은 곳을 바라보았다. 두 눈을 찡그리고 숲을 응시하던 정현이 갑자기 쏜살같이 달리기 시작했다.

"형, 여기 가만히 있어요. 아무도 오지 못하게 하세요."

그 말만 남기고 정현은 흔들리는 수풀을 향해 바람처럼 달려 나갔다. 승덕은 움직임이 느껴지는 그곳에서 눈을 떼지 않았다.

들썩거리던 수풀이 점점 더 아래로 아래로 내려가더니 호수와 맞닿은 너른 초원에 이르렀다. 마침내 데굴데굴 구르듯 달리는 사람의 형상이 눈에 들어왔다.

거무죽죽한 옷을 걸친 남자는 가쁘게 내달렸다. 그는 연신 뒤쪽을 돌아보면서 미친 듯이 초원 위를 달렸다. 멀리서 보아도 그는 잔뜩 겁을 집어먹고 미친 듯이 도망치는 중이었다.

그가 초원을 내달린 지 얼마 지나지 않아 뒤를 따라오는 것의 정체가 밝혀졌다. 그의 뒤로 수풀이 크게 흔들리더니 드디어 거대한 그림자가 나타났다. 그것은 집채만큼 커다랬다.

그 거대한 그림자는 사람이 아니었다. 시커먼 털로 뒤덮인 곰이었다. 도망치는 남자보다 네댓 배는 큰 곰이 괴성을 지르며 남자를 덮치려 했다.

데굴데굴 구르던 남자가 돌부리에 걸려 넘어졌다. 동시에 커다란 곰이 하늘 높이 앞발을 들어올리며 남자를 후려치려 했다. 한 대라도 맞았다간 목숨을 잃을 수도 있는 순간이었다.

"안 돼!"

승덕은 있는 힘껏 소리치며 정신력을 끌어모았다.

승덕의 염동력 때문인지 하늘 높이 올라갔던 곰의 오른발이 잠시 멈칫거렸다.

"흐아압!"

그리고 그 순간 꽤 먼 거리를 눈 깜빡할 사이에 달려온 정현이 허공 위로 날아올랐다. 축축한 흑갈빛 땅을 걷어차며 공중으로 뛰어오른 정현은 마치 날개라도 달린 듯했다. 그의 오른발이 곰의 오른쪽 앞발을 걷어찼다. 곧이어 정현은 몸을 돌리며 곰의 가슴을 펑 하고 후려쳤다.

"크허헝!"

갑작스러운 공격에 곰도 당황했는지, 그 거대한 몸뚱이가 크게 휘청거리더니 뒤쪽으로 기우뚱 내려앉았다.

"크어어어!"

포효하는 소리와 함께 정현을 향해 달려드는 검은 털북숭이의 거친 숨결이 한참 떨어진 곳에서도 생생히 느껴졌다. 놈은 머리 끝까지 성난 게 틀림없었다. 앗 할 새도 없이 정현의 몸뚱이 위로 시커먼 그림자가 뒤덮었다.

"저, 정현아!"

"혀엉……."

뒤늦게 이상한 낌새를 채고 달려 나온 정희와 낙빈이 망연자실한 얼굴로 멈춰 섰다.

퍼엉!

가스가 폭발하는 것 같은 울림이 터져 나왔다. 강력한 기의 폭발이 검은 짐승의 아래쪽에서 퍼졌다. 폭발 소리와 함께 정현을 휘덮었던 거대한 곰이 하늘 높이 솟았다. 적어도 6미터는 족히 솟아오르더니 네 다리를 허우적거리며 허공을 날았다. 날아오르는 곰의 아래에는 두 팔을 하늘로 치켜든 정현이 단단히 서 있었다.

정현이 기운을 모아 위쪽으로 폭발시킨 것이 분명했다. 하늘을 향해 두 팔을 뻗은 정현의 주위로 세찬 기의 파동이 휘몰아쳤다. 정현의 등 뒤에는 기다란 두 자루의 검이 서로 엇갈린 채 가위 모양으로 단단히 감겨 있었지만 검을 꺼낼 필요도 없었다. 곰 한 마리쯤은 맨손으로도 충분한 정현이었다.

허공을 날던 곰은 땅에 떨어지자마자 네 다리를 몇 번 퍼덕거리더니 곧장 숲을 향해 내달렸다. 무시무시한 귀신이라도 본 것처럼 한 번도 뒤를 돌아보지 않았다.

"하아……."

그제야 정희와 승덕, 낙빈이 안도의 한숨을 내쉬었다.

"아빠!"

뒤를 돌아보니 두 눈이 커다래진 여자아이가 문 앞에 서서 쳐다보고 있었다.

여자아이는 정현이 있는 쪽으로 달렸다. 정확히는 정현의 곁에 주저앉아 있던 남자를 향해서였다.

검은 곰의 공격을 받고 도망치던 남자. 그가 바로 아이의 아버지인 모양이었다.

"고…… 고맙소! 고맙소!"

정현은 어느새 자신의 발치까지 기어온 남자를 바라보았다. 거대한 곰의 공격을 받은 남자는 뜻밖에도 이북 사투리가 강한 한국말을 하고 있었다. 그는 아무렇게나 자란 덥수룩한 머리와 수염으로 얼굴의 반이 가려진 채 눈만 빛났다. 반짝이는 눈을 제외하면 영락없는 비렁뱅이 행색이었다.

그가 흙으로 뒤범벅된 옷을 털더니 정현에게 한 손을 내밀었다. 정현은 엉겁결에 그 손을 잡았다. 수년간의 수련으로 거칠어진 정현의 손바닥에 볼품없이 해진 남자의 손이 느껴졌다.

"아아, 신은 날 버리지 않았군. 아직 끝날 운명은 아닌 모양이야."

그가 빙긋 웃는데 오두막에서 만났던 작고 더러운 꼬마 아이가 남자의 곁으로 달려왔다. 아이는 남자의 허리춤에 와락 안겼다.

"아아, 처음 뵙겠습니다."

정현이 한국말로 인사하자 남자는 눈알이 빠질 것처럼 놀라는 얼굴이었다. 자신은 한국어로 말하면서 정현이 한마디도 못 알아들을 것으로 생각했던 모양이다. 그는 정현이 중국인이 아니란 것을 알게 되자 묘한 표정으로 정현의 위아래를 훑어보았다. 살려줘서 고맙다기보다 경계하는 눈빛이었다.


5


낡아빠진 나무판자와 군청색 방수 텐트가 사방에서 휘몰아치는 바람을 막아주는 오두막은 겉이나 안이나 낡고 허름하기 짝이 없었다.

산 주변을 통틀어 단 하나뿐인 집이 한국말을 아는 사람의 집이라는 것은 우연이라기에는 이상한 일이었다. 낙빈 일행은 너무나도 필연 같은 이 일에 대해 대체 어찌 생각해야 하는지 머리가 복잡했다. 또 어딘가에 신의 섭리가 숨어 있는 것은 아닌가 의심스러웠다.

"나는 김창걸이라 합니다. 연변대학에서 역사과 교수로 일하고 있지요. 내 딸 향리와 나는 조선족입니다. 본래 이곳은 소호 마을이라고 불립니다."

낡은 집 한 채가 전부인 이곳 소호 마을은 워낙 외떨어진 곳이라 지도에도 나오지 않았다. 산을 등지고 호수를 바라보는 이곳을 소호 마을이라고 부르는 것은 천 년 전쯤에는 그래도 사람이 제법 모여 살았던 융숭하고 풍요로운 마을이었기 때문이라고 했다.

덥수룩한 수염 때문에 얼굴 생김도, 나이도 가늠하기 힘든 김창걸 교수는 머리의 반쯤을 새치가 뒤덮고 있었다. 반면에 수염 쪽은 거의 새치가 없이 검은색이었다. 아마도 머리의 새치는 많은 생각과 고민에 의해 후천적으로 생긴 것이 아닐까 싶었다.

그는 일행 앞에 찐 고구마와 감자를 수북이 꺼내놓고 난로 위에 모락모락 데워두었던 묽은 국물을 떴다. 워낙 살림살이가 부족해 컵이며 그릇이며 작은 냄비까지 모두 동원되었다.

"남자 혼자 꾸리는 살림이라……. 워낙 변변치 못해서 이것밖에 없군요. 어서 드시죠."

그는 일행의 앞으로 음식을 밀어두고는 한쪽 옆에 쌓아놓은 책

쪽으로 발길을 돌렸다. 그는 펼쳐놓은 책 위에서 두껍고 검은 뿔테 안경을 찾아 썼다.

향리라는 이름의 꼬마가 덥석 감자 하나를 쥐고 먹어대자 일행도 쭈뼛쭈뼛 삶은 저류藷類를 하나씩 집어 들었다.

"이 마을은 외지 사람이 거의 발을 들여놓지 않는 곳인데, 중국인도 아니고 남한 사람이 어떻게 여기까지 오게 되었소? 하여간 덕분에 아까는 죽었다 살았수다."

그는 진고동색의 넓은 상판 위에 놓인 책에 얼굴을 파묻은 채 말했다. 뭐가 바쁜지 일행 쪽은 쳐다도 보지 않았다.

"저희야말로 정말 고맙습니다. 잘못했으면 묵을 곳도 없어 노숙할 뻔했습니다. 덕분에 편하게 되었습니다."

승덕이 고개를 저으며 도리어 고마움을 표했다.

"나는 이곳에 온 지 여섯 달쯤 되었소. 워낙 돌아다니는 곳이 많다 보니, 이렇게 살림살이도 제대로 장만하지 못하고 이 아이랑 대충 먹고 잘 수 있게 해놓고 그냥 살고 있소. 아내가 살아 있을 때만 해도 이렇지 않았는데……."

그는 두꺼운 책을 이리저리 넘기다가 말끝을 흐리며 작게 한숨을 내쉬었다. 남자 혼자 아이를 데리고 다니는 행색이며 품새가 참으로 열악하고 안쓰러웠다.

"어린 딸을 데리고 왜 유랑을 하십니까? 학교는요?"

승덕의 질문에 김창걸은 천천히 고개를 가로저었다.

"어디 맡길 곳도 없고, 그렇다고 혼자 기숙학교에 집어넣을 수도 없고. 우선 지금 찾고 있는 유물을 발견할 때까진 이렇게 둘이 여행하기로 했소."

그는 무언가 대단히 중요한 유물을 발굴하기 위해 유일한 가족인 향리를 데리고 일 년을 기약해 이렇게 여행을 하는 중이라고 말했다.

거친 작물 하나 입에 대지 않고 내내 책을 뒤지는 그의 얼굴은 몹시 지쳐 보였다. 유물 발굴을 위해 떠도는 동안 고생한 흔적이 얼굴에 가득 새겨져 있었다. 더구나 향리는 아버지와 이곳저곳을 옮겨 다니느라 친구 하나 사귀지 못하고 말동무 하나 없어 어린 여자애의 표정이라고는 믿어지지 않을 만큼 무표정했다.

"그건 그렇고, 외지 사람이 어쩐 일로 이곳까지 오셨소? 남한에서 지도에도 없는 여기까지 어떻게?"

"저희는 대무신제의 검을 찾아 여기까지 왔습니다. 저희가 찾는 물건이 아마 이 근처에 있는 듯합니다."

승덕의 말에 김창걸 교수는 책에서 눈을 떼고 일행을 바라보았다.

"고구려의 대무신제?"

"네, 바로 그분의 검이 이 근처에 있다고 하더군요."

"제가 무당인데…… 제 신들이 말씀하셨어요."

"그래? 그런 것도 이 산에 있답디까? 허."

김창걸은 천장 쪽을 바라보며 헛웃음을 지었다.

"이 산이 참 신비롭기는 신비로운 모양입니다. 별것들이 이 안에 숨어 있는 것을 보면. 난 당신들도 이곳 전설 때문에 찾아온 것이 아닌가 했는데…… 그게 아니구먼."

"전설이라니요?"

그는 한참 동안 멍하니 천장을 바라보다가 갑자기 수북이 쌓아놓은 책들을 마구 뒤지기 시작했다.

"잠시만 기다려보시오."

그는 책상 위에 있는 책들을 뒤지다가 찾는 것이 없는지 바닥으로 내려갔다. 바닥에도 벽면 한쪽에 책이 수북이 쌓여 있었다. 그는 그 책들을 이리저리 옮기며 뒤지다가 가슴팍까지 가득 오래된 책들을 골라 안았다.

김창걸 교수는 널따란 책상 중앙에 10여 권쯤 되는 두껍고 오래된 책을 내려놓더니 이리저리 페이지들을 펼치기 시작했다.

"고구려 3대 왕이 바로 당신들이 찾는 검의 주인 대무신제요. 대무신제의 검은 대수촌원大獸村原◆에서 장사를 지낼 때 땅속에 묻히진 않은 것 같소. 내 얼핏 20대 임금인 장수왕 때의 일이 기억에 스치는데 어디 보자……."

그는 빛바랜 검은 표지의 오래된 중국 고서를 뒤적이더니 한 줄 한 줄 읽어 내려갔다.

"여기 있수다! 장수왕 원년, 왕은 구곡성에서 상서로운 붉은 점

---

◆대수촌원은 대무신왕의 무덤이 있는 곳이다. 대무신왕이 나라를 다스린 지 27년째 되는 해(서기 44년) 겨울 10월에 그의 시신을 대수촌원에 묻었다(『삼국사기』「고구려 본기」)고 기록되어 있다.

의 백마 한 필을 얻었다. '원년元年 왕전구곡王田句谷 득적백마得赤白馬'
라는 말이 보이죠?"

그는 고서를 순식간에 읽어 내려가더니 또 다른 책을 펼쳐 보
여주었다.

"이번엔 여길 보슈. 그 이듬해, 가을 8월에 이상한 새가 왕궁에
모여들었다. '이년二年 추팔월秋八月 이조집왕궁異鳥集王宮'이라는 대
목이 있소. '왕이 뜻을 물으니 혹자 왈, 왕의 상서로운 말은 본래
왕이 가진 것 중 자신의 소유인 검劍을 찾아온 것이고, 그 검과 말
이 왕의 뜻을 미리 헤아리고 천도遷都하길 원치 않아 비류수 하구
의 깊은 숲으로 가길 바란다 하니, 왕이 허락하였다. 이후 장수왕
15년 서울을 평양으로 천도하였다.' 이렇게 적혀 있소."

승덕은 김창걸 교수가 펼쳐놓은 책을 받아 한 줄 한 줄 손으로 짚
으며 읽었다. 두 사람 모두 얼굴이 심각해 보였다. 고구마를 우물우
물 씹던 낙빈이 그 모습을 바라보며 김창걸 교수에게 다가왔다.

"그게 무슨 말이에요?"

김창걸은 낙빈이 알아듣든 말든 신이 나서 떠들어대기 시작
했다.

"이것 봐라. 상서로운 말 한 필을 얻은 게 이 모든 사건의 시작
이야. 대무신제의 한참 후대인 장수왕이 말 한 필을 얻은 후로 이
상한 새가 왕궁에서 지저귀는 등 여러 가지 사건을 겪게 된다. 장
수왕은 이러한 묘한 징조들을 보고 궁궐의 무당을 불렀지. 무당
이 말하길, 말은 장수왕의 소유가 아니라고 했다는 거다. 이 말은

장수왕의 소유가 되려고 찾아온 것이 아니라 자신의 소유인 검을
찾아 이곳에 왔다는 거지."

김창걸은 오래된 고서 더미를 끌어다 낙빈에게 보여주었다.

"여기 봐라. 말은 천도하기를 원치 않았다, 검을 발견한 뒤 비
류수 하구의 깊은 숲으로 숨어 들어가길 바란다고 말하지 않았
니? 여기서 검의 이야기가 나온다. 장수왕이 소유하고 있는 검이
란 당연히 대대로 내려오는 검일 가능성이 높다. 그렇다면 이 검
이 조상인 대무신제의 검일 수도 있지 않겠느냐? 더구나 이 말의
이야기를 보거라."

김창걸은 제대로 숨조차 쉬지 않고 헐떡이며 말을 이었다. 그
는 이 모든 이야기에 몹시 흥분한 모습이었다.

"상서로운 말을 보면 더욱더 대무신왕의 것이란 생각이 든다."

"맞아. 『삼국사기』에 분명 대무신제의 신마神馬◆ 이야기가 나오
지. 심지어 머리가 두 개인 이상한 까마귀에 대한 이야기도 나와.
왕궁에서 지저귀던 이상한 새라는 것이 바로 이 까마귀를 지칭하
는 것인지도 몰라."

승덕도 고개를 끄덕이며 김창걸 교수의 말에 동의했다.

"그렇다, 그래. 검과 신마, 게다가 이조異鳥에 대한 이야기까

---

◆ '대무신제 3년 가을 9월에 골구천에서 사냥을 하다가 신비로운 말을 얻어 그 이름을 거루
라 정하였다. 집권 5년에 왕의 잘못으로 부여국과의 전쟁에서 신마 거루와 비류원의 큰 솥
을 잃고 왕이 자신의 잘못을 자책하며 괴로워하였다. 그러나 이듬해 3월 신비로운 말 거루
가 부여 말 100필을 거느리고 돌아왔으니 과히 신마라는 이름이 아깝지 않다'고 『삼국사
기』는 기록하고 있다.

지……. 이 모든 것이 온통 대무신제와 관련이 있는 말들이다. 그렇다면 여길 봐라. 이 말이 비류수 하구의 깊은 숲으로 가길 원한다는 말이 있다. 비류수는 지금의 부이강富尒江을 뜻한다. 실제 이곳과 부이강은 한참이나 떨어져 있긴 하지만 그걸 아느냐? 이 산의 외곽을 굽이쳐 흐르는 강은 부이강과 그 근원이 같다는 것을 말이다. 우리 눈앞에 있는 저 호수도 부이강의 수원지에서 흘러온 물이 고인 것이다."

"으아, 세상에!"

낙빈은 절로 탄성이 나왔다.

뭐가 뭔지 굉장히 어려운 한자 책들을 순식간에 훑으며 말하는 탓에 자세히 이해할 수는 없지만 결론만은 정확히 인지했다. 이 산이 대무신제의 일월신검이 묻힌 바로 그 산일 가능성이 아주 높다는 사실 말이다.

승덕은 김창걸 교수가 보여준 자료들을 꼼꼼히 훑으며 고개를 끄덕였다. 놀랍게도 그가 들려준 모든 것이 고대 문헌에 고스란히 남아 있었다. 모든 것을 종합해보면 소호산에 그들이 찾는 대무신제의 검이 있을 가능성이 높아 보였다.

"아저씨는 아는 게 참 많으신데도 저희 말을 금세 믿어주시네요?"

낙빈은 김창걸 교수를 보며 빙그레 웃었다.

지금껏 낙빈은 많이 배운 사람들이 보여주는 일종의 '편견'에 익숙했다. 그런데 김 교수는 보통 사람으로선 믿기 힘든 이야기를 오히려 정열적으로 나서서 지지해주니 낯설면서도 고맙기까지 했다.

"아니까 믿는 거지. 내가 아무것도 몰랐다면 무당이 미친 짓거리나 한다고 막말을 했을지도 모르지. 하지만 내가 역사를 공부하면 할수록 세상엔 온갖 일이 벌어진다는 걸 확실히 믿게 되었지. 네가 찾는 대무신제 무휼의 경우만 해도…… 역사서에 보면 이런 얘기들도 나오지."

그는 또 뒤적뒤적 책을 넘기더니 한 줄 한 줄 짚어가며 일행에게 해석해주었다.

"'대무신제 3년 가을 9월에 왕은 골구천에서 사냥하다가 신비로운 말을 얻어 이름은 거루라 하였다'는 신마 이야기도 있고, 바로 밑에 '부여 왕 대소가 까마귀를 보내왔는데 몸이 붉고, 머리 하나에 몸이 둘이었다'는 적조赤鳥 기록도 있다. 그뿐 아니라 대무신제 4년에는 괴상한 솥을 얻었다는 이야기도 기록되어 있지. 이 솥에 쌀을 넣었더니 불을 피우지 않아도 스스로 열이 나서 밥이 지어졌고 이 밥을 일대의 군대들이 배불리 먹었다는 믿지 못할 이야기야.♦ 이 모든 역사의 기록들은 절대 거짓이 아니다. 약간의 과장이 있더라도 언제나 사실을 기반으로 만들어지게 마련이지. 역사를 배우면 배울수록 기록의 한마디 한마디가 헛되이 쓰인 것이 아님을 알 수 있었단다."

♦신마, 적오, 큰 솥, 낙랑공주와 호동왕자의 전설 모두 실제 역사서에 있는 대무신왕 때의 이야기다. 그중 큰 솥의 이야기, 낙랑공주와 호동왕자에 관한 설화는 『삼국사기』 이외의 다른 곳에서도 심심치 않게 찾아볼 수 있다.

낙빈과 일행은 그가 몇 가지를 이야기해주자 깜짝 놀랐다. 해박한 그의 지식도 놀라웠지만 전설과 같은 믿지 못할 이야기들을 진지하게 받아들이는 그의 태도도 독특했다. 특히 낙빈으로서는 옛이야기쯤으로 알고 있던 것들이 문헌에 세세히 기록되어 있다는 사실이 자못 신기했다.

"그건 그렇고, 교수님은 이곳에 왜 오신 겁니까? 아까 말씀을 들어보니 우리가 찾는 검과는 관련이 없는 것 같았는데요."

김창걸 교수가 펼쳐놓은 책을 꼼꼼히 확인한 승덕이 고개를 들어 물었다.

"그건……."

좀 전만 해도 반짝반짝 빛나던 그의 눈이 심하게 흔들렸다. 그는 자신의 이야기를 일행에게 해도 되는지 몹시 고민하는 눈치였다.

"나는…… 믿게 되었소. 당신들을 만난 건 우연이 아니오."

그는 회색 승복을 입고 고요히 앉아 있는 정현 쪽으로 눈을 돌렸다. 검은 뿔테 안경 너머 그의 눈이 예리하게 반짝였다.

"날 위해…… 신은 당신들을 보내줬소. 나는 그렇게 생각하기로 했소."

김창걸은 두 눈을 감고 깊은 숨을 몰아쉬었다. 한참 동안 감은 눈을 굴리던 그가 천천히 눈을 뜨고 다시 이야기를 시작했다.

"이 산에는 여러 가지 전설이 얽혀 있소. 그리고 그 모든 전설은 산을 오르려는 사람이라면 꼭 알아야 할 것들이오. 당신들이

나에게 온 건 신이 당신들을 살리기로 결정했기 때문이오. 또한 내가 당신들을 만나게 된 것도 신이 나의 소원을 들어주기로 결정했기 때문이오."

그는 스산한 표정으로 일행을 한 명 한 명 바라보았다. 그는 말할 수 없이 결연한 표정이었다.

"당신들이 다른 날도 아닌 바로 오늘 나를 만난 건 모두 신의 뜻이오. 나는 내일이 아니면 아무런 의미가 없소. 내일 나와 함께 산에 가주시오. 그러면 내가 알고 있는 모든 것을 당신들과 나누겠소. 내 장담하건대 내가 해주려는 말을 듣지 않고는 절대 저 산에 오를 수가 없소. 당연히 당신들이 원하는 것을 얻을 수도 없을 것이오. 그러니 나와 함께 저 산을 올리주시오!"

승덕은 김창걸의 표정에서 심상치 않은 비장함을 읽었다. 단순히 역사학자로서 유물을 발견하기 위해 저렇게 결연한 표정을 짓는 사람이 있을까 의구심이 일었다. 왠지 그가 무언가 중대한 사실을 감추고 있다는 생각이 들었다.

승덕은 낙빈과 정희, 그리고 정현을 바라보았다. 세 사람은 모두 잠잠히 앉아 승덕을 바라보았다. 그들의 표정에는 승덕의 뜻을 따르겠다는 무언의 의사가 담겨 있었다.

"그런데 굳이 왜 저희랑 같이 가자고 하시는지요? 그토록 산에 대해 잘 아시는 분이……."

승덕은 김창걸의 말을 좀 더 들어볼 생각이었다.

"당신들은 저 산에 대해 아무것도 모르고 있소! 보통 사람은 저 산을 절반도 올라가지 못하오! 내가 괜히 여섯 달이나 예서 죽치고 있는 것이 아니란 말이오. 분명 내가 찾는 것이 저 산 위에 있다고 확신하는데도 갈 수 없는 것은 저 산이 바로 '요마의 숲'이기 때문이오."

"요마의 숲?"

승덕의 눈이 커졌다. 요마의 숲이라…… 분명 심상치 않은 이름이었다.

"저 요마의 숲에는 사람이 함부로 들어갈 수가 없소. 나도 몇 번이나 정상에 오르려고 했지만 번번이 길을 잃고 헤매거나 돌에 걸려 넘어지거나 짐승의 습격을 받아 몇 번이나 죽을 고생을 했소. 그 이름 그대로 이곳은 요마의 기운이 가득해서 사람이 오르지 못하는 것 같소. 그래서 나 혼자서는 불가능하다 생각하고 다른 이들의 도움을 받은 적도 있소. 하지만 그것 역시 쉽지 않았소. 정상까지 길을 터주는 사람에게는 큰돈을 주기로 하고 여러 산지기를 고용하기도 했소. 하지만 그들 모두 산을 오르려고 아무리 기를 써도 정상은커녕 중턱까지도 오르지 못했소. 경험 많은 산지기들이 산에서 길을 잃고, 다치고, 심지어 정신이 혼미해지기도 했소."

"저런!"

"나는 수없이 산을 올랐지만 어느 지점 이상은 오를 수 없다는 걸 알게 되었소. 하지만 나는 절대로 성공해야 하오. 나는 내일까지 저 산을 오르기로 했소. 반드시 내일까지는 저 산을 오르기로 다짐했단 말이오. 혼자 이루기에는 불가능해 보이지만 말이오. 그런데 당신들이 내 앞에 나타난 거요. 기적처럼 말이오!"

그는 일행을 바라보며 눈을 굴렸다. 그의 검은 눈동자에는 피로와 지친 기색뿐만 아니라 식지 않은 열정이 번쩍거렸다.

"시간이 없다는 다급한 생각에 오늘은 정말 죽기 살기로 산을 오르다가 성난 곰을 건드리고 말았소. 산짐승들을 몇 번 만나긴 했어도 사람과 마주친 적이 없는 녀석들은 대부분 별로 공격적인 행동을 보이진 않았소. 하지만 오늘은 완전히 다르더군. 산짐승들도 굉장히 예민해져서 나를 보자마자 공격하기 시작했소. 아마 청년이 없었다면 난 그대로 죽은 목숨이었을 거요."

김창결 교수는 정현의 얼굴을 지그시 바라보았다.

빡빡 깎은 머리 아래로 탄탄한 어깨가 눈에 들어왔다. 회색 승복 속에 얼마나 무시무시한 몸이 숨어 있는지 그는 가늠할 수 있었다.

"당신들을 돕겠소. 내가 아는 모든 것을 나누겠소. 저 청년이라면 분명 산 정상까지 오를 수 있을 거요. 난 그 뒤를 따라 정상에만 오르면 더 이상 바랄 게 없소이다! 그곳에 내가 찾는 유물이 있을 거라 확신하고 있소. 그래서 도움을 청하는 것이오!"

그는 간절한 얼굴로 정현과 승덕의 얼굴을 바라보았다.

"내일 난 무슨 일이 있어도, 죽더라도 산꼭대기에 오를 거요. 당신들이 도와주건 도와주지 않건 내 마음은 변함이 없지만 이왕이면 제발 나와 함께 산 정상까지 가십시다. 날 좀 도와주시오. 사례는 충분히 해드리겠소."

김창걸의 얼굴은 너무나 진지하고 절실했다. 어차피 이렇게 되었으니 그의 말대로 저 '요마의 숲'에 함께 가지 않을 이유가 없었다. 승덕은 천천히 고개를 끄덕였다.

"좋습니다. 같이 정상까지 오르기로 하죠. 그럼 이제 저 산에 대해 이야기해주시겠습니까? 가능하다면 교수님이 찾고 있는 유물이 무엇인지도 알려주시지 않겠습니까?"

승덕의 말에 김창걸은 반색하며 고개를 끄덕였다.

"좋소! 이렇게 되었으니 우리는 한 팀이오! 내가 아는 것은 뭐든 말씀드리리다!"

초췌하고 볼품없는 그의 얼굴에서 눈빛만은 번쩍하고 광채가 일었다. 그는 진정으로 그 유물에 자신의 모든 것을 건 것 같았다.

"이 산에는 여러 가지 전설이 있소. 그중 세 가지를 이야기해드리지. 이 모든 건 전설로 전해오고 있지만 결단코 단순한 전설이 아닙니다."

그는 눈앞을 가리던 두꺼운 안경을 벗으며 침을 꿀꺽 삼켰다. 쉬지 않고 모든 것을 말하겠다는 듯 미리 목을 축였다.

"이 산의 세 가지 전설은 이렇소. 첫 번째, 고대로부터 이어오던 이곳 마을의 이름인 소호의 전설. 두 번째, 호수를 두고 이어져온 인어의 전설. 그리고 세 번째, 산의 정상에 있다는 봉선대封禪臺의 전설이 그것이오."

김창걸의 입에서는 어디까지가 전설이고 어디까지가 역사며 어디까지가 진실인지 분간이 되지 않는 이 마을에 얽힌 신비한 이야기가 하나하나 흘러나오기 시작했다. 그는 전설과 함께 두꺼운 고서적들을 보여주며 이 모든 이야기의 신빙성을 높였다.

"첫 번째, 이곳의 옛 이름이 소호인 것은 고대부터 내려오던 중국의 전설 때문입니다. 소호란 중국 서방천제가 만든 나라의 이름입니다. 그가 나라를 세워서 새들과 함께 다스렸다고 합니다. 수많은 새가 백성이고, 또한 수많은 새가 관리가 되는 나라였소. 전설 그대로 소호라 불리는 이 마을은 숱한 새들의 서식지이자 거대한 둥지요. 새들은 낮이면 호숫가에 앉아 유유히 놀다가 밤이면 울창한 소호산으로 돌아가지요. 새들의 낙원이라 그런지, 계절에 따라 들고 나야 하는 철새마저 한번 여기 머물면 죽을 때까지 예서 사는…… 그야말로 새들의 천국입니다. 소호산에 전해오는 새의 전설은 그것으로 끝이 아닙니다. 서방천제의 백성들은 새들을 관리하는 종족으로, 생김새가 여느 사람들과는 사뭇 다르다고 전해집니다. 그들의 생김새는 보통 사람의 축소판과 같아서 몸은 사람의 반도 되지 않는 반면 두 팔은 원숭이처럼 길어 다리 아래까지 닿는다고 합니다. 그리고 가슴은 튀어나오고 배는 들어갔지요. 두 눈은 새처럼 튀어나와 앞을 바라보면서도 상하좌우에서 일어나는 일들을 한눈에 읽을 수 있다고 합니다."

첫 번째 전설을 듣는 동안 낙빈 일행은 서로의 얼굴을 쳐다보며 눈빛을 교환했다. 김창걸 교수의 첫 번째 전설에 등장하는 서방천제의 백성은 그들이 만났던 소인의 모습과 정확히 일치했기 때문이다.

"그들은 이 산의 새들을 타고 다니면서 새를 부리고 조종할 수 있다고 합니다. 하지만 그들의 특별한 능력은 따로 있지요. 바로 사람들의 소원을 들어주는 것입니다. 소인들은 주로 작은 소원들을 들어주는 대신 소원을 말하는 자의 생명을 조금씩 앗아간다고 합니다. 하지만 소인들의 소원에는 한계가 있어서 사람의 생사를 좌우하는 것은 불가능하다고 하지요. 주로 복을 주거나 작은 부탁을 들어주는 것이 전부인 모양입니다."

승덕은 김창걸 교수가 설명하면서 보여주는 자료들을 꼼꼼히 살폈다. 그의 말대로 이곳저곳에 흩어져 있던 수많은 이야기가 하나로 이어지며 소호의 전설이 엮였다.

"이 산에 얽힌 두 번째 전설이 바로 인어의 이야기요. 이곳 마을 앞에 있는 커다란 호수에 인어들이 살았다고 합니다. 인어는 사람의 모습과 비슷한데 남녀를 불문하고 말할 수 없을 정도로 매우 아름다웠다고 합니다. 때문에 이곳에 소호 마을이 있었을 때는 아내나 남편을 잃은 주민이 인어들을 잡아다가 집 안의 연못에서 기르며 아내나 남편으로 삼았다고 합니다. 하지만 인어는 식인을 했다는 기록도 있소. 그래서 아내나 남편으로 인어를 집에 들인 사람들은 곧 인어에게 잡아먹히고 말지요. 후에 이 사실을 알게 된 마을 사람들은 남편이나 아내를 잡아먹은 인어를 집 안에 가두고 문에 못질을 했다고 합니다. 몇 날 며칠 동안 먹지 못하고 굶어 죽은 인어는 뼈만 앙상히 남았고, 그것을 모아 판본으로 남긴 기록도 있지요.”

김창걸 교수는 바닥에 흩어진 자료를 하나 들어올려 일행의 앞에 펼쳤다. 겹겹이 접힌 누런 종이를 펼치자 시커먼 먹으로 찍어낸 뼛조각이 눈에 들어왔다. 얼굴뼈와 어깨뼈, 그리고 가슴뼈는 사람과 같은데 허리 아래로는 거대한 물고기의 가시가 이어져 있었다.

“이 기록은 사실 소호 마을이 있었던 시절의 것이 아닙니다. 훨씬 후대의 기록이기 때문에 학계에서도 그 진위에 대해 말이 많았지요. 현재 정설로 믿어지지 않고 있지만 인어의 뼈만 발견된다면 진짜라는 것이 밝혀지겠지요.”

김창걸 교수는 한참 동안 인어의 뼈를 바라보더니 또다시 한쪽 구석으로 달려갔다. 그리고 지저분한 배낭을 마구 뒤지더니 그 안에서 낡은 가죽 주머니를 꺼냈다.

“인어들은 슬플 때는 인간과 같이 눈물을 흘리고 그 눈물방울이 모두 귀한 진주로 변했다는 전설도 전해져오고 있소. 그리고 이건…… 내가 이 근처 호수를 파내려가다가 발견한 것들입니다.”

김창걸 교수는 낡은 가죽 주머니에서 누런빛으로 물든 동그스름한 알갱이들을 꺼냈다. 주머니 안에서 원형에 가까운 작은 알갱이들이 나왔다. 색이 좀 바랬을 뿐, 약간 울퉁불퉁한 진주 모양과 흡사했다.

낙빈은 신기한 눈으로 빛바랜 진주 알갱이들을 두 손으로 받았다. 믿을 수 없는 전설이 이렇게 증거들과 함께 눈앞에 펼쳐지자 너무나 신기하고 흥미로웠다.

"세 번째, 마지막 이야기는 바로 '봉선封禪'에 대한 것입니다. 내가 찾으려는 것은 다름 아닌 봉선에 관련된 것인데……."

김창걸 교수는 깊은 생각에 빠진 듯 멍하니 딸 향리를 바라보았다. 어린 향리는 이런 아버지의 모습이 익숙한지 무감각한 눈으로 물끄러미 다른 곳만 바라보았다. 초점 없는 아이의 두 눈은 무슨 생각을 하고 있는지 감을 잡을 수가 없었다.

김창걸은 잠시 얕은 한숨을 내쉬더니 또다시 두꺼운 고서적들을 이리저리 펼치기 시작했다. 그리고 그가 찾으려는 유물과 신기한 봉선의 전설에 대해 이야기하기 시작했다.


# 6


"이야기는 중국 진나라 초대 황제이며 중국 천하를 통일한 진시황제秦始皇帝로 거슬러 올라갑니다. 진시황제는 모든 수단을 동원하여 황제 자신에게 권력과 부가 집중되게 했소.

사상 최악의 폭군이라 해도 지나치지 않은 진시황제는 분서령焚書令을 반포하여 귀중한 고서들을 모두 불태우고 사상 통제를 단행했소. 그리고 다음 해에는 갱유坑儒 사건으로 유학자 500여 명을 생매장하기도 하였소.

만리장성 건설로 수많은 사람이 죽은 것은 물론이거니와, 특히 그 자신의 묘인 여산릉을 건설할 때는 어마어마한 인력과 수많은 기술자를 동원했소. 여산릉 안에 궁전을 세우고 궁궐에 있던 모든 보석을 옮겼다고 하니, 그야말로 거대한 제국의 축소판을 건설하는 대단한 건축 공사였소.

게다가 자동으로 화살이 날아가거나 도끼를 내려치게 해서 사후 도적들의 접근에도 대비했으니, 당대 최첨단의 과학기술이 동원된 최대의 기술 공사였던 셈이죠. 특히 사후의 세계를 밝히기 위해 인어에게서 빼낸 기름으로 영원히 꺼지지 않는 등불까지 준비했다고 합니다.

그런데 그것으로 끝이 아니었소. 진시황은 자신의 묘를 완전히 숨기기 위해 묘를 짓던 모든 인부와 죄수까지 생매장합니다. 이렇게 모든 권력을 황제에게 집중시킨 진시황제가 최후의 소원으로 찾은 것이 있으니 바로 불로불사不老不死의 비약秘藥이었습니다."

낙빈은 김창걸 교수가 들려주는 흥미로운 역사 이야기에 푹 빠져들었다. 모든 것을 상상하며 들으니 신비롭기도 하고, 스산한 기분에 몸이 떨리기도 했다.

그렇게 불로불사의 비약을 얻기 위해 지금의 베트남이며, 한국이며, 인도 등지로 신하를 보냈던 진시황제의 이야기가 계속되었다.

"수많은 방술사가 모아온 불로불사의 방법 중 하나가 바로 봉선이었소. 수천 년 전 역사서가 쓰이기 이전의 고대 중국에서는 대대로 태산에서 큰 제사를 올렸지요. 그것이 바로 봉선입니다.

봉선을 마지막으로 올린 것은 주나라의 성왕이었소.

그 후 800년이 지난 어느 날 갑작스럽게 진시황제가 봉선을 올리겠다고 했소. 나는 이것이 바로 진시황제가 알아낸 불로불사의 방법이라 믿고 있소.

그 후 100년. 한 무제 역시 불로장생不老長生을 위해 수많은 방술사와 무당을 끌어모아 진시황제가 알아낸 여러 비법을 탐구했지요. 그리고 한 무제 역시 진시황제처럼 봉선을 거행했소. 놀랍게도 두 사람이 드린 봉선 사이에는 정확히 100년의 시차가 존재합니다. 100년이 지난 한날한시에 올린 봉선……. 여기엔 어떤 뜻이 담겨 있을까, 나는 그것에 집중했소."

김창걸은 고대 봉선과 관련된 기록들을 꺼내 승덕에게 내밀었다. 한 세기를 두고 또다시 이어지는 봉선의 기록에 어떤 의미가 있는지 승덕도 신중한 얼굴로 경청했다.

"불로불사의 방법을 알아내기 위해 모든 힘을 쏟았던 진시황제와 한 무제. 하지만 두 사람 모두 이미 오래전에 죽고 말았소. 결국 두 사람 모두 진정한 불로불사의 뜻을 이루지는 못했지만 실제로 불로장생의 방법에 어느 정도는 접근했다는 것이 내 생각입니다.

나는 바로 이런 가정에서 출발해 진시황제의 수많은 비술을 알아보았소. 불로불사가 말도 안 되는 것이라고 이야기할지 모르지만 실제로 말도 안 되는 것들을 진시황제는 만들어내고 찾아내곤 했으니 허투루 넘겨서는 안 되는 일이지요. 자, 여기 기록을 보시오. 한 무제는 진시황제의 마지막 비법이 봉선임을 깨달았다고 적혀 있소. 별을 보던 수많은 학자가 이를 인정했고, 봉선의 날에 불로불사를 위해 제禁를 지냈다고 되어 있소. 하지만 성공할 거라 기대했던 지상 최대의 비법이 완전히 실패하고 맙니다."

승덕은 김창걸 교수가 밀어내는 고서적들을 확인하느라 정신이 없었다. 그가 말하는 수많은 증거가 곳곳에 많은 흔적을 남기고 있었다. 고대 중국의 왕들이 행했던 봉선 의식의 비밀이 눈앞에서 벗겨지고 있었다.

"진시황제가 거행한 태산에서의 봉선 의식은 결과적으로 불로불사의 소원을 들어주지 못하고 실패했소. 한 무제 역시 마찬가지였지요. 분명 성공하리라 믿었던 봉선이 실패하자 다시 수많은 방술사가 진시황제의 마지막 소원인 불로불사를 완성시키기 위해 죽도록 노력했소. 사람의 기름으로 만든 선단, 수많은 인간의 기를 모은 묘약, 몸에 좋다는 온갖 선약과 비술이 동원되었지요. 또한 일부는 봉선이 실패한 원인을 찾기 시작했습니다.

결과적으로 선단과 선약은 어느 정도 이상은 발전하지 못했고 불사의 비술로서는 실패였소. 반면 방술사들은 봉선이 실패한 원인을 찾아내는 데 성공했습니다. 문제는 바로 '장소'에 있었던 겁니다.

여기 기록을 살펴보면…… 역대 봉선이 이루어진 곳은 중국의 태산이었소. 그곳이 가장 높고 광활한 곳이니 온 세상의 기가 집중되리라고 믿었지만 사실은 그렇지 않았던 거요. 그들은 사람의 발길이나 눈길이 닿지 않은 세계의 끝에서 기가 충만한 진정한 봉선의 자리를 찾아냈던 겁니다. 그곳이 바로 이곳 '소호산'입니다.

방술사들이 소호산을 발견한 것은, 그리고 이 산에 기가 충만하다는 것을 알아낸 것은 거의 우연이었을 거요. 사실 처음 이곳을 찾은 목적은 '인어의 기름'에 있었으니까요."

김창걸 교수는 인어의 기름과 관련된 자료를 펼쳤다. 그 자료는 진시황제의 여산릉에 관한 사료에 숨어 있었다.

"진시황제의 무덤인 여산릉에 영원히 꺼지지 않는 불을 밝혀줄 인어의 기름을 짜내기 위해 이곳에 들렀던 사람들이 우연히 세상의 기가 집중되어 있는 이곳 소호산을 알게 되었지요.

예로부터 인어의 전설이 있던 남동쪽 바다와 동쪽 먼 바다에서 숱한 고생을 하던 방술사들은 마침내 소호 마을을 발견했고, 이곳에 인어가 살 뿐 아니라 세상의 기가 집중되어 있다는 사실을 알아냈던 겁니다.

여기 기록을 보시오. 그중 '반'이라는 자가 산에 올라가 확인해 보니, 천연의 봉선 자리가 있었던 겁니다. 그곳은 지대가 널찍한 데다 제의를 치를 커다란 바위가 있고 양편에는 사기邪氣를 쫓아줄 두 그루의 노송老松이 지키고 있는, 그야말로 유일무이한 봉선의 터였다는 거요. 반은 그 아래에 돌을 파서 황제의 봉선 터임을 표시해두고 내려왔다고 합니다.

반은 인어의 기름을 진상하면서 천하에 둘도 없는 진정한 봉선

터에 대해 이야기했고 진시황제는 봉선에 관한 친필을 내려서 거대한 바위에 새기도록 했소. 진시황제는 반에게 글자를 새긴 바위를 가져가 봉선 터를 지키게 했고, 당대 최고의 술사들을 보내 소호산에 겹겹의 결계를 치게 했소.

황제 자신은 어느 정도 정국을 돌본 뒤에 소호산으로 가기로 했지요. 그것이 바로 시황제의 제5차 순행이었소. 하지만 불로불사의 꿈이 이루어질 날을 코앞에 두었던 진시황제는 모래언덕에서 갑작스러운 죽음을 맞이하고 말았소. 진시황제로서는 기가 찰 노릇이었겠지. 그는 그렇게 소호산으로 오던 중에 사망하였소. 모든 비밀을 남겨두고 말이오.

100년 후 한 무제 역시 태산에서 봉선을 치렀지만 진시황제와 마찬가지로 불로장생에는 실패한 것을 알게 되었소. 그는 시종들을 시켜서 진시황제가 찾아낸 최후의 봉선 자리를 알아내려 했소. 한 무제가 진시황이 발견한 마지막 봉선의 장소를 알아내기 위해 동해를 유람했다는 것은 익히 알려진 사실입니다.

그러나 그는 마지막까지 소호산을 발견하진 못했소. 이미 그때는 진시황이 소호산을 결계로 꽁꽁 숨겨놓은 후였으니까요."

그의 긴 이야기에 일행은 정신없이 빠져들었다. 마치 전설과도 같은 이야기가 실제 역사 속에서 펼쳐지자 신기하기 그지없었다.

"그런데…… 봉선이 뭐죠?"

낙빈은 신기한 옛날이야기에 나오는 불로불사의 방법인 봉선이 무엇인지 감이 오지 않았다.

"봉선은 중국에서 고대부터 내려오는 최대의 제사를 말한단다. 천하를 다스리는 천자가 자신의 백성을 위해 하늘에 그의 뜻을 고하고, 또한 하늘의 뜻을 내려받는 의례를 뜻하는 거지.

태고의 삼황오제 제사를 지내고 800년이 지나 불로불사를 원하는 진시황제가 하늘의 정기를 받아 장생하려는 뜻으로 봉선을 올렸고, 다시 100년이 지나 한 무제가 봉선을 올렸지. 태고의 삼황오제와 달리 진시황제와 한 무제는 그 뜻이 불로장생에 있었기 때문에 아무에게도 그 의식의 절차와 방법을 알리지 않고 비밀스럽게 거행했다고 합니다.

『사기史記』에 의하면 마침내 봉선의 방법을 알아낸 무제가 유독 총애하던 곽자후霍子侯만 데리고 태산에 올라 봉선을 드렸다는 기록이 있어. 그만큼 비밀스럽게 거행된 의식이었다는 거지."

"그럼…… 교수님이 원하는 바는 뭡니까?"

승덕의 물음에 그는 문득 구석에 쪼그리고 있는 딸 향리를 바라보다가 천천히 고개를 흔들었다.

"난 시황제의 친필이 새겨진 비석을 찾아내려 합니다. 비석을 찾아낸다면 말년에 시황제가 이곳을 찾아 순행을 나섰다는 내 주장이 증명될 거요. 반이 시황제가 도착하기 전에 이 산에서 준비했던 봉선의 증거들을 통해 비밀스러웠던 황제의 봉선 의식이 어떤 순서로, 어떤 절차로 진행되었는지도 알아낼 거요.

지금껏 몇 달 동안이나 이곳에서 보냈소. 더 이상은 나도 기다릴 수가 없소. 내일이 바로 나의 최종일입니다. 나는 죽어도 내일

만큼은 정상을 밟을 거요! 죽어서 시체가 된다 해도 저 산의 정상
까지 다다르고야 말겠소!"

그는 한마디 한마디에 힘을 실어 말했다. 빛나는 눈동자와 꽉
다문 입술. 모르는 이라 할지라도 그가 얼마나 이 일에 매달리는
지 충분히 알 수 있었다.


낙빈 일행과 깊은 밤까지 이야기를 나눈 김창걸 교수는 일행의
이부자리와 잠자리를 봐주고는 나무 침대가 놓인 작은 방으로 건
너왔다. 이 작은 방은 사방에서 불어오는 한기를 단단히 막기 위
해 투명한 비닐로 몇 겹을 감싼 후에 다시 군청색 방수천을 덮은
곳이었다. 그 비좁은 방 한가운데에 아이가 누울 법한 작은 나무
침대가 있었다. 몇 겹이나 벽을 감싼 깃으로도 부족한지 침대 주
위를 또다시 붉은색 텐트가 단단히 감싸고 있었다. 그 붉은 텐트
안에 때 묻은 토끼 인형을 안은 향리가 웅크리고 누워 있었다. 아
이는 짙은 색깔의 잠옷을 걸치고 두꺼운 이불을 뒤집어쓴 채 두
눈을 부리부리하게 뜨고 있었다.

"향리야, 잘됐구나!"

그는 텐트 안쪽에 팔을 넣어 딸의 어깨를 꽉 감싸 안았다.

"아빠…… 우, 우우…… 콜록! 콜록!"

뭔가 말을 하려던 향리는 심하게 기침을 해댔다.

"향리야, 자, 여기……."

김창걸 교수는 침대 머리맡에 놓인 수건 하나를 재빨리 향리에

게 건넸다.

"콜록, 콜록……."

향리의 기침 소리와 함께 좀 전만 해도 하얗던 수건이 새빨간 핏덩이로 물들었다. 그런 딸의 모습을 보는 김창걸의 눈가에 더더욱 짙은 그림자가 드리웠다.

"걱정 마라, 향리야. 걱정 마. 이 아버지만 믿어라!"

그는 딸의 두 손을 꼭 붙잡고 숨죽여 눈물을 삼켰다. 향리는 초점 없는 커다란 눈으로 멍하니 아버지의 얼굴을 바라보았다.


## 7


해맑은 아침 햇살이 비쳐 들어오기도 전에 가장 먼저 눈뜬 것은 낙빈이었다. 시계를 들여다보니 겨우 4시.

"아함……."

엊저녁에 밤늦도록 잠을 이루지 못했는데도 이렇게 일찍 일어난 것은 무척이나 신경이 예민해진 탓이었다. 낙빈은 잠에 곯아떨어진 정희와 정현, 그리고 승덕의 얼굴을 멍하니 쳐다보다가 곧 부르르 고개를 떨며 일어났다.

"으하암……."

낙빈은 목에 수건을 걸고 크게 기지개를 켜며 작은 오두막을 나섰다. 삐걱거리는 문을 열고 나가니 새벽의 푸른빛을 머금은 아름다운 호수가 눈앞에 펼쳐졌다.

아침 녘의 허연 물안개가 호수 주위로 가득 피어올라 산과 호수는 모두 그림처럼 아름다웠다. 그 모습이 넋을 뺄 듯 신비로워서 꿈인지 현실인지 분간되지 않을 정도였다. 저토록 아름다운 호수니 인어가 살았다는 전설이 더욱 설득력 있게 느껴졌다.

낙빈은 오두막 한쪽에 설치된 녹색 펌프로 다가갔다. 시멘트를 덕지덕지 발라놓은 펌프 가에는 붉은 고무 대야가 놓여 있었다. 낙빈은 먼저 커다란 고무 대야에 남아 있는 물을 바가지로 퍼서 녹색 펌프 위에 부었다. 마중물을 붓고 재빨리 펌프를 위아래로 흔들자 울컥울컥 소리가 들렸다. 더 힘을 주자 마침내 땅 밑으로 흐르는 지하수가 펌프 위로 올리오기 시작했다.

낙빈은 시리도록 차가운 지하수를 받아 얼굴을 닦았다. 대무신제의 검이 가까이 있기 때문일까, 자꾸만 벌렁거리는 가슴을 얼음물로 식혔다.

"푸하!"

수건으로 얼굴을 닦으며 허리를 곧추세우는데 저 멀리 일행이 타고 온 지프가 보였다. 그와 동시에 지프 안을 기웃거리는 길쭉한 남자의 그림자도 눈에 들어왔다.

낙빈은 낯선 사람의 인기척에 움직이지도 못하고 그 자리에 얼어버렸다. 그리고 뚫어져라 그의 모습만 바라보았다. 남자는 검은 양복을 위아래로 빼입은 날렵한 몸을 가지고 있었다. 지프 안을 기웃거리는 검은 양복이 아주 낯설지만은 않았다.

"여어!"

남자는 이미 낙빈의 존재를 알고 있었던 것이 분명했다. 어쩌면 낙빈이 흐릿한 눈으로 오두막을 나오던 순간부터 낙빈을 지켜보고 있었는지도 모르는 일이었다. 아니, 이곳에 도착한 어제부터 일행을 지켜보고 있었는지도. 아니, 아니, 한국에서부터 일행을 따라왔을지도 모른다. 그가 너무나도 자연스럽게 빙긋 웃으며 다가오자 낙빈은 밑도 끝도 없이 그런 느낌이 들었다.

"다, 당신은……."

"낙빈 군, 그동안 잘 지냈나요?"

마치 오래전부터 아는 사이처럼, 그리고 어제도 만난 사이처럼 그는 친근하게 다가왔다. 낙빈은 믿을 수가 없었다. 해의 검과 달의 검을 찾을 때 절에서 만났던 남자. '신성한 집행자들(SAC)'이라는 비밀단체의 일원이라던 그 남자. 현욱이 낙빈의 눈앞에 있었다.

"형, 누나! 혀엉!"

낙빈은 왜 그가 이곳에 있는지 이상하고 두려운 기분이 들었다. 낙빈은 남자에게서 눈을 떼지 못한 채 소리만 높여 일행을 불렀다.

낙빈의 목소리가 들려오자마자 정현과 정희가 오두막 문을 벌컥 열고 밖으로 뛰어나왔다. 회색 승복을 입은 쌍둥이 역시 오두막 입구까지 다가온 검은 양복 차림의 남자를 보며 놀란 눈을 크게 떴다. 이 남자가 어떻게 그들 앞에 있는지 도저히 믿기지 않았다.

"정현 군과 정희 양도 잘 지냈나요?"

현욱은 두 사람을 바라보며 싱긋 웃음을 지었다. 그는 망연자실 두 눈이 휘둥그레진 두 사람을 보며 여유로운 웃음만 머금을 뿐이었다.

"왜? 무슨 일이야?"

뒤늦게 자리에서 일어난 승덕이 문 앞을 가린 정희와 정현 사이로 나타났다.

"뭐야, 당신이 왜 여기에?"

승덕은 현욱이란 남자의 얼굴을 확인하자마자 불편한 감정을 감추지 않았다. 적어도 이곳이 한국이라면 이렇게 놀라지도, 이렇게 괴상한 기분이 들지도 않았을 것이다. 아니, 중국이라 해도 지도에 나오지 않는 이런 오지에서 만난 것이 아니라면 이토록 불쾌한 감정이 들지는 않았을 것이다. 아무리 생각해보아도 이곳에서 현욱을 만난 것은 그가 일행을 쫓아온 게 아닌가 하는 의심이 들게 했다.

"승덕 씨, 반갑습니다. 우연히 이렇게 만나다니 참으로 반갑군요."

"어떻게 여기서…… 하여튼 오랜만입니다."

승덕은 곧 정신을 추스르고 현욱에게 다가갔다. 그리고 이른 새벽부터 조금의 빈틈도 없이 완벽한 차림에 완벽한 얼굴을 하고 있는 그 남자에게 손을 내밀었다. 두 사람은 서로 악수하며 가볍게 목례를 나누었다.

손을 흔들어대는 현욱은 여전히 싱긋 웃고 있었지만 승덕은 그 웃음 뒤에 숨은 속셈이 무엇인지 알아내려 애썼다. 물론 그가 말한 '우연'은 믿지도 않았다.

"여기서 이렇게 만난 것도 인연인데 잠시 시간을 내주시겠습니까? 여러분과 아침 식사를 함께할 수 있다면 좋겠군요. 저희 캠프가 이 근처에 있습니다."

그는 정중한 말투로 이른 아침부터 그들을 식사에 초대했다. 승덕은 잠시 생각에 잠겼다. '저희 캠프'라니, 현욱은 혼자가 아닌 모양이었다. 그런 곳에 동생들을 데리고 가는 것이 옳을까 고민되었다. 이 수상한 남자의 꿍꿍이가 무엇인지 감도 오지 않는데 위험하게 느껴졌다.

"말씀은 고맙지만 사양하겠습니다."

승덕은 정중하게 거절하고 현욱에게서 조금 떨어졌다. 슬쩍 인사를 하고 돌아서려는데 현욱의 빙글거리는 목소리가 들려왔다.

"승덕 씨, 산에 오르려면 꼭 같이 가시는 게 좋을 겁니다. 물어보고 싶은 것도 있고 몇 가지 알려드릴 것도 있으니까요. 산에서 목숨을 잃고 싶지 않다면 시간을 내주시죠."

승덕은 귀를 의심했다. '목숨을 잃고 싶지 않다면'이라니. 지나친 오해가 아니라면 그것은 협박이 분명했다.


낙빈 일행은 아직 잠이 깨지 않은 김창걸 교수를 두고 오두막을 나섰다. 만약 그가 잠에서 깬다면 일행이 사라진 것을 알고 조금 놀라겠지만 짐과 차를 그대로 두었으니 곧 돌아올 거라 생각할 것이다.

승덕은 현욱이 이끄는 대로 따라가보기로 했다. 적어도 정중한 그의 태도를 보면 일행과 좋지 않은 관계를 원하는 것은 분명 아니었다. 경계할 상대임은 분명하지만 악감정을 만들 이유는 없었다.

현욱을 따라 비포장도로로 내려오자 앞뒤가 기다란 흰색 세단이 대기하고 있었다. 운전석에는 현욱과 같은 검은 양복 차림의 남자가 앉아 있었다. 현욱은 승덕과 일행 모두가 차에 탈 때까지 손수 문을 열고 닫아주었디.

그러고 나서 정작 그 자신은 흰 세단 옆에 세워져 있는 오토바이에 올라탔다. 오토바이는 은색 프레임에 검정색 티타늄 머플러가 두껍게 드리워져 있었다. 오토바이라기에는 보디가 아주 육중했다. 심지어 오토바이인데도 앞뒤로 바퀴가 두 개씩 달려 있다. 현욱의 오토바이가 먼저 굉음을 내며 출발하자 새하얀 세단이 그 뒤를 따랐다.

현욱은 김창걸의 오두막과 그리 멀지 않은 곳으로 일행을 데려갔다. 산을 돌며 10분여를 달리자 눈에 띄게 새하얀 천막들이 모여 있었다. 평야를 누비고 다니는 몽골족의 게르처럼 거대한 나무 골조에 하얀 펠트를 뒤덮은 천막이 10여 개나 되었다.

그 광경에 승덕은 몹시 놀라고 있었다. 분명 어제 이 근처를 돌

때는 보지 못한 천막들이었다. 단 하루 만에 거대한 천막 무리가 이곳에 들어섰다는 것이 믿어지지 않았다. 하루 만에 천막을 쳤던가, 아니면 천막이 보이지 않게 결계를 쳤던가 둘 중 하나였다.

하얀 세단에서 내리자 현욱은 천막 쪽으로 일행을 이끌었다.

흰 천막 주변에 있는 대부분의 사람들은 현욱처럼 검은색 양복을 입고 있었다. 검은 양복이 마치 그들의 제복 같았다. 그들은 저마다 고요히 천막 사이를 돌며 무언가를 하면서도 단 한 번도 일행을 바라보거나 일행과 눈을 맞추지 않았다.

그렇게 몇 개의 흰 천막 앞을 지나가는데 갑자기 예기치 못한 선율이 들렸다.

"디리링."

여러 천막 중 하나에서 아름답고 사랑스러운 선율이 흘러나왔다.

그곳에는 바람에 날린 듯 곱슬곱슬한 금발의 청년이 둥근 의자에 앉아 있었다. 그의 무릎 위에는 유연한 곡선 사이로 얇은 줄이 드리워진 하프가 있었다. 그의 가늘고 기다란 손가락이 현 사이를 움직일 때마다 말로 표현할 수 없을 정도로 맑고 아름다운 소리가 사방으로 퍼져나갔다. 너무나 청아한 소리에 일행은 자신도 모르게 발걸음을 멈추고 10여 미터쯤 떨어진 천막 안을 멍하니 바라보았다.

"디링."

짧은 연주가 한없이 아쉽게만 느껴지는 찰나 새하얀 피부의 금발 청년이 천천히 자리에서 일어섰다. 시간의 흐름도 잊은 듯 일행은 청년의 움직임에서 눈을 떼지 못했다. 그가 천천히 천막 밖으로 나오자 낙빈은 입이 벌어지고 턱이 아래로 툭 떨어지는 것을 느꼈다. 도저히 벌린 입을 다물 수가 없었다.

금발을 나부끼며 밖으로 나온 청년은 하늘보다도 더 맑고 파란 눈동자를 반짝이며 어떤 그림보다도 아름다운 모습으로 그들에게 다가왔다. 얼핏 20대 초반쯤으로 보이는 남자였다.

"미카엘 군."

현욱이 반가운 듯 그의 이름을 부르자 낙빈은 비로소 현실로 돌아왔다. 낙빈뿐 아니라 다른 일행도 잠시 정신이 혼미해진 건 마찬가지였다.

섬세한 주름이 가득 들어간 품 넓은 하얀 블라우스에 길고 가는 다리를 더욱 부각시키는 까만 바지를 입은 미카엘이란 남자가 햇살처럼 빛나는 머리카락을 나부끼며 다가오는데, 그 모습이 눈을 뗄 수 없을 정도로 매혹적이었다.

그는 현욱의 곁으로 오더니 살짝 목례를 했다. 그런 행동 하나하나가 말할 수 없이 기품 있고 우아해서 절로 입이 벌어졌다. 미카엘은 현욱과 무언가를 소곤대더니 살짝 눈을 돌려 일행을 바라보았다. 한없이 아름다운 파란 눈동자가 여린 새벽빛에 반짝거리며 낙빈과 승덕, 정희와 정현을 훑었다.

"여러분, 이쪽은 미카엘 군입니다. 실례가 되지 않는다면 함께 식사를 했으면 하는데요."

"뭐, 그럽시다."

다들 대답할 생각도 못하는데 승덕이 그러자며 고개를 끄덕였다.

"고맙습니다."

현욱은 빙긋 웃더니 앞서 걸었다. 그리고 현욱의 대각선 옆으로 미카엘이 따르고 그 뒤로 낙빈과 승덕, 정희과 정현이 이어 걸었다. 반짝이는 금발을 나부끼며 사뿐히 걸어가는 미카엘은 고작 뒷모습만으로도 아름다웠다.

"낙빈아, 저 미카엘이란 사람 말이야, 단순히 키가 크고 늘씬하고 잘생기고…… 그게 다가 아니지?"

승덕이 낙빈만 들릴 정도로 목소리를 낮추어 물었다. 승덕은 미카엘의 연주부터가 좀 이해되지 않았다. 단순한 하프 연주라고 하기에는 정신을 온통 뺏긴 것도 이상했고 아무리 잘생긴 남자라고는 하나 숨이 막힐 듯한 기분이 드는 것도 이해되지 않았다. 처음 보는 남자에게 이해할 수 없을 정도로 사랑스럽다는 느낌이 생긴다거나 거부할 수 없을 정도로 매력적이라는 생각이 드는 것은 이상한 감정이라는 판단이었다.

"네, 형. 보통 사람은 절대 아니에요. 저분은 천사일 거예요. 그렇지 않다면 저렇게 크고 반짝이는 하얀 날개가 달려 있을 리 없으니까요."

낙빈은 여전히 넋이 빠진 듯 입을 벌린 채 미카엘을 바라보고 있었다. 낙빈의 눈에는 앞서 걸어가는 미카엘의 등 뒤로 그의 키보다도 훨씬 거대한 날개가 접혀 있는 것이 보였다. 그뿐이 아니었다. 천막 안에서 그가 하프 같은 것을 연주할 때는 그 하얀 날개가 허공을 퍼덕이며 더없이 맑고 청아한 기운을 사방으로 뿌리고 있었다. 이토록 고귀하고 아름다운 기운을 쏟아내는데 과연 누가 사랑에 빠지지 않을 수 있을까 싶을 정도였다.

낙빈은 금발을 나부끼며 사뿐히 걸어가는 미카엘의 모습에서 그림에서만 보았던 아름다운 천사의 모습을 확인했다.


현욱은 캠프의 가장 안쪽에 있는 흰 천막으로 일행을 이끌었다. 천막 안은 밖에서 볼 때보다 훨씬 넓었다. 천막에는 깨끗하고 하얀 둥근 테이블이 있고 그 중앙에는 아름다운 꽃과 꽃병이 있었다. 테이블 주변으로는 정확히 여섯 개의 의자에 하얀 덮개가 씌워져 있었다. 마치 미카엘이 일행과 함께할 것을 예상했던 것처럼.

현욱을 비롯해 일행이 모두 테이블 앞에 앉자 전통 중국 의상을 입은 여성들이 눈이 휘둥그레질 정도로 화려한 음식을 차례로 갖다놓기 시작했다.

"시간이 없으니 돌려 말하진 않겠습니다. 김창걸 씨가 여러분에게 뭐라고 하던가요?"

현욱은 식사 준비가 끝나자마자 말을 시작했다. 놀랍게도 그는 일행이 묵고 있는 곳이 김창걸 교수의 집이라는 것도 알고 있었다.

"뒷조사를 했습니까?"

이쯤 되자 분명히 뒷조사를 했다는 것이고, 승덕은 노골적으로 기분 나쁘다는 표정을 지었다.

"기분이 상하셨군요. 하지만 그것이 우리 일이니 사과하지는 않겠습니다. 우리 신성한 집행자들은 전 세계에서 일어나는 영적인 사건들에 모두 관여하고 있습니다. 직접적인 간섭은 않더라도 중요한 정보는 단 하나도 빠뜨리지 않으려고 노력하지요. 그러니 오히려 당신들의 움직임을 모르는 게 이상하다고 보면 됩니다. 여러분을 여기까지 모셔온 것이 여러분에게 도움이 되면 되었지 해가 되지는 않을 겁니다."

승덕은 '신성한 집행자들'이라는 이름을 듣는 순간 인상을 찌푸렸다. 신성한 집행자들은 전 세계에 분포되어 있는 모든 종교에 대해 감사監査하는 단체라고 했다. 예를 들어 마리아상의 눈물에 대해 가톨릭에서도 나름대로 조사하지만 그보다 SAC의 조사 결과가 더 신임받는다는 이야기를 들은 적이 있다.

하지만 아무리 조사해도 신성한 집행자들에 대한 더 이상의 정보는 찾아낼 수가 없었다. 그저 이런저런 가상과 억측 속에서 전 세계 수천 명의 정·재계 지도자들이 가담하고 있으며, 수많은 영능력자靈能力者들을 양성하고 배출하는 등 상상할 수 없을 정도의 막강한 힘을 가지고 있다는 설왕설래들이 있을 뿐이었다. 실질적으로 이 단체가 무엇인지, 무엇이 목적인지, 어떤 사람들이 속해 있는지, 어느 정도의 규모인지 알 수 없었다.

현욱이 예리한 눈빛으로 일행을 살펴보았다.

"현욱 씨, 뭡니까. 당신이 우리를 여기로 데려온 이유는?"

승덕은 이미 굳을 대로 굳은 표정이었다. 낙빈 등의 얼굴도 승덕과 마찬가지로 딱딱하게 굳어 있었다. 그들의 일거수일투족이 모두 감시당했다고 생각하니 스산한 기분에 소름이 끼쳤다.

"신성한 집행자들의 인스펙터(시찰자)로부터 당신들이 이곳에 왔다는 이야기를 들었습니다. 지금 이 소호산을 중심으로 대단히 복잡하고 위험한 일들이 벌어지고 있다는 걸 정말 모르고 이곳에 온 겁니까?"

"우리는……."

승덕은 모든 것을 사실대로 말해야 하는지 잠시 고민했다. 속임수는 의미 없어 보였다. 현욱은 이미 일행이 중국에 온 목적을 모두 파악하고 있을 거라는 생각이 들었다.

"우리는 대무신제의 검을 찾으러 왔습니다. 그 검이 묻힌 곳이 소호산이라는 것도 여기 도착해서야 알았습니다. 당신들 신성한 집행자들이 있다는 것도, 김창걸 교수가 있다는 것도 전혀 모르는 사실이었습니다."

"그렇군요. 정말 재미있는 일입니다. 아주 재미있는 일."

현욱은 짧게 피식하고 웃었다. 그의 눈동자가 승덕을 떠나 눈앞에 있는 음식들 사이에서 무언가를 찾는 듯 흔들렸다. 승덕은 그 짧은 시간 동안 현욱이 수많은 생각을 하고 있음을 알아차렸다.

"우릴 여기에 데려온 이유가 뭡니까?"

승덕 역시 돌려 말하지 않기로 했다. 대체 무슨 목적으로 현욱이 그들을 불러낸 것인지 알 수 없었다. 일행이 찾는 일월신검 때문에? 아니, 어쩐지 다른 이유가 있다는 생각이 들었다.

"천천히…… 우선 식사부터 하면서 이야기하도록 합시다."

현욱은 싱긋 웃음을 보이며 눈앞에 펼쳐진 음식들을 일행에게 권했다. 그는 견과류가 뿌려진 신선한 샐러드를 자신의 접시에 올렸다. 그러고는 천천히 입안으로 집어넣었다. 음식을 씹어 넘기는 그의 눈빛 속에서 승덕은 그가 여전히 수많은 생각으로 분주하다는 것을 알아차렸다.

"얘들아, 어쨌든 먹고 생각하자."

승덕은 낙빈과 일행에게 화려한 음식들을 밀어주었다. 아침부터 부담스러울 정도로 한 상 가득한 테이블 위에서 승덕이 먼저 먹음직스러운 붉은 닭요리를 개인 접시에 덜었다. 어쩐지 꺼림칙한 생각에 섣불리 수저를 들지 못하던 일행도 승덕을 따라 조금씩 음식을 가져오기 시작했다.

낙빈은 먼저 몽실몽실 김이 오르는 하얀 만두 모양의 딤섬을 접시에 덜었다. 낙빈은 딤섬 한 입을 먹으면서 현욱의 왼편에 그림처럼 고요히 앉아 있는 미카엘을 바라보았다. 그는 밝은 태양빛 머리를 반짝이며 하얀 머그잔에 담긴 검은 커피만 홀짝이고 있었다. 그런 미카엘의 등 뒤로 여전히 눈부시도록 새하얀 날개가 고요히 접혀 있었다. 낙빈은 그러지 않으려 해도 자꾸만 미카엘에게로 눈이 갔다.

"이 산에 대한 이야기는 대략 김창걸 씨에게 들으셨습니까?"

현욱은 일행이 음식을 들자 다시 말을 시작했다.

"내가 먼저 물어봐야겠소. 당신들, 신성한 집행자들은 김창걸 씨와 무슨 관련이 있소? 그 사람도 당신들처럼 신성한 집행자들의 일원입니까?"

승덕은 대답 대신 먼저 궁금한 점을 물었다.

"대답은 '노'입니다. 김창걸 씨는 신성한 집행자들에 대해서는 전혀 모릅니다."

현욱은 싱긋 웃으며 말을 이었다.

"그럼 당신들은 우리를 감시하다가 김창걸 씨를 알게 된 겁니까?"

"그 역시 대답은 '노'입니다. 당신들이 이곳에 도착하기 전부터 우리는 김창걸 교수를 감시하고 있었습니다."

승덕의 다음 질문에 현욱은 또다시 싱긋 웃으며 대답했다. 현욱은 마치 기다린 것처럼 질문이 끝나기가 무섭게 대답했고 승덕은 그런 그의 태도가 매우 계산적으로 느껴졌다. 즉 일행에게 아무런 의심을 할 필요가 없다는 것을 강조하는 듯한, 그래서 신성한 집행자들에 대한 믿음을 강요하는 듯했다.

"그렇다면 당신들이 김창걸 교수를 감시하는 것은 그가 찾는 것과 당신들이 찾는 것이 동일하기 때문인가요?"

"그렇기도 하지만 아니기도 합니다. 목표 지점은 같지만 목적은 다르다고 말해야겠습니다."

승덕은 현욱의 말을 곰곰이 되씹어보았다. 하지만 지금 알고 있는 정보로는 현욱이 무슨 말을 하는지 정확히 알아내기가 힘들었다. 승덕이 턱을 괴고 생각에 빠지자 이번엔 현욱이 질문하기 시작했다.

"이번엔 제가 묻지요. 여러분의 목적은 대무신제의 검, 그것 하나가 맞습니까?"

"네, 그렇습니다. 그게 무슨 문제라도 됩니까?"

승덕은 현욱의 눈을 뚫어져라 바라보았다. 현욱 역시 그 눈빛을 피하지 않고 승덕의 속을 들여다보듯 지그시 바라보았다.

"문제지요. 아주 큰 문제입니다. 여러분은 지금 큰 곤경에 빠졌다는 사실을 알아야 합니다."

현욱은 승덕을 지나 정희와 정현, 그리고 마지막으로 낙빈에게서 시선을 멈췄다.

"말하자면, 지금 소호산은 소용돌이의 중심에 있습니다. 김창걸 씨도 우리 신성한 집행자들도 모두 그 소용돌이를 찾아나선 탐험대인 셈입니다. 우리는 오랫동안 그 소용돌이를 기다렸고, 이제 소용돌이의 눈이 이곳에 다다를 것을 알고 있습니다. 하지만 당신들은 이곳이 소용돌이의 중심이라는 것도 모르면서 전혀 다른 목적으로 이곳에 왔습니다."

현욱은 손가락으로 가볍게 톡톡 테이블을 두드렸다.

"이 소호산을 찾아온 건…… 그래요, 그럴 수 있습니다. 깊은 영산에 온갖 기운이 다 모인 곳이니 당신들이 찾는 검도 있을 수가 있단 말입니다. 하지만 다른 때도 아닌 바로 오늘! 바로 오늘 여러분이 이곳에 있다는 것은 대단한 의미를 가지고 있는지도 모릅니다."

그는 의미심장한 눈빛으로 낙빈을 바라보았다.

"무슨 소린지 알아들을 수가 없군요. 오늘 소호산에서 무슨 일이 벌어진단 말인가요? 그리고 날을 잡은 것처럼 우리가 이곳에 왔단 말인가요?"

승덕은 좀 더 정보를 끌어내려 했지만 현욱은 조용히 고개만 끄덕이며 더 이상 말을 잇지 않았다.

"산에 대해서는 무슨 이야기를 들었습니까?"

"뭐, 좀."

"어떤 이야기를 들었는지 짧게 얘기해주시겠습니까?"

"뭐, 글쎄……."

승덕은 모든 대화에서 정보의 불균형을 느꼈다. 현욱은 이미 그들에 대해 모든 것을 알고 있는 반면 승덕 일행은 신성한 집행자들에 대한 어떤 정보도 얻을 수 없는 상태였다. 이런 상황에서 승덕은 더 이상 대화를 이어가거나 속을 털어놓을 필요가 없다는 판단이 섰다.

"소호산은 위험한 곳입니다. 인간의 걸음을 허락하지 않는 곳이죠. 이 산에 관한 지식은 오늘 여러분의 목숨과 직접적인 관련이 있을 수도 있습니다."

현욱은 더 이상 이야기를 구걸하지 않았다. 대신 그는 효과적으로 일행을 협박했다. 소호산에 관한 지식을 제대로 확인하지 않으면 죽을 수도 있다는 뜻을 내비치자 승덕은 한숨을 쉬며 말을 이을 수밖에 없었다. 위험은 승덕만이 아니라 어린 동생들의 목숨까지 위협하기 때문이다.

"이 마을의 이름 '소호'에 대한 전설과 인어에 관한 전설, 그리고 중국 진시황제의 '봉선'에 얽힌 이야기를 들었습니다."

"그렇군요."

현욱은 천천히 고개를 끄덕였다. 그는 무슨 생각을 하는지 가늠이 되지 않는 표정으로 일행을 바라보았다.

"김창걸 교수와 함께 산에 오를 생각입니까?"

"네."

"그렇군요. 그럼 반드시 이걸 알아야 합니다. 이 산은 보통 산이 아닙니다. 일반 사람은 절대로 오를 수 없는 산이라는 걸 명심해야 합니다."

"구체적으로 어떤 위험이 있다는 거죠?"

승덕은 눈을 굴리는 현욱을 바라보며 그의 생각을 한번 들여다보았으면 하는 마음이 굴뚝 같았다. 대체 저 얼굴 안쪽에 어떤 생각들이 스쳐가고 있는지 감을 잡을 수가 없었다.

"소호라는 마을 이름의 유래와 인어 이야기, 그리고 '봉선'에 대한 것까지 알고 있으니 그 외에 몇 가지만 더 보충하겠습니다. 이곳 소호산이 위험하다고 말하는 건 산세가 험준한데다 수많은 결계와 제약 탓에 보통 사람은 감히 산을 오를 생각조차 할 수 없기 때문입니다. 그래서 산꼭대기에 있는 봉우리를 중심으로 겹겹이 정글처럼 우거진 숲은 '요마의 숲'이라 불릴 정도입니다."

"음……."

승덕은 낮게 신음 소리를 냈다. 무섭고 섬뜩한 기운이 퍼지며 온몸에 소름이 돋았다.

"이 산을 중심으로 내려오는 전설은 여러분이 알고 있는 것이 다가 아닙니다. 손가락으로 헤아릴 수 없을 정도로 많습니다. 이런 여러 가지 전설이 지도에도 나오지 않는 깊고 깊은 산에 서려 있는 것은 이곳이 중국 대륙의 모든 기를 가둔 곳이기 때문입니다. 태산도, 태백도, 금강도 아닌 소호산이 대륙의 정기를 품은 것은 유명한 다른 산들과 달리 인간의 출입을 허락지 않고 고고히 지켜온 운용법 때문일 겁니다.

산을 타면 차차 알겠지만, 이 산은 거대한 요새이며 수많은 결계가 모인 집합체입니다. 이 결계들은 한 사람이 만든 것이 아니라 수많은 사람과 수많은 존재가 오랜 세월에 걸쳐 좀 더 완벽하고 철통같은 결계를 만들기 위해 겹겹이 둘러친 것입니다. 첫 결계는 기원전 300년 전, 그러니까 벌써 2,300여 년 전에 만들어졌습니다. 마을의 인어와 희귀한 새, 그리고 소인 이야기가 퍼지면서 시작되었지요.

당시 중국의 연나라가 고대 조선古朝鮮을 빈번히 침략해 조선 땅에만 살던 희귀 동물들을 잡아가고 죽이고를 반복했습니다. 그러자 고대 조선 왕이 이곳 소호 마을 어귀에 친히 거대한 비석을 세우고 결계를 쳤다고 합니다. 고대 조선의 왕은 국가를 다스릴 뿐만 아니라 무속 신앙의 큰무당 역할을 하며 엄청난 영적 능력을 가지고 있었습니다.

이후 수많은 영능력자가 결계에 또 결계를 더하며 산을 보호했습니다. 마침내 장수왕이 평양으로 천도할 당시에는 지금에 가까운 결계가 완성되었고, 인어를 비롯한 모든 희귀 생물이 그 안으로 숨어들게 됩니다.

자그마치 2,000년이 넘도록 강력한 결계의 보호 속에서 소호산은 인간 이외의 온갖 존재의 안식처가 되었습니다."

"그런 결계가……."

승덕과 낙빈, 정희와 정현 모두 현욱의 말에 흠뻑 빠져들었다.

"2,000년간 보다 강한, 그보다 더 강한, 그보다 좀 더 강한 결계들이 이곳을 보호하기 위해 쌓여왔다면 왜 섣불리 이 숲을 헤쳐나갈 수 없는지가 충분히 이해될 겁니다. 수많은 이민족의 겁박 속에서 결계는 잔인하도록 공격적으로 세워졌습니다. 그러니 그저 험한 산을 오른다는 생각으로 갔다가 목숨이 날아가는 건 예삿일도 아닙니다. 여러분이 위로 가면 갈수록 결계는 점점 강력해질 것이고, 목숨을 위협하는 위험도 점점 커질 겁니다. 그러니 단단히 마음먹고 오르는 게 좋을 겁니다."

"아아……."

낙빈은 저도 모르게 신음이 터져 나왔다. 2,000년! 2,000년 동안이나 쌓이고 쌓여서 튼튼해지고 거대해진 결계라니! 그것도 엄청난 주술사와 왕족들이 세월과 함께 거대하게 쌓아올린 결계라면…… 과연 일행이 정상에 오를 수 있을까 싶었다. 낙빈은 온몸에 팽팽한 긴장감이 퍼지는 걸 느꼈다.

"그런데 왜 그런 얘길 해주는 겁니까?"

한참 동안 현욱의 말을 듣고 있던 승덕이 날카로운 눈빛으로 그를 바라보았다. 현욱이라는 남자가 일행을 위해 이런 말을 해줄 이유는 없었다. 아무리 생각해봐도 비밀에 싸인 단체의 일부를 공개하면서까지 일행을 초대하고 일부러 위험에 대해 설명해줄 이유가 없었다. 승덕은 왜 현욱이 일행을 불러 이런 위험에 대해 경고해주는지 알고 싶었다.

"음…… 그렇지요. 나는 왜 이런 말을 아무런 상관도 없는 당신들에게 하고 있는 걸까요?"

현욱도 승덕의 눈을 똑바로 바라보았다. 그는 마치 스스로에게 질문하듯 승덕의 질문을 되새김했다.

"아니라고 부정하기엔 당신들의 우연이 너무도 기막히기 때문이지요."

현욱은 눈알을 굴리며 다시 일행을 훑어보았다. 또다시 마지막으로 그의 눈길이 낙빈의 얼굴 위에서 멈췄다. 그는 한참 동안 하얀 한복을 입은 상고머리 소년을 바라보았다.

"하필이면 이곳에, 하필이면 오늘! 당신들은 찾아왔습니다. 전혀 영문도 모른 채 말입니다. 다른 모든 이들과는 전혀 다른 목적을 가지고 말이지요. 그게 우연일까요?"

그는 승덕에게로 눈을 돌렸다. 지긋한 눈으로 서로를 마주 보는 그들은 결코 모든 것이 우연이 아님을, 아니, 우연일 수가 없음을 직감하고 있었다.

"잠깐, 잠깐만요. 아까부터 자꾸 오늘을 강조하는군요. 이제 소호산이 왜 그토록 오랫동안 보호되어왔는지 알았습니다. 이곳이 영적으로 중요한 곳이며 대단한 결계로 보호받고 있다는 것도 알았고요. 그런데 왜 '오늘'이라는 시간이 중요한 거죠?"

승덕은 미간을 찌푸리며 현욱을 바라보았다. 시간을 강조하는 그의 어투 속에 어떤 중대한 의미가 숨겨 있는지 온통 정신을 집중했다.

"전혀 모르고 있었나요? 왜 오늘 밤이 오기 전에 산을 올라가야 하는지, 오늘이 무슨 날인지……."

현욱은 답답하다는 듯 고개를 흔들었다. 그의 옆에서 미카엘도 고개를 흔들었다. 현욱의 표정은 변하지 않았지만 미카엘과 마주치는 그의 눈동자는 혼란스러워 보였다. 어떤 의도도 없이 이곳을 찾아온 낙빈 일행의 순진무구함이 증명될수록 그는 점점 더 머리가 복잡한 듯싶었다. 미카엘 역시 현욱의 얼굴을 바라보며 살짝 인상을 찌푸렸다. 무언가 마음에 들지 않는 듯한 표정이었다.

"천개天開의 날, 즉 하늘이 열리는 날이기 때문입니다."

"천개라고요?"

낙빈은 눈이 동그래져서 현욱을 바라보았다. 하늘이 열린다니,

무슨 말인지 이해되지 않았다. 반면 승덕은 턱을 문지르며 깊은 생각에 빠져들었다.

"여러분은 봉선에 대한 이야기를 들었을 겁니다. 봉선이란 인간이 하늘의 신을 직접 만나 제사를 드리는 유일한 방법입니다. 고대의 큰무당이었던 왕들은 산 위에 제단을 만들고 직접 신과 교통하였습니다. 사람의 몸을 통해 신의 음성이 들리는 것이 아니라 하늘에서 직접 들려오는 신의 음성을 그대로 받아내던 것이 바로 봉선입니다. 인간의 왕은 하늘에 직접 인간의 고난과 소망을 이야기하고 신의 대답을 그 자리에서 들을 수 있었습니다. 세월이 흐를수록 기가 흐트러진 다른 봉선의 자리들은 신령함을 모두 잃었지만 소호산만은 고대의 신령함을 그대로 간직한 봉선의 장소입니다."

낙빈은 입을 벌리고 현욱의 말을 경청했다. 봉선에서는 사람의 몸이나 무당의 입을 통하지 않고 하늘에서 직접 내려오는 소리를 듣는다니 놀랍기만 했다.

"그러나 봉선은 정해진 시時가 있습니다. 바로 양기와 음기가 정확히 하나가 되어 완전한 평형, 완전한 조화를 이룰 때입니다."

"완전한 평형이라면…… 음기와 양기가 완전히 같아야 한다는 말인가요?"

"그렇지요."

낙빈의 물음에 현욱이 고개를 끄덕였다.

"하지만 그건 말이 안 돼요. 이곳 소호산은 온통 음기로 가득한 걸요. 수천 년간 보호받아온 이곳 숲은 진한 음기뿐이에요."

"그렇지요."

현욱도 낙빈의 말에 동의했다.

"지금은요. 하지만 소호산의 깊은 어딘가에는 양기가 꽁꽁 숨겨져 있을 겁니다. 평소 음기가 온 산을 에워싸고 있지만, 반대로 발산되지 못한 수많은 양기는 어딘가 깊고 깊은 곳에 축적되어 있을 겁니다. 그렇게 어딘가에 숨겨져 있는 양기가 솟아올라 음기와 평형을 이루는 날이 있으니, 그게 바로 오늘입니다."

"오늘요? 오늘이 무슨 날이기에……?"

눈을 동그랗게 뜨고 되묻는 낙빈에게 대답한 것은 승덕이었다.

"월식."

승덕의 대답에 현욱은 고개를 끄덕였다.

"그렇습니다. 오늘 밤 8시에 월식이 시작됩니다. 그 시간이 바로 봉선의 시간이지요. 바로 오늘이 100년에 한 번 있는 천개의 날이며, 그 천개의 장소가 이곳 소호산 일대입니다."

"천개의 날……!"

"100년에 한 번 있는……!"

낙빈 일행은 서로의 얼굴을 바라보며 신음 소리를 냈다. 그들이 소호산을 찾은 것은 단 하나, 대무신제의 일월신검을 찾기 위해서였다. 그런데 하필이면 그날 그곳이 100년에 한 번 있는 천개의 날과 장소라니 믿어지지 않았다. 현욱이 몇 번이나 우연이라기엔 너무나 괴상한 일이라고 말한 것이 당연하게 느껴지는 순간이었다.

"단순한 월식이 아닙니다. 오늘은 100년에 한 번 맞추어지는 날과 시를 가진 봉선의 날입니다. 오늘 밤 8시, 달이 지구의 그림자에 가려지면서 음기가 끊어지는 순간 잠잠히 막혀 있던 양기가 폭발하듯 터져 나와 이곳 소호산의 음양이 평형을 이루게 됩니다."

현욱은 낙빈 일행의 얼굴 표정을 하나도 놓치지 않으려는 듯 매섭게 바라보았다. 일행의 얼굴에 나타나는 수많은 감정을 확인하며 그는 무언가를 알아내려고 했다.

"김창걸 교수는 그 봉선의 시간을 노리고 산을 오르려 합니다. 그리고 우리 신성한 집행자들 역시 그 봉선의 순간을 기다리고 있습니다."

현욱은 천천히 미카엘 쪽으로 눈을 돌렸다. 아름다운 청년은 반짝이는 푸른 눈동자로 현욱을 바라보고 있었다. 그의 금발이 불꽃처럼 일렁거렸다.

"우리는 봉선의 시간에 이번 세기世紀의 신인神人이 나오기를 기대하고 있습니다."

현욱은 미카엘을 바라보던 눈을 돌려 이번에는 낙빈을 지그시 바라보았다. 승덕은 그의 눈이 말하는 바를 읽으려 했다. 그는 일부러 자신의 시선을 통해 마음을 드러내려는 듯했다. 마치 신인이 미카엘과 낙빈에 관련되어 있음을 알려주듯이. 승덕은 무언의 대화까지 모두 읽으려는 듯 현욱의 미세한 움직임도 놓치지 않으려 애썼다.

"신인이 도대체 뭡니까?"

"신인이라는 것은 하늘의 부름을 받은 자를 말합니다. 단순한 영능력자를 뜻하는 게 아닙니다. 하늘이 직접 선택하고 부르는 세기의 인간을 말합니다. 진정한 의미의 천기天氣를 받는 자, 즉 신과 가장 가까운 인간. 직접적으로 신명을 받을 수 있고 인간 세계를 좌지우지할 수 있는 천상천하유아독존天上天下唯我獨尊, 우주의 근본을 깨우친 인간을 의미합니다."

현욱은 또다시 낙빈과 미카엘의 얼굴을 번갈아 바라보았다. 승덕은 그의 의도적인 눈길을 보며 깊은 생각에 빠졌다. 바로 그 신인이 될 수 있는 자가 미카엘과 낙빈이라는 뜻인가 싶었다.

"100년 만에 돌아온 봉선의 날, 우리의 위대한 예언가 중 한 분께서 신인의 탄생을 예지했습니다. 때문에 신성한 집행자들이 이곳에 온 것이지요."

"그리고 예상치도 않게 우리도 이곳에 도착했고요."

승덕은 현욱의 말을 이었다.

"바로 그렇습니다."

현욱은 순순히 고개를 끄덕였다.

"그리고 당신들은 그 신인이 될 사람이 우리 중에 있을지도 모른다고 생각한 거군요? 그래서 우리가 왜 이곳에 오게 되었는지 물었고. 혹시라도 신인이 된다는 예언을 받았거나 미리 준비하고 찾아온 건 아닌지 확인한 거고요."

210

"말하자면 그렇지요."

짧은 대화 속에서 승덕은 작은 단서들을 놓치지 않고 거대한 정보를 만들어가고 있었다. 이제 드디어 현욱이 일행을 이곳에 부른 이유와 그림이 거의 짜 맞춰지는 듯했다.

"우리는 이번에 탄생할 신인이 지난 세기의 신인들보다 더욱더 의미를 가질 거라 생각하고 있습니다."

"그렇군요. 지금이 말세라는 거지요? 이번 세기의 신인에게서 당신들은 인류의 마지막을 바라보고 있는 겁니까?"

"촌철살인寸鐵殺人이군요."

현욱은 감탄한 듯 승덕의 얼굴을 바라보았다. 얼마 안 되는 사실들을 토대로 숨겨진 결론에 다가가는 그의 사고력이 놀라울 따름이었다. 현욱은 잠시 침묵했다. 이야기를 더 할지 말지를 고민하는 듯싶었다. 작은 실마리로도 단서를 엮어 정보를 끄집어내는 승덕을 앞에 두고 더 말하는 것이 득이 될지 실이 될지 계산하는지도 몰랐다.

"……이렇게 되었으니 마저 이야기해드리지요."

현욱이 결심한 듯 말을 잇자 그의 옆에 앉아 있던 미카엘이 흥미로운 듯 낙빈 일행과 현욱을 번갈아 바라보았다. 새파란 눈동자가 움직일 때마다 그의 눈에서 빛이 나오는 듯한 착각이 들었다. 미카엘의 눈동자는 예상보다 일이 흥미롭게 흘러간다는 듯 호기심이 가득했다. 반짝이는 머리카락이 흔들리면서 파란 눈이 더욱 크게 벌어졌다.

마침내 현욱은 고개를 들더니 마지막까지 감추었던 이야기를 꺼내기 시작했다.

"예언에 따르면 이번 세기에 나타나는 신인은 인류의 존망存亡을 결정하게 될 것입니다. 말할 수 없이 중대한 역할을 지닌 자라는 의미지요."

현욱은 오른손 옆에 놓여 있는 투명한 유리잔을 들어올렸다. 그리고 천천히 목을 축였다. 지나치게 천천히 물을 마시는 그의 모습을 보며 승덕은 현욱이 예정보다 더 많은 이야기를 하고 있음을 직감했다. 그는 물을 마시며 자신의 생각을 곱씹는 것처럼 보였다.

"그러나……."

현욱이 탁자 위로 잔을 내려놓았다.

고요한 움직임과 달리 유리잔 속의 물은 거칠게 찰랑거렸다.

"예언은 또한 이번 세기에 봉선으로 태어나는 신인이 없을 수도 있다고 경고했습니다."

"신인이 없다고요? 분명 아까는 이번 봉선으로 신인이 탄생한다고……."

낙빈이 두 눈을 동그랗게 뜨고 물었다. 상반된 예언에 조금 놀란 눈치였다.

"그렇습니다. 이처럼 다른 두 개의 예언이 나온 이유는…… 봉선의 제단이 파괴될 수도 있기 때문입니다. 바로 지난 세기에 신인이 된 자에 의해서 말입니다."

"……."

일행은 숨을 죽이고 현욱의 말에 귀를 기울였다. 신인의 탄생으로 끝날 줄 알았던 이야기가 또 다른 방향으로 향하자 다들 조금 충격을 받은 모습이었다.

"지난 세기의 신인이 제단을 파괴한다고요?"

"그렇습니다."

현욱이 고개를 끄덕였다.

"100년 전에 신인이 된 사람이 말입니까? 왜 그런 짓을?"

갑자기 머리가 혼란해진 승덕은 다급히 물었다. 100년 동안 신인이었던 사람이 여태껏 살아 또 다른 신인의 탄생을 방해한다는 것이 무슨 의미인지 이해하기 힘들었다.

"그자는……."

현욱은 투명한 물 잔을 바라보았다.

"이번 신인을 통해 인류의 존망이 결정되기를 원치 않습니다."

"그렇다면……?"

승덕은 숨죽여 현욱의 입을 바라보았다.

"그자는 이미 인류의 존망에 대한 결정을 내렸습니다. 그리고 그러한 결정이 자신에게서 끝나기를 바라고 있습니다."

"인류의 존망에 대한 결정……?"

승덕은 자신도 모르게 마른침을 꿀꺽 삼켰다. 인류를 살리거나 죽이는 일이라니.

한 인간이 결정하기에는 지나치게 어마어마하고 무시무시한 내용이 아닌가! 그 엄청난 결정을 마치고 새로운 신인의 탄생을 방해하려 한다니 온몸이 부르르 떨렸다.

"그의 결정이란 것은 아마도……?"

"인류의…… 멸망입니다."

현욱은 담담히 말했지만 그가 내뱉은 단어는 더없이 차갑고 무시무시했다. 낙빈도, 정희와 정현도 '인류의 멸망'이라는 말에 몸을 떨었다. 한 사람이 내리기에는 너무나 섬뜩한 결정 앞에서 말로 표현치 못할 공포감을 느꼈다.

한동안 무거운 침묵이 그들을 짓눌렀다. 누구도 무슨 말을 해야 할지 혼란스러웠다. 그런 어마어마한 일들이 벌어지는 이곳 소호산에 하필이면 천개의 날에 찾아왔다는 사실에 낙빈 일행의 머리는 터질 듯 아파왔다. 낙빈의 신들이 그의 뒤에서 조종하고 있는 알 수 없는 음모가 느껴지는 순간이었다. 암중모색을 거듭할수록 신들의 깊은 의지가 숨어 있다는 생각을 떨칠 수가 없었다. 대무신제의 일월신검 뒤로 위대한 신들이 몰래 감춘 그들의 진짜 의도가 어른거리는 듯했다.

낙빈은 혼란스러웠다. 단순히 대무신제를 받기 위해 일월신검을 찾아왔을 뿐인데, 그 자리에 이렇게 엄청난 사건이 도사리고 있을 줄은 상상도 못했다. 과연 대무신제가, 아니, 신들이 어떤 짐을 지우기 위해 낙빈을 이곳에 보냈는지 두려워 견딜 수가 없었다. 낙빈은 두 팔을 감싸고 몇 번이나 부르르 몸을 떨었다.

현욱의 옆에 앉은 아름다운 청년 미카엘은 그런 낙빈을 뚫어져라 바라보았다. 입술에 어리는 작은 미소를 잃지 않고 흥미로운 눈빛으로, 또 경계하는 눈빛으로 여러 가지 감정을 내비치며 낙빈의 얼굴을 이리저리 뜯어보고 있었다. 낙빈이 미카엘의 뒤로 아름다운 하얀 날개를 보았듯이 그도 낙빈의 뒤로 수많은 신이 보이는지 그 파란 눈동자가 유독 낙빈에게 머물렀다.

"계획보다 너무 많은 것을 말하고 말았군요."

현욱은 무거운 침묵을 깨고 의자에서 몸을 세웠다.

"더 늦기 전에 그만 돌아가는 게 좋겠군요. 여러분은 이것만은 꼭 기억하십시오. 소호산을 쉽게 보지 말 것. 그리고 요마의 숲에는 수많은 위험이 도사리고 있음을 잊지 말라는 겁니다. 여러분의 생각보다 더한 위험이 기다리고 있을 겁니다. 그러니 조심, 또 조심하기 바랍니다."

승덕은 마음속으로 현욱의 말을 이었다.

'혹시 우리 중에 신인이 있을지도 모르니까 조심하라, 이거지?'

그러나 입 밖으로 그 말을 꺼내지는 않았다. 승덕은 작고 어린 낙빈의 까만 머리를 바라보았다. 인류의 최후를 예비할지 모르는 아이. 태고지신을 예비한 아이가 그들 중에 있다는 것을 현욱에게 알릴 생각은 없었다. 하지만 오늘 어린 낙빈에게 무슨 일인가 벌어질 거라는 예감이 들었다.

승덕과 일행은 분분히 자리를 털고 일어섰다. 오랫동안 이야기를 나눈 듯했는데 막상 시간을 보니 아직도 이른 새벽이었다. 그들이 대화했던 시간의 중간쯤을 잘라 멈춰놓았던 것처럼 느껴질 정도였다.

하얀 천막에서 나와 그들이 타고 왔던 흰색 세단에 오를 때까지 현욱은 일행의 뒤를 따랐다. 더없이 아름다웠던 청년 미카엘은 그들이 천막을 빠져나오는 사이에 눈앞에서 사라졌다. 일행이 모두 세단에 올라타자 또 다른 검은 양복 차림의 남자가 차의 시동을 걸었다. 이번에 현욱은 일행을 따라 오토바이에 올라타지 않았다. 그는 그대로 신성한 집행자들의 캠프에 남을 모양이었다.

시동이 걸리자마자 승덕이 다급히 창문을 내렸다. 하얀 세단의 뒤쪽 검은 창문이 스르르 열리며 그들을 바라보는 현욱의 얼굴이 생생히 보였다.

"그런데 하나만 묻겠습니다. 지난 세기의 신인이란 자는 누굽니까? 인류의 멸망을 결정했다는 그 사람 말입니다."

적어도 백 살은 되었을 지난 세기의 신인이란 누굴까? 대체 누구기에 그가 인간의 존망을 결정했다는 것일까? 그는 어떤 생각으로 인간의 멸망을 결정한 것일까? 승덕은 너무나 알고 싶은 것이 많아져 머릿속이 어지러울 지경이었다.

승덕은 현욱의 입에서 눈을 떼지 않았다. 검은 양복을 입은 남자의 얼굴이 움직였다. 그 순간 하얀 세단이 부웅 소리를 내며 내달리기 시작했다.

승덕과 낙빈, 그리고 정희와 정현은 서로의 얼굴을 바라보았다. 현욱의 입에서 나온 그 이름을 모두가 들은 게 틀림없었다.

"흑. 단. 인. 형."

승덕은 눈썹을 찡그렸다. 이상했다. 자꾸만 들려오는 그 이름. 자꾸만 뇌리 속을 파고드는 일본 인형의 모습에 그는 머리를 흔들었다.

자살을 반복하고 또 반복해야 했던 불쌍한 영혼에게서 들었던 '일본 인형 같은 아이', 그리고 법철에게 시육주법을 전수했다는 흑단인형이 또다시 일행의 앞에 나타났다. 마치 빠져나올 수 없는 끈끈한 거미줄에 걸린 것처럼 그 이름이 낙빈 일행의 주변을 맴도는 듯한 이상한 기분에 휩싸였다.


8


일행은 일부러 김창걸 교수의 낡은 집과 떨어진 곳에 차를 세웠다. 신성한 집행자들의 존재를 알지 못하는 김 교수에게 추가적인 설명은 하고 싶지 않았기 때문이다. 아직도 소호산은 으스름한 산그늘에 덮여 있고 산 앞쪽에 펼쳐진 호수도 새하얀 물안개로 뒤덮여 있었다. 오랫동안 많은 이야기를 나눈 것 같은데 이상하게도 시간은 천천히 흘러갔다.

일행은 현욱의 말을 곱씹으며 깊은 생각에 잠겨 있었다. 한참 동안 말도 없이 길을 걷는데 낙빈이 먼저 울상을 지으며 길 위에 쪼그리고 앉았다.

"형, 그럼 오늘이 아니면 괜찮다는 말이지요? 오늘 밤이 월식이라면서요? 그럼 오늘 말고 내일 가면 안 돼요? 우린 봉선이랑 상관없잖아요. 일월신검만 찾으면 되니까……. 내일 가면 안 돼요?"

낙빈은 몸을 웅크린 채 파르르 떨었다. 어린 낙빈은 이야기에 등장하는 신인이 자신일지도 모른다는 사실을 직감적으로 알고 있었다. 인류의 존망이니 뭐니 하지만 아직은 제 몸 하나 건사하기 힘든 어린아이가 감당할 수 있는 문제가 아니었다. 승덕도, 정희와 정현도 낙빈 옆에 빙 둘러앉아 말을 잇지 못했다.

"내일 가면…… 달라질 것 같냐?"

승덕이 침묵을 깨고 한숨처럼 내뱉었다. 승덕의 흰 입김이 차가운 공기 속으로 퍼져나갔다.

"우리가 이곳에 온 건 우연이 아닐 거야. 우연을 가장한 신들의 의도겠지. 그럼 내일 가면…… 달라질까? 내일 가는 것이…… 가능하기나 할까?"

또다시 승덕의 음성이 한숨과 섞여 공기 속으로 퍼져나갔다.

다들 말은 하지 않았지만 피할 수 있는 운명이 아니라는 것을 알고 있었다. 다들 어쩔 수 없는 운명의 굴레를 느끼며 고개를 숙이고 말았다.

"아, 아니다. 그렇지 않아!"

승덕은 풀이 죽은 세 아이의 정수리를 보고 뭔가 정신이 번뜩 드는 느낌이었다. 이렇게 운명에 패배한 듯 고개를 숙이고 한숨이나 쉬어서는 안 된다는 생각이 들었다. 어린 동생들 앞에서 해서는 안 되는 행동을 하고 있다는 사실에 승덕은 깜짝 놀라 고개를 흔들었다.

"아냐, 그렇지 않아!"

그는 마치 다짐하듯 소리쳤다.

"그렇지 않아, 낙빈아! 그렇지 않아, 얘들아! 운명이 결정되어 있다면 왜 예언이 두 개겠어? 아까 그 사람이 말했잖아? 신인이 탄생한다는 예언과 신인이 나올 수 없다는 전혀 상반된 두 개의 예언이 있다고 했는데……. 운명이 결정되어 있다면 그런 예언이 나올 리가 없잖아?"

승덕은 스스로에게 다짐하듯 강한 어조로 말했다. 그는 모든 것을 운명 탓으로 돌리는 패배자가 되고 싶지 않았다.

"그래, 신들의 의도도 있겠지. 하지만 그게 다가 아니야. 신들의 의도대로 받아들이느냐, 아니면 그들의 의도를 바꾸어버리느냐는 인간에게 달린 거야. 인간은 의지를 가지고 있으니까. 심지어 신의 의지도 꺾을 수 있는 강한 의지를 말이야!"

승덕은 허공을 향해 소리쳤다. 그건 누구에게 말하는 것이 아니었다. 승덕은 스스로에게 다짐하듯 말하고 있었다. 그의 운명을 스스로 결정하겠다는 강한 의지가 담긴 한마디 한마디였다.

"그래, 맞아요. 왜 예언이 두 가지가 있겠어요? 그죠? 최고의 예언가들이라면서 말이에요. 맞아요, 형!"

승덕의 말에 낙빈도 맞장구를 치며 눈을 반짝였다. 모든 것을 운명 탓으로 돌리고 싶지 않은 어린 낙빈도 고개를 바짝 쳐들었다. 아직도 검은빛이 감도는 시퍼런 하늘을 바라보며 낙빈은 그저 신의 뜻대로만 인생을 내버려두지 않겠다고 마음을 다졌다.

"낙빈아, 운명이라는 말을 들었다고 피할 필요는 없어. 신인이 나오든 말든 신경 쓸 필요도 없고. 우리, 휘둘리지 말자. 어떤 말에도 휘둘리지 말자. 우리는 우리의 본래 목적에만 충실하자. 우리는 우리 스스로 조사하고 찾아내고 판단해서 여기까지 찾아온 거야. 그동안 우리가 연구하고 찾아낸 자료들, 그리고 우리가 만났던 사람들을 통해 알아낸 거라고. 이 소호산은 신이 찾아준 것이 아니라 우리가 찾아낸 거야! 그러니까 우린 우리 생각대로 행동하자. 다른 말은 다 잊고 대무신제의 일월신검만 찾자. 그게 우리가 할 일이야!"

"그, 그래요!"

낙빈은 자리에서 벌떡 일어섰다.

어쩐지 머리가 맑아지는 느낌이었다. 너무나 두렵고 힘들기만 했던 상황이 깔끔하게 정리되는 기분이었다. 오늘이든 내일이든 중요치 않다. 중요한 것은 지금 낙빈 일행이 이곳에 있다는 것이었다. 그들의 의지로, 그들의 노력으로!

낙빈은 반짝이는 눈으로 하늘을 바라보았다. 거무튀튀한 하늘은 밝아오는 아침 하늘일 수도 있지만 어두워지는 저녁 하늘일 수도 있다. 바라보는 사람의 판단과 생각에 따라 같은 것이 다르게 느껴지는 것이다. 중요한 것은 바라보는 사람, 나 자신! 바로 그것이라는 생각이 들었다. 낙빈은 운명의 굴레에 지지 않겠다고 생각했다. 소년은 자신의 입술을 다부지게 깨물었다.

그런 낙빈을 보며 승덕은 슬그머니 미소를 지었다. 말 한마디가 어린 동생에게 이토록 영향을 줄 수 있다는 것이 기뻤다. 그리고 말 한마디가 이 작은 아이를 좌지우지할 수 있으니, 언제나 주의해야 한다는 것도 명심했다.

"그런데, 형."

그동안 잠잠하던 정현이 승덕에게 물었다.

"왜 월식인 걸까요? 그 봉선 말이에요."

"으응."

승덕은 고개를 끄덕였다. 사실 현욱의 말을 들을 때부터 곰곰이 생각하던 참이었다. 고대부터 월식에 관한 기록은 전 세계적으로 수없이 전해져왔다. 오늘, 100년 만에 나온다는 신인의 탄생일이 월식의 날인 것도 우연은 아니었다.

"정현아, 우리 지구는 태양의 영향을 더 많이 받고 있을까, 아니면 달의 영향을 더 많이 받고 있을까?"

"……?"

정현은 승덕의 질문에 답하지 못했다.

"해 아니에요? 밤과 낮을 결정짓는 것도, 봄 여름 가을 겨울이 있는 것도 다 태양 때문이라고 했잖아요? 위도에 따라 기후가 결정되는 것도 태양 때문이라면 태양이 지구에 더 영향을 미치는 것 아닌가요? 형이 저한테 가르쳐줬던 과학 책의 내용이잖아요?"

대답한 쪽은 낙빈이었다. 학교에 다니지 않는 낙빈에게 기본 지식 정도는 배워야 한다며 승덕은 초중고 교과서를 독파시켰다. 그 내용 중에 있는 것을 낙빈은 잘 기억하고 있었다.

"그래, 맞아. 이 녀석!"

승덕은 제 가르침이 헛되지 않은 것이 기뻐 낙빈의 머리를 마구 헝클어뜨렸다.

"맞는 말이야. 지구의 계절이나 온도에 결정적인 영향을 미치는 건 분명 태양이야. 하지만 말이다, 이상한 점이 있어. 태양이 지구에 결정적인 영향을 미치기는 하지만 지구에서 측정되는 절기와 시간은 태양보다 달에 더 의지한다는 거야. 예를 들면…… 가끔 추석이 지나치게 빠른 경우가 있단다. 본래 양력 9월 말이나 10월 초쯤에 있어야 하는 추석이 윤달 때문에 한 달쯤 빠르게 찾아오는 해가 있단다. 그런데 놀라운 점은 분명히 양력으로 여름에 해당하는 날짜인데도 추석이 되면 신기하게도 영락없는 가을 날씨가 되어버린다는 거야."

"맞아요, 오빠. 아무리 이른 추석도, 아무리 늦은 추석도 그때가 되면 추석 날씨가 되지요. 양력으로는 경칩이 너무 이르다고 생각되어도 막상 경칩이 되면 신기하게도 보이지 않던 개구리들이 냇가에 얼굴을 드러내지요."

정희가 고개를 끄덕이며 승덕의 말에 맞장구를 쳤다.

"그래. 사실 음력을 따르더라도 절기라는 것은 원래 태양이 지나가는 길을 중심으로 나눈 거니까 아예 태양과 관련이 없다고는 할 수 없지. 하지만 지구에서 음력, 즉 달이 매우 중요하다는 건

느낄 수 있을 거야."

"형, 그런데 다른 행성에는 달 같은 위성이 없나요?"

낙빈은 호기심 가득한 눈으로 승덕을 바라보았다.

"아냐. 사실 지구처럼 위성을 가진 행성은 아주 많아. 지구와 가장 비슷한 화성에도 두 개의 위성이 있고 목성과 토성, 천왕성과 해왕성은 위성을 수십 개씩 거느리고 있어."

"와, 진짜요?"

"응. 하지만 달처럼 독특한 위성은 어디서도 찾아볼 수가 없어. 달은 위성치고는 지나치게 커서 지구의 4분의 1이나 되지. 이렇게 큰 위성을 가진 행성은 지구가 유일해. 겨우 위성인데도 명왕성보다 크니까. 참 기묘하고 신비로운 점은 지구에서 보면 달의 크기가 태양의 크기와 거의 일치한다는 거야. 물론 태양은 달에 비해 400배나 크지만 동시에 태양은 달보다 거의 400배 멀리 떨어져 있어. 이 때문에 지구에서는 달과 태양의 크기가 거의 완전히 일치한다는 거야."

"우와, 신기하다."

"어머나."

모두들 승덕의 말에 푹 빠져들었다. 들으면 들을수록 달이 참 신기하게만 느껴졌다.

"태양과 달이 지구에서 똑같은 크기로 보이기 때문에 달이 태양을 완전히 가려버리는 개기일식도 지구에서만 관측할 수 있지. 이건 태양과 달, 그리고 지구가 순서대로 있어야 가능해. 반면 월식은 태양과 지구, 그리고 달이 일직선상에 놓이면서 지구가 달과 태양 사이를 가리는 현상이야. 겉보기에 정확히 크기가 똑같은 달과 태양이 서로 반대쪽에서 지구를 중심에 두고 영향을 미치는 날이지."

"그렇구나."

승덕의 말에 다들 고개를 끄덕였다.

"달과 태양이 지구를 사이에 두고 영향을 미치는 날이기 때문에 월식에 음기와 양기가 조화를 이룬다고 하는 것 같아."

"아아……."

다들 신기하다는 생각에 고개를 끄덕였다. 달보다 400배 커다란 태양이 달보다 400배 머나먼 곳에서 달과는 반대 방향으로 지구를 바라보고 있다니 상상만 해도 신비한 느낌이 들었다.

그때 낙빈이 크게 고개를 끄덕이며 말을 시작했다.

"저 결심했어요. 피하지 않을래요. 오늘 소호산에 올라가겠어요."

다들 어린 낙빈을 물끄러미 바라보았다.

작은 어깨에 얹힌 무거운 짐이 얼마나 힘들고 고달플까 안타까운데도 아이는 그런 내색 없이 단단한 표정으로 형과 누나를 바라보았다.

"다른 생각은 하지 않을 거예요. 그냥 대무신제님의 일월신검만 생각할래요. 일월신검은 양과 음이 조화를 이룬 검이라고 했어요. 그렇다면 월식의 날, 양과 음이 조화로운 날에 찾기가 쉬울 거예요. 다른 생각은 안 할래요. 일월신검만 생각하고 그 검만 찾으면 내려올래요."

승덕은 아직 어린데도 터무니없이 어른스러운 낙빈이 안쓰럽고 또 대견했다. 무슨 말을 건네야 할지도 생각나지 않아 그저 작은 어깨에 손을 얹고 지그시 눌렀다. 정현도 같은 마음인지 슬며시 낙빈의 다른 쪽 어깨에 손을 감쌌다. 분명 도망치고 싶고, 피하고 싶을 텐데도 작은 몸으로 운명에 맞서는 낙빈이 대견해 보였다.

"여러분? 남한에서 오신 분들 거기 계신 겁니까?"

그때였다. 짙은 물안개를 헤치며 거뭇거뭇한 그림자가 일행을 향해 다가왔다. 작은 등잔불을 든 김창걸 교수였다. 그는 새벽녘인데도 어둡게 느껴졌는지 작은 등불 하나를 켜고 일행을 찾아다닌 모양이었다.

"여러분이 안 보여서 걱정했습니다. 산책 중이셨나요?"

"아, 네. 댁으로 돌아가는 길이었습니다."

승덕은 순순히 고개를 끄덕이며 김창걸 교수 쪽으로 한 발을 내디뎠다. 아직 산 그림자는 소호산을 뒤덮고 호수 위로 이어져 있었지만 검푸른 하늘 저편으로 붉은빛이 어릿거리는 것을 보면 곧 태양이 고개를 들 것 같았다.

"가시죠. 서둘러 준비하고 산을 올라야 할 것 같습니다."

김창걸 교수는 안도의 한숨을 내쉬며 앞장섰다. 혹시나 일행이 사라지지 않았나 불안했던 모양이다.

승덕은 앞장서 걸어가는 김창걸 교수의 뒷모습을 보며 그가 진정으로 원하는 것이 무엇인지 짐작해보았다. 단순한 역사학자의 탐사라기엔 이상했다. 벌써 몇 달째 이곳에서, 하필이면 이날의 월식을 기다린 점을 생각하면 그 역시 숨겨진 다른 목적이 있지 않을까 생각되었다. 신성한 집행자들처럼. 그리고 한 번도 보지 못한 흑단인형처럼.

'그래, 서로들 다른 목적이 있겠지. 저마다의 사정이 다른 것처럼. 그러거나 말거나. 생각하지 말자. 우린 그저 일월신검만 생각하자.'

승덕은 고개를 흔들었다. 꼬리에 꼬리는 무는 생각들을 끊어내기 위해서였다.


9


주 씨는 힘껏 자전거 페달을 밟았다. 허허벌판에서 밭을 가는 농부를 만난 건 행운이었다. 손수레를 끌고 다니던 낡은 자전거를 사정사정해서 산 것도 행운이었다.

"허억. 허억. 헉."

주 씨는 숨이 턱까지 차올랐다. 하루가 어찌 가는지, 다시 해가 어찌 뜨는지 쉬지도 않고 달리고 또 달렸다. 구릉지 하나 보이지 않는 드넓은 들판을 지나고 또 지나 저 멀리 우뚝 솟은 산 하나가 눈에 들어올 때까지 주 씨는 페달을 멈추지 않았다.

그의 품에서 벌벌 떨고 있는 가엾은 소소 때문에 허벅지가 끊어지고 종아리가 터질 지경이지만 멈출 수가 없었다. 그의 가슴에 매달려 있는 소소가 얼마나 다급한지, 얼마나 두려운지 주 씨는 생생히 느낄 수 있었다.

새빨간 드레스를 입은 빨간 머리의 여인과 붉은 기모노를 입은 까만 머리의 여자아이를 만난 뒤로 소소는 극도의 공포에 빠져버렸다. 무엇이 그렇게 다급한지, 무엇이 그리도 위험한지 말로 설명하지 않아도 소소의 간절함이 분명하게 주 씨의 가슴속으로 흘러 들어왔다.

주 씨는 저 멀리 눈에 들어오는 높다란 구릉지에 소소의 집이 있다는 사실을 알아챘다. 넓고 넓은 평지에 어울리지 않게 우뚝 솟은 거대한 산 하나가 너무나도 신비했기 때문이다.

그렇게 다리의 감각이 마비될 정도로 달리는데, 드디어 소소가 주 씨의 품에서 꿈틀거렸다. 붉은 여인 둘을 본 뒤로 아무 말 없이 가슴에 매달려 덜덜 떨기만 하던 소소가 무언가를 느꼈는지 주 씨의 점퍼 위로 얼굴을 빠끔 내밀었다.

소소는 저 멀리 우뚝 솟은 산을 아득한 눈으로 바라보았다. 새하얀 구름과 안개에 휘덮여 구름 위에 솟아 있는 것 같은 신비한 산을 바라보더니 왈칵 눈물을 쏟았다. 더 말하지 않아도 왕 사장에게 붙잡혀 있는 동안 한번 보지도 못했던 그리운 고향인 것이 틀림없었다.

"친구여, 그만 멈추세요."

반나절쯤 더 달리면 산까지 족히 닿을 듯한데 소소는 주 씨를 멈춰 세웠다. 키가 1미터도 안 되는 소소가 주 씨의 점퍼 아래로 뛰어내리더니 손을 내밀었다.

"친구여, 이 은혜는 죽을 때까지 잊지 않겠습니다. 저는 평생토록 당신의 은혜를 기억할 것입니다."

까무잡잡한 소소의 두 손이 주 씨의 손을 단단히 감쌌다. 따스한 손 너머로 소소의 마음이 전해지면서 주 씨의 가슴이 먹먹해졌다.

"이곳은 인간의 땅이 아니랍니다. 이곳은 이 세계의 또 다른 존재들을 위한 땅이랍니다. 친구가 더 가까이 다가가면 위험해질 거예요."

소소는 작은 돌멩이를 들어 자신과 주 씨 사이에 기다란 선을 그었다. 작은 발로 한 발 한 발 걸으면서 선을 긋는 소소의 손끝이 멈춘 곳에는 길쭉한 바위 하나가 박혀 있었다. 소소는 그 바위를 중심으로 선을 긋더니 주 씨가 그 선을 넘지 못하게 했다.

"친구여, 이제 나는 고향에 도착했어요. 나는 가족에게 돌아갈 수 있답니다. 하지만 내 가슴은 기쁨과 설렘이 아니라 불안과 고통으로 물들어 있어요. 우리 소인족에게 고대로부터 내려오는 예언에 따르면 새빨간 불덩이가 우리 종족을 불태우고 멸망시킬 거랍니다. 나는 그 불덩이를 본 것 같아요. 그러니 친구여, 더 이상은 안 돼요. 당신까지 위험으로 초대할 수는 없답니다. 당신은 절대로 이 선을 넘어서는 안 돼요."

소소는 작은 돌멩이를 툭 떨어뜨린 채 고개를 묻었다. 고향에 도착하기도 전에 지독한 위험을 감지해버린 작은 친구의 모습이 너무나 안타까웠던 주 씨는 그 선을 넘으려 했다. 죽어가는 어머니를 살려준 소소에게 목숨을 바쳐서라도 은혜를 갚겠다는 생각을 했다.

"안 돼요!"

선을 넘으려는 주 씨를 향해 소소가 앙칼지게 소리쳤다. 생전 처음으로 소인의 높아진 음성을 들은 주 씨는 그 자리에 멈춰 서고 말았다. 소소는 자기보다 두 배나 큰 주 씨를 올려다보았다. 얼굴의 반 이상을 차지하는 커다란 눈동자가 주 씨를 향해 깜빡거렸다. 그 까만 두 눈에 물기가 가득 어려 있었다.

"나는 당신에게서 말할 수 없는 사랑과 위안을 받았답니다. 말로 표현하기 힘든 이 깊은 은혜를 나는 내 생명이 다하는 순간까지 잊지 않을 겁니다."

소소는 거친 흙 위에 얼굴을 박으며 주 씨에게 절을 했다. 그런 소소를 보며 주 씨는 안절부절못했다. 산까지 가려면 아직도 한참이나 남아 있었다. 뼈만 앙상한 소인이 걸어갈 만한 거리가 아니었다.

"걱정 마세요. 우리 소인은 고대로부터 새를 부리는 재주가 있답니다. 이곳은 소인족의 영역입니다. 걱정 마세요."

소소는 천천히 고개를 들더니 저 멀리 구름 사이에 둥둥 떠 있는 듯한 산을 향해 휘파람을 불었다.

"휘익!"

주 씨는 깜짝 놀랐다. 소소가 입을 모으고 날카롭게 휘파람을 불자 주 씨의 귀로 차가운 바람이 예리하게 지나가는 듯한 느낌이 들었다. 주 씨는 그것이 소리인지 바람인지 알 수가 없었다. 그래도 평화로이 벌판을 거닐던 새들이 푸드덕 날아오르고 높은 풀숲에 숨어 있던 짐승들이 펄쩍펄쩍 뛰어오르는 것을 보면 사람은 들을 수 없어도 새와 짐승에게는 들리는 소리 같았다.

주 씨는 소소와 함께 먼 산을 바라보았다. 구름 속에 둥실둥실 떠올라 있는 저 산에서 검은 연기 같은 것이 일렁였다. 주 씨는 두 눈을 잔뜩 찡그리고 그곳을 바라보았다. 검은 연기는 소소와 주 씨가 있는 곳으로 다가왔다. 마침내 그 연기가 머리 위를 까맣게 휘덮자 주 씨는 너무 놀라 뒤로 넘어졌다.

"어, 어이쿠!"

주 씨는 뒤로 손을 짚으며 엉덩방아를 찧었다. 넘어지면서도 거대한 새들로부터 눈을 떼지 못했다.

"까악, 깍!"

새까만 깃털에 보랏빛 광택을 번쩍이며 나타난 것은 부리까지도 새까만 까마귀 다섯 마리였다. 게다가 까마귀는 사람만큼이나 커서 두 날개를 펼치자 하늘이 검게 뒤덮일 정도였다. 거대한 까마귀가 날개를 퍼덕이며 하늘을 휘덮자 주 씨는 더럭 겁이 났다. 까마귀의 눈이 매섭게 번쩍이며 주 씨를 노려보는 것만 같았다.

"나의 친구이며 내 생명의 은인이란다. 그에게 절을 하거라."

거대한 까마귀들을 향해 소소가 일갈하자 매섭게 노려보던 새들이 갑자기 커다란 날개를 접고 땅으로 내려앉았다. 땅에 내려앉은 까마귀들은 일반 까마귀와 달리 다리가 셋인 삼족오三足烏♦였다. 한 마리만 그런 것이 아니라 다섯 마리 모두 다리가 셋인 삼족오였다. 까마귀 다섯 마리가 마치 사람이 절을 하듯 두 날개를 펼치고 주 씨에게 고개를 숙였다. 주 씨는 놀라서 입만 쩍 벌렸다. 태어나 처음 보는 신비한 광경이었다.

소소는 그중 한 마리의 등 위로 펄쩍 뛰어올랐다. 가냘픈 두 다리가 까마귀의 머리 아래 안착하자 검은 새는 두 날개를 한 번 퍼덕였다. 거대한 날갯짓에 주변으로 먼지가 일어나 주 씨의 눈에 들어왔다. 주 씨는 따가워진 두 눈을 비볐다.

"친구여, 당신의 허락 없이 행운을 쓰는 걸 용서해요. 당신이 안전하게 돌아갈 수 있도록 당신의 행운 하나를 부를게요. 하지만 잊지 말아요. 당신은 나를 도움으로써 너무나도 소중한 행운을 손가락보다 더 많이 받게 되었답니다. 잊지 말아요. 살면서 나와 같은 불쌍한 사람들을 도우세요. 도우면 도울수록 친구에게 소중한 행운이 쌓일 겁니다. 더욱 소중하고 더욱 찬란한 행운들

---

♦삼족오는 고구려 유물에 나타나는 상징으로, 고구려인의 태양 숭배를 나타낸다. 삼족오라는 이름은 태양 안에 있는 흑점이 까마귀처럼 보인 데서 비롯한다. 발이 세 개인 것에 대해서는 양陽을 나타내는 수라는 설과 태양을 나타내는 것이라는 설이 있다. 진파리 1호분, 덕화리 1호분 등 고구려의 고분벽화에서 삼족오를 확인할 수 있다. 삼족오는 대개 공작 볏을 달고 있으며, 둥근 원륜圓輪 안에 그려져 있다.

이 당신을 기다릴 겁니다."

주 씨의 감은 눈 저편으로 소소의 말이 들려왔다. 뒤이어 퍼덕 거리는 세찬 날갯짓 소리와 함께 차가운 무언가가 주 씨의 이마 를 톡 하고 건드리는 것이 느껴졌다. 행운을 부르는 소소의 손짓 이 사라졌다. 살아생전 다시 소소를 만나는 일은 없으리라는 것 을 직감한 주 씨는 두 눈을 뜨려 했다. 하지만 거센 까마귀들의 날 갯짓에 흡뜨던 주 씨의 눈동자에는 먼지만 한가득 들어왔다.

"아이고, 소소! 소소!"

주 씨는 억센 먼지가 두 눈을 괴롭히자 두 팔만 허우적거렸다. 마지막으로 친구의 모습을 보며 안녕이라고 말하고 싶었지만 눈 은 뜨이지 않고 멀어져가는 까마귀의 날개짓 소리만 들렸다.

"소소, 잘 가요! 소소, 꼭 행복해야 해요!"

주 씨는 저편을 향해 힘껏 외쳤다. 소소가 듣든 말든 있는 힘을 다해 외쳤다.

"나도 열심히 살게요! 소소가 도와준 것 잊지 않으며 열심히 살 게요. 소소의 말대로 많은 사람들을 도우면서 나의 행운을 나누 며 살게요!"

한참이 지나 날갯짓 소리가 들리지 않을 때까지 주 씨는 소리 쳤다. 여전히 두 눈에서 눈물이 줄줄 흐르면서 눈을 뜰 수 없었다. 소리가 점점 멀어지더니 마침내 아무것도 느껴지지 않았다. 주 씨는 완전히 혼자가 되었음을 알아차렸다.

주 씨는 바닥에 철퍼덕 주저앉아 눈을 비볐다. 커다란 알갱이가 잔뜩 들어갔는지 시간이 꽤 지났는데도 눈을 뜰 수가 없었다. 그렇게 고개를 숙인 채 아무도 다니지 않는 텅 빈 길에 멍하니 앉아 있는데 저 멀리서 낯선 소음이 들려왔다. 텅 빈 흙더미를 밀어내며 빠르게 달리는 차 소리였다.

끼익.

마침내 그것이 주 씨의 앞에 멈춰 섰다. 주 씨는 살며시 실눈을 뜨고 소리가 들려온 쪽을 바라보았다. 파란색 트럭 한 대가 아른아른 눈에 들어왔다. 운전석 문이 열리면서 서글서글해 보이는 노인이 주 씨에게 다가왔다.

"어이고, 사람이구려. 한참 길을 헤매다 여기까지 왔는데 사람을 만나니 참 반갑네요. 어디까지 가쇼? 내가 가는 데까지 같이 가겠소?"

노인은 사람 좋은 얼굴로 눈물을 줄줄 흘리는 주 씨를 일으켜 세우더니 별말도 없이 조수석에 태웠다.

노인은 며칠이나 굶은 듯한 주 씨를 슬쩍 쳐다보더니 따끈따끈한 차가 담긴 보온병과 댓잎에 둥글게 만 밥 한 덩이를 건넸다. 주 씨는 고개를 숙이고 밥과 차를 정신없이 삼켰다. 그제야 며칠 동안 밥 한 끼 제대로 먹지 않고 소소의 고향 땅으로 달려온 것이 실감났다.

"이렇게 외진 데서 사람을 만나다니 참 기막힌 인연이구먼. 나는 이 짐들을 선양으로 보내는 중이라오."

"서…… 선양이오? 제 집이 선양이랍니다."

주 씨는 깜짝 놀라 노인을 바라보았다. 노인도 의외의 인연에 놀라 주 씨를 바라보았다.

"허허, 참 신기한 일이구먼. 혹시 일자리가 필요하지 않소? 내가 선양 땅은 통 깜깜해서 말이지. 천지개벽한 곳이라 어디가 어딘지 알 수가 있어야지. 내가 이래봬도 고향 땅에서 꽤 이름난 중국 전통 인형 공장을 하고 있지. 우리 물건을 선양 땅에도 좀 팔아 볼까 하고 사장인 내가 직접 물건을 싣고 가는 중이지."

"전통 인형이오?"

"그렇지."

주 씨는 두 눈이 둥그레졌다. 자신이 노인을 도울 수 있을 것 같았다.

"실은 제가 수년간 민속품 가게에서 일을 했답니다. 그래서 민속품을 거래하는 곳도 많이 알고 있고 부끄럽지만, 절 신뢰하는 사장님들도 계시답니다. 마침 며칠 전에 개인적 사정으로 일을 그만둔 상황입니다. 어르신, 아마도 제가 도움을 드릴 수 있을 것 같습니다."

주 씨만큼 놀란 듯 노인도 두 눈이 둥그레졌다.

"허허허. 내가 행운을 주웠군. 길가에 떨어진 행운을 주웠어!"

노인도 주 씨도 굴러들어온 행운에 크게 웃음을 터뜨렸다. 주 씨는 웃음을 터뜨리면서도 보이지 않는 한쪽 눈으로 한 줄기 눈물을 흘렸다.

주 씨에게 행운을 불어넣어준 소소는 어찌하고 있을지. 공포에 질린 소소의 얼굴을 떠올리자 주 씨는 마음 한편이 한없이 무거워졌다.


## 10


산은 쉽게 길을 내주지 않았다.

워낙 사람 손을 타지 않은 숲이라 아예 길이라는 것이 없었다. 빼곡히 우거진 나무와 풀숲을 헤쳐 나가기가 생각보다 쉽지 않았다. 선두에 선 정현이 낫으로 수풀을 다듬고 한 발 나아가면 일행이 뒤따르는 식이었다. 가득한 수풀을 다듬으며 나아가자니 시간은 지체되고 힘이 들어 모두가 지치기 시작했다.

"아이고, 따라오겠다는 아이를 두고 오길 잘했지."

맨 마지막으로 길을 따르던 승덕이 한숨을 쉬며 중얼거렸다. 아침부터 김 교수의 딸 향리가 산을 함께 오르겠다며 한바탕 난리를 부린 것이 생각났다. 결국 향리는 정희와 함께 오두막에 남았다. 정희는 아쉬워했지만 어린 향리를 돌보는 것도 중요한 일이기 때문에 그러기로 했다.

단단한 근육으로 풀과 나뭇가지를 밀치고 나가는 정현의 뒤를 따르는데도 낙빈과 승덕은 여간 지치는 것이 아니었다.

"정말 대단하네요!"

수련 때마다 사람의 손이 닿지 않는 산속에서 며칠씩 머문 정현도 이렇게나 우거진 숲은 처음이었다.

"그래도 엄청나게 빠른 속도로 오르는 겁니다. 나 혼자였다면 아마 지금 올라온 거리의 10분의 1도 못 왔을 거요."

김 교수는 입에 침이 마르도록 정현을 칭찬했다. 두말하면 잔소리일 정도인 이 험준한 숲을 거침없이 앞서가는 정현은 여간 든든한 존재가 아니었다.

하지만 정현은 답답했다. 이미 오랫동안 숲을 누비고 있는데도 전진하고 있다는 느낌이 들지 않았다. 하도 우거진 숲이라 얼마나 올라왔는지 눈으로 확인되지도 않고 감으로만 앞으로 앞으로 나아갈 뿐이니 몹시도 지치는 기분이었다.

"어, 이것 보세요! 아까 왔던 곳이에요!"

낫질을 하던 정현이 아쉬워하며 한숨을 내쉬었다.

"그, 그럴 리가요!"

정현의 바로 뒤를 따르던 김 교수가 고개를 저으며 주머니에서 나침반을 꺼냈다. 분명히 사방 동서남북을 계산하고 전진하는 중인데 이 자리가 북극점이 아닌 이상 다시 제자리로 온다는 것은 있을 수 없는 일이었다. 김 교수는 미안함과 안타까움에 파랗게 질려 온갖 지도와 장비를 주섬주섬 꺼내기 시작했다.

"신안소원부!"

김 교수를 물끄러미 바라보던 낙빈이 부적을 꺼내들었다. 분명 정확히 계산한 것 같은데도 계속 엉뚱한 곳을 빙빙 도는 느낌이 드는 것을 보면 아무래도 다른 힘이 작용하는 듯했다.

낙빈이 신안소원부를 꺼내 두 눈을 비비자 사방에 결계의 흔적들이 번쩍번쩍 빛났다. 숲 속의 초록빛 가운데 이상하게도 형광빛으로 번쩍이는 초록빛이 있었다.

"아유, 역시나! 결계가 쳐져 있었네요. 승덕 형, 형 바로 옆에 있는 바닥에 삐죽 올라온 바위 좀 뽑아주세요. 정현 형, 바로 앞에 있는 죽은 고목 보이죠? 그 고목을 잘라주세요. 아, 그 옆에 쌓인 돌무더기도 흐트러뜨리세요."

승덕과 정현은 낙빈의 말대로 주변에 있는 결계를 부쉈다. 계속 신안神眼을 이용하면 좋겠지만 숲 속에 가득한 결계 때문인지 오래도록 신의 눈으로 사방을 바라보기는 힘들었다. 그 때문에 결계를 무너뜨리고는 곧 신안의 힘을 없애버릴 수밖에 없었다. 이대로라면 정상까지 수십 장의 부적을 써도 모자라겠다는 불길한 예감이 들었다.

"당신들은 정말…… 진짜 신기한 사람들이군요. 내가 어떻게 당신들을 만난 건지……. 모두 하늘의 뜻이겠지요!"

김 교수는 우연히 만난 낯선 일행의 덕을 톡톡히 보면서 놀라움을 금치 못했다.


11


산에 깔린 결계를 부수고 또 부수며 일행은 앞으로 또 앞으로 나아갔다. 김 교수는 소호산의 높이와 정상까지의 거리를 계산한 데이터를 보면서 적어도 중턱에는 올랐을 거라고 자신했다.

마을이라도 까마득히 내려다보인다면 힘이 나련만 똑같은 숲만 끝없이 이어지고 또 이어지다 보니 지치는 속도가 빨랐다. 누가 먼저랄 것도 없이 커다란 암반이 나타나자 네 사람 모두 털썩 주저앉아 숨을 골랐다.

"휴, 다행히 올라올수록 미로 같던 결계도 거의 없어지고 오히려 처음보다 올라가기가 쉬워진 것 같아."

정현의 체력은 대단했다. 그는 등에 무거운 장검 두 자루를 메고 손에 낫을 거머쥔 채 일행의 맨 앞에서 길을 만들면서도 별로 힘든 내색도 없이 고른 숨을 내쉬고 있었다. 암자에서 매일 아침저녁으로 편지나 신문 같은 것들을 나른 덕분인지 낙빈도 아직은 괜찮은 편이었다.

"맞아요, 형. 머리가 아파서 더 이상 부적도 못 쓸 것 같았는데 다행이에요."

낙빈은 지끈지끈한 머리를 꾹꾹 누르며 말했다. 산의 초입에 종종 있던 결계가 점점 줄어들면서 신안소원부를 사용할 일도 다행히 줄어들었다. 낙빈과 같은 영능력자가 아니라면 산의 초입에 들어서지도 못했을 것이다.

"정말 대단하십니다. 당신들이 아니었다면……."

김창걸 교수는 자신이 그 어느 때보다 높은 곳까지 올라왔음을 깨닫고 피로도 잊어버렸다.

정현과 낙빈은 김 교수의 옆에 쭈그리고 앉은 승덕을 바라보았다.

"괜찮아요, 형?"

낙빈이 걱정스러운 눈초리로 승덕의 이마에 손을 대자 승덕은 아무 말도 못하고 오징어처럼 흐물흐물 손가락만 흔들었다.

'말할 기운도 없다. 말도 걸지 말라'는 소리임을 다들 알 수 있었다. 암자에서도 체력을 기르기보다는 밤새 책만 파던 승덕이니 일행 중에 가장 고생이 심했다.

"그건 그렇고, 너무 쉬면 못 일어나요. 이러다간 해가 져야 정상에 도착하겠소. 다시 출발합시다."

김 교수는 여전히 불규칙하게 숨을 헉헉거리면서도 몸을 일으켰다.

"아이고!"

물론 승덕은 통곡을 하며 버텨보았지만 산속에 혼자 남을 수도 없기 때문에 다시 허위허위 길을 나설 수밖에 없었다.

"어이구⋯⋯."

다시 걷고 또 걷는 중에도 승덕의 신음은 그칠 줄을 몰랐다. 승덕은 저린 다리를 간신히 끌고 뒤처지지 않으려고 안간힘을 썼다. 하지만 가만히 앉아 책을 읽는 것이 취미인 그로서는 두 발로 몸을 움직이기가 여간 힘들지 않았다. 그는 일행의 맨 뒤에서 조금씩 조금씩 처지기 시작했다.

"어휴⋯⋯."

승덕은 한숨을 내쉬며 앞사람들을 바라보았다. 정현과 김 교수, 그리고 낙빈에게서 어느새 열 걸음쯤 뒤처지고 말았다. 승덕은 통증이 밀려오는 무릎을 꾹 누르며 이를 악물었다. 그때였다.

사륵.

뭔가 풀숲을 헤치며 기어가는 소리가 들렸다. 승덕의 바로 뒤에서 들려오는 소리였다.

"어?"

발밑을 슬쩍 내려다보는 순간 승덕은 그 자세 그대로 몸이 백팔십도 돌아가면서 머리는 땅으로, 발은 하늘로 향한 물구나무 자세가 되어 공중으로 솟아올랐다.

"으아악!"

갑작스러운 비명 소리에 앞서가던 세 사람이 동시에 뒤를 돌아보았다.

"혀엉!"

"저런!"

어찌 된 일인지 승덕은 발이 하늘로 향하도록 매달린 채 허공에 둥둥 떠서 온몸을 흔들어대고 있었다. 승덕의 발목을 무언가가 친친 감아 나무 위로 붙들고 올라간 것이 틀림없었다. 아마도 함정을 잘못 밟아 발목이 붙잡힌 것 같았다.

"아이고, 저런. 누가 만들어놓은 함정에 빠졌나 보군."

김 교수는 황급히 승덕이 매달린 곳으로 뛰어 내려갔다. 낙빈도 승덕 쪽으로 달렸다.

"함정? 대체 누가……? 잠깐만요, 교수님!"

정현의 눈에도 틀림없는 '함정'이었지만 사람이 다니지 않는 이곳에 왜, 어떻게 저런 함정이 설치되어 있는지 이상했다. 뒷목이 싸늘해짐을 느낀 순간 정현은 달려 나가는 낙빈의 한복을 잡아 멈춰 세웠다.

"기다려. 이상해."

정현은 한 손으로 낙빈의 어깨를 감싸 안으며 사방을 예리하게 살폈다.

"아악!"

김창걸 교수가 승덕이 매달린 곳에 다다르는 순간 그의 몸도 승덕과 마찬가지로 허공으로 튀어 올랐다. 두 발이 꽁꽁 묶인 채 거목巨木의 가지 위로 날아올라 거꾸로 매달려버렸다.

"저럴 수가!"

김 교수의 모습을 바라보던 정현과 낙빈은 놀라운 광경에 입을 벌리고 말았다. 눈앞의 광경이 과연 실제로 일어난 일인지 순간적으로 의심마저 들었다.

김 교수는 함정에 걸린 것이 아니었다. 김 교수가 승덕에게 다가가는 순간 승덕의 다리를 붙잡고 있던 고목의 또 다른 가지가 뱀처럼 스멀스멀 다가가 김 교수의 발목에 배배 꼬이더니 그의 몸을 허공으로 둥실 들어올리는 믿을 수 없는 광경이 눈앞에서 펼쳐졌던 것이다.

"나무가…… 우, 움직여요, 형!"

"이협!"

정현은 날카롭게 기합을 내지르며 등 뒤에서 기다리고 있던 해의 검을 꺼내들었다.

차르릉…….

아름답고도 서늘한 은빛 검의 소리가 정현의 오른손으로 전해졌다.

쐐애액!

새처럼 높이 날아오른 정현의 손이 허공을 가르자 바람을 베는 매서운 소리가 울려 퍼졌다.

"여어헙!"

정현의 기합 소리와 함께 기다란 은빛 장검이 허공을 휘몰아쳤다. 동시에 김 교수를 친친 감은 가지와 정현을 향해 꿈틀꿈틀 다가오는 또 다른 가지가 허무하게 바닥으로 툭툭 떨어져 내렸다. 은빛으로 빛나는 해의 검은 정현의 손아귀에 단단히 들어와 그가 노리는 곳을 깨끗하게 베어버렸다.

쿠당!

"으아악!"

김 교수는 가지가 잘리면서 밑으로 툭 떨어졌다. 다행히 땅에서 먼 거리는 아니라 몇 번 구르기만 했을 뿐, 다치진 않았다. 곧이어 그의 머리 위로 길고도 두꺼운 가지 하나가 떨어져 내렸다. 김 교수를 매단 나뭇가지를 잘라낸 정현은 잠시 숨 고를 사이도 없이 날아올라 승덕이 매달린 나뭇가지를 베어냈다.

사아악!

날카로운 검의 소리가 사방에 퍼지면서 이번에도 여지없이 반듯한 단면으로 나뭇가지가 베어졌고 거꾸로 매달린 승덕의 몸 역시 바닥으로 굴러떨어졌다. 정현은 왼손으로 떨어지는 승덕을 살짝 잡았다가 놓아주었다.

"금강청운계!"

낙빈은 자신의 주위로 찬란한 초록의 결계를 만들었다.

"형, 교수님! 어서 이리 오세요!"

세 사람은 서둘러 낙빈의 주위로 모여들었고 낙빈은 더욱더 강력한 힘으로 주위를 감싸 안았다. 그들의 주변으로 다가오는 것은 죄다 거대한 노목老木이었다.

"어떡하죠, 형?"

"으음……."

낙빈은 눈살을 찌푸리며 정현을 바라보았다. 하지만 정현도 어쩌지 못하고 낮은 신음 소리만 냈다. 주변에 가득한 거목들이 뱀처럼 구불거리는 가지를 흔들어대며 천천히 그들을 향해 다가오고 있었기 때문이다. 그것은 거대한 나무들의 군대이며 무시무시한 행진이었다. 악의를 품고 위협적으로 다가오는 나무들을 바라보며 네 사람 모두 잔뜩 얼굴을 찌푸렸다.

미로를 빠져나오자 이번엔 수많은 나무가 빽빽하게 늘어섰다. 나무를 움직이게 하여 숲을 지키게 하다니, 생전 본 적도 들은 적도 없는 어마어마한 결계였다. 어쩌면 2,000여 년간 한 번도 사람의 손을 타지 않은 나무들이 요괴화된 것은 그다지 놀랄 일이 아닐지도 몰랐다. 다만 보통은 한 산에 한 그루 있을까 말까 한 노목이 이곳에는 산 전체에 가득하다는 것이 문제였다.

노목들이 나뭇가지와 이파리를 흔들어대는 소리는 마치 성난 괴물이 온 숲을 뒤흔드는 소리처럼 느껴졌다. 거대한 노목들이 한 발 한 발 느리지만 차분하게 일행을 향해 다가올수록 낙빈의 금강청운계는 점점 좁혀질 수밖에 없었다.

"물러나라! 다가오지 마라!"

정현은 성난 음성으로 일갈하며 달의 검도 빼들었다.

스르릉…….

정현은 왼손에 달의 검까지 쥐고 자세를 잡았다. 정현의 두 손에서 파르르 떨어대는 두 검의 긴장감이 여실히 느껴졌다. 쌍둥이 검은 정현의 명령이 떨어지기만을 기다리며 날카로운 울음을 쏟아내고 있었다.

"그만 다가오거라!"

일행을 위협하며 거리를 좁혀오는 노목들을 두고볼 수만은 없었다. 정현은 두 검을 엇각으로 휘두르며 거대한 노목들을 향해 그어댔다.

스릉. 스르릉.

은빛 장검이 파사사 빛날 때마다 그들을 향해 다가오는 거대한 노목들의 가지가 잘리고 밑동이 부러졌다.

"제발 그만해!"

빙글빙글 어지러이 돌아가는 은빛 검들은 사방에서 다가오는 거대한 노목들에 깊은 상처를 내고 있었다. 하지만 아무리 상처를 입고 가지를 잘린다 해도 노목들의 전진은 끝날 줄을 몰랐다. 사방을 빽빽이 메운 나무의 수만큼 그들을 향해 다가오는 적의 수도 많아 도대체 끝날 기미가 보이지 않았다.

아무리 정현이 막고 또 막아도 소용이 없었다. 다가오는 나무들에 점점 밀려난 네 사람은 마침내 서로의 등이 맞닿으면서 단 한 걸음도 도망갈 데라곤 없는 처지가 되고 말았다. 이제 검을 휘두를 공간도 남아 있지 않았다.

파직. 파직. 파지직!

마침내 노목들의 기다란 가지가 일행을 감싼 푸른빛의 금강청운계를 향해 미친 듯이 공격을 퍼붓기 시작했다. 일행을 보호하는 금강청운계와 요괴화된 노목들이 만나면서 불꽃이 타닥거리고 타는 냄새가 났지만 노목들은 제 몸이 타건 갈라지건 간에 죽을힘을 다해 앞으로 전진, 전진할 뿐이었다.

"안 되겠다. 내가 힘을 쓸게."

금방이라도 사라져버릴 것 같은 금강청운계의 뒤를 승덕의 강한 염파동이 받쳤다. 승덕은 양쪽 관자놀이를 누르며 온 힘을 다해 염력을 발휘했다. 그러자 다가오던 노목들이 휘청거리며 한 발 한 발 뒤로 물러섰다. 때를 놓치지 않고 낙빈도 금강청운계의 기운을 더 끌어올렸다. 낙빈의 영력靈力과 승덕의 물리력物理力이 함께 힘을 발휘하자 다행히 노목들도 더 이상 다가오지 못했다.

하지만 버텨봤자 5분이 고작일 터였다. 평소에도 염력을 장시간 사용하지 못하는데, 이미 체력이 고갈된 상태에서 승덕이 몇 분이나 버틸지 장담할 수 없는 일이었다.

"대적출검세對賊出劍勢!"

검을 들어올릴 공간이 확보되자 정현이 두 자루의 검을 치켜세웠다. 정현은 두 검의 각도를 달리하여 오른손, 왼손으로 사방의 적을 베며 일행을 보호하듯 빙그르르 돌고 또 돌았다.

"향좌격적세向左擊賊勢! 향우격적세向右擊賊勢!"

왼발과 오른발을 각 축으로 회전하고 돌아가며 동시에 정면을 내지르자 은빛 날에 닿는 노목들의 가지가 바닥으로 툭툭 떨어져 내렸다.

그러나 역시 산 넘어 산이었다. 가지가 베이고 떨어져도 노목들은 멈추지 않고 다가왔다. 정현이 베는 일경 뒤에는 네 겹, 다섯 겹…… 끝도 없이 이어지는 수많은 노목이 에워싸고 있었다.

"안 되겠어. 낙빈아, 불! 불을 쓰자!"

염력을 쓰는 탓에 얼굴이 시뻘겋게 변한 승덕이 쥐어짜듯 말을 내뱉었다.

불! 나무와 상극相剋인 불이 지금으로서는 유일무이한 최상의 공격 같았다.

"아, 알겠어요, 형!"

낙빈은 고개를 끄덕이며 재빨리 두 손을 모았다.

"태양의 힘이여!"

낙빈은 이제 금강청운계에서 힘을 빼버렸다. 일행을 에워싸는 보호막 대신 오른손에 시뻘건 불덩이를 만들어 점차 크게, 더 크게 부풀렸다. 분명 소호산에는 음기만 가득한 것 같았는데, 막상 양기를 끌어내자 평소보다 두세 배쯤 수월하게 오른손 가득 양의 기운이 맺혔다. 아무래도 숲 자체에 영적인 힘이 그득하기 때문인 듯도 했고 가득한 음의 기운 사이에 양기가 꼭꼭 숨겨져 있는 것도 같았다.

"히야!"

낙빈은 자신의 손에 맺히는 거대한 불꽃을 보며 감탄하고 말았다. 새벽녘에 만났던 현욱의 말대로 소호산은 정말 신비한 곳임이 분명했다. 겉보기에 소호산은 음기가 가득하지만 어딘가에 양기가 가득 묻혀 있는 게 틀림없었다. 그리고 그의 말대로 숨어 있던 양기가 소호산에 용솟음치는 순간이 바로 월식의 날, 바로 여러 사람이 기다리는 봉선의 시간이 될 것이었다.

"붉은 태양의 힘이여! 불의 힘이여!"

낙빈은 화르륵 타오르는 불덩이를 눈앞의 나무를 향해 힘껏 내쏟았다.

파바박!

요괴화된 노목들은 원래 나무의 영靈이기 때문에 움직임이 느린 편이었다. 그들은 낙빈의 불꽃을 보고 화들짝 놀라 방향을 바꾸려 했지만 미처 피하지 못했다. 낙빈이 쏘아대는 불꽃은 정확히 나무의 몸통을 맞혔다. 그러자 어떤 충격에도 끄떡없던 놈들이 기겁을 하며 고통스러운 신음을 토해내는 것이 느껴졌다. 파르르 떨며 온몸을 꼬아대는 노목의 움직임에서 질겁하는 비명 소리가 들리는 것만 같았다.

"물의 힘이여!"

불의 공격력을 확인한 낙빈은 이번엔 왼손으로 푸르른 물의 기운을 끌어올렸다. 낙빈은 불꽃이 타오르는 노목의 몸뚱이에 차가운 물을 뿌려주었다.

깊은 산속 빽빽이 우거진 나무숲에서 작은 불꽃이 얼마나 위험할지는 어린 낙빈이라도 똑똑히 알 수 있었다. 저 불이 노목들 사이에 번져서 이 깊고 아름다운 숲을 쑥대밭으로 만들까봐 낙빈은 곧바로 물의 힘을 내뿜은 것이었다.

"나무의 정령들이여! 죽이고 싶지 않으니, 모두들 물러나세요!"

낙빈은 공중으로 높이 타오르는 불꽃을 보여주며 노목들을 위협했다.

"비켜요, 제발! 우린 당신들을 베어가거나 숲의 물건을 훔치려는 게 아니에요! 우린 물건의 주인으로부터 부탁을 받고 이곳에 왔어요. 대무신제의 검을 찾으러 왔다고요! 훔치는 게 아니에요. 숲을 해치려는 것도 아니에요. 대무신제의 물건을 그분께 찾아드리러 왔을 뿐이에요. 그러니 제발 물러나요, 제발!"

낙빈이 진심을 다해 외치자 노목들이 잠시 주춤하는 듯했지만 결계로서의 역할 때문인지 다시 강한 악의를 내뿜으며 일행을 향해 다가오기 시작했다. 낙빈의 오른손에서 활활 타오르는 불꽃을 보며 분명 두려움을 느끼는 것 같은데도 노목들은 결코 길을 비켜주지 않았다.

"아아, 이런!"

낙빈의 이마에 맺혔던 굵은 땀방울이 바닥으로 떨어졌다.

어쩔 수 없이 낙빈의 오른손에서 붉은 불꽃이 나무들을 향해 날아갔고, 다시 왼손에서 물의 기운이 날아갔다. 불을 질렀다가 끄고, 다시 불을 질렀다가 끄는 고달픈 공격이 이어졌다.


## 12


소소는 매서운 속도로 까마귀들을 몰았다. 소인 종족이 대대로 부리는 거대한 삼족오들은 너무나도 그리운 고향 땅을 향해 거침없이 날아올랐다. 저 멀리 구름 속에 둥실 떠 보이던 소호산이 점점 가까워졌다. 고향 땅이 가까워질수록 소소의 가슴은 펄떡였다. 그립고 그리워서 기쁨으로 펄떡이는 것이 아니라 알 수 없는 두려움에 심장이 터질 것만 같았다. 소소는 주 씨의 품에서 보았던 빨간색 기모노를 떠올렸다. 인형처럼 새빨간 아이가 발걸음을 뗄 때마다 사륵사륵 움직이던 붉은 비단이 그의 눈앞에 떠올랐다. 아이의 뒤를 따르던 새빨간 여자도 기억났다. 머리부터 발끝까지. 머리카락 한 올 한 올까지 온통 붉기만 한 여자가 무시무시한 악의를 흩뿌리며 주 씨와 소소를 바라보던 모습이 생생하게 되살아났다.

"꿈이었으면. 내가 본 모든 것이, 내가 느낀 모든 것이 꿈이었
으면."

소소는 펄떡거리는 가슴을 부여잡으며 소호산의 숲으로 접어
들었다.


가파르고 험준한 절벽 아래로 깊고 깊은 푸른 폭포수가 떨어져
내렸다. 거대한 폭포를 둘러싼 절벽의 중간중간에 울퉁불퉁한 구
멍이 수도 없이 뚫려 있고 구멍 하나하나마다 소인들이 살고 있
었다. 인간과 똑같되 체구만 작은 이들은 전 세계를 통틀어 이곳
소호산에만 남아 종족을 이어가고 있었다. 그들은 대대로 내려오
는 자신들만의 능력을 잇고 발전시켜서 서로가 서로의 행운을 부
르고 또 부르며 이 깊고 깊은 숲에 마을을 만들어 천 년이 넘도록
이어오고 있었다.

숲의 결계로 가득한 이곳을 빠져나가지 않는 한, 소인들은 결
코 인간에 의해 멸종되지도 고통받지도 않을 것이었다. 다만 이
행운의 지역을 떠나 산을 헤매거나 마을 아래까지 내려갔다가
붙잡히는 경우가 더러 있었지만, 그럼에도 지금껏 종족이 내내
유지될 수 있었던 것은 위대한 소호산이 그들을 지켜주기 때문
이었다.

하지만 근래 들어 소호산의 기운이 달라지고 있었다. 소호산의
기운이 들쑥날쑥 요동쳤고 이상한 불안감이 이 행운의 마을까지

엄습했다. 소인족을 통솔하는 족장은 제발 이 무시무시한 불안감이 조용히 물러나기만을 기다렸다. 단 하루. 원치 않는 월식의 날. 원치 않는 봉선의 시간이 지나가고 수백 년간 이어온 평화로움이 다시 찾아오기를 간절히 빌고 또 빌었다.

"느껴지는구나!"

하지만 족장의 바람은 바람으로만 끝나버리는 듯했다. 봉선의 날이 밝자마자 고요하기만 했던 산 여기저기에서 말할 수 없이 어지러운 기운들이 휘몰아치기 시작했다. 그는 거대한 폭포 앞 우뚝 솟은 바위에 올라 하늘을 향해 두 팔을 펼쳤다. 그의 두 손으로 너무나도 헝클어지고 어지럽혀지는 숲의 기운이 느껴졌다.

"소인족 전사들이여, 우리의 지역까지 불길한 기운이 엄습하고 말았구나. 나서라. 우리가 나아갈 때가 되었다."

회흑색의 유연한 가시나무 줄기를 머리에 두른 족장이 폭포수 너머 소인들의 절벽을 향해 외쳤다. 그가 외칠 때마다 머리 위의 가시나무 이파리가 예리한 잔 톱니를 흔들거리며 그의 검은 피부에 생채기를 냈다.

"족장님! 부름을 받습니다."

족장의 말이 떨어지기가 무섭게 절벽 여기저기의 구멍에서 까만 흙빛의 피부를 가진 소인들이 튀어나왔다. 그들은 마치 날듯이 유려한 곡선을 그리며 높은 절벽에서 내려와 땅으로 착지했다. 그들 모두 짐승의 털로 만든 망토를 걸치고 날카롭게 깎은 막대창을 쥐고 있었다. 삽시간에 100명은 족히 될 듯한 소인들이 족장 앞에 무릎을 꿇었다.

"우리가 지키는 곳까지 불길한 기운이 찾아왔다. 이제 우리가 나아갈 시간이다."

족장은 몸집에 비해 다소 무거워 보이는 커다란 지팡이를 높이 치켜들며 소리쳤다.

"족장이시여, 제가 감히 족장께 묻겠나이다."

원숭이의 머리뼈로 보이는 해골을 이마에 두른 소인족 전사가 족장의 바로 앞에서 일어섰다.

"우리는 '특별한 인간들'과 계약을 맺었습니다. 그들이 봉선의 날까지 소호산의 결계를 지키겠다고 했습니다. 족장께서 그런 계약을 한 것은 이 어지러운 날에 우리 종족을 보존하기 위해서였습니다. 그런데 그들은 무엇을 하고 있는 것입니까?"

"전사여, 염려 마라. 그들은 소호산의 반대편을 지키고 있다. '신성한 자들'이라 스스로를 칭하는 그들이 소호의 영토를 지키는 조건으로 우리는 봉선의 날에 그들의 출입을 허락하기로 하였다. 그러나 우리의 영토는 절대로 침입해서는 안 된다는 조건이었다. 때문에 그들이 지키는 것은 산의 반대편이다. 그들은 우리의 영토가 있는 곳으로 한 발도 들이지 않겠다는 맹세를 하였다. 내게 느껴지는 이 기운은 스스로를 신성하다 말하는 이들과는 전혀 다른 힘이다. 허락받지 않은 자들이 우리의 영토를 침범했다. 그러니 전사들이여, 이제 우리의 영토를 지키러 나가자!"

"네에, 족장님!"

소인족 전사들은 용감무쌍하게 고함을 지르며 일어섰다. 그들은 족장이 이끄는 대로 한 치의 망설임도 없이 앞서 나갔다. 작은 원숭이들처럼 소리를 지르며 달려 나가는 소인족 전사들을 지켜보는 눈동자들이 있었다. 평온한 소인 마을의 벌판을 지나 깊고 깊은 숲으로 사라지는 소인족 전사들을 바라보는 여인과 아이들이었다. 젊은 남자들이 사라진 폭포 뒤 구멍들 사이로 걱정과 근심이 가득한 부녀자들이 두려움에 몸을 떨었다. 소인 마을의 부녀자들은 한없이 평화롭던 시간이 사라진 것에 슬퍼하며 부족의 전사들을 바라보았다. 그들은 전사들 모두 아무 일 없이 속히 돌아오기를 기원했다.

소인족 전사들은 저마다 손에 무기를 들었다. 돌화살촉을 꽂은 날카로운 막대와 주먹도끼, 돌도끼를 들고 당당하게 나아갔다. 절벽의 폭포수 아래 너른 평지를 지나치자 손바닥만 한 하늘도 보이지 않을 만큼 빽빽하게 들어찬 나무숲이 나타났다. 소인들은 험한 숲길에 익숙한 듯 바람처럼 날쌔게 숲 속을 누볐다.

족장은 그들이 지키는 숲의 구역으로 무언가가 다가오고 있음을 느꼈다. 그것이 아무리 고요하고, 또 아무리 비밀스럽게 발걸음을 옮길지라도 그의 감시를 비켜갈 수는 없었다.

"멈춰라."

족장은 나무와 풀과 숲을 헤치며 전진하던 혈족들을 멈추게 했다. 저 앞에서 매서운 속도로 그들을 향해 다가오는 무시무시한 기운이 또렷하게 느껴졌다.

"준비."

그의 명령이 떨어지기가 무섭게 소인들은 주변 숲 속으로 몸을 숨겼다. 그들은 약속이나 한 것처럼 나무의 큰 가지와 작은 가지, 우듬지와 뿌리줄기 사이로 숨어 들어갔다. 흙빛과도 같고 나무줄 기의 고동빛과도 닮은 소인들의 피부는 나무숲과 완전히 동화되어 분간되지 않았다.

"오는구나."

족장은 눈앞으로 다가오는 이를 눈 한 번 깜박이지 않고 바라보았다. 발소리조차 들리지 않는데도 사륵사륵 나뭇잎들이 들려주는 작은 기척으로 누군가가 다가오는 것을 알 수 있었다. 족장은 부르르 몸을 떨었다. 이 험준한 숲 속을 소인들보다 더 작은 발소리를 내며 돌아다니는 자가 있다니 놀라운 일이었다. 족장의 심장은 터질 듯 쿵쾅거렸다.

'설마……'

숲을 태우며 다가오는 시뻘건 불덩이처럼 그의 눈앞에 다가온 이는 한없이 붉디붉은 여인이었다. 거친 숲을 헤치고 나타났는데도 어디 하나 흐트러짐도, 힘든 구석도 없었다. 고르게 호흡하는 그녀의 하얀 얼굴에는 땀 한 방울 맺혀 있지 않았다. 그녀는 새하얀 목선과 가슴선이 그대로 드러난 새빨간 핏빛 드레스를 바람에 나부끼고 있었다. 붉은 것은 그녀의 아찔한 드레스만이 아니었다. 그녀의 등 뒤로 길게 드리워진 머리카락은 피보다 더 붉었다. 그 붉은 핏빛 머리카락이 굵고 둥글게 파도치며 발목까지 내려왔다.

그녀를 보는 순간 그저 불꽃 같다는 생각, 그저 핏물이 뚝뚝 떨어지는 것 같다는 생각만 들었다. 그리고 족장의 뇌리에 잊으려야 잊을 수 없는 종족의 예언이 떠올랐다.

'피처럼 붉고 얼음처럼 매서운 불꽃의 여인이 오리라. 그 여인이 나타나는 그날 소인들의 종족은 멸망의 시험대에 들게 되리라.'

피처럼 붉고 얼음처럼 매서운 불꽃의 여인을 보는 순간 족장의 가슴은 싸늘하게 식었다.


## 13

소인족 앞으로 다가온 여인은 참으로 아름다웠다.

너무나 아름다워서 질식되어버릴 정도였다. 머리끝부터 발끝까지 온몸을 휘감은 짙은 붉음이 아니더라도 그녀를 한 번 본 자는 눈을 떼지 못할 정도로 무시무시하게 아름다운 여인이었다.

여인은 마치 숲의 정령처럼, 숲에 살던 종족처럼 인기척 하나 내지 않고 다가왔다. 발목까지 내려오는 핏빛 머리카락이 바람에 흔들리는 것을 제외하면 그녀의 호흡도, 그녀의 발걸음도 숲을 해치지 않았다.

다만 그녀가 숲과 구분되는 것은 그녀의 가슴 밑바닥으로부터 끓어오르고 있는 분노였다. 그녀는 폭발할 듯 솟구치는 내면의 분노를 조금도 감추지 않았다. 그 분노를 고스란히 담고 있는 무시무시한 붉은 눈이 그녀의 앞을 막아선 족장을 노려보았다.

"이곳은 우리의 영토이며 우리의 영역이다. 이대로 산을 내려간다면 용서할 것이나 더 나아간다면 너를 용서치 않겠다."

소인 족장은 붉은 여인을 막아서며 용맹하게 소리쳤다.

"너희는 약속을 어겼다."

붉은 여인이 활활 타오르는 분노의 눈동자로 족장을 바라보았다.

"너희가 감히! 이 숲을 지키라는 약속을 어기고!"

그녀의 한마디 한마디가 이어질 때마다 온 숲이 진동하고 요동쳤다. 숲을 뒤덮은 초목들이 공포에 질려 사시나무처럼 떨었고 나무 사이에 꼭꼭 숨은 소인들은 귀가 터질 것 같았다. 그녀의 목소리는 그 자체로도 무기였다. 목소리 속에 어마어마한 영파靈波를 담고 있었다.

"너희가 감히! 인간들에게 숲을 내주었다!"

족장은 온몸으로 밀려오는 두려움과 싸우기 위해 필사적으로 이를 악물었다. 온몸의 세포가 공포에 떨고 온몸의 털이 곤두섰다.

족장은 여인의 말을 즉각 알아들었다. 봉선의 날이 다가옴에 따라 지난 2,000년간 가장 위태로워진 소호산을 지키기 위해 인간들 중 신성하다는 그들에게 소호산의 반쪽을 맡긴 것을 나무라고 있었다. 그녀는 수많은 자의 희생과 능력으로 보호받고 보존되어

온 이 땅을 감히 인간에게 허락한 것을 꾸짖는 것이 분명했다.

"그것은 우리의 판단이다. 네가 상관할 일이 아니다."

족장은 부들거리는 손발을 감추며 차갑게 대꾸했다.

이 산을 지키기로 했던 수많은 나날의 약속을 어기고 인간에게 땅을 내준 것을 그 역시 줄곧 꺼림칙하게 생각했지만 이 또한 이 산을 지키는 방법이었다. 너무나도 위태롭고 위험천만한 봉선의 순간 소인들의 힘만으로 이 산을 지키는 것은 역부족이었다.

처음 신성한 자들을 만났을 때만 해도 족장은 그들을 맹렬히 공격하고 그들과 말도 섞지 않으려 했다. 하지만 그들은 무언가 달랐다. 신성한 집행자들이라 불린 그들은 인간이되, 인간과는 다른 인간이었다. 소호산을 지키기 위해 엄청난 영력을 쏟아붓고 결계를 쳤던 위대한 이들과 일맥상통한다고 느꼈다. 그래서 허락한 일이었다.

"인간의 침입으로부터 보호하라는 약속을 어기고! 너희는 감히 이곳을 인간과 나누었다!"

붉은 여인은 너무나도 매섭게 족장을 나무랐다. 그녀는 소인들의 배신에 치를 떨고 분노하며 족장을 잡아먹을 듯 노려보았다.

"하지만 이 모든 것은 소호산을 지키기 위한 것이었……."

족장이 변명처럼 다음 말을 이어갔다. 하지만 그는 말을 다 끝내지도 못했다. 그가 한마디 말을 다 끝내기도 전에 바람보다 빠르게 붉은 여인이 움직였다. 숲 속에 숨은 소인들이 채 대비하지 못할 정도로 빠른 속도였다. 소인족 전사들이, 그리고 숲의 나무들이 상황을 파악했을 때는 이미 족장의 목에서 붉은 피가 주르륵 흘러내리고 있었다.

언제 움직였는지 알지도 못하는 그 순간 여인은 족장의 눈앞으로 성큼 다가와 그의 목을 움켜쥐었다. 그리고 새빨간빛으로 물든 그녀의 손톱이 보드랍고 가냘픈 목덜미를 파고들었다. 너무나 짧은 그 순간 날카로운 단검보다도 더 예리한 그녀의 다섯 손톱을 따라 족장의 붉은 피가 새빨간 실처럼 한 올 한 올 흘러내렸다.

그 붉은 핏줄기를 보는 순간 용맹한 전사들의 눈은 뒤집혔다. 그들은 족장의 가녀린 목을 대롱대롱 들고 있는 새빨간 여인을 향해 맹렬히 공격했다. 날카로운 돌화살촉이 붉은 여인을 향해 날아들었고 나무와 숲에 동화되어 숨어 있던 소인들이 폭풍처럼 몰아치며 여인을 향해 밀려들었다.

그러나 그녀를 향해 매섭게 날아든 무기들은 그녀가 새하얀 손바닥을 펼칠 때마다 마치 거대한 바위에 가로막힌 것처럼 옷깃 하나, 머리카락 한 올 건드리지 못한 채 힘을 잃고 바닥으로 떨어져 내렸다.

"캬아앗!"

단단한 돌을 깨서 만든 주먹도끼와 검은빛으로 번쩍이는 돌도끼 역시 그녀의 손끝도 건드리지 못했다. 붉은 여인이 좁디좁은 숲을 한 바퀴씩 돌 때마다 그녀를 공격하던 소인들의 목이 그녀의 두 손아귀에 대롱대롱 매달렸다. 그들은 그녀의 붉은 손톱에 목을 관통당하고 꽥 소리도 지르지 못한 채 그 자리에서 죽어갔다.

아무리 많은 소인족 전사라도 도저히 상대가 되지 않았다. 순식간에 숲의 곳곳에 숨어 있던 소인족 무리가 새빨간 피를 흩뿌리며 죽어갔고 온 숲은 피바다로 변했다. 소인족 전사의 시체가 사방에 산처럼 쌓여갔다.

"도, 도망가자!"

이제 숲 속에 숨은 소인족 전사의 수는 얼마 되지 않았다. 누군가의 입에서 신음처럼 이 말이 들려오자 소수의 소인족 전사들은 이 끔찍한 전장에서 빠져나가기 위해 나무와 나무 사이를 건너뛰며 달리고 또 날아오르기 시작했다.

"칵! 카아악!"

그러나 붉은 여인으로부터 멀어지던 소인들 중 한 명이 끔찍한 비명을 지르며 나무에서 떨어졌다. 소인의 키보다 열 배는 커다란 노목들 사이사이를 건너뛰며 붉은 여인을 피해 달아나던 소인은 요란한 비명과 함께 온몸의 뼈가 괴상하게 꺾인 채 수 미터 높이의 나무에서 바닥으로 곤두박질쳤다.

"가엾군요. 가엾은 사람들."

이 끔찍한 전장에서 벗어나려던 소인들은 목소리가 들려오는 쪽을 바라보았다. 그곳에는 숲을 손바닥처럼 알고 있는 소인들의 감각으로도 결코 알아차리지 못한 또 하나의 존재가 있었다. 그 존재는 하늘을 향해 곧게 뻗은 거대한 노목 꼭대기에 대롱대롱 매달려 그들 모두를 굽어보고 있었다.

마치 널을 타는 것처럼 작은 가지에 앉아 위아래로 달랑거리며 소인들과 무시무시한 붉은 여인 모두를 굽어보고 있는 것은 작은 여자아이였다. 아이는 새하얀 가면에 새빨간 비단옷을 입고 있었다. 검은 털실처럼 길고 두꺼운 머리털이 허리 아래까지 쭉 뻗어 내려온 아이는 새하얀 가면 너머 까만 눈동자로 도망치는 소인족 무리를 바라보며 말했다.

"가엾은 사람들. 지금껏 그래 왔던 것처럼 꼭꼭 숨어서 이 산을 지키며 살면 좋았을 것을. 왜 약속을 지키지 않았나요."

그 작은 아이가 붉은 비단옷 사이로 작은 손을 천천히 들어올렸다. 그리고 활짝 펴고 있던 작은 손이 천천히 꼬옥 쥐어지던 그 순간.

"캭!"

"캬악!"

전장을 등지고 떠나려던 모든 소인의 등뼈가 반대쪽으로 뒤틀렸다. 그들은 모두 괴상한 몸짓으로 온몸을 꼬며 비틀린 인형처럼 나무 아래로 투둑 떨어져 내렸다. 작은 아이가 손을 비틀 때마다 그들의 몸이 부러지고 흩어졌다.

아름다운 꽃송이가 초록빛 숲을 가득 메웠다.

영롱하게 반짝이는 새빨간 꽃이 숲 속에 그득했다.

온 하늘을 뒤덮으며 분분히 휘날리는 그것은 시뻘건 혈화血花였다.

# 14

"우와아, 오지 마! 오지 마!"

낙빈은 미친 듯이 소리치며 뒷걸음쳤다.

다가오는 노목들을 향해 불꽃을 날리고 또다시 그 위로 물의
기운을 내쏘기를 여러 번. 이제 지칠 대로 지쳐서 불꽃도 사그라
질 무렵 다행히도 일행을 향해 다가오던 노목들이 더 이상 그들
을 쫓지 않았다.

"아이고!"

요괴화된 노목들이 언제 그랬냐는 듯이 다시 숲의 나무로 바뀌
자 낙빈은 앓는 소리를 내며 그 자리에 풀썩 주저앉았다. 노목들
과 일행 사이에 평평하고 둥그런 큰 바위 하나가 놓여 있는 것을
보니 노목들의 결계가 끝난 모양이었다.

"낙빈아, 정말 수고했다."

정현은 낙빈의 뒤로 다가와 어깨를 주물러주었다. 승덕도 어린
낙빈의 등을 계속 두드렸다. 불과 물의 힘을 번갈아 쏘아대느라
낙빈은 완전히 녹초가 되어버렸다.

"이…… 이 정도일 줄은. 소호산 아래쪽에서 맴돌 땐 기껏해야
무시무시한 산짐승을 만나는 게 다였는데……. 이 정도일 줄은
정말 상상도 못했습니다."

김 교수는 얼굴이 새파랗게 질려 온몸을 벌벌 떨었다. 소호산
에 얽힌 수많은 전설을 알고 있지만 설마 그 모든 것이 사실로 나

타날지도 모른다는 것을, 아니, 전설보다도 더한 일들이 자신을 기다리고 있으리라는 것을 꿈에도 생각지 못한 터였다.

"아이고, 이게 끝이 아닐 텐데 어떡해요."

낙빈은 식은땀을 뻘뻘 흘리며 인상을 찌푸렸다.

"그렇다고 아래로 내려갈 수도 없잖아."

승덕이 한숨을 쉬며 말했다. 그랬다, 숲의 노목들을 피해 올라오다 보니 어느새 산 중턱 이상 오른 것 같았다. 돌아갈 수도 없으니 계속 오르는 수밖에 도리가 없었다.

"가, 갑시다, 이왕 이렇게 된 거. 시간이 없어요. 날이 어두워지기 전에 어서 정상에 올라야 합니다."

지칠 대로 지쳐 보이는 김창걸 교수는 그야말로 정신력으로 자리에서 일어섰다. 그는 두 다리가 파르르 떨리고 있는데도 앞장서서 일행을 재촉했다.

"교수님."

그의 뒤로 차갑게 식은 승덕의 음성이 들려왔다.

"우리에겐 진시황제의 친필 비석을 발견하는 것이 목적이라고 하지 않았습니까? 봉선의 장소를 찾아내 탁본을 뜨는 것은 언제라도 상관없는 일이지 않습니까? 시간이 없다는 건 오늘 일어날 월식 시간을 말씀하시는 거죠?"

"어떻게 그걸……."

김창걸 교수는 하얗게 질린 얼굴로 승덕을 바라보았다. 승덕과 정현, 그리고 낙빈은 김 교수를 조용히 바라보았다.

"월식의 시간, 봉선의 장소에서…… 당신은 뭘 하려는 거죠?"

"그, 그런 거 없습니다. 전 그저 봉선의 제단에서 탁본을……. 날이 어두워지기 전에 올라가자는 것뿐입니다."

김 교수는 전혀 설득력 없는 말을 더듬거렸다. 승덕은 김창걸 교수의 얼굴을 싸늘히 바라보다가 바지를 털고 일어섰다. 그리고 김창걸 교수의 코앞에 서서 그의 눈을 똑바로 바라보았다.

"그래, 갑시다. 그러나 이건 분명히 하지요. 우리는 봉선을 위해 가는 것이 아닙니다. 해의 검과 달의 검이 가리키는 곳을 향해 갈 뿐입니다. 우리는 봉선의 시간에 봉선의 제단에 도착하는 것이 목적이 아닙니다. 이렇게 위험천만한 숲에서 월식이 시작되기 전에 그곳에 도달하려고 목숨을 거는 일은 없을 겁니다."

"그…… 그, 그렇지…… 요……."

김창걸 교수는 무슨 말을 하려다가 다시 입을 다물었다. 승덕은 그가 감추고 있는 것이 무언지 궁금했지만 더 이상 몰아세우지 않기로 했다. 봉선에 대한 그의 연구와 강렬한 의지 속에 차갑고 무서운 기운이나 불길한 느낌은 없었기 때문이다. 그가 감추는 것이 무엇인지는 몰라도 적어도 그가 하려는 일이 여러 사람에게 해가 될 일은 아니라는 믿음이 있었다.

"그럼 다시 가보죠."

정현이 벌떡 일어나 일행의 맨 앞으로 나섰다. 그의 양손에서 빛나던 쌍둥이 검은 이제 검집 속에서 잠들었고 그의 손에는 수풀을 헤치는 작은 낫만 들려 있었다.

정현은 수풀을 가르며 앞으로 또 앞으로 나아갔다. 확실히 산의 초입보다 나아가기가 수월해졌다. 하지만 방해꾼이 언제 다시 튀어나올지 몰라 경계를 늦추지 않았다.

깊고 깊은 숲 속에서 거대한 노목들 사이를 촘촘히 메우고 있는 거친 수풀들을 헤치며 정현은 거침없이 걸음을 옮겼다.

"엇, 잠깐만!"

앞서 나가던 정현이 뒤따라오는 일행을 제지했다. 일행은 숨을 죽이며 발걸음을 멈췄다.

"이건…… 피 냄새."

정현은 그들의 진행 방향에서 불어오는 피비린내를 맡았다.

자욱한 수풀의 향기 속에서 숲을 뒤흔들 정도의 피 냄새라니 이상했다. 정현의 모든 감각이 위험을 감지하고 팽팽하게 긴장했다. 정현은 눈을 감았다. 시각을 차단하자 온몸의 감각이 더욱 예리해졌다. 콧속으로 불어 들어오는 피 냄새는 더욱 또렷해졌고 파스스 떨리는 나뭇잎의 움직임도 느껴졌다.

한동안 그렇게 눈을 감고 서 있는데 피 냄새만 날 뿐, 다른 움직임은 느껴지지 않았다. 이미 죽은 존재만 남았을 뿐, 살아 있는 생명의 움직임은 없다는 말이었다.

정현은 최대한 자세를 낮추고 은밀히 앞으로 나아갔다. 정현은 자신이 먼저 두세 걸음 나아간 후에 일행을 향해 손짓했다. 정현의 뒤를 따라 일행 역시 최대한 기척을 죽이며 다가갔다. 또다시 정현이 몇 걸음 앞서가고 안전한 것이 확인되면 나머지 일행이 그의 곁으로 살며시 다가왔다. 앞으로 나아갈수록 진득한 피 냄새가 몹시도 강해졌다.

"흡!"

마침내 피로 범벅된 그곳에 도착하자 정현은 꼼짝할 수가 없었다. 정현의 뒤로 무슨 일인가 싶어 빠끔히 고개를 내민 일행도 망연자실하여 그 자리에 얼어붙고 말았다.

"말도 안 돼!"

그곳은 사방이 시꺼멓게 물들어 있었다. 숲의 초록색과 붉은 핏빛이 섞여서 만들어낸 그 검은빛은 말할 수 없이 축축하고 끔찍해 보였다. 끔찍한 핏물의 바다 아래로 나무뿌리와 색이 같은 피부를 가진 작은 사람들이 누워 있었다. 그들이 선양의 번화가에서 보았던 바로 그 소인과 똑같이 생긴 이들이 두 눈을 희게 뜨고 입을 벌린 채 싸늘한 주검으로 널브러져 있었다.

"말도 안 돼!"

낙빈은 그 끔찍한 광경에 치를 떨었다. 승덕이 낙빈의 고개를 돌려 자신의 품에 감싸 안았다.

"보지 마."

어린아이가 보기에는 너무나 충격적인 모습에 승덕은 가슴이 섬뜩했다. 대체 누가 이토록 잔인한 짓을 했단 말인가! 소인 전설은 이 소호산에 전해오는 전설들 중 핵심이었다. 소호산을 지킨다는 전설 속 소인들을 대체 누가 이렇게나 잔인하게 죽였는지 기가 막혔다.

그들 모두가 얼어붙은 듯 꼼짝도 못하고 있는데 뭔가 푸드덕 소리를 내며 다가왔다. 정현은 일행을 재빨리 나무 뒤로 숨기고 그 앞을 막아섰다. 모두 자세를 낮추고 몸을 숨겼다.

　"안 돼애!"

　하늘에서 내려온 것은 사람만큼이나 거대한 까마귀였다. 새까맣다 못해 보랏빛으로 번쩍거리는 까마귀가 커다란 날개를 퍼덕이며 소인들의 시체 더미 위로 내려앉았다. 그리고 까마귀의 등 뒤에서 시체들과 똑같은 피부색과 똑같은 얼굴을 한 작은 인간이 뛰어내리더니 미친 듯이 오열하기 시작했다. 그는 이미 차갑게 식어버린 종족의 전사들 앞에서 고통스러운 비명을 내질렀다.

　바스락.

　수풀을 흔드는 소리가 들리자 소인은 낙빈 일행 쪽으로 재빨리 고개를 돌렸다. 소인과 낙빈 일행의 눈이 마주치자 그들은 서로를 알아보았다.

　"혹시…… 소소…… 님이신가요?"

　소소는 눈앞에 있는 낯익은 이들의 얼굴을 확인하고 미친 듯이 자신의 가슴을 두드렸다.

　"아악! 아아악! 이 꼴을 보려고 왔던가! 내가! 내가……!"

　소소는 헤아릴 수도 없는 끔찍한 절망과 슬픔에 심장이 터져나가도록 가슴을 내리쳤다. 김창걸 교수는 전설에서나 들었던 이 작은 사람이 놀라워 입만 벌렸다.

　"아아, 소소 님……."

가엾은 그의 모습을 보며 일행은 모두 숙연해졌다. 승덕도 정현도 낙빈도 감히 한마디도 꺼낼 수 없었다. 미친 듯이 자신의 심장을 두들기던 소소는 두 눈이 시뻘겋게 변해 숲 속을 향해 소리쳤다.

"누가 이들을 죽였는지 나는 안다! 붉은 여자들. 그 여자들이 내 종족을 말살했다. 예언 그대로……. 그 핏빛의 여자들이 내 종족을 죽였어!"

소소는 본능적으로 이 모든 일을 저지른 것이 주 씨의 품에서 보았던 붉은 옷의 여자와 하얀 가면을 쓴 여자아이임을 알았다. 그는 사방에 흩어져 있는 굵은 노목의 기둥에 머리를 박고 주먹을 내리쳤다. 약하디약한 그의 이마와 손은 금세 상처가 터져 피가 흘러내렸다.

"소소 님, 제발……."

차마 그 모습을 볼 수 없었던 정현은 시체들을 펄쩍 뛰어넘어 소소의 곁으로 다가갔다. 그러고는 작고 여린 소소의 두 팔을 붙잡았다.

"복수할 것이다! 난 복수할 거야! 그 핏빛의 여자들에게 복수할 거야! 내 목숨을 걸고 그들을 죽일 것이다!"

공처럼 커다랗게 튀어나온 소소의 눈동자는 슬픔과 분노로 새빨갛게 변해 있었다. 눈동자의 모든 핏줄이 터진 것처럼 흰자위가 온통 빨갰다.

"우리 종족의 전사들이 모두 죽었다. 나 역시 그 뒤를 따를 것이다! 내가 복수할 거야! 내가! 기다려라, 이 원수들아!"

소소는 미친 듯이 소리치며 발광했다. 정현은 그런 소소의 두 손을 묵묵히 잡고만 있었다. 그렇게 씩씩거리던 소소가 제풀에 지쳐 그 자리에 풀썩 쓰러질 때까지 두 손을 놓지 않았다.

"복수할 거야. 복수할 거야……."

소소는 맥없이 쓰러진 후에도 입으로 여전히 '복수'를 되뇌고 있었다.

"남은 내 종족 모두를 이끌고 복수하러 가리라! 오늘, 너희 모두를 죽이고 나도 죽을 테다!"

그는 갑자기 분연히 일어섰다.

"그만두세요."

정현이 싸늘한 음성으로 말했다. 소소는 정현을 멍하니 바라보더니 마치 아무 말도 듣지 못한 사람처럼 또다시 어딘가를 향해 몸을 돌렸다.

"가야 해! 남은 내 종족에게 이 일을 알리고 그들과 함께 놈들을 처단하러……."

찰싹!

그 순간 소소의 왼뺨이 세차게 돌아갔다. 정현의 오른손이 소소의 왼뺨을 후려갈긴 것이다. 소소는 갑작스러운 상황에 놀라 두 눈을 크게 떴다. 원래도 커다란 두 눈이 금방이라도 굴러떨어질 것처럼 튀어나왔다. 정현은 그런 소소의 앞에 용서를 구하듯 고개를 숙였다.

"소소 님, 보세요. 당신네 전사들의 시체를 보세요!"

소소는 정현의 말을 들으며 천천히 산처럼 쌓인 시체를 바라보았다.

"전사들의 목덜미를 뚫은 저 상처가 뭔지 알겠습니까? 날카롭게 반달 모양으로 휘어 있는 저 상처 말입니다."

정현의 말대로 죽은 전사들의 목에는 똑같은 모양의 상처가 나 있었다.

"두 번도 아닌 단 한 번에 경부를 공격한 손톱자국. 별다른 무기 하나 없이 당신 종족의 전사라는 분들을 일격에 죽인 겁니다."

정현의 말에 소소의 눈에서 굵은 눈물방울이 떨어졌다.

"전사라는 분들이 한꺼번에 덤볐는데도 당해내지 못한 적입니다. 전사들이 전멸했다면 남아 있는 사람들은 분명 어린아이와 부녀자들, 그리고 노쇠한 남자들뿐이겠지요. 그들에게 이 사실을 알리고 복수를 한다고요? 어떻게요?"

튀어나올 듯한 소소의 눈에서 폭포수 같은 눈물이 쏟아졌다.

"현실을 직시하세요. 소소 님이 그러셨다가는 귀하디귀한 소인족은 멸망합니다. 그야말로 영원히 멸망하고 맙니다. 소소 님, 복수는 이길 수 있을 때 하는 겁니다. 이길 수 있을 때까지 기다리는 겁니다!"

정현은 소소의 두 손을 붙잡고 고개를 숙였다. 정현 역시 어린 시절 복수에 눈이 멀었던 그날을 기억했다. 가엾은 누이가 법철에게 유린되던 그날. 그래도 누이를 걱정했기에 죽지 않을 수 있었다. 어떻게든 누이를 지키기 위해 더러운 목숨을 이어왔다. 그렇게 살다 보니 어느 날에는 꿈에도 믿기지 않았던 복수의 시간도 돌아왔다. 언제 찾아올지 알 수도 없었던 복수의 그날이 필연처럼 따라왔다.

정현은 눈앞에서 폭포수 같은 눈물을 흘리며 온몸을 떨고 있는 소소의 모습에서 어린 시절의 자신을 보았다. 그리고 진심을 다해 그 작은 손을 붙잡고 애원했다.

"제발, 정신을 차려요. 제발……."

죽은 종족들의 모습을 하염없이 바라보던 소소가 천천히 눈을 돌려 파랗게 깎은 정현의 민머리를 바라보았다. 그는 거친 두 손으로 소소의 손을 붙잡고 어깨를 들썩이며 흐느끼고 있었다. 그를 말리는 정현의 진심이 고스란히 전해졌다. 복수에 눈먼 자신을 일깨우는 그 소리가 드디어 소소의 귀에 들어오기 시작했다.

"어, 어헝. 어허어엉!"

소소는 그 자리에 주저앉아 울기 시작했다. 지독한 슬픔과 괴로움에 지쳐서 서글피 울어대는 소리가 온 숲을 눈물짓게 했다.


## 15


피바람이 휩쓸고 지나간 깊은 숲의 가장자리에는 여전히 진득한 피비린내가 그득했다. 깊은 초록의 숲이 온통 붉어질 정도로 끔찍한 광경이었다. 이 끔찍한 피범벅 앞에서 소소가 정신을 차린 것은 진심을 다해 그를 설득한 정현 덕이었다.

"고, 고마워요."

작고 여린 두 손이 정현을 붙잡았다. 몹시도 말라 뼈가 불쑥불쑥 튀어나온 작은 손이 정현의 두 손을 붙잡으며 바르르 떨었다.

"나는…… 기다리겠어요. 그래요, 내 종족이 멸망하는 일은 있을 수 없어요. 내가 모두를 이끌고 그들을 뒤쫓는다면 나야말로 내 종족을 멸망시키는 장본인이 되는 거예요. 그래요."

소소는 여전히 펄떡거리는 가슴을 추스르며 천천히 말했다. 그는 정현에게 말하면서 스스로를 설득하고 이해시키려는 듯했다.

"내가…… 내가 할 일을 알았어요. 이 위험이 사라질 때까지 우리 모두가 안전한 집에 꼭꼭 숨어서 나오지 않도록 하는 거예요. 그래요, 나는 그들을 안전하게 숨겨야 해요."

"맞아요, 소소 님."

정현은 소소를 바라보며 세차게 고개를 끄덕였다. 이런 소소의 행동이야말로 지금으로선 가장 용감한 처신이었다. 참고 인내하는 것은 복수에 눈이 머는 것보다 훨씬 더 어렵고, 훨씬 더 고통스러운 일이지만 지금은 그런 용기가 너무나 필요한 순간이었다.

"이봐요, 나는 지금 힘이 없어요. 도저히 그들을 이길 수가 없어요. 그렇죠?"

소소는 눈물이 가득 고인 눈으로 정현을 바라보았다.

"그래요, 스스로를 바로 보는 것만큼 용기가 필요한 일은 없어요. 당신은 가장 큰 용기를 내고 있는 거예요."

"네, 네……."

소소는 가느다란 팔뚝으로 흘러내리는 눈물을 닦았다. 닦아도 닦아도 커다란 눈에서 눈물이 마르지 않았다.

"그럼 어서…… 더 늦기 전에 당신의 종족을 대피시키세요. 당신이 아는 가장 안전한 곳으로. 어서요."

그제야 정현은 단단히 잡고 있던 소소의 한 손을 놓아주었다. 소소는 천천히 뒤돌아서다가 다시 정현과 낙빈 일행 쪽으로 고개를 돌렸다.

"당신들은 산 정상까지 가려는 거죠? 그 붉은 여인들처럼."

"아니, 글쎄요. 저희는 다만 잃어버린 물건을 찾고 있어요. 먼 옛날 우리 땅의 조상이 잃어버렸다는 검 한 자루를요. 그 검이 산 위에 있는 것 같긴 하지만 그곳이 붉은 여인이라는 사람들이 가는 곳인지는 알 수 없어요."

"네……."

소소는 뒤돌아서서 한 발을 옮기다가 다시 몸을 돌려 정현에게 다가왔다.

"조심해야 해요. 이 산에는 여러분이 상상할 수도 없을 만큼 엄청난 위험이 도사리고 있어요. 그러니 조심해야 합니다."

소소는 정현의 맑은 눈을 바라보며 말했다. 아직 젊고 파릇파릇한 정현의 눈 속에서 진실함과 따스함을 느낄 수 있었다.

"제가…… 지름길을 알려드릴게요. 멀지 않은 곳에 지름길이 있어요. 그곳을 지나면 곧 산 정상에 오를 수 있을 거예요. 부디, 여러분이 다치는 일이 없도록."

"아니, 그러지 마세요. 그러지 않아도 돼요."

정현은 깊이 상처받은 소소에게 도움을 청할 생각이 없었지만 소소는 고집을 꺾지 않고 일행의 앞에 섰다. 그는 다람쥐처럼 날 쌔게 숲의 여기저기로 펄쩍펄쩍 뛰어오르더니 곧 거대한 수풀 사이로 접어들었다. 너무나 빼곡한 나무숲이라 코앞도 보이지 않는 그곳에서 소소는 멈춰 섰다. 소인들이 전사한 데서 그리 멀지 않은 곳이었다.

"이 안으로 들어가면 동굴이 나와요. 하지만 그곳은 우리의 영역이 아니랍니다. 소호산을 지키는 또 다른 종족들의 구역이지요. 이제 저는 더 이상 가지 못해요."

소소는 일행을 돌아보며 고개를 숙였다.

"이 동굴을 통과하는 동안 잊지 마세요. 내가 믿고 있는 사람들을, 내가 알고 있는 사람들을 한 치의 의심도 없이 믿으세요. 반대로 그들이 아니라면 그 무엇이라도 모조리 의심하세요. 어떤 것이라도 의심에 의심의 눈으로 바라보세요."

소소는 수수께끼 같은 말을 하며 일행을 하나하나 바라보았다.

"당신의 도움이 없었다면 나는 내 종족을 멸망시켰을 겁니다. 당신들은 나의 은인입니다."

그는 젖은 땅에 엎드려 크게 절했다.

"그, 그러지 마세요!"

정현이 깜짝 놀라 소소를 향해 엎드렸다. 승덕과 낙빈은 물론 김 교수마저 소소를 향해 맞절을 했다. 그들이 그렇게 땅에 이마를 대고 있다가 고개를 들려는 순간 소소가 한 명 한 명의 미간 사이를 콕콕 짚어주었다. 그의 차가운 손가락 끝에서 뭔가 알 수 없는 기운이 솟아오르는 것 같았다.

"저와 저의 종족을 살려준 여러분에게 주어진 행운을 하나씩 꺼냈습니다. 소호산 정상에 오르기 위해, 그리고 여러분이 바라는 것을 찾기 위해 행운이 필요할 겁니다. 행운이 여러분과 함께하기를 빕니다."

소소는 깊이 고개 숙여 절을 하고 빠르게 수풀 사이로 사라졌다. 우거진 수풀은 여전히 그대로이건만 소인족은 그들을 이끌던 모든 전사를 잃고 말았다. 소소는 이 슬픈 소식을 종족에게 전할 생각을 하니 가슴이 미어졌다. 그러나 그는 해야 했다. 모든 용기를 짜내 이 슬픈 소식을 전하고 남은 이들을 대피시켜야 했다. 위험이 사라질 때까지. 그들의 종족이 살아남을 수 있도록.

그는 흐르는 눈물을 닦으며 그리운 고향 마을을 향해 내달렸다.


16


소소가 알려준 곳은 너무나도 빼곡한 이끼와 수풀로 한 치 앞도 보이지 않는 숲의 가장자리였다. 정현이 먼저 낫을 휘두르며 앞으로 나아가니 소소의 말대로 풀과 이끼가 드리워졌던 빽빽한 그늘이 사라지면서 마치 커튼을 젖힌 것처럼 크고 둥근 동굴이 나타났다. 동굴은 끝도 보이지 않는 어둠 속에서 한껏 입을 벌리고 있었다. 네 사람 모두 한 줄로 늘어서서 동시에 들어가도 될 만큼 거대한 동굴이었다.

"여기가 지름길이라니……."

동굴 안쪽에서 차갑고 축축한 바람이 불어왔다. 알 수 없는 불안감이 밀려오며 선뜻 발을 내딛기가 꺼려졌다.

"소인의 말을 믿읍시다. 우리는 서로 무작정 믿을 것. 그리고 우리가 아닌 그 누구도 믿지 말 것."

승덕이 소소의 말을 반복하며 정현과 낙빈의 손을 붙잡았다. 김창걸 교수는 주섬주섬 배낭을 뒤지더니 헤드랜턴을 꺼내 썼다. 빛 하나 없는 까만 동굴이 환해졌다.

"준비 잘해 오셨네요."

김창걸 교수의 헤드랜턴은 각도를 달리한 직선 램프 일곱 개가 연속으로 달려 있어서 동굴의 꽤 안쪽까지 보일 정도였다.

커다랗게 뚫린 동굴의 앞쪽을 눈여겨보니 가장자리에 솟은 부분을 제외하고 대부분 바닥에 물이 흘렀다.

첨벙.

승덕이 물에 발을 담갔다. 신발 안으로 물기가 스며들었다. 몇 걸음 더 걷자 물이 종아리 정도까지 차올랐다. 그다음부터는 평평한 대지가 이어져 더 이상 깊어지지 않는 것 같았다.

"괜찮아. 물이 흐르는 속도가 느려서 그런지 바닥이 굉장히 평평해. 걸어가기 어렵지 않겠어."

주의해서 천천히 전진한다면 동굴을 빠져나가는 것이 어렵지 않아 보였다. 승덕은 몇 발 더 디디며 앞으로 나가보았다. 산을 오르느라 빨갛게 부어오른 발이 차갑게 식는 것이 느껴졌다. 기분이 그리 나쁘지 않았다. 수심도 깊지 않았다. 기껏해야 무릎 정도에 불과했다.

"걱정 안 해도 되겠어."

승덕은 만족스럽게 미소 지으며 뒤를 돌았다. 동굴 안에서 유일하게 빛을 발하는 김 교수의 헤드랜턴만이 일행의 위치를 확인해주고 있었다.

"자, 가자. 어서 와."

승덕은 반짝이는 불빛을 향해 손을 내밀었다. 그리고 일행이 다가오기를 기다렸다. 그런데 바로 그때였다.

"으아아아!"

갑작스럽게 세찬 고함 소리가 들려왔다. 분명…… 귀가 멀지 않았다면 그 소리는 분명 정현의 것이었다. 그와 동시에 불빛 저편에서 재빠르게 앞으로 내달리는 회색 물체가 보였다.

파파파파!

회색 승복을 입은 정현이 동굴 물을 차대며 미친 듯이 앞으로 튀어나왔다. 정현은 튀어나올 것처럼 두 눈을 크게 뜨고 달렸다. 승덕 쪽은 바라보지 않고 곁을 스치더니 검디검은 동굴 안쪽으로 내달렸다.

"저…… 정현아! 정현아!"

승덕이 이름을 불러도 아무것도 들리지 않는지 정현은 멀리 어둠 속으로 마구 달려갔다.

"형! 혀엉! 혀엉!"

불빛 저편에서 안타까운 낙빈의 목소리도 들렸다. 대체 무슨 일이 벌어졌는지 알 수가 없었다. 정현이 사라진 동굴 저편을 향해 아무리 소리를 질러도 대답 소리 하나 없었다.

승덕은 뒤에서 번쩍거리는 김 교수의 랜턴을 향해 소리쳤다.

"낙빈이와 교수님은 움직이지 말아요. 제가 정현이한테 가볼게요. 여기 있어요, 움직이지 말고!"

"형, 나도 갈래! 나도 갈래요, 형!"

낙빈이 울부짖는 소리가 들렸지만 승덕은 단호하게 소리쳤다.

"난 괜찮아. 여차하면 염력을 쓸 테니 걱정 말고 여기서 기다리고 있어. 필요하면 부를 테니까 절대로 움직이지 마라, 알았지?"

승덕은 정현이 사라진 동굴 안쪽을 향해 천천히 걸어 나갔다.

언제나 감정의 기복 없이 담담한 정현이 왜 갑자기 공포 가득한 얼굴로 뛰어가 버린 것인지 알 수가 없었다.

"정현아! 정현아!"

승덕은 온 힘을 다해 정현을 불렀다.

찰박찰박.

그때 저 멀리 어둠 저편에서 발소리 같은 것이 들렸다.

"정현아, 정현이니?"

승덕은 그 자리에 멈춰 섰다. 발소리가 분명했다. 정현이 일행을 향해 돌아오는 모양이었다.

"정현이니?"

하지만 이상했다. 아무리 불러도 발소리 저편에서 대답 소리가 들려오지 않았다. 승덕은 이상한 느낌에 입을 다물었다. 발소리의 주인이 누구인가 숨죽여 바라보았다.

캄캄한 동굴 저편에서 다가오는 그것을 확인한 순간 승덕은 온몸에 소름이 번지는 것을 느꼈다.

"안 돼……."

승덕은 나지막이 중얼거렸다.

찰박찰박.

구두도 신지 않은 하얀 맨발로 천천히 다가오는 여자는 눈부시게 하얀 드레스를 입고 있었다. 하늘거리는 드레스를 입은 여인이 승덕을 발견하고는 해맑게 미소를 지었다.

어깨까지 내려오는 까만 생머리를 찰랑거리며 승덕을 향해 한발 한 발 다가오는 여자는…… 서영, 서영이었다.

"안 돼."

승덕은 눈부시게 아름다운 모습으로 다가오는 서영을 바라보며 신음했다.

자유대학병원 암병동에서 젊은 날 숨을 거둔 승덕의 첫사랑, 서영이 눈앞으로 다가오고 있었다.

## 17

"형, 승덕 혀엉! 큰형!"

낙빈은 미친 듯이 소리를 질렀다.

동굴 안으로 들어온 뒤 물 아래 바닥을 디디던 승덕이 뭐라고 중얼거리며 안쪽으로 사라졌기 때문이다. 낙빈이나 정현이 아무리 소리를 질러도 승덕은 귀가 먼 것처럼 안쪽으로 깊숙이 들어가고 말았다.

"낙빈아, 내가 승덕 형을 쫓아갈게. 미안하지만 넌 교수님이랑 여기 있어. 금방 다녀올게. 혹시 저 앞까지 보이지 않으면 금세 다시 돌아올게. 조금만 기다려."

이번에는 정현이 첨벙 물로 뛰어들더니 승덕이 사라진 동굴 안쪽을 향해 거침없이 달려갔다.

"형, 나도 가요. 형!"

낙빈이 목 놓아 불렀지만 정현 역시 어둠 속으로 금세 모습을 감췄다. 그리고 아무런 대답도 들리지 않았다. 한참을 기다렸지만 승덕도 정현도 돌아오지 않았다.

"교수님, 안 되겠어요. 저희도 가요!"

낙빈은 심상치 않은 기분이 들었다. 불안한 마음에 눈물 한 방울이 찔끔 흘렀다. 그동안 아무리 힘들어도 언제나 곁에 있는 형과 누나에게 마음을 의지하고 있었는데 이렇게 혼자 떨어져 있으니 불안감이 엄습해왔다.

낙빈은 호주머니에서 부적 한 장을 꺼내들고 두 눈을 비볐다. 신안소원부였다. 동굴에 어떤 위험이 도사리고 있는지 알 수 없으니 신안으로 감시해야 할 것 같아서였다.

"아아, 알겠다. 이곳이 어딘지 알겠어!"

낙빈이 신안소원부를 비비는 그때 김 교수가 소리쳤다. 그가 고개를 끄덕일 때마다 모자에 붙은 헤드랜턴이 흔들렸다.

"교수님, 그게 무슨 말씀이세요?"

낙빈은 눈을 동그랗게 뜨고 김 교수의 팔뚝을 잡았다.

"으악!"

김 교수는 마치 괴물이라도 본 것처럼 화들짝 놀라 뒤로 몸을 뺐다.

"미안하지만 이젠 너도 믿을 수 없다. 네가 너인지 알 방법이 없구나. 나 혼자 가겠다."

새하얀 불빛이 낙빈을 비추었다. 낙빈은 눈이 부셔서 한쪽 팔을 들어 얼굴을 감쌌다. 대체 김 교수가 무슨 말을 하는지 이해할 수 없었다. 동굴에 들어온 뒤로 모두가 이상해진 것 같았다.

"교수님, 왜 그러세요?"

낙빈이 다시 불빛을 향해 손을 뻗었다.

따악!

낙빈의 작은 손을 뭔가 딱딱한 것이 세게 내리쳤다.

"아악!"

낙빈은 외마디 비명을 지르며 그 자리에 쭈그려 앉았다. 낙빈

은 손등에 느껴지는 매서운 아픔에 얼굴을 잔뜩 찡그리고 불빛
쪽을 바라보았다.

"오지 마! 오지 말라고!"

김 교수가 다가오는 낙빈을 향해 기다란 막대 같은 것을 휘저
으며 뒷걸음쳤다. 낙빈을 혼자 두고 멀어지는 김 교수의 모습이
막대로 매섭게 내리친 것보다도 더 아팠다.

"왜 그러세요, 왜…… 다들 왜……."

낙빈은 너무나 속상해 눈물이 줄줄 흘렀다.

"어엉."

이제 멀어져가는 김 교수의 불빛을 따라갈 수도 없었다.

낙빈은 눈 물만 줄줄 흘리며 사라져가는 불빛을 바라보았다.

"어헝. 소소 님이 서로를 꼭 믿으라고 했는데……."

무언가 잘못돼도 완전히 잘못됐다는 생각이 들었다. 낙빈의 눈
물이 검은 동굴 바닥으로 뚝뚝 떨어져 내렸다. 검은 물 사이로 작
은 물결이 일었다. 그 순간 갑자기 낙빈의 눈에 반짝이는 길고 얇
은 줄이 들어왔다.

"저게 뭐…… 지?"

낙빈은 눈을 작게 감으며 반짝이는 줄을 바라보았다. 자세히
보려고 하자 금빛 줄은 순식간에 눈에서 사라졌다.

"아, 실물이 아니구나."

낙빈은 또렷이 보려고 할수록 사라지는 모습을 보며 실제로 존
재하는 줄이 아님을 깨달았다. 낙빈이 사용한 신안을 통해 보이

는 영적인 기운이었다. 그것은 흔들리는 검은 물빛 아래 길고 가느다란 금목걸이가 떨어져 있는 것처럼 주욱 연결되어 있었다. 어디로 이어지는지 모르지만 저 앞까지 점점이 길게 이어진 모양이었다.

"아, 이거…… 길을 보여주는 것이구나?"

낙빈은 그 금빛 줄이 소소가 말한 지름길임을 직감했다. 숲에 사는 영험한 모든 것이 볼 수 있도록 만들어놓은 그들만의 비밀스러운 표시일지 몰랐다.

"아아, 처음부터 신안을 사용할 걸!"

낙빈은 후회했지만 너무 늦고 말았다.

'어쩌지? 여기서 기다리는 것이 맞을까, 아니면 사라진 형들을 찾아가야 하나? 금빛 줄을 따라가야 하나?'

판단이 서지 않았다. 무언가 결정할 때가 되면 언제나 승덕 형이 나서서 논리적으로 설명하고 명확하게 판단해줬는데, 지금은 곁에 없으니 대체 무얼 어찌해야 하는지 알 수가 없었다.

"아이고."

낙빈은 쭈그리고 앉아 출렁이는 검은 물을 바라보았다.

거대한 동굴 안에서 잔잔하게 출렁이는 물결 속에 아름다운 금빛도 함께 일렁였다.

'믿으세요. 한 치의 의심도 없이 믿으세요.'

일렁이는 물결 사이에서 소소의 음성이 들리는 듯했다.

"그래, 맞아!"

낙빈은 자신이 해야 할 일을 알 것 같았다. 믿는 것. 서로를 한 치의 의심도 없이 믿는다면 낙빈은 눈앞에 보이는 금빛 줄을 따라가는 것이 옳다. 승덕 형과 정현 형이 올바른 길을 찾아올 것이라고 믿기 때문이었다.

"믿어야 해!"

혹시나 기다리는 것이 옳을까 하는 생각이 들었지만 낙빈은 세차게 고개를 흔들었다. 지금 낙빈이 할 일은 분명했다. 형들을 믿고 금빛 줄을 따라가는 것이었다.

낙빈은 차가운 물에 발을 담갔다. 그리고 찰랑거리는 검은 물 아래 점점이 이어진 금맥과도 같은 표식을 따라 걸었다. 차갑고 맑은 물에 발을 담그는 순간 그 어느 때보다도 머릿속이 맑아졌다.


"선배……."

새하얀 원피스를 입은 서영은 승덕이 마지막으로 보았던 그 모습보다도 더 하얀 얼굴로 다가왔다.

"여기서 뭐해?"

서영이 한 발 한 발 다가오며 물었다. 서영은 승덕이 채 대답하기도 전에 팔을 스치며 그의 곁에 살며시 앉았다.

"뭐하냐니, 너야말로 어떻게. 이 동굴 속에서……."

"동굴이라니? 그게 무슨 말이야?"

서영이 순진한 얼굴로 두 눈을 깜빡였다. 살랑거리는 바람을 따라 그녀의 하얀 원피스가 사르르 퍼졌다.

"여긴 소호산의 동굴⋯⋯."

승덕은 입을 다물고 말았다. 어찌 된 일인지 그는 한없이 너른 언덕에 앉아 있었다. 작은 잔디만 촘촘히 자라는 넓디넓은 언덕 배기에 거대한 메타세쿼이아 한 그루가 그늘을 만들고 있었다.

그는 메타세쿼이아에 비스듬히 기대앉아 있었고 그와 한 뼘 거리도 되지 않는 곳에 하얀 얼굴의 아름다운 서영이 앉아 있었다. 대학원 시절 보았던 그 모습 그대로 검고 긴 생머리가 허리까지 내려오는 서영이 여신처럼 하얀 원피스에 하얀 머리띠를 하고는 크고 검은 눈으로 승덕을 바라보고 있었다.

"뭐야, 또 책 읽고 있었구나? 잠깐 졸았어요? 얼굴이 왜 그래?"

서영은 해맑게 웃으며 승덕의 손에서 책을 빼앗았다. 언제인지 모르게 그의 손에는 책 한 권이 들려 있었다. 두께가 반 뼘은 될 법한 전공 서적이었다. 대학 시절 도서관 뒷동산에 올라 책을 베고 누워 하늘을 봤던 그날이 생각났다.

승덕은 어찌 된 일인지 알 수가 없었다. 동공은 커지고 두 손은 덜덜 떨렸다. 꿈을 꾸고 있는지, 환각을 보고 있는지 알 수가 없었다. 꿈이라기엔 너무 생생했다.

"언니, 오빠! 여기 있었어요?"

딱딱하게 굳은 승덕의 등 뒤에서 또다시 낯익은 음성이 울려 퍼졌다. 승덕은 단박에 그 목소리를 알아들었다. 그리고 너무 놀라 조금도 몸을 움직일 수가 없었다.

"언니, 우리 오빠 왜 그래요?"

그 익숙한 음성이 다정하게 서영에게 말을 걸었다.

"그러게 말이야. 오빠가 꿈이라도 꿨는지 좀 이상해."

"어머, 정말?"

승덕은 자신의 등에 살며시 두 손을 얹는 그 느낌에 온몸이 굳었다. 그리고 천천히, 아주 천천히 몸을 돌려 뒤를 돌아보았다. 낯익은 목소리, 그리운…… 얼굴. 그 얼굴이 그곳에 있었다. 그의 등 뒤에.

"오빠, 왜 그래?"

승덕은 너무나 놀라 입이 다물어지지 않았다. 머리가 엉망으로 빙글빙글 도는 것만 같았다.

"스…… 승미?"

어깨쯤 닿는 단발머리를 양 갈래로 땋고 연한 황토빛 밀짚 페도라를 쓴 그 아이가 해맑은 웃음을 지으며 승덕을 내려다보고 있었다. 하늘빛 원피스를 시원스럽게 입고 한 번도 본 적이 없는 행복한 얼굴로 그에게 미소 짓고 있었다. 꿈에도 현실에도 아무리 잊으려 해도 잊히지 않던 불쌍한 여동생이 아무런 근심 걱정도 없는 듯 환하게 웃고 있었다.

"오빠, 왜 그렇게 놀라? 정말 꿈이라도 꿨어?"

그 가엾은 아이가 승덕에게 꿈이라도 꿨냐고 묻는다. 꿈이라도 꿨냐고. 이 행복한 순간이 꿈이 아니라 지금까지의 모든 것이 꿈인 것처럼 한없이 맑고 밝은 목소리로 물어왔다.

"오빠, 정말 어떻게 된 거 아냐? 정신 차려!"

승미는 하얀 팔을 들어 승덕의 볼을 꼬집었다.

"아야."

아팠다. 정말 아팠다. 생생하게 모든 감각으로 느껴졌다. 승덕은 머리가 혼란스러웠다. 도대체 어느 것이 꿈이고, 어느 것이 현실인지 알 수가 없었다.

"아우, 정말! 선배, 왜 그래?"

반대쪽 볼을 살짝 잡고 흔드는 서영의 손가락도 하나하나 생생히 느껴진다. 이제 명확해졌다. 이건 현실이다. 절대로 꿈일 수 없는 현실이었다. 승덕은 크게 벌어진 동공으로 승미와 서영을 번갈아 바라보았다. 두 사람이 서로 알고 있었나? 기억이 나지 않았다. 머릿속이 텅 빈 것처럼 하얬다.

멍하니 놀란 눈으로 바라보는 승덕을 보며 서영과 승미는 서로 눈빛을 교환하고 웃음 지었다.

"언니, 오빠가 그렇지 뭐. 또 꿈꿨나 봐. 만날 공부만 해대니까 바보가 되는 거야."

"아유, 정말 공부 바보라니까!"

까르르……. 옥구슬이 굴러가는 듯한 웃음소리가 승덕의 두 귀를 간질였다. 아아, 이 두 사람이 함께 승덕을 놀리며 저렇게 함박웃음을 짓던 때가 있었던가. 그토록 그립고, 그토록 사랑하던 두 사람이 깔깔대며 승덕을 놀리는 모습을 얼마나 보고 싶었던가!

"아아, 아하. 아하하하……."

승덕은 가슴 밑바닥에서 울컥 치밀어오는 깊은 행복감에 눈물이 쏟아졌다. 입으로는 웃고 눈으로는 눈물이 쏟아지는 바람에 승덕은 팔뚝으로 두 눈을 가렸다.

"아유 오빠, 정말 왜 그래? 대체 무슨 꿈을 꿨기에 그래?"

"그래, 선배. 꿈 얘기나 해봐요, 들어줄 테니. 으응?"

두 사람은 서로 고개를 끄덕이더니, 승덕에게 달라붙어 어서 꿈 이야기를 해보라며 칭얼댔다. 대체 얼마나 생생한 꿈이기에 이렇게 멍한 얼굴을 하는지 이상하다며 말을 해보라고 했다.

"하하. 꿈…… 꿈이란 말이지. 하하. 하…….'"

승덕은 한숨 비슷한 허탈한 웃음을 짓더니 곧 배를 잡고 웃으며 넘어졌다. 그의 머리에 살짝 부딪히는 서영의 어깨가 좋았다. 그의 어깨를 살짝 밀치는 승미의 손가락이 좋았다. 아아, 이 아름다운 순간이 현실이라는 게 너무나도 좋았다.

"하하. 내, 내가 말이지. 하하…… 이런 꿈을 꾸다니! 정말, 하하…….'"

승덕은 자꾸만 글썽거리는 눈을 소매로 닦으며 말을 이었다.

"승미 네가 아주아주 먼 곳으로 떠나버렸어, 그러고 나서 서영이 너도 하늘나라로 떠나버리는…… 끔찍한 꿈을 꿨단다."

"어머, 정말?"

"아유, 싫어!"

아름다운 두 아가씨의 얼굴이 찌푸려졌다.

"아이, 싫긴 하지만……. 어떤 내용이에요? 후후, 혹시 알아? 예지몽일지?"

서영은 무서운 듯 몸을 떨면서도 호기심 가득한 얼굴로 승덕에게 물었다.

　"아니, 아니, 절대로! 절대로 그렇게 될 리 없어. 절대로!"

　승덕은 다짐하듯 세차게 고개를 흔들었다. 그의 짧은 머리카락이 바람에 흩날렸다.

　"그럴 리 없어! 서영이 넌 나 말고 딴 남자랑 결혼해서 잘살다가 병에 걸리고. 승미야, 우리 부모님은 사고로 돌아가시고, 너는 말이지…… 아아, 정말 생각만 해도 끔찍한 꿈이야! 끔찍한 꿈이었어! 얘기하기도 싫다!"

　승덕은 고개를 휘휘 젓다가 다시 사랑스러운 두 사람의 얼굴을 자세히 들여다보았다. 언제 봐도 귀엽고 예쁜 동생 승미, 그리고 사랑하는 서영. 그 두 사람이 깔깔거리며 웃는 모습을 그저 멍하니 바라보았다. 지극히 황홀하고, 지극히 행복한 마음으로.

　"선배, 그런 꿈을 꾸느라 피곤하지? 이리 와. 내 무릎에 누워."

　서영은 두 다리를 쭉 뻗고 새하얀 원피스를 무릎까지 예쁘게 펼쳤다.

　"자, 얼른 누워."

　승덕이 '아니야'라고 말하기도 전에 서영이 그의 몸을 잡아끌었다. 승덕은 자신도 모르게 너무나 자연스럽게 서영의 허벅지에 고개를 묻었다.

　"선배, 목이 딱딱하게 굳었어."

　서영이 가느다란 열 손가락으로 승덕의 어깨를 조물거렸다.

'아냐, 하지 마'라고 말하기도 전에 서영은 한없이 포근하고 한없이 부드러운 손길로 승덕의 뒷목을 어루만졌다. 부드럽고 따스한 기운이 그의 온몸으로 퍼져 흘렀다.

"선배, 기분 좋아?"

"으응, 좋아."

승덕은 더없는 행복감에 눈을 감았다. 맑고 환한 푸른 하늘이 사라졌다. 하지만 꿈이 아니었다. 두 눈을 감아도 서영의 손가락 마디마디가 다 느껴졌다. 이 시간이 영원하기를 그는 마음속으로 빌었다.

"후후. 그럼 난 오빠 손을 마사지해야지."

하늘빛 원피스를 입은 승미도 서영의 곁에 살포시 앉더니 승덕의 손을 끌어다가 조물조물 매만지기 시작했다.

"아유, 언니. 이것 좀 봐요. 우리 오빠 오른손 가운뎃손가락이 아주 보기 싫어요. 어릴 적부터 하도 공부만 해서 손이 이렇게 됐다니까요."

"어머나, 정말? 진짜 못생겼다. 후후."

승미와 서영이 맞장구를 치며 흥을 보는 것이 승덕은 좋았다. 이렇게 두 사람이 함께 자신을 골리는 것이 이토록 행복할 수가 없었다.

"우리 오빠 손가락, 이제 보니 참 기네? 어머, 이것 봐!"

승미는 오랜만에 들여다본 승덕의 손이 자기보다 길쭉하다며 이리저리 뒤집었다.

"우리 선배, 목선도 길고…… 부드러워."

향긋한 샴푸 내음. 향긋한 입김. 그리고 부드러운 입술이 승덕의 뒷목을 간질였다. 동생이 옆에 있는데도 아랑곳하지 않고 서영은 그의 목에 입술을 댔다.

"아, 서영아, 이러면……."

승덕이 서영을 말리려는 순간 그의 새끼손가락에 강한 아픔이 밀려왔다.

"악! 아야야!"

승덕이 깜짝 놀라 반사적으로 몸을 세웠다. 분명 좀 전까지 승미가 쥐고 있던 그의 오른손으로 시큰한 통증이 밀려왔다. 승덕은 눈을 크게 뜨고 승미를 바라보았다. 그러자 조금 당황한 승미의 얼굴이 눈에 들어왔다.

"미안, 오빠. 너무 맛있게 생겨서 그만."

"저런, 선배 아파요? 난 부드럽게 해줄게, 이리 와요."

승덕은 무언가 일이 잘못되고 있음을 느꼈다. 너무나도 아름답고 너무나도 다정한 두 사람이 여전히 반가운 미소를 지으며 그를 바라보고 있는데……. 그런데 무언가 몹시도 이상했다. 도저히 이해할 수 없는 일이 눈앞에서 벌어졌다. 승덕의 손가락을 깨물고 살짝 피를 묻힌 승미의 빨간 입술이 그랬고, 부드럽게 해준다며 살짝 벌린 입술 사이로 드러난 서영의 날카로운 송곳니가 그랬다.

두 사람이 몹쓸 장난이라도 치는 건가? 지금 무엇이 어떻게 돌아가고 있는지 분간할 수가 없었다. 승덕은 거의 본능적으로 두 사람에게서 떨어졌다. 두 다리를 뻗고 앉은 그 자세 그대로 슬슬 뒷걸음쳤다. 그의 뒤에 서 있는 메타세쿼이아 밑동까지 발을 밀었다.

"오빠, 왜 그래?"

"선배……."

승미와 서영이 살짝 미소를 지으며 승덕을 향해 다가왔다. 두 사람은 네 발 달린 짐승처럼 두 팔과 두 다리를 땅에 디디고 한 발 한 발 승덕을 향해 다가왔다. 하얗게 미소 짓는 두 사람의 입술 사이로 날카로운 네 개의 송곳니가 반짝거렸다.

"너, 너희……."

승덕은 어찌할 바를 몰라 두 사람을 멍하니 바라보았다. 분명 사랑스러운 사람들인데. 너무나도 그립고, 너무나도 보고 싶었던 두 사람인데. 뭐가 잘못된 것일까?

픽! 퍼억!

두 사람이 승덕의 곁으로 다가오는 순간! 그들은 무언가에 세차게 얻어맞고 앞으로 고꾸라졌다.

"승미야! 서영아!"

뒷걸음치던 승덕은 쓰러지는 두 사람에게 달려들었다. 두 사람의 머리가 파란 언덕 위로 떨어지기 전에 승덕은 두 사람의 어깨를 받아 감싸 안았다. 대체 누가 이런 짓을 했는지 위를 올려다보는 순간! 승덕은 또다시 입이 벌어졌다.

"너, 너는…… 정현이!"


## 18


"정현이 네가…… 네가 어떻게 이럴 수가!"

승덕은 벌떡 일어나 정현의 멱살을 잡아 흔들었다. 뭐가 뭔지, 무슨 일이 일어났는지 모르겠지만 분명한 건 정현이 승미와 서영을 쓰러뜨렸다는 사실이었다.

"인어예요, 형. 저 두 사람은 인어라고요."

멱살을 잡아 흔드는 승덕에게 정현은 또박또박 얘기했다.

"인어라고? 그게…… 무슨 말이냐? 네 눈엔 얘들이 안 보이냐? 얘는 서영이고, 얘는 내 동생 승미란 말이야!"

승덕은 미친 듯이 소리를 질렀지만 정현은 고개를 흔들었다.

"아뇨, 형. 제 눈엔 정희 누나와 낙빈이로 보이는 걸요."

"뭐, 뭐라고?"

승덕은 대체 정현이 무슨 말을 하는지 알 수가 없었다.

"인어의 특기는 진주를 눈물로 흘리고, 베틀로 비단을 짜는 것만이 아닙니다. 그들에게는 또 하나의 특기가 있습니다. 바로 사람을 홀리는 것이지요."

승덕은 뒤쪽에서 들려오는 목소리에 고개를 돌렸다. 김창걸 교수였다.

"사람에게 사랑을 받고 끝내는 아내나 남편까지 되었다는 인어는 사람이 가장 바라는 대상이 되어 상대방을 유혹하고 상대방의 마음을 홀린다고 전해지고 있소. 그래서 사람들은 인어에게 홀려서 마음을 빼앗기곤 했지요."

"기억나요, 형? 아까 동굴 안으로 뛰어간 거. 그 후로 형이 만난 건 다 인어였어요."

"인어? 인어라고? 하지만 왜 인어가…… 왜 인어가 날 홀리는 거지?"

승덕은 믿을 수가 없어서 고개를 가로저었다.

"인어의 전설은 여러 갈래가 있소. 전설마다 인어를 부르는 이름도 다르고, 인어에 대한 인식도 상이하답니다. 내가 이야기했던 건 동쪽에서 전해 내려오는 전설이고, 남쪽 바다 근처에는 식인食人 인어 이야기가 전해오고 있소."

"식, 식인……?"

"그렇소. 식인 인어에 관한 이야기는 중국의 남쪽 바다 이외에도 일본을 비롯한 아시아 등지에서 종종 접할 수 있지요. 식인 인어는 황홀하고 아름다운 모습으로 사람을 유혹해서 그가 안심하는 사이에 온몸을 산 채로 뜯어먹는다고 했소. 인간은 산 채로 먹히면서도 멍하고 초점 없는 눈으로 죽음이 코앞에 닥친 줄도 모른다고 기록되어 있소."

"식인 인어……."

승덕은 살점이 떨어져나간 새끼손가락을 바라보았다. 그곳에는 새빨간 피가 흥건히 맺혀 있었다.

"식인 인어는 그 습성 때문에 신에게 저주를 받아 인간을 먹을 수 없는 지옥의 굴속에 처넣어졌다는 전설도 있는데…… 아마 식인 인어 역시 자신들을 잡아가는 인간들로부터 도망치다가 이곳까지 오게 되었겠지요. 내가 보기엔 바로 이곳이 사람을 홀리는 식인 인어들이 사는 곳 같소. 어쨌든 외국 동화책에서 본 아름답고 착한 인어를 상상했다면 유감이지만 말이오."

"식인 인어……."

승덕은 정현과 김창걸 교수를 번갈아 바라보았다. 좀 전까지 눈앞에 있던 모든 것이 사라지고 그는 캄캄한 동굴 안에서 차디찬 물에 두 발을 딛고 서 있었다. 어느 쪽이 현실이고 어느 쪽이 환상이었는지는 분명했다.

승덕은 자신의 눈앞에 쓰러져 있는 두 사람을 바라보았다. 정현에게 뒤통수를 맞고 쓰러진 두 사람이 까맣고 차가운 물 위에 둥둥 떠 있었다. 환상이라는 것을 깨달았는데도 그들은 여전히 서영이고 승미였다. 그리운 두 사람이었다. 코끝이 시큰거렸다.

승덕은 멍하니 살점이 떨어져나간 새끼손가락만 보고 또 바라보았다.


낙빈은 눈앞에서 반짝이는 영롱한 금빛 줄을 따라 검은 물을 거슬러 올라갔다. 물이 허리까지 닿기도 했지만 다행히 동굴의 맞은편 끝이 다가올 때까지 더 깊은 곳은 없었다. 주변에 요사스러운 기운이 느껴지기도 하고 물속에서 첨벙거리는 소리에 신경이 쓰이기도 했지만 신안을 통해 금빛 줄을 따라 걸었더니 어떤 어려움도 없이 동굴의 끝부분까지 안전하게 도착할 수 있었다.

검은 물이 허리까지 깊어졌다가 수위가 낮아지더니 종아리, 발목까지 찼다. 그리고 바위 사이에서 떨어지는 작은 물줄기가 보이는 지점에서 물길은 완전히 끝나 있었다. 물길 저편으로 짙은 이끼 천막이 보였다. 녹색의 이끼 너머로 허연빛의 무리가 어른거렸다.

"아아, 다 왔구나."

낙빈은 축축해진 한복을 툭툭 털며 뒤를 돌아보았다. 눈이 어둠에 익숙해졌는데도 검은 물 저편이 몇 미터도 채 보이지 않았다.

"승덕 형! 정현 형! 교수님!"

낙빈은 목이 터져라 소리를 지르고 대답을 기다렸다. 하지만 고요한 동굴 안쪽에서는 메아리 외에 어떤 소리도 들려오지 않았다. 낙빈은 잠시 동안 울퉁불퉁한 바위 위에 털썩 주저앉아 검은 물만 바라보았다. 갑자기 형용할 수 없는 외로움이 엄습했다.

머리끝부터 발끝까지 온몸이 부르르 떨렸다. 불안은 한기가 몰고 온 감정이었다. 긴장이 풀리면서 잊고 있던 한기가 온몸으로 퍼졌다. 본능적으로 더 이상 체온이 떨어지면 위험하겠다는 생각이 들었다.

"안 되겠어. 형들도 멍하니 기다리길 바라진 않을 거야."

낙빈은 등에 짊어진 배낭을 더욱 단단히 둘러메고 동굴을 나가기로 했다. 커튼처럼 드리워진 기다란 넝쿨을 헤치니 두 눈이 멀 정도로 밝은 빛이 쏟아져 내렸다. 이미 시간이 많이 흘러 한낮의 강한 빛이 아닐 텐데도 워낙 어두운 곳에 있었던 탓인지 무척이나 눈이 시렸다.

"이러면 형들이 좀 더 쉽게 밖으로 나올 거야."

낙빈은 동굴 입구까지 줄줄 늘어진 넝쿨에 온몸을 실었다. 무게를 실어 몇 번 흔들자 동굴을 감싸고 있던 푸르른 줄기들이 우수수 떨어져 내렸다. 줄기와 줄기 사이에 빈 공간이 생기자 캄캄한 동굴 안쪽으로 빛이 들어왔다. 낙빈의 뒤를 따라오는 일행에게 도움이 될 것이었다.

생각보다 넝쿨은 꽤나 질겼다. 힘을 실어 끊어내느라 어느새 온몸에 열기가 일어났다. 이편이 저체온증보다 훨씬 나았다. 낙빈은 이마 한쪽에 살짝 배어난 땀을 소매 끝으로 닦았다. 바로 그때 빽빽하게 초목이 들어찬 숲이 파사사 흔들렸다. 낙빈은 인기척이 들려오는 쪽을 큰 눈으로 바라보았다.

"낙빈 군, 왔군요."

마치 기다렸다는 듯 싱긋 웃음을 지으며 다가오는 사람은 바로 현욱이었다.

"혀, 현욱 아저씨?"

검은 양복을 걸친 현욱이 이 무시무시한 숲을 헤치며 낙빈에게 다가오고 있었다. 현욱은 혼자가 아니었다. 그의 곁에는 한 번도 본 적이 없던 검은 복장의 남자가 있었다.

휜 천막 주변에서 보았던 사람들이 죄다 검은 양복 차림이었다면 이 남자는 온몸에 착 달라붙는 검은색 보디슈트를 걸치고 있었다. 보디슈트 위로는 발목까지 내려오는 기다란 조끼를 걸치고 있었다. 그것은 단순한 조끼가 아니라 온몸을 단단히 방어하는 보호판이 보강된 조끼였다.

게다가 그는 한쪽 어깨에 허리까지 내려오는 기다란 총을 메고 있었다. 자세히 보니 온몸을 감고 있는 수많은 총알도 보였다.

"올 줄 알았습니다. 잘 왔어요. 이 근방은 우리 신성한 집행자들이 보호하고 있는 구역입니다. 안심해도 좋아요."

현욱은 마치 기다리던 사람을 만난 것처럼 매우 자연스럽게 낙빈을 맞았다.

"도와주세요. 형들이 교수님하고…… 저기 동굴 안에서 사라졌어요. 좀 도와주세요!"

낙빈은 다짜고짜 현욱의 검은 양복을 붙잡았다. 낙빈의 작은 두 손이 그의 빳빳한 양복을 꽉 구겼지만 현욱은 움직이지 않았다. 검은 총을 멘 남자는 낙빈을 슬쩍 바라보더니 그들의 뒤편으로 고개를 돌렸다. 어딘가에서 누가 그들을 바라보고 있는 건 아닌지 세밀히 감시하는 눈빛이었다.

현욱은 낙빈이 가리키는 동굴을 힐끗 보더니 낙빈의 어깨를 꼭 쥐었다.

"걱정 말아요. 그 사람들이라면 걱정하지 않아도 알아서 나올 겁니다. 그보다 낙빈 군은 우리와 함께 산으로 갑시다."

그는 다짜고짜 낙빈의 한 손을 잡아끌었다.

"이, 이거 놔요! 뭐하시는 거예요? 난 형들을 기다릴 거예요."

낙빈이 있는 힘껏 버둥거렸지만 현욱은 손을 놓지 않았다.

"나는 형들을 구하러……!"

다시 낙빈이 힘껏 버둥대자 현욱은 순간적으로 손을 놓더니 낙빈의 먹살을 꽉 움켜잡았다. 숨을 쉬기 힘들 정도로 조여오는 현욱의 힘에 낙빈은 힘이 빠져버렸다. 그는 무시무시한 힘으로 낙빈의 목을 조이더니 허리를 숙여 낙빈과 눈높이를 맞추었다. 매서운 두 눈이 낙빈의 눈앞에서 번쩍였다.

"낙빈 군, 잘 들어요. 1퍼센트의 가능성이라도 있다면 나는 그것을 포기할 마음이 없습니다. 우리 신성한 집행자들은 새로운 신인이 될 가능성이 있는 사람들을 예지하고 그들과 함께 이곳에 왔습니다. 하지만 낙빈 군, 나는 마지막 1퍼센트의 가능성을 당신에게 걸고 있습니다. 말도 안 되는 사정으로, 말도 안 되는 시점에 이곳을 찾아온 당신들! 그 1퍼센트가 얼마나 대단한 의미를 갖는지 알고 있나요?"

낙빈은 눈앞에서 번뜩거리는 남자의 매서운 두 눈에 등골이 서늘해졌다. 먹살을 잡은 그 손이 조금만 더 힘을 가하면 낙빈은 그자리에서 숨이 멎을 것이었다. 그 무시무시한 남자가 낙빈을 향해 매섭게 말하고 있었다.

"봉선의 시간이 끝나기 전에, 아니 흑단인형이 제단을 파괴하기 전에 우리는 봉선을 통해 신인을 탄생시켜야 합니다. 그리고 그 1퍼센트의 가능성이 당신에게도 있는 이상 나와 함께 가줘야겠습니다."

그는 다른 손을 들어올리며 손목에 채워진 회색 시계를 낙빈의 눈앞에 들이밀었다. 시계에는 커다란 숫자가 새겨져 있었다.

"7시 30분. 봉선의 시간이 겨우 30분밖에 남지 않았습니다."

낙빈은 깜짝 놀랐다. 캄캄한 동굴을 지나느라 미처 알지 못했는데 생각보다 시간이 너무 많이 지나 있었다. 시간을 느끼지 못한 데에는 소호산의 산빛도 한몫을 했다. 모름지기 산의 밤이라면 캄캄해야 하지만 왜인지 사위는 여전히 밝았다.

"낙빈 군이 검을 찾건 말건 나는 관심이 없습니다. 하지만 낙빈 군은 나와 함께 소호산 정상에 올라야겠습니다. 그리고 월식이 시작되기 전에 나와 함께 그곳에서 봉선 의식을 기다려야겠습니다. 그것이 인류를 위해 지금 낙빈 군이 할 일입니다."

그는 낙빈의 눈을 응시하며 한마디 한마디에 기를 실어 말했다. 그의 진심 어린 깊은 눈에서 낙빈은 그가 말하는 것보다 더 많은 것을 읽었다. 그는 필사적이었다. 지구를 멸망시키지 않기 위해, 아니, 인류를 지키기 위해 그는 필사적이었다.

그는 낙빈의 대답을 기다리지 않았다. 어린 낙빈의 손목을 단단히 잡고 산 정상을 향해 끌어당겼다. 낙빈도 더 이상 저항하지 않았다. 거역할 수 없는 힘 앞에서 더 이상 저항할 수가 없었다. 저 멀리서 운명이 꿈틀대고 있었다.

## 19

정현과 승덕, 그리고 김 교수는 끝없이 펼쳐진 검은 물을 가르며 동굴의 반대편 끝을 향해 한 발 한 발 내디뎠다. 어떻게 산속 깊은 곳에 이런 거대한 동굴이 있는지 놀라웠다.

'식인 인어들이 신의 저주를 받아 지옥불 속에 갇혔다'는 전설대로 이곳은 그런 공간인 것 같았다. 걷고 또 걸어도 검은 물과 인어들뿐이었다. 물이 종아리쯤 차오르는 평평한 땅을 가르며 그들은 앞으로 앞으로 나아갔다.

첨벙. 첨벙.

저 멀리서 발소리가 들려왔다.

"누구로 보입니까?"

낯익은 모습으로 두 손을 흔들며 다가오는 사람을 바라보며 일행은 기계적으로 대답했다.

"낙빈이."

"정희 누나."

승덕과 정현의 대답이 달랐다.

"전 우리 대학 조교 선생으로 보이는군요."

김 교수에게도 다른 사람으로 보였다. 각자가 알고 있는 익숙한 사람으로 다르게 보이는 이는 분명 인어였다. 그것이 바로 사람을 홀리는 인어의 능력이었다. 다가오는 식인 인어를 향해 정현이 검집 그대로 달의 검을 휘둘렀다. 검집에 맞은 인어는 그 자리에서 고개를 처박으며 물속으로 넘어졌다. 검을 꺼내지 않고 기절시켰으니 10분쯤 지나면 정신을 차리고 일어날 것이었다.

그들이 여기까지 오는 동안 스물 남짓의 인어를 만났다. 인어들은 일행을 보면 금세 달려들어 유혹하기 시작했다. 그러나 이미 인어라는 사실을 알고 있는 일행에게는 아무 소용이 없었다. 일행은 서로를 철저히 믿고, 일행이 아닌 모든 것은 철저히 의심하라는 소소의 말이 무슨 뜻인지 확실히 알았다.

"인어는 꼬리가 있을 줄 알았는데……."

승덕은 동화책에서 보았던 인어 공주를 떠올리며 고개를 흔들었다. 인어는 그들이 상상했던 반인반수의 모습이 아니었다. 그냥 사람이었다. 다만 인어는 물고기처럼 물속에서 살아야 한다는 것만 다른 모양이었다. 마치 피부호흡을 하는 개구리처럼 물가에서 살아야 하는 숙명을 타고난 듯했다.

"중국 역사서에 따르면 반인반수라는 기록도 있지만, 동시에 머리, 눈, 코, 입, 손, 발까지 모두 사람의 형상을 갖추고 있다는 기록도 존재합니다. 인어도 여러 종족이 있는 모양입니다."

"그렇군요."

승덕은 고개를 끄덕였다. 고대 전설이나 역사서에 나오는 것처럼 사람들이 죽은 아내나 남편 대신 인어를 반려자로 삼고 살아간 이유가 이제야 이해되었다. 인어는 그들이 사랑했던 반려자의 모습으로 변해 매일 신선한 육식을 제공해주는 이상 동고동락하며 그들과 함께 살아주었을 것이다. 사람들은 사랑하는 이가 이

미 죽었다는 것을 알고 눈앞에 있는 것이 인어임을 알아도 심장
은 계속 쿵쿵 내려앉았을 것이다.

얼마나 걸었을까. 정말 끝도 없이 이어지는 기나긴 물길에 질
릴 즈음 그들의 눈앞에 희뿌연 빛의 무리가 나타났다.

"형, 저것 좀 보세요."

가장 먼저 정현이 멀리 떨어진 곳에서 아른거리는 하얀 불빛
을 바라보며 중얼거렸다. 높디높은 동굴 천장에 작은 틈새가 나
있었다. 그 틈새로부터 내려오는 빛줄기가 눈앞의 물가를 비추고
있었다.

빛이 비쳐드는 그곳은 검디검은 바위로 가득한 동굴 안의 다른
곳과 확연히 달랐다. 대체 어디서 나온 것인지 알 수 없는 새하얀
모래가 수북이 쌓여 반짝거리는 것이 흐릿한 어둠 속에서도 또렷
이 눈에 들어왔다.

"서, 설마……!"

김창걸 교수가 그 새하얀 모래밭을 보고는 뒤도 돌아보지 않고
달리기 시작했다. 그는 하얀 빛줄기에 흔들리는 그곳밖에 눈에
들어오지 않는 듯 허위허위 서둘러 발을 놀렸다. 그는 그렇게 서
두르다 물속에 첨벙 넘어지고 말았다.

"설마……."

하지만 그는 그 상태로도 엉금엉금 기어 새하얀 모래밭으로 다
가갔다.

"……!"

김창걸 교수는 아무 말도 할 수 없었다. 작은 언덕처럼 봉긋하게 솟아오른 새하얀 백사장 중앙에 하얀 바위가 앉아 있었다. 이 검은 동굴에서 자연적이라고는 믿을 수 없는 완전히 다른 빛깔의 판판하고 거대한 바위가 그곳에 놓여 있었다.

정현도 승덕도 이 어울리지 않는 광경에 눈을 반짝였다. 머리 위에서 흘러 들어오는 작은 빛줄기 아래 고요히 앉아 있는 새하얀 바위는 말할 수 없이 신비로웠다.

김창걸 교수는 너른 바위로 올라가 그 위를 덮은 먼지를 두 손으로 흩어내기 시작했다. 작디작은 먼지 더미가 사방으로 흩어지며 날아올랐다. 마침내 먼지 대신 울퉁불퉁한 자국이 나타났다. 우연에 의한 자국이 아니었다. 먼지가 사라지면서 점점 또렷해지는 그것들은 분명 바위에 새겨진 글자였다.

"보, 봉선대…… 이것이 바로 봉선대!"

김 교수는 손발까지 부들부들 떨면서 거대한 봉선대를 끌어안고 울음을 터뜨렸다. 김 교수 아래 거대한 바위는 진시황제의 친필이 새겨진 봉선대가 분명했다.


## 20


길 하나 없는 소호산을 오르는 건 퍽이나 고단한 일이었다. 산은 가파르고 험준했다. 현욱은 산 정상에 오를 때까지 낙빈의 손을 놓지 않았다. 신성한 집행자들이 이미 모든 작업을 해놓은 탓인지 정상에 오를 때까지 영적인 결계나 방해물은 없었다.

현욱은 어린 소년의 손을 단 한 번도 놓지 않았다. 낙빈의 손이 인류를 지키는 실낱같은 희망이라도 되는 듯 단단하게 부여잡았다. 그의 손으로부터 전달되는 비장함에 낙빈은 온몸의 세포가 곤두설 지경이었다.

"다 왔습니다."

정상으로 오를수록 나무의 키가 작아지더니 현욱이 걸음을 멈춘 자리에는 병풍처럼 바위만 삐죽이 솟아 있었다. 현욱의 검은 양복이 낙빈의 앞을 비켜서자 소호산이 한눈에 들어왔다.

산은 혹독하리만치 고달프고 힘든 여정을 안겨주었지만 그보다 몇 배는 아름다운 광경을 선사했다. 안개가 자욱한 산 정상은 다른 곳에서 볼 수 없는 독특한 구조였다. 울룩불룩 솟아난 거대한 바위들이 둥글게 둘러선 가운데 거대하고 넓은 운동장과도 같은 편평한 지대가 있었다. 병풍과 같은 바위들이 둘러쳐진 정상은 바위를 넘자마자 갑자기 평지처럼 판판해졌다.

바로 전까지만 해도 그토록 빼곡하던 나무가 하나도 없는 허허벌판 같은 곳에 허연 먼지와 흙으로 뒤덮인 평지가 나타난 것이다. 그곳은 마치 물 빠진 호수처럼 둘레는 둥그렇게 솟아 있고 중앙은 점차 아래로, 아래로 완만하게 낮아졌다.

"하아……."

낙빈은 크게 숨을 들이마셨다.

신기했다. 숲이 가득한 곳에서는 숨을 쉬기 어려울 정도로 자욱한 음기와 요기妖氣가 들끓었는데, 이곳은 더없이 맑고 순수한 기운이 맴돌았다. 가만히 있어도 콧속으로 솔솔 불어오는 바람이 먹지 않아도 배가 부를 것만 같고, 마시지 않아도 온몸을 정화시킬 듯한 기분이었다. 너무나도 순수하고 맑고 아름다운, 그것 그대로 너무나 온전하고 완전한 기운이 그곳에 있었다.

"이곳이 봉선대로군요!"

낙빈은 자신도 모르게 바위 아래로 내려섰다. 그제야 현욱은 단단히 붙잡고 있던 낙빈의 손을 놓아주었다. 그는 이제 자신이 할 일을 모두 마친 듯 조금은 여유로운 얼굴로 낙빈의 등을 물끄러미 바라보았다. 월식까지는 대략 15분이 남아 있었다.

낙빈은 무언가에 이끌리듯 바위 아래로 뛰어내렸다. 불쑥불쑥 튀어나온 둥그런 바위 병풍 아래로 내려서서 편평한 땅을 밟자 발바닥 밑에서 형용할 수 없이 강렬한 기운이 흘러 온몸을 통과했다. 보이지 않는 기의 소용돌이가 두 발바닥의 용천湧泉◆으로 흘러 들어와 머리끝 백회百會◆◆로 솟아올랐다. 지치고 힘들었던 모든 것이 사라지면서 온몸의 세포 하나하나가 맑게 되살아나 펼

---

◆발바닥 두세 번째 발허리뼈의 사이 부분으로 오목하게 들어가 있다. 기를 운용할 때 기운을 열고 닫을 수 있으며, 맑은 기운을 받거나 버리는 방식으로 몸속의 기운을 정화할 수 있다.
◆◆머리 두정頭頂 부위의 중앙에 있는 경혈. 정수리의 숨구멍 자리이며 몸에서 가장 중요한 부위라 불린다. 기를 운용하는 데도 가장 핵심이 되는 자리다.

떡이는 느낌이 들었다.

"시, 신기하다……."

낙빈이 두 손을 들어 바라보았다. 용천으로 흘러 들어온 기운이 손바닥 중앙의 장심掌心으로부터 기둥처럼 솟아오르는 것이 느껴졌다. 눈에 보이지는 않지만 처음 느껴보는 엄청난 기운이 낙빈의 몸을 통과하며 레이저처럼 하늘로 솟아올랐다.

"이곳이 봉선대……."

낙빈은 멍하니 입을 벌리고 서서 온몸으로 느껴지는 기운에 의지했다. 자신도 모르게 두 눈을 감고 멍하니 하늘로 고개를 젖혔다. 아무런 생각도 없는 무념무상의 순간이 되자 머릿속은 그 어느 때보다 맑아지고 주변의 모든 것이 너무나 생생하게 느껴지기 시작했다. 눈을 돌리지 않아도 등 뒤에 사람이 서 있는 것이 느껴지고, 바라보지 않아도 온 산에 퍼져 있는 수많은 사람의 인기척이 느껴졌다. 작은 움직임, 작은 흐름조차 생생한 감각 속에 모두 걸러지는 것만 같았다.

이토록 온몸이 정화되고 머릿속이 맑아지다니 낙빈은 기적처럼 느껴졌다. 집중하려는 어떤 노력도 없이, 어떤 준비도 없이 이토록 지극한 극한의 경지로 몰입할 수 있다는 것이 신기했다.

낙빈은 천천히 눈을 떴다. 둥글고 까만 두 눈이 깜빡거릴 때마다 좀 전까지만 해도 눈치채지 못했던 기적들이 하나하나 느껴졌다. 까만 양복을 발끝까지 걸친 채 우뚝 선 현욱은 낙빈의 움직임을 치밀하게 바라보았다. 험한 산속에서도 흐트러짐 없이 깔끔한

복장을 유지한 그는 낙빈을 보면서도 동시에 산의 곳곳을 확인하고 있었다.

그의 눈과 손이 되어주는 수많은 요원들이 쉼 없이 신호를 보내왔다. 다른 사람에게는 들리지 않는 낮은 소리로 그의 귀에만 들리는 수많은 보고가 있었다. 소호산 곳곳에 그의 눈과 손이 되는 사람들이 그득했다.

낙빈은 보지 않아도 그 모든 것이 보였다.

저 멀리에는 새하얀 천사가 있었다. 그는 바위와 바위 사이에 서서 하얀 바위에 기댄 채 하늘을 바라보고 있었다. 바로 오늘 새벽에 하얀 천막 사이에서 만났던 아름다운 청년 미카엘이었다. 새하얀 블라우스와 흰 바시를 입은 그는 여전히 아름다웠다. 다른 사람의 눈에는 보이지 않는, 그 거대하고 아름다운 날개가 은빛으로 반짝이며 그를 감싸고 있었다. 그 거대한 날개는 그의 양쪽 어깨뼈에서 솟아나 그의 키를 훌쩍 뛰어넘을 정도로 솟았다가 다시 그의 등으로 내려와 고요히 접힌 상태였다. 저 거대한 날개가 펼쳐진다면 얼마나 아름다울지 상상이 되지 않았다.

미카엘에게서 느껴지는 기운은 말로 형용할 수 없을 정도로 강력했다. 적어도 낙빈이 단 한 번도 접한 적이 없을 만큼 강렬하고 뜨거운 기운이 그에게서 솟아나고 있었다.

미카엘은 깊은 상념에 잠겨 낙빈을 한 번 바라보았다가 곧 고개를 돌려 어두워지는 하늘을 올려다보았다. 그는 하늘 위의 누군가와 대화하고 있었다. 그 누구에게도 들리지 않지만 그가 그 영혼의 주인과 나누는 대화일 것이다. 그들의 대화는 아주 경건하고 엄숙했다. 신기하게도 이 모든 것이 낙빈의 머릿속으로 흘러 들어왔다.

"아아……."

낙빈은 한순간 찡한 어지럼증을 느끼며 털썩 주저앉았다. 갑자기 너무나도 맑고 깨끗한 기운 속에 들어온 탓인지 머리가 핑 돌았다. 무릎을 꿇고 털썩 주저앉으니 지금 이 순간에 대한 깨달음이 새삼 밀려왔다.

신인神人. 지금 주변에 보이는 모든 이가 신인을 기다리고 있었다. 신의 부름을 받는 자가 누구인지 확인하기 위해 모여 있었다. 적어도 미카엘이란 남자와 낙빈은 신인 후보자가 분명했다. 엄청난 기운이 느껴지는 사방 곳곳을 보면 신인 후보자가 단 두 명이 아닐지도 몰랐다. 미카엘만큼이나 강력한 영력을 가진 자들의 존재감이 언뜻언뜻 느껴졌다. 그들 모두 낙빈과는 비교도 안 될 만큼 강력한 영력을 가지고 있었다. 신성한 집행자들은 신인이 될 만한 후보자들을 데리고 월식이 시작되기 훨씬 전부터 이곳을 단단히 지키고 있었던 것이 분명했다.

현욱이 낙빈을 애써 이곳으로 끌고 온 이유도 분명해졌다. 물론 신성한 집행자들이 데려온 사람들 중에 신인이 나온다면 좋을 것이다. 하지만 현욱은 무명의 어린 무당까지 이 자리에 서게 했다. 과연 어느 정도의 가능성을 가지고 있는지는 모르지만 그는 모래 먼지만 한 가능성도 버리지 않고 오늘 이 순간 신인의 탄생을 지켜내고자 하는 것이었다.

"그렇구나."

낙빈은 맑아진 머리를 흔들었다.

과연 자신이 신인이 될 자인지는 알 수 없었다. 대무신제를 받는 것, 그리고 궁극적으로는 천상천하 최고의 신인 태고지신太古之神을 받는 것이 낙빈의 숙명일지 몰라도 그것이 인류의 존망을 결정짓는다는 무시무시한 운명을 받은 신인과 반드시 결부되는 것은 아니라고 생각했다.

예전 같으면 무서웠을 것이다. 신인이라느니 인류의 존망이라느니, 그 모든 것이 버겁고 힘들고 두려워서 눈물이 나고 온몸이 떨렸을 테지만, 이상했다. 오늘은 그런 모든 부담감이 낙빈의 어린 어깨를 짓누르지 않았다.

오히려 맑아진 머릿속으로 모든 것이 담담하게 받아들여졌다. 자신이 신인이 된다고 해도, 또는 되지 않는다고 해도 받아들여야 할 숙명이라는 생각이 들었다. 운명이라면 받아들이고 어떻게 그 운명을 가꾸어나갈지 고민하면 된다는 생각이 들었다. 겁먹고 떨어봤자 달라지는 건 아무것도 없다는 생각이 들었다. 소호산 꼭대기의 맑은 기운은 놀랍게도 사람을 담대하게 만드는 힘도 있는 모양이었다.

"……!"

두 무릎을 꿇고 이런 생각을 하는데 낙빈의 뇌리에 무언가가 느껴졌다. 너무나도 맑아진 머리 덕분에 산속 작은 기운까지 날

낯이 느껴졌다. 그것은 바로 편평한 지대의 중심 쪽에서 흘러나
오고 있었다.

이상했다. 참으로 낯설면서도 더없이 익숙한 기운이었다. 낯선
데도 익숙하다는 말이 어불성설이라는 건 알지만 정말이었다. 몹
시도 반갑고 익숙한데, 처음 만나는 무언가! 낙빈은 천천히 일어
나 그 기운을 향해 한 걸음 한 걸음 발을 내딛었다.

그러는 동안에도 주위의 모든 것이 감각으로 전해져왔다. 미카
엘이 살짝 낙빈을 바라보는 것도, 현욱이 낙빈의 등을 유심히 지
켜보는 것도, 기운을 숨긴 강력한 능력자들이 낙빈을 관찰하는
것도 하나하나 고스란히 느껴졌다. 하지만 낙빈은 그 모든 것에
신경 쓰지 않았다. 그의 모든 감각은 땅 아래서 흘러나오는 어떤
기운에 집중되었다.

편평한 바위와 바위 사이에서 기운이 흘러나오고 있었다. 낙
빈은 그 앞에 무릎을 꿇었다. 그러고는 그곳을 맨손으로 슬슬 문
질렀다. 느껴지는 것은 그저 편평한 바위와 바위 사이의 작은 틈
이 전부였다. 낙빈은 그 바위틈에 손바닥을 대고 눈을 감았다.
무언가가 낙빈을 부르는 것 같았다. 낯설지만 낯설지 않은 무언
가가!

"아아⋯⋯!"

불쑥. 기운 하나가 튀어나와 그의 손바닥 장심을 쿡쿡 찔렀다.
엄지손가락 높이로 불쑥 튀어나온 무언가가 느껴졌다. 그것은 바
위틈에 끼어 있었지만 그 기운만큼은 낙빈의 손바닥에 느껴질 정

도로 불룩 치솟아 있었다.

'손바닥만큼 바위틈이 벌어진다면 불룩하게 느껴지는 저 무언가를 손으로 잡을 수 있을 텐데!'

한없이 안타까운 마음이 밀려왔다.

'너는 누구기에 그 바위틈에 갇혀서 그렇게 숨죽이고 나를 기다리고 있니?'

낙빈은 가슴이 먹먹해왔다. 언제부터인지, 또 왜인지 모르지만 신력神力이 깃든 어떤 물건이 바위 아래에 단단히 박혀 있는 게 분명했다. 한없이 가엾고 불쌍한 생각이 들었지만 거대한 바위 사이에 박혀 있으니 결코 꺼낼 수 있는 상황이 아니었다.

'아아, 널 어쩌면 좋으니.'

낙빈의 눈썹이 아래로 축 처졌다. 안타까움에 가슴이 시려왔다.

그때였다.

그긍…….

거대한 바위가 흔들렸다. 어린 소년은 깜짝 놀라 커다란 눈을 더욱 크게 떴다.

낙빈은 주변을 바라보았다. 그의 주변으로 신성한 집행자들의 모습이 나타났다. 몸을 숨기고 있던 이들마저 속속 모습을 드러냈다. 울룩불룩 솟은 바위 사이로 검은 양복과 또 다른 복장의 몇몇 사람이 눈에 들어왔다. 다들 팽팽하게 긴장한 얼굴로 하늘을, 바닥을, 자욱한 안개구름을 바라보고 있었다.

그그긍…….

더욱더 커다란 굉음이 들리면서 낙빈이 올라선 바위가 세게 흔들렸다. 허연 바위는 마치 거센 지진을 맞은 것처럼 양옆으로 힘없이 주춤거렸다.

그그그긍…….

더 커다란 굉음이 울려 퍼지며 낙빈의 눈앞으로 자욱한 먼지가 하얗게 올라왔다. 낙빈은 온몸을 엄습하는 갑작스러운 공포감에 납죽 엎드렸다.

그의 작은 손바닥에 불룩 솟은 작은 기운이 훨씬 더 또렷이 느껴졌다. 낙빈은 잡을 것 하나 없이 편평한 바위 위에서 그 불룩한 작은 기운만 온 힘을 다해 꼭 붙들었다.


## 21


캄캄한 동굴 안. 가는 빛줄기 몇 무리가 천장을 통해 내리비치는 그곳에 우뚝 솟은 작은 섬처럼 새하얀 모래밭이 있었다. 그 모래밭의 중앙에 놓인 거대한 하얀 바위는 김창걸 교수가 평생을 바쳐 찾아 헤매던 봉선대였다.

"아아, 정말…… 정말 있었어! 이제 겨우…… 이제 겨우 찾았구나! 이제야 겨우 살았어. 어흐흐흑!"

그는 글자 하나하나를 확인할 때마다 두 눈에서 폭포수 같은 눈물을 흘렸다. 그의 모습을 보건대 진시황제의 명을 받아 그의 신하 반이 옮겨온 봉선대의 표시가 분명한 모양이었다. 봉선대 위에 새겨진 글자들은 일생을 걸고 그가 찾아다녔던 시황제의 친필이 분명했다.

"축하드려요. 그동안 고생한 보람이 있네요."

승덕과 정현은 김창걸 교수를 보며 콧등이 시큰해지는 느낌이었다.

"그, 그럼…… 이제……."

김 교수는 배낭에서 카메라를 꺼내더니 이곳저곳에서 봉선대의 모습을 찍기 시작했다. 또한 종이와 먹지를 꺼내 한 글자 한 글자를 탁본하기 시작했다. 그렇게 한참 동안 그 거대한 바위의 글자를 탁본할 때까지 승덕과 정현은 고요히 옆을 지켰다. 김 교수는 탁본이 끝나자 자료들을 다시 조심스럽게 배낭에 담았다. 그러더니 승덕과 정현을 향해 무릎을 꿇고 앉았다. 그는 두 사람을 향해 깊이 고개를 숙였다.

"그동안 여러분에게 감추었던 게 있습니다. 처음엔 여러분을 믿지 못해 아무 말도 하지 않았지만 산을 오르며 알게 되었습니다. 여러분은 정말로 다른 것에 관심이 없다는 걸요. 당신들이 원하는 건 고구려 왕 대무신제의 검뿐이라는 걸요."

그는 흘러내리는 눈물을 닦으며 말을 이었다. 그는 여전히 감동에 벅차 목소리가 파르르 떨렸다.

"봉선대에 관한 연구에는 거대한 상이 걸려 있습니다. 300년 동안 풀리지 않는 수수께끼가 되어 거대한 상금이 걸렸던 페르마의 마지막 정리♦처럼 시황제의 봉선대 연구에도 평생을 보장받을 수 있는 큰 상금이 걸려 있지요. 저는 이미 초고 연구를 세계 역사학회에 보냈고, 실제로 봉선대를 증명하는 이 사진과 탁본을 보내면 우리 식구가 평생 걱정 없이 지낼 만큼 큰 상금을 받을 수 있습니다. 그래서 저는 엄마 없이 자라는 우리 향리를 위해 필사적으로 봉선대를 찾으려 했던 겁니다."

"아아, 그랬군요."

승덕과 정현은 고개를 끄덕였다. 그제야 왜 그가 이토록 소호산에 오르려 했는지 이해되었다.

"교수님이 왜 그토록 봉선대를 찾았는지 사정은 잘 알겠습니다. 그런데 왜 꼭 월식 시간에 맞추려 했던 건가요?"

승덕은 그동안 궁금했던 부분을 물었다. 그가 봉선대에 집착한 이유는 이해가 되었지만 여전히 월식이라는 시간에 집착한 이유는 설명되지 않았다.

"그건……."

김창걸 교수는 대답 대신 새하얀 봉선대 위에 무릎을 꿇고 고개를 숙였다.

"저는 당신들을 믿습니다. 당신들이라면…… 분명 향리에게 모

---

♦17세기 수학자 페르마(사실 그의 진짜 직업은 수학자가 아니라 의회 의원이었다)가 틈틈이 끼적여놓은 정리 중 하나. 페르마 사후 천재적인 방법으로 수많은 정리와 증명을 기록해놓은 그의 노트가 출판되었다. 그런데 그중 하나의 정리에는 증명이 생략되어 있었고 후대의 수많은 수학자가 미완성의 정리를 증명하기 위해 노력했다. 그러나 300년 동안 증명은 실패했고 결국 여러 국제 기관에서 포상을 걸었다. 마침내 페르마 사후 350년 만에 앤드루 와일스Andrew Wiles가 이 정리를 증명해냈다.

든 것을 알려주시겠지요."

김창걸 교수는 등에 멨던 거무튀튀한 등산용 배낭을 벗었다. 그는 카메라와 탁본을 담은 소중한 가방을 승덕과 정현의 앞으로 내밀었다.

"이 배낭은 특수 제작된 것이라서 아래쪽에 불을 붙이면 하늘로 솟아올라 정해진 위치로 날아가게 되어 있습니다. 제가 없더라도 이 안에 든 것들이 무사히 소호산을 빠져나가도록 고안해놓은 장치지요. 하지만 저는 그보다 여러분이 훨씬 믿을 만하다는 것을 이제 알게 되었습니다. 그러니, 부탁드립니다. 이것을 부디 향리에게 전해주시기 바랍니다. 주말마다 향리를 봐주러 오는 분이 계십니다. 그분에게 미리 부탁해놓은 것이 있으니 향리에게 이 배낭만 전달해주시면 됩니다."

"……?"

승덕과 정현은 김 교수가 왜 이런 말을 하는지 의아했다. 갑자기 왜 향리에게 자신의 배낭을 전달해달라고 부탁하는지 알 수가 없었다.

"그게 대체 무슨 말씀이신지……."

김 교수는 천천히 눈물을 닦아낸 뒤 안주머니에서 무언가를 끄집어냈다. 그러고는 작고 날카로운 그것을 자신의 심장에 갖다댔다. 그 모습을 바라보던 승덕과 정현은 눈을 의심하지 않을 수 없었다. 그것은 날카롭기 그지없는 양날의 단검이었다.

"뭐, 뭡니까?"

김 교수는 시퍼렇게 날을 세운 회백색 단검을 두 손으로 단단히 거머쥐고 자신의 심장을 겨눴다.

"향리는…… 내가 받을 상금으로 평생 잘살 겁니다. 이미 모든 조치는 해놓았습니다. 이제 제가 향리에게 줄 마지막 선물은 그 아이의 생명입니다."

그는 심장을 겨눈 채로 바위 위에 앉아 슬픈 미소를 지었다. 그는 마치 제물이라도 되는 것처럼 봉선대 중앙에 앉아 금방이라도 심장을 찌를 듯 위태로운 모습을 하고 있었다.

"교수님! 그게 대체 무슨 말입니까?"

"내가 이 봉선대를 찾아다닌 또 하나의 이유는…… 내 딸 향리가 채 열 살까지도 살지 못한다는 의사의 말을 들었기 때문입니다. 태어나던 그해 향리는 시한부 선고를 받고 지금까지 겨우겨우 목숨을 부지하고 있습니다. 죽은 아내가 예쁘고 훌륭하게 키워달라고 부탁했던 향리의 목숨이…… 단 몇 년밖에 남지 않았답니다."

김 교수는 눈물을 줄줄 흘리며 가엾은 딸의 이야기를 이어갔다.

"나는 진시황제가 꿈꿨던 불로불사의 소망과 봉선에 관한 모든 자료를 뒤졌습니다. 그리고 마침내 알게 되었습니다. 하늘이 열리는 날에 봉선을 하면, 무엇이든 한 가지 소원을 이룰 수 있다는 사실을 말입니다. 그 소원을 이루기 위해 진시황제가 이 친필 비석에 얼마나 많은 공력을 쏟아부었는지도 알았습니다. 봉선대의 전설은 그냥 떠도는 거짓말이 아닙니다. 그저 그런 소문도 아닙니다. 나도 처음엔 봉선이 과연 향리를 살릴 수 있을지 고민했습니다. 하지만 시간이 가면 갈수록, 이 산에 대해 알면 알수록 봉선의 날에 불로불사의 소원도 이룰 수 있다고 믿게 되었습니다.”

“알겠습니다, 알겠다고요. 하지만 왜 그 칼을 꺼내신 거냐고요!”

승덕은 김창걸 교수의 말을 막으며 안타깝게 소리쳤다.

“봉선 의식은 하늘이 열리는 순간 살아 있는 인간의 생지生脈, 그것도 자신이 가장 아끼는 인간의 생지를 바치는 것입니다. 향리를 살려달라는 소원을 빌기 위해 나는 향리만큼이나 아끼는 사람을 바쳐야 합니다. 그런데 그건 바로 나 자신이더군요. 나는 나 자신을 바침으로써 내 딸의 목숨을 살릴 수만 있다면 백 번이고 천 번이고 죽을 수 있소!”

김 교수는 슬픈 얼굴로 애써 웃음을 지어 보였다. 그는 딸을 살리기 위해 자신을 희생하기로 이미 굳게 결정한 얼굴이었다.

“이봐요, 교수님. 잠깐만요, 잠깐만. 향리가 병에 걸렸단 말이죠? 그럼 봉선대 연구로 상금을 받은 다음 그걸로 세계적인 병원을 찾아가서 저명한 의사의 치료를 받으면 살릴 수 있지 않을까요? 왜 이런 짓을…….”

승덕은 불안하게 떨리는 김 교수의 손목을 보며 서둘러 말했다. 승덕은 어떻게든 그를 설득하려고 머리를 굴렸다.

“아니요, 아니요. 인맥을 총동원해봤지만 세계 유수의 교수들까지 등을 돌렸습니다. 희망이 없어요.”

김 교수의 눈에서 눈물이 방울방울 떨어졌다.

"이게 최선일까요, 교수님? 좀 더 생각해보면 방법이…….”

"향리를 위해서라면 난 죽을 수 있어요. 이 방법밖에 없어요.”

김 교수는 승덕의 말이 들리지 않는 듯 고개를 흔들었다. 그는 모든 것을 결정한 듯 두 손에 힘을 주었다.

"닥쳐요! 말도 안 됩니다! 그러면 정말로 향리가 기뻐할 거라고 생각하는 겁니까? 향리의 얼굴을 똑바로 본 적이 있나요? 엄마를 잃어버린 향리에게 아빠마저 없이 혈혈단신으로 살아가라고 할 겁니까? 향리가 그러길 바랄 것 같습니까?”

조용히 그의 말을 듣고 있던 정현이 크게 소리를 질렀다. 정현은 너무나도 답답하고 안타까운 듯 김 교수를 바라보며 가슴을 쳤다.

"내 부모는 나를 절간에 버렸습니다. 절간에는 아버지 스님을 비롯해 날 돌봐주시는 수많은 스님이 있었습니다. 그런데도 문득문득 그런 생각이 들었죠. 어머니 손을 잡고 시장에서 떡볶이를 사달라고 떼쓰는 아이를 보면서, 온 가족이 산과 들로 소풍을 나와 김밥을 먹고 서로 앞서거니 뒤서거니 자전거 타는 모습을 보면서, 아버지의 손을 잡고 모래판에서 함께 씨름을 하는 아이들을 보면서…… 찢어지게 가난해도, 아주아주 못나도 좋으니 내게도 어머니 아버지라 부를 사람이 있으면 좋겠다고. 나를 안아줄 부모가 있으면 좋겠다, 그런 생각을 했었죠! 아버지 스님과 누나가 있었는데도 말입니다!”

언제나 단단한 정현이었다. 그 단단함 속에서 어떤 감정도 쉽사리 꺼내지 않는 정현이었다. 아주 어린 시절부터 그렇게 감정을 숨기고 살아온 그가 김창걸 교수에게 자신의 마음을 감추지 않고 토해내고 있었다. 그의 결정이 얼마나 이기적인 것인지, 또 얼마나 잘못된 것인지 말하기 위해 두꺼운 가면을 벗어버리고 자신을 있는 그대로 내보이고 있었다.

"이 넓고 넓은 세상에서 유일한 한 사람, 아버지만 믿고 따르던 아이가 하룻밤 사이에 아버지를 잃고 외톨이가 된다면 아무리 건강해진다 한들, 아무리 오래 산다 한들 기쁠까요? 평생 버림받았다고 생각하며 살아갈 텐데, 과연 행복할까요? 2년이 될지, 3년이 될지 모르는 그 짧은 날이라도 서로 애틋이 보듬고 사랑하며 그 행복감을 간직하고 이 세상을 떠나는 것이 더 의미 있지 않을까요?"

강철처럼 강한 청년의 눈이 흔들렸다. 그의 맑은 두 눈에 물기가 어리더니 금방이라도 떨어질 듯 일렁거렸다.

"진정으로 향리를 사랑하신다면…… 진정으로 따님을 사랑하신다면…… 사는 동안 너무나 행복했노라 말할 수 있게…… 저승에 가서라도 친구들에게, 어머니에게 자랑할 수 있게 즐겁고 기쁜 추억을 만들어주는 것이 더 낫단 말입니다!"

정현의 한마디 한마디에는 스스로가 느끼는 절실함이 담겨 있었다. 그 진심이 너무나도 간곡한 마음의 울림을 만들어냈다. 그 울림이 하도 깊어서 결국 김창걸 교수는 그 자리에서 무너져 내렸다.

"으, 으흐…… 향리야, 향리야……!"

정현의 말이 뼛속 깊이까지 파고들어 눈물이 흘러나왔다. 단검을 든 김 교수의 손이 부들부들 떨려왔다. 진정 향리를 위한 길이 무엇인가 혼란스러웠다.

후드득…… 후드득…….

갑자기 그들의 머리 위쪽에서 이상한 움직임이 느껴졌다.

봉선대에 주저앉아 있던 김창걸 교수의 머리 위로 새하얀 흙먼지가 떨어져 내렸다. 모두 놀라 동굴 저 높은 곳을 쳐다보았다. 작은 틈새로 빛이 들어오는 동굴 천장에서 돌가루가 떨어져 내리고 있었다.

"엽!"

챙그랑!

그때를 놓치지 않고 정현의 오른발이 김 교수의 단검을 쳐냈다. 정현의 발길질을 받은 단검은 그대로 멀리 날아가 출렁이는 검은 물속으로 사라져버렸다.

"어흑, 어흑. 어흐흐흑! 내가 향리 널 혼자 두다니…… 이 거친 세상에 너를 혼자 버려둘 생각을 했다니! 그래선 안 되는 거지. 그래선 안 되는 거야. 어흐흐흑."

김창걸 교수는 그 자리에 엎드려 거센 울음을 토했다. 그는 말할 수 없는 후회와 괴로움으로 끝없이 눈물을 흘렸다. 정현의 진실된 말이 김 교수의 모든 생각과 결정을 단번에 바꾸어놓았다. 더 이상 죽음에 대한 미련이나 갈구는 없었다. 다만 딸을 살린다는 미명 아래 진정으로 향리를 위한 것이 무엇인지 생각하지 못했던 스스로에게 극심한 자괴감이 일었다.

"자, 잘못했습니다. 제게 뉘우침의 기회를 주어 고, 고맙습니다……."

그는 손에서 단검이 사라지자 모든 것이 훨씬 분명하게 보였다. 가엾은 향리를 혼자 버려둘 궁리를 했던 것이 너무나 부끄럽고 한심하게 느껴졌다. 하나만 생각하고 둘은 생각지 못했던 것이다. 향리를 두고 죽을 생각을 했던 것도 어리석었고, 향리의 병에 대해 더 알아보려 하지 않고 포기한 것도 한심했다.

향리와 함께라면…… 가능성이 있을 거란 희망이 꾸물꾸물 솟아올랐다. 분명, 어딘가에. 아직까지는 찾지 못한 희망이 어딘가에 있을 거란 생각이 들었다.

김 교수의 미간이 뜨거워졌다. 김 교수는 한 손을 들어올려 더듬더듬 미간을 매만졌다.

"설마……."

순간 김 교수는 그곳이 소소가 만졌던 자리임을 깨달았다.

"소인의 행운……."

김 교수는 뜨거운 눈물을 쏟았다. 그렇다, 그 소인은 그에게 엄청난 행운을 준 것이 분명했다. 그 행운은 인어에게서 살아남은 것도 아니고, 봉선대를 발견한 것도 아니었다. 그가 받은 가장 귀한 행운은 향리와 함께하려는 생의 의지였다.

"고, 고맙습니다……."

김창걸 교수는 봉선대 위에 엎드려 하염없이 눈물만 쏟았다. 승덕과 정현은 그의 마음이 가라앉기를 기다렸다.

그릉…… 그릉…… 그르릉…….

그런데 또다시 그들의 머리 위쪽에서 새하얀 흙가루가 떨어져 내렸다. 이번에는 좀 전보다 훨씬 많은 양의 흙먼지였다.

"뭐, 뭐야? 갑자기?"

놀란 승덕과 정현이 천장을 바라보았다. 하얗게 떨어지는 먼지 때문에 뭐가 뭔지 분간되지 않았다. 그 순간 흙먼지를 뒤집어쓴 김창걸 교수가 외마디 비명을 질렀다.

"아아…… 8시! 월식! 천개의 시간이오!"

어느새 월식이 시작되는 시간이었다.

크응…… 크응…… 크르릉…….

처음 들어보는 엄청난 저음이 저 깊은 지하 밑바닥에서 울려 퍼졌다. 그것은 끝없이 깊은 지하 저편에서 들려오는 지구의 비명 소리였다. 그 깊은 울음을 시작으로 동굴 바닥이 세차게 흔들리기 시작했다.

"으, 으아악!"

세 사람은 중심을 잡지 못하고 이쪽저쪽으로 와르르 넘어졌다. 그들의 앞에 있던 봉선대 아래 검은 바위들도 쩍쩍 갈라지기 시작했다. 갈라지고 끊어지는 것은 그들 발아래뿐만이 아니었다. 일행의 머리 위쪽에서도 요란한 소리가 나더니 하늘이 열리듯 동굴 천장이 쩍 갈라졌다. 우수수 떨어져 내리는 돌과 흙더미에 코앞도 잘 보이지 않았다.

"헉, 이게 뭐야?"

발아래 봉선대를 중심으로 검은 동굴의 바위들이 갈라지더니 그 틈으로 엄청난 바람이 뿜어져 나왔다. 그 바람이 얼마나 센지 거대한 바위가 꿈틀꿈틀 움직이면서 슬슬 떠오를 정도였다.

"자, 잡아! 꽉 잡아!"

일행은 누가 먼저랄 것도 없이 봉선대 위로 올라가 허연 바위 틈으로 손을 밀어 넣었다. 울퉁불퉁한 곳이라면 어디든 잡고 버텼다. 세 사람이 사지를 펴고 누워도 충분할 정도로 거대한 봉선대가 두둥실 떠오르기 시작했다.

푸화악!

잠시 후 끝도 알 수 없는 깊은 곳으로부터 엄청난 바람이 솟아올랐다. 그 힘이 어찌나 센지, 놀랍게도 거대한 봉선대 바위가 하늘 높이 둥실 떠올랐다.

"으아아악!"

수십 미터는 될 법한 동굴 천장 위로 봉선대와 함께 일행의 몸이 떠올랐다. 한 치 앞도 보이지 않는 상황에서 바위를 부여잡는 것 말고 그들이 할 수 있는 것은 아무것도 없었다.


## 22


그긍…… 그그긍…….

커다란 굉음과 함께 낙빈의 발아래가 쩍쩍 소리를 내며 갈라졌다. 그 틈으로 하얀 먼지가 풀풀 올라왔다. 소호산 정상을 중심으로 엄청난 지진이 일어나고 있었다. 낙빈뿐 아니라 정상을 지키던 신성한 집행자들도 잔뜩 긴장하며 신경을 곤두세웠다. 낙빈의 몸은 흔들리는 땅을 따라 이리저리 굴렀다.

"아흑!"

낙빈은 작은 몸을 지탱하기 위해 무엇이든 잡으려고 손을 더듬거렸다. 그의 작은 손바닥에 무언가 불룩 튀어나온 것이 느껴졌다. 낙빈은 그것을 힘껏 붙들었다.

"월식이 시작됐다! 천개가 시작됐다!"

멀리서 현욱의 외침이 들려왔다. 그의 목소리가 들려온 순간 갑자기 낙빈의 온몸이 맹렬한 속도로 솟구치기 시작했다.

"우왁! 우와악!"

작은 돌기를 붙든 낙빈은 하늘로 하늘로 온몸이 뜨는 것을 느꼈다.

"으악!"

낙빈은 눈 아래 펼쳐진 광경을 보고 비명을 질러댔다. 편평하던 바위가 쪼개져 하늘 높이 둥실 떠올라 있었다. 낙빈의 몸을 간신히 누일 만한 정도의 바위였다.

산의 정상이 무너져 내리면서 뻥 뚫려버린 바닥 저편에 검은 물이 흘러가는 게 보였다. 검은 물이 줄줄 흐르는 그곳은 낙빈이 긴 시간 동안 헤매던 동굴이 분명했다. 본래 동굴의 지붕이었을 소호산 정상이 볼품없이 쪼개지면서 그 차갑고 검은 동굴이 그대로 드러난 것이었다.

아래를 내려다보는데 이가 딱딱 부딪혔다. 만약 낙빈을 실은 바위가 그대로 떨어져 내린다면 온몸이 바스러질 만큼 위험한 높이였다. 이 믿을 수 없는 공중 부양에 낙빈은 균형을 잃고 하마터면 천 길 아래로 떨어질 뻔했다.

"나, 낙빈아!"

낙빈이 숨죽여 떨고 있는 그때 너무나도 반가운 목소리가 들려왔다.

"혀, 혀엉!"

낙빈은 온몸을 바위에 찰싹 붙이고 고개만 돌려 목소리가 들려오는 쪽을 바라보았다.

"낙빈아!"

하얀 바위에 올라탄 승덕과 정현, 그리고 김 교수가 낙빈을 바라보고 있었다. 그들 역시 낙빈처럼 공중으로 둥실 떠올라 위태롭게 날고 있었다. 낙빈을 실은 바위와 승덕 등을 실은 거대한 바위 외에도 여러 바위 조각들이 공중에 두둥실 떠 있었다.

"형, 형아!"

"낙빈아, 여기 있었구나!"

일행은 잠시 떨어져 있었을 뿐인데도 얼마나 반가운지 몰랐다. 낙빈은 그리운 형들을 보자 머리가 다시 맑아지는 것을 느꼈다. 좀 전에는 온몸이 하늘로 솟는다는 생각과 극심한 공포감에 대체 무슨 일이 일어났는지 알 수가 없었다. 하지만 이제야 비로소 상황이 파악되었다. 어째서 이러한 일이 벌어졌는지.

이 거대한 바위를 밀쳐낸 것은 바로 산 밑바닥에 고여 있던 엄청난 양기였다. 음기에 에워싸여 있던 양기의 덩어리가 마침내 천개를 기해 지금껏 쌓아온 기운을 사방으로 뿜어대고 있었다. 그 양기의 중심에 있던 거대한 바위가 사방으로 흩어지는 강한 기운에 의해 이렇게 하늘로 둥실 날아오른 것이었다.

"그렇구나, 이게 천개구나. 우리 밑에서 솟구치는 것이 바로 양기로구나!"

모든 것을 깨닫고 나니 더 이상 낙빈은 무섭지 않았다. 낙빈은 바위 사이에 끼어 있는 불룩한 것을 단단히 잡고 똑바로 앉으려 애썼다. 좌선을 하듯 바른 자세로 앉으니 다리 밑에서 올라오는 양기와 산을 뒤덮고 있는 음기가 온몸에 차오르는 느낌이 들었다.

승덕과 정현도 낙빈을 따라 했다. 커다란 봉선의 바위 위에서 승덕과 정현, 그리고 김 교수도 좌선하는 자세로 앉았다. 어쩐지 엎드리고 있을 때보다 훨씬 더 안정감이 느껴졌다.

그제야 봉선대의 세 사람은 용기를 내서 주위를 둘러보았다. 굽이굽이 이어진 거대한 소호산의 줄기가 눈에 들어왔다. 줄기줄기마다 굽이쳐 흐르는 하얀 구름까지 모두 그들의 발아래에 있었다.

"아아……."

그것은 평생 다시 보지 못할 장관이었다.

무언가 기의 덩어리가 그들이 있던 봉선대의 중심에서 뿜어져 나와 거대한 구멍을 만들고 힘차게 위로 솟구친 것이었다. 이 어마어마한 기운의 덩어리들은 거대한 바위를 거뜬히 들어올렸고 세상에서 가장 강력한 양기를 바위 전체에 퍼붓고 있었다. 다행 스러운 것은 바위가 한없이 치솟는 것이 아니라 어느 고도에 이 르자 그대로 멈추었다는 점이다.

고도가 더 이상 높아지지 않음을 확인하자 승덕과 정현, 그리 고 김 교수의 공포심은 훨씬 줄어들었다. 세 사람은 문득 봉선대 가 무척이나 크고 넓어서 각자의 자리가 넉넉하다는 것을 깨달았 다. 불안이 한결 누그러들었다.

바로 그때였다. 무언가 희고 빠른 것이 하늘로 날아올랐다. 그 러더니 눈 깜짝할 사이에 봉선대의 중앙에 섰다.

"뭐, 뭐……."

말을 하려던 승덕은 입을 꾹 다물고 말았다. 너무나도 아름다 운 모습에 정신을 잃을 정도였기 때문이다. 새하얀 블라우스와 흰 바지를 입은 금발의 청년이 갑자기 김 교수와 승덕, 정현의 가 운데에 우뚝 섰다. 낙빈 일행이 오늘 새벽에 만났던 아름다운 청 년 미카엘이었다. 승덕은 입을 쩍 벌리고 미카엘을 바라보았다. 그도 그럴 것이 믿을 수 없는 광경이 눈앞에 있었기 때문이다. 승 덕은 한 팔로 눈을 비벼보았다. 그래도 소용이 없었다. 오늘 새벽 에는 보이지 않았던 것이 보였다. 이상했다. 분명 너무나 아름답 다는 것만 제외하고는 그저 똑같은 사람이었는데 지금 눈앞의 미 카엘은 그렇게 보이지 않았다.

"정현아, 너…… 너도 보이냐?"

"네, 네에……."

대답하는 목소리가 떨리는 것을 보면 정현의 눈에도 보이는 모양이었다.

"뭡니까, 이…… 새 같은 사람은……?"

김창걸 교수의 말을 들어보니 이 놀라운 광경이 그에게도 보이는 모양이었다.

믿을 수가 없었다. 푸른 눈의 아름다운 청년의 등을 뚫고 하늘로 솟아 있는 것은 거대한 날개였다. 그 날개는 흰색과 은빛이 뒤섞여 반짝거렸다. 한쪽 날개의 길이가 한 사람의 키보다 훨씬 길어 보였다. 그가 등 뒤에서 뻗어 나온 날개를 펄럭일 때마다 금빛으로 찰랑거리는 그의 머리카락까지 눈부시게 흩날렸다. 아무런 이유 없이 눈물이 주르륵 흐를 정도로 아름다운 광경이었다.

건너편 작은 바위에 앉은 낙빈의 눈에도 그 모습이 들어왔다. 너무 아름다워서 눈이 부셨다. 등 뒤로 두 날개를 접고 있을 때도 아름답기 그지없었는데, 그 날개가 하늘에서 푸드덕거리니 눈이 멀어버릴 정도로 아름다웠다. 엄청난 기의 폭풍 속에서 신력이 없는 사람들의 눈에도 그의 날개가 보였다. 모두의 능력과 기운이 배가되고 있었다.

"그들이 오고 있다!"

그 순간 저 멀리서 그의 음성이 들렸다. 현욱. 그가 차갑고 메마른 음성으로 신성한 집행자들을 향해 외치고 있었다.

'그들이라니…….'

낙빈은 현욱 쪽을 바라보았다. 새까만 양복을 입은, 단단해 보이는 어깨가 삐죽 솟은 바위들 사이에서 보였다. 그는 차가운 얼굴로 무언가를 명령하고 있었다. 아주 작은 소리지만 이 순간만큼은 이상하게도 두 귀가 뻥 뚫린 것처럼 주변의 모든 소리가 잘 들렸다. 무서운 일이 일어나려는 게 분명했다.

"라자무."

그가 낯선 이름을 말하는 순간 누군가가 살짝 고개를 끄덕였다. 낙빈의 눈은 그 작은 움직임조차 놓치지 않았다. 현욱으로부터 한참 떨어진 숲 속에 완전히 숨겨진, 보이지 않는 자리에 누군가가 있었다. 정상적인 상황이라면 분명 보이지 않아야 했다. 절대로 낙빈이 찾을 수 없어야 했는데 그 모습이 똑똑히 보였다. 강력한 양기를 받기에 가능한 일이었다.

뱀처럼 검은 비늘을 덮은 남자가 꿈틀거렸다. 온몸에 착 달라붙는 검은 옷을 입은 남자는 동굴 입구에서 아무 말도 없이 현욱의 뒤를 따르던 자였다. 그는 검은 복면으로 얼굴을 가린 채 눈만 내놓고 있었다. 그는 어깨 한쪽에 총신이 매우 긴 총을 겨누고 있었다. 그 검은 어깨가 움찔거렸다.

슈웃!

날쌘 소리와 함께 총알이 검은 총신에서 뿜어져 나왔다. 라자무의 총구에서 불똥이 튀었다. 아주 짧은 순간이었지만 낙빈은 라자무가 바라보던 곳을 보았다. 그가 총을 겨눈 그곳이 기적처럼 보였다.

라자무의 총구 저편, 한참 떨어진 저곳에 꿈틀대는 새빨간 점이 보였다. 공중에서 환하게 열린 두 눈으로 보아도 겨우 점으로만 보이는 그것의 심장을 라자무는 수많은 나무와 풀숲에 가로막힌 상황에서도 단 1밀리미터도 벗어나지 않고 정확히 파고 들어 갔다.

"하앗!"

다음 순간 낙빈은 자신의 눈을 의심했다. 분명 라자무가 쏜 총알이 닿으려는 순간 붉은 점이 그 자리에서 완전히 모습을 감추었다. 불가능한 일이었다. 라자무의 공격은 결코 사람이 피할 수 없는 것이었다. 그런데도 붉은 점은 말할 수 없이 정확하고 한없이 빠른 그 공격을 피해 사라졌다.

"어, 어디 간 거지?"

낙빈이 당황하며 아래를 둘러보았지만 빨간 옷을 입은 사람은 전혀 보이지 않았다. 대신 풀숲에 숨어 있는 수많은 신성한 집행자들만 분주히 움직이는 것이 느껴졌다.

"……."

숲 속에 숨은 자들은 숨소리조차 제대로 내지 않았다. 신경이 끊어질 것만 같은 팽팽한 긴장감이 그 자리를 지배하고 있었다.

쐐애애액!

차갑고 무서운 소리가 다가왔다. 너무나도 빠르고 너무나도 무시무시한 속도로 엄청난 살기를 담고 날아왔다.

"하아앗!"

그 순간 눈부신 은빛 날개가 펄럭였다.

미카엘의 거대한 날개가 위아래로 펄럭이자 그를 중심으로 투명하고 맑은 기운이 퍼져나왔다. 미카엘을 보호하기 위한 은총과 사랑이 가득한 기운이었다. 그 거대한 은총을 향해 검고 탁한 악의를 담은 공격이 파고들었다.

쩌어어엉!

그러나 무시무시한 것이 공격한 대상은 미카엘이 아니었다. 낙빈도 아니었다. 그것이 공격한 것은 거대한 바위. 승덕과 정현, 김교수와 미카엘을 싣고 있는 그 거대한 바위, 바로 봉선대였다.

무언가 거세게 부딪치는 소리가 들리며 봉선대가 크게 흔들렸다. 좌선의 자세로 앉아 있던 세 사람은 이리저리 뒹굴었지만 그들의 가운데에 선 금발의 청년만은 두 다리를 단단히 붙이고 움직이지 않았다.

"저건…… 저, 정?"

낙빈은 바위에 꽂힌 것을 바라보았다. 새까만 정이었다. 돌을 깨거나 구멍을 뚫을 때 쓰는 커다란 못같이 생긴 정이 봉선대의 중앙에 단단히 박혀 있었다. 그것은 단순한 정이 아니었다. 그 속에는 수많은 상념이 담겨 있었다. 엄청난 고통과 괴로움, 끝없는 미움과 원망, 그리고 슬픔이 가득 담긴 원혼의 정이었다.

쐐애애액!

낙빈은 두 눈을 크게 뜨고 찾아보았지만 대체 어디서 시작된 공격인지 알 수가 없었다. 쉴 틈도 없이 두 귀를 찢을 듯 거친 소리가 들려오기 시작했다.

"하아앗!"

미카엘의 날개가 다시 하늘에서 펄럭였다. 그 은빛 날개 사이로 맑고 깨끗한 기운이 퍼져나왔다. 이번에는 미카엘만 보호하는 것이 아니라 그가 서 있는 거대한 바위까지 감싸는 기운이었다.

쩌적…….

강한 상념으로 가득한 정이 달려들었지만 미카엘을 보호하는 맑은 기운에 막혀 그 자리에서 아래로 떨어져 내렸다.

"동서 120, 138. 방어. 라자무 공격. 클라라 출격."

두 번째 공격이 있자마자 현욱의 날카로운 음성이 퍼져나왔다. 신성한 집행자들에게만 들릴 만한 작은 소리이고 원격 통신이 아니면 전달되지 않는 소리일 텐데도 낙빈의 귀에는 이 모든 것이 고스란히 들렸다. 이 위에서도 보이지 않는 상대를 현욱은 어떻게 파악했는지 모르지만 적의 위치를 정확히 알아낸 것이 틀림없었다.

사람들이 일사불란하게 숲을 휘덮는 것이 느껴졌고, 그 중앙에는 좀 전에 보았던 붉은 점이 있었다. 풀과 풀이 부딪히고, 나무와 나무가 부딪히는 소리가 들리더니 엄청난 무리가 그 붉은 점을 향해 다가갔다. 그들은 정확하게 한 발 한 발 거리를 좁히고 있었다. 좁혀가는 사람들 하나하나에게서 엄청난 영력이 느껴졌다. 그냥 요원 한 명 한 명이 아니었다. 죄다 영적인 능력을 가진 사람들이었다. 그것도 엄청난 영력을 가진!

라자무도 마찬가지였다. 그는 단순히 장총을 겨냥하고 있는 것이 아니었다. 그의 총에는 무언가 다른 것이 있었다. 아무리 원거리라도 그가 겨누는 사람은 반드시 없앨 수 있는 엄청난 영적 기운이 들어 있었다.

쐐액!

라자무의 검은 어깨가 움찔거리는 순간 두 번째 총알이 그 붉은 점을 향해 날아갔다. 너무나도 정확하게. 너무나도 빠르게. 한 치의 어긋남도 없이. 그런데…….

콰아아아!

그 붉은 점에서 엄청난 기운이 뿜어져 나왔다.

"꺄아악!"

"끄아악!"

뒤이어 믿을 수 없는 일이 벌어졌다. 잔혹한 비명 소리였다.

그 붉은 점을 향해 다가가던 영능력자들의 괴성이었다. 이상했다. 라자무의 총알은 분명 붉은 여인을 겨냥했는데, 중간에 있던 신성한 집행자들이 몸을 날려 그 총알을 막았다. 아니, 그들이 몸을 날린 것이 아니었다. 그들의 몸뚱이는 무언가 알 수 없는 힘에 이끌려 마리오네트처럼 라자무의 총알을 막아섰고, 그 매서운 총알은 여러 영능력자의 몸을 꿰뚫고 말았다.

파사사사…….

그리고 믿을 수 없을 만큼 붉은 물이 온 숲을 물들이기 시작했다. 초록빛이었던 숲이 갑자기 붉은 물감을 흩뿌린 것처럼 여기저기서 붉디붉게 물들었다.

"아악, 안 돼!"

낙빈은 눈을 감았다.

보고 싶지 않았다. 새빨간 점이 움직일 때마다 온몸이 꺾이고 휘어지며 피를 토해내는 영능력자들의 모습을 보고 싶지 않았다. 그 끔찍한 모습을 알고 싶지 않았다. 눈과 귀를 막았는데도 이상하게 그 모든 모습이 느껴졌다. 느끼고 싶지 않은데도 오감으로, 온몸으로 전해지고 있었다.

"카앗!"

분노한 짐승의 울음이 느껴졌다. 낙빈은 눈을 떴다. 봉선대의 중앙에서 파랗게 눈을 뜬·미카엘이 분노에 떨며 포효하고 있었다. 그는 금방이라도 바위에서 뛰어내려 저 붉은 점을 향해 날아오를 기세였다.

"움직이지 마, 미카엘. 안 돼. 놈들이 노리는 건 바로 네가 움직이는 거야. 움직이지 마. 조금만 기다려."

차가운 현욱의 음성이 들렸다. 미카엘은 분노로 타올랐지만 현욱의 말을 어기지는 않았다.

"위치는 고정. 레드블러드의 능력을 봉쇄하겠다. 결계능력자들은 그 자리에서 결계를 펼친다. 다가가지 않는다. 결계의 위치만을 잡는다."

그의 명령에 따라 산의 이곳저곳에서 솟아오르는 결계력이 느껴졌다. 엄청난 결계의 그물이 붉은 점을 향해 쏟아졌다. 눈에 보

이지는 않지만 수많은 결계가 붉은 점을 감싸고 또 감싸며 레드
블러드라 불린 그자를 옴짝달싹도 못하게 했다.

"결계가 완성되었다. 공격자들이 자기 역할을 시작한다. 공격
자들은 점차 거리를 좁혀 다가간다."

현욱의 명령을 받은 또 다른 요원들이 일사불란하게 움직이기
시작했다. 현욱은 한참 떨어진 곳에서도 모든 상황을 파악하고
있었다. 그러던 그가 중얼거렸다.

"나타난 건 레드블러드 하나. 흑단인형은 어디에……."

낙빈은 현욱을 숨죽여 바라보았다. 그 순간 왜인지 그렇게 그
쪽을 바라보고 싶었다. 그가 한마디를 중얼거리는 순간 갑작스럽
게 현욱의 바로 코앞에 퉁 하고 나타나는 것이 보였다.

"나는 여기."

현욱의 눈앞에 갑작스럽게 무언가가 나타났다. 그것을 확인하
는 순간 현욱은 그 자리에서 사라졌다. 너무나도 순식간에 완전
히 사라져버렸다. 무엇이 어떻게 되었는지 알 수도 없는 짧은 순
간이었다. 그 순간 현욱의 눈앞에 붉은 기모노를 입은 새까만 머
리의 인형 같은 아이가 나타난 것이다.

허리까지 내려오는 검은 생머리에 새하얀 가면으로 얼굴을 가
린 아이가 하늘에서 내려왔는지 땅에서 솟았는지도 모르게 그 자
리에 나타났다. 그리고 그 아이가 나타나는 동시에 그 자리에 있
던 현욱의 모습이 사라졌다. 검은 양복을 단단히 입고 매서운 눈
동자로 사방을 살펴보던 그 남자가 눈 깜짝할 사이에 없어져버린

것이다.

낙빈은 깜짝 놀라 그 광경을 눈이 빠져라 바라보았다. 적어도 현욱에게 다른 기운이 미친 건 아니었다. 눈앞에 나타난 일본 인형 같은 아이가 한 짓도 아니었다. 다른 누군가에 의한 것도 아니었다. 아마도 현욱은 절체절명의 위기를 느끼고 그 자리에서 사라져버린 것 같았다. 그는 순간이동 능력을 가진 게 분명했다.

통.

붉은 인형 같은 아이는 미련을 두지 않았다.

더 이상 사라진 현욱을 뒤쫓는 일은 없었다. 대신 그 아이는 하늘에 둥실 뜬 일행 쪽을 바라보았다. 그러더니 통 하고 몸을 튕기는 순간 눈 깜짝할 사이에 둥실 떠오른 바위 조각들보다 더 높이 하늘로 튀어 올랐다.

"카앗! 흑단인형!"

분노로 불타오른 미카엘의 외침이 아니어도 낙빈은 그 아이를 보는 순간 그 이름이 흑단인형일 거라고 확신했다. 붉은 기모노의 허리 아래까지 빳빳하게 뻗어 내려온 두꺼운 머리카락이 온 어둠을 삼킨 듯 검디검어서였다. 흑단 같은 머리카락이 등을 가린 아이를 보는 순간 낙빈은 그 이름을 떠올렸다.

미카엘의 금빛 머리카락이 마치 불타오르는 것처럼 하늘로 솟구쳤다. 그의 새하얀 블라우스가 좌우로 펄럭이는 순간 미카엘의 두 팔에서 엄청난 기운이 솟아올랐다.

"성령의 역사하심!"

미카엘의 두 팔에서 그의 머리카락만큼이나 노랗고 붉은 두 가지 색깔의 기운이 활활 불타오르더니 맹렬한 기세로 솟구쳤다. 온 하늘을 쪼개버릴 것처럼 무시무시한 기운이 흑단인형을 향해 날아갔다.

"으악!"

낙빈은 자신도 모르게 눈을 꾹 감고 말았다.

저 엄청난 기운을 그대로 받았다가는 그 자리에서 납작하게 뭉개지거나 반으로 쪼개지겠다는 생각이 들었다. 곧 이어질 끔찍한 장면을 보지 않기 위해 낙빈은 고개를 숙였다.

카아앙!

하지만 낙빈의 귀에 들려온 소리는 찢어지는 괴성도, 고통스러워 몸부림치는 소리도 아니었다. 어마어마한 기운이 무언가에 막히고 부딪히는 듯한 소리였다. 낙빈은 눈을 찡그리며 슬며시 고개를 들어보았다.

"하아앗!"

낙빈의 눈에 들어온 것은 그 어마어마하던 기운이 흑단인형 앞에서 정확히 반으로 쪼개져 그 아이의 양팔을 휘감는 모습이었다. 도대체 어떻게 했는지 흑단인형이라는 아이는 자신의 앞으로 뻗어온 그 엄청난 기운을 맨손으로 받아낸 것이었다. 그러고는 마치 나무판을 쪼개듯 두 손으로 뜯어냈다.

기운을 저렇게 나누고 뜯어낸다는 것은 말도 안 되는 일이었다. 그녀의 팔에서 빙글빙글 돌던 기운은 급격히 약해지며 손끝에서 휘리릭 사라지고 있었다.

"하앗!"

그것으로 끝이 아니었다. 흑단인형은 머리 위로 두 팔을 모으더니 그대로 미카엘을 향해 쏜살같이 내려왔다.

"성령의 힘이여! 주의 역사하심이여!"

분노한 미카엘이 손바닥을 벌리자 그 중심에서 금빛으로 일렁이는 기다란 빛이 뻗어 나왔다. 좀 전의 공격이 어마어마한 기운의 거대한 복합체였다면 이번에 뻗어 나오는 기운은 예리한 칼날처럼 매섭고 날이 서 있는 공격 형태였다. 그 엄청난 빛이 닿는 순간 모든 것이 반 토막 날 것처럼 무시무시했다.

"하아앗!"

하지만 미카엘의 예리한 칼날보다 흑단인형이 더 빨랐다. 어느새 그녀의 두 손에는 좀 전에 봉선대를 향해 날아왔던 검은 정이 들려 있었다. 온갖 고통과 괴로움, 원한이 새겨져 있는 정이 미카엘을 향해 내려왔다.

미카엘은 조금도 피하지 않고 자신을 향해 내려오는 흑단인형을 겨냥해 금빛 기운을 내쏘았다. 흑단인형은 너무나 빨랐다. 눈에 보이지도 않을 만큼 빠른 속도로 그 기운을 비켜내더니 미카엘의 예상을 깨고 그의 발 앞으로 검은 정을 내리꽂았다.

정이 자신을 향해 내려올 것이라 생각했던 미카엘의 허를 찌르는 공격이었다. 두 다리를 단단히 세우고 자신을 공격해오길 기다리던 미카엘이 온몸으로 고드름처럼 삐죽삐죽한 푸른 기운을 내쏘았다. 이번엔 짧고 날카로운 푸른 기운이 미카엘의 전신을 감쌌다. 아마도 그 기운을 향해 흑단인형이 부딪쳐왔다면 상처를 입었을 것이다. 하지만 흑단인형은 미카엘이 아니라 바위를 겨냥했다. 그녀가 공격하려는 것은 미카엘의 발아래 둥실 떠오른 봉선대였다. 이제 모든 것이 명확했다. 흑단인형은 봉선대를 파괴하기 위해 이곳에 나타난 것이었다.

카가가강!

돌을 깨는 검은 정과 거대한 봉선대가 부딪히며 요란한 소리를 냈다. 정이 바위에 부딪히는 순간 미카엘은 중심을 잃고 비틀거렸다. 봉선대에 함께 타고 있던 승덕과 정현, 그리고 김 교수는 바위 밖으로 떨어져 내렸다.

"형, 교수님!"

낙빈이 소리를 질러댔다.

다행히 아래쪽에서 솟아오른 거대한 양기 덕분에 세 사람은 공중에 둥둥 뜬 채 천 길 동굴 바닥으로 떨어지지는 않았다. 하지만 양기를 온몸으로 받는 자리에 있다 보니 바람 때문에 어디로도 움직일 수가 없었다.

슈슉!

그때 아래쪽에서 가늘고 하얀 실타래가 세 사람을 향해 뻗어왔다. 새하얀 실타래가 세 명의 허리를 휘감더니 봉선대의 바깥쪽으로 잡아끌었다. 숲 속에 모습을 감추고 있긴 했지만 신성한 집행자들이 분명했다.

세 사람이 바깥쪽으로 끌려감과 동시에 숲의 이곳저곳에서 엄청난 공격이 시작되었다.

촤촤촤촤!

구출되는 세 사람을 보며 안도의 한숨을 내쉴 틈도 없었다. 온몸의 세포가 곤두설 정도로 무시무시한 소리가 바람을 가르며 쏟아졌다.

"아앗!"

여전히 봉선대 옆에 둥실 뜬 또 다른 바위 위에서 이 광경을 바라보던 낙빈은 납죽 엎드렸다. 엄청나게 무시무시한 기운이 봉선대 쪽으로 날아오고 있었다. 죄다 살기를 띤 엄청난 공격이었다. 몇몇은 실제 화살이나 총알 같은 것이었고, 또 다른 것은 눈에 보이지 않는 영적 공격이었다.

낙빈은 그 무시무시한 공격으로부터 살아남기 위해 있는 힘을 다해 온몸을 바위에 밀착시켰다. 살짝이라도 스쳤다가는 살아남지 못할 정도로 무시무시한 공격력이었다.

좀 전에 보았던 미카엘의 힘과 흑단인형의 영능력까지…… 낙빈으로서는 발끝만큼도 쫓아갈 수 없는 영능력이었다. 한 번도 본 적이 없고 들은 적도 없는 엄청난 힘이 그의 눈앞에서 맞서고 있었다. 이 거대한 고래들의 싸움에서 낙빈은 제 등이 터지지 않게 견디는 것만도 버거운 작은 새우였다.

낙빈을 실은 바위는 봉선대의 반의 반도 안 되지만 작은 아이의 몸을 숨기기에는 충분한 크기였다. 혹시 바위에서 떨어지다가 저 빗발치는 공격에 비명횡사할 수는 없는 일. 고개만 숙이고 있는 듯 없는 듯 바위에 찰싹 붙어 있으면 제 몸을 지킬 수는 있을 듯했다. 낙빈은 어떤 흔들림이 와도 떨어지지 않기 위해 바위틈에 불룩 튀어나온 무언가를 더욱더 세게 부여잡았다. 납죽 엎드린 소년은 눈만 껌뻑거리며 말도 안 되는 이 엄청난 상황을 쥐 죽은 듯 바라보기만 했다.

검디검은 쇠정을 봉선대에 내리꽂은 흑단인형은 다시 공이 튀기듯 하늘로 솟아올랐다. 미카엘이 바위에서 비틀거리는 순간 주변 숲에서 엄청난 공격이 쏟아졌다.

휘르르륵!

하늘로 솟은 흑단인형이 그 작은 몸을 뱅글뱅글 돌렸다. 그러면서 기모노의 기다란 소매 부분만 펄럭거렸다. 그녀의 몸이 팽이처럼 빠르게 돌아가자 그녀를 향해 쏟아지던 수많은 공격이 그녀의 움직임을 따라 돌기 시작했다. 마치 거대한 토네이도가 주변의 모든 것을 빨아들이며 돌아가는 것처럼 수많은 공격이 그녀의 곁에서 빙글빙글 맴돌았다.

마침내 그녀가 멈추며 두 팔을 뻗는 순간 수많은 공격이 본래 솟아올랐던 자리를 향해 내리꽂혔다. 그녀의 몸에서 비가 쏟아져 내리듯 사방으로 흩어지는 기운은 무섭고 잔인했다.

낙빈은 자신이 말로 표현할 수 없는 강력한 영능력자를 코앞에서 보고 있음을 알았다. 상상을 벗어날 정도로 엄청난 능력을 가진 이가 낙빈의 코앞에 있었다. 그녀에게는 어떤 공격도 의미가 없을 것 같았다. 낙빈은 무서웠지만 그녀의 움직임에서 도저히 눈을 뗄 수가 없었다. 정말 어린아이로밖에는 보이지 않는데…… 키도 낙빈보다 작고 몸집도 훨씬 왜소한데. 하얀 가면을 쓰고 있다곤 해도 그 안에 참 어린 얼굴 하나가 감추어져 있을 것 같은데. 그 어린 몸이 이토록 강력한 영능력을 발휘하고 있다는 것이 믿어지지 않았다.

흑단인형을 향한 공격은 멈추지 않았다. 두 번째 공격이 시작되었다. 이번엔 비틀거리던 미카엘도 자세를 잡고 공격에 가세했다.

"신을 배신한 자, 반역 지옥으로 향하리라!"

미카엘이 소리치자 그의 등 뒤에서 은빛 날개가 움직였다. 은빛 날개 중 왼쪽 것은 미카엘을 보호하듯 왼쪽 머리끝부터 발끝까지 감싸며 방어에 들어갔고, 오른쪽 것은 위아래로 거칠게 퍼덕였다. 펄럭이는 은빛 날개에서 엄청난 기운이 쏟아지더니 촘촘한 은빛 그물이 되어 흑단인형을 향해 날아갔다. 가늘고 촘촘한 은빛 그물이 흑단인형을 붙드는 순간 수많은 영능력자와 협공하여 그녀를 초토화시킬 심산이었다.

파사사사…….

그러나 그보다 더욱 빠르게 숲 저편에서 새빨간 불길이 이글이글 타오르더니 흑단인형의 앞을 가로막았다. 붉은 불길이 날아오른 곳은 붉은 점이 있던 위치였다. 수많은 영능력자가 피를 토하며 쓰러지게 만들었던 붉은 점, 레드블러드. 드디어 레드블러드가 모습을 드러냈다. 그 모습을 확인하는 순간 낙빈은 숨이 막히는 기분이었다.

머리끝부터 발끝까지 어쩌면 그렇게 붉은 여인이 있을 수 있는
지. 그녀는 그냥 붉은색이 아니라 핏빛처럼 진한 붉은빛이었다.
심지어 두 눈까지 붉게 타오르는 것만 같았다. 머리끝부터 발끝
까지 붉은 여인은 겉모습만 그런 것이 아니었다. 가만히 서 있어
도 그녀의 내부에서 뿜어 나오는 기운은 숨쉬기 힘들 정도로 강
렬했다. 그것은 미움과 원망, 공격과 살생, 격노와 분노가 뒤섞인
끔찍한 것이었다. 금방이라도 그 마음에서 피가 뚝뚝 묻어날 만
큼 잔인하고 가혹했다.

그 붉은 여인이 순식간에 흑단인형의 앞을 막아서더니 미카엘
의 은빛 공격을 고스란히 온몸으로 받아냈다. 미카엘의 날개에
서 뻗어 나온 촘촘한 은빛 기운이 붉은 여인의 온몸을 휘덮더니
옥죄기 시작했다. 촘촘한 기운이 그녀의 안으로 안으로 파고들어
온몸을 울퉁불퉁하게 만들었다. 그녀는 그 자리에서 온몸의 혈관
이 터져 즉사할 것만 같았다.

휘르르륵!

그 붉은 여인이 미카엘을 막는 사이 흑단인형은 또다시 회오리
를 일으키듯 그 자리에서 휘돌았다. 빙글빙글 돌아가며 세찬 바
람이 일었다. 그녀를 향해 쏟아진 두 번째 공격도 또다시 무용지
물이 되고 말았다.

"카아앗!"

붉은 여인은 거칠게 이를 드러내며 일갈했다. 그녀는 온몸을

휘감은 은빛 기운을 향해 이를 으드득거렸다. 꼼짝도 할 수 없는 그녀가 미카엘의 은빛 공격을 이로 물어뜯고 있었다.

"카각!"

미카엘이나 붉은 여인이나 눈에 보이지 않는 영적 능력을 마치 물리력을 가진 물건처럼 다루고 있었다. 여인은 자신의 몸을 묶은 은빛 갈고리를 물어뜯었다. 놀랍게도 그녀의 이가 물어뜯는 대로 그물 같던 은빛 기운이 갈라졌다.

쐐애액!

그 붉은 여인의 뒤에서 모든 공격을 무효화시킨 흑단인형이 두 팔을 번쩍 쳐들었다. 이번에는 그녀의 두 손에 검은 정이 각각 하나씩 들려 있었다. 흑단인형은 그중 하나로 봉선대를, 또 하나로 미카엘을 겨누며 맹렬한 속도로 하강했다.

미카엘의 은빛 공격은 금방이라도 터뜨릴 것처럼 붉은 여인을 옥죄고 있었지만 그 때문에 미카엘의 움직임도 자유롭지 못했다. 결국 흑단인형의 오른팔은 봉선대 위에 또 하나의 검은 정을 꽂았고, 그녀의 왼팔은 미카엘의 거대한 은빛 날개로 파고들었다.

"으아악!"

미카엘의 거대한 날개가 흑단인형을 막아섰지만 검은 정은 그의 날개 안쪽으로 파고들었다. 흑단인형이 두 발로 봉선대에 꽂힌 검은 정을 내리누르는 동시에 미카엘을 향한 검은 정에 힘을 주었다.

가가가각!

거친 쇳소리와 함께 회오리바람이 몰아치면서 셋의 영력이 부딪히고 파열되었다. 두 귀가 터져나갈 것처럼 끔찍한 소리를 내며 미카엘이 봉선대 뒤쪽으로 밀려나기 시작했다. 낙빈은 무서워서 손발이 덜덜 떨렸다. 과연 이 상황에서 살아남을 수 있을까 싶었다.

"지장선인志長仙人, 청룡등천靑龍登天!"

그때였다. 눈으로 보면서도 믿을 수 없는 일이 바로 앞에 펼쳐졌다. 이제 컴컴해진 소호산 정상에 낙빈이 지금껏 단 한 번도 들어본 적 없는 괴상한 짐승의 울음소리가 울려 퍼졌다. 그것은 그냥 울음소리가 아니었다. 분명 강력한 영적 파동이었다. 보통 사람에게는 두 귀를 찢을 듯한 천둥소리로 들릴 만했지만 영능력을 가진 낙빈에게는 요란한 짐승의 울음으로 들렸다.

온통 컴컴한 남빛으로 물들어가는 그곳에 하늘과 똑같은 남빛 물결이 일렁거렸다. 그 출렁이는 물결을 타고 하늘색 도복을 펄럭이는 남자가 커다란 원을 그리며 봉선대를 향해 다가왔다.

"마…… 말도 안 돼!"

낙빈은 신음 소리를 냈다. 과연 이게 꿈일까 생시일까? 하늘빛 도복을 펄럭이는 남자는 마치 하늘을 나는 것처럼 허공을 미끄러지듯 돌며 순식간에 흑단인형을 향해 다가왔다. 도복 차림의 남자가 나는 것이 아니었다. 두 눈으로 보면서도 믿을 수 없는 것이 그 남자의 아래에 있었다.

어머니의 신장 그림에서나 보았던 푸르른 용이었다. 하늘빛과 똑같은 빛깔의 청룡이 그의 발아래에 있었다. 그는 청룡의 정수리 가운데 사슴의 뿔처럼 솟아오른 두 개의 뿔 사이에 단단히 몸을 세우고 있었다.

"흑단인형!"

그 남자가 이를 가는 순간 청룡의 정수리 아래서 날카로운 비늘 두 개가 흑단인형을 향해 날아갔다. 두 발은 봉선대에 꽂은 정을, 두 손은 미카엘의 왼쪽 날개를 짓누르고 있던 흑단인형을 향해 갑옷보다도 더 단단할 듯한 비늘이 날아갔다.

그 비늘이 붉은 기모노를 파고들기 직전 흑단인형의 두 발이 봉선대를 차고 올랐다. 동시에 그녀의 두 발 아래 있던 검은 정이 봉선대의 안쪽으로 파고들며 바위가 쩍 소리가 났다.

"봉선대를 지켜야 해!"

저 아래쪽에서 다급한 음성이 울려 퍼졌다. 이제는 꽤나 익숙해진 목소리. 신성한 집행자들을 이끌고 있는 현욱의 음성이 틀림없었다.

낙빈은 오늘 새벽에 현욱이 했던 말이 생각났다. 흑단인형. 그녀는 더 이상 신인의 탄생을 원치 않는다고 했다. 그래서 그녀가 택한 것은 신인을 만들어내는 바로 그 제단, 봉선대를 부수어버리는 것이었다. 때문에 그녀의 공격은 사람보다 봉선대에 집중되었다.

"곧 진짜 의식이 시작될 거야! 봉선대를 지켜라!"

그의 말과 함께 흑단인형과 신성한 집행자들의 줄다리기가 시

작되었다. 미카엘은 붉은 여인과 대치했고 푸른 용을 탄 남자는
흑단인형과 봉선대 사이를 막아섰다. 푸른 용은 기다란 꼬리로
봉선대를 휘휘 감으며, 이어지는 공격을 차단하고 있었다.

촤촤촤촤……

동시에 소호산 곳곳에서 그들을 향해 세 번째 공격이 시작되었
다. 좀 전보다도 날카롭고 잔혹한 공격이 그들을 향해 쏟아졌다.

"으윽!"

낙빈은 다시 바위에 얼굴을 붙이고 누웠다. 두 손과 두 발은 물
론이고 온몸이 덜덜 떨려왔다. 엄청난 양기를 받으면서도 이토록
떨리니 어린 소년이 혼자 감당하기에는 힘겨웠다. 낙빈은 지독히
도 외롭고 무서웠다. 미칠 것처럼 두려워서 이 순간 어딘가로 사
라져버렸으면 좋겠다고 생각했다. 꿈이라면 제발 그만 눈을 뜨고
깨어나기를 바랐다.

퍼엉!

그때였다. 그들의 아래쪽에서 무언가 폭발하는 듯한 소리가 들
렸다. 낙빈은 간신히 눈을 가늘게 떠보았다.

"헉!"

왜일까? 이상했다. 좀 전까지만 해도 해가 저물어 남빛으로 일
렁이던 주변이 갑자기 금빛으로 번쩍번쩍 빛을 발하고 있었다.

"뭐, 뭐지?"

낙빈은 눈을 좀 더 크게 떠보았다. 그러자 무언가 바위 아래쪽
에서 솟아올라 봉선대 주변을 밝히고 있었다.

콰과과과…….

다시 엄청난 기운이 봉선대를 향해 솟아오르기 시작했다. 봉선대를 향해 믿을 수 없을 만큼 강력한 기운이 솟아올랐다. 그것은 너무 맑고 투명해서 어떤 느낌도 들지 않았다. 좀 전까지 이 바위를 쳐들고 있던 양기와 비교도 되지 않을 정도로 맑고 투명한 기운이었다.

"이…… 이게 뭐야?"

낙빈은 손을 펼쳐보았다. 그러자 손이 투명해지다가 아예 금빛으로 변했다. 손을 통해 찬란한 금빛이 사방으로 뻗어나가기 시작했다.

이 엄청난 기운의 중심은 분명 봉선대였지만 그 곁에 둥실둥실 떠 있던 몇몇 바위에도 고스란히 그 영향이 미쳤다. 낙빈이 납작 엎드려 있는 바위도 마찬가지였다. 낙빈은 자신을 태운 바위보다 훨씬 더 높이 솟아오른 봉선대를 바라보았다. 봉선대는 이 엄청난 기운을 고스란히 받은 채 금빛으로 빛나고 있었다. 봉선대를 둘러싼 미카엘과 붉은 여인, 흑단인형과 청룡을 탄 남자까지 네 사람의 온몸에서도 낙빈처럼 금빛 기운이 퍼져나오고 있었다. 낙빈은 바로 이 순간 천개가 시작되었음을, 진정한 봉선의 시간이 다가왔음을 직감했다. 한 세기에 단 한 번 있다는 봉선이 그의 눈 앞에서 펼쳐지고 있었다.

금빛 물결이 일렁이자 온 산이 출렁거렸다. 신성한 집행자들을 비롯해 그곳에 모인 모든 존재가 출렁거렸다. 어쩌면 전 세계가 알 수 없는 기운에 출렁거리고 있을지도 모를 일이었다.

그러나 봉선 의식을 막아서는 흑단인형은 출렁이지 않았다. 그녀는 싸늘한 눈빛으로 모든 것을 바라보고 있었다.

냉정한 눈으로 모든 것을 바라보는 유일한 존재는 붉은 기모노를 입은 작은 여자아이였다. 검은 생머리를 허리 아래까지 기른 그 작은 아이만 차가운 눈으로 이 모든 것을 응시했다. 아이는 그 순간을 놓치지 않았다.

봉선의 힘은 흑단인형이든 낙빈이든 신성한 집행자들이든 그 어떤 나눔도 편견도 없이 똑같은 힘을 쏟아주고 있었다. 그 무시무시하고 거대한 힘을 온전히 받은 흑단인형이 일말의 기다림도 없이 봉선대를 향해 두 발을 내리꽂았다. 나막신을 신은 하얀 발이 봉선대의 중심을 파고들었다. 그리고 그 중심에 박힌 새까만 정을 내리눌렀다.

콰지지지직!

모두가 정신을 차렸을 때는 이미 너무 늦어버렸다.

쩌적…… 쩌적…… 쩌어어억!

새까만 정이 봉선대의 깊숙한 안쪽으로 파고드는 순간 그 거대한 바위가 요란한 소리를 내며 둘로 쪼개지기 시작했다.

"안 돼!"

여기저기서 뒤늦은 비명 소리가 터져 나왔다.

퍼어어엉!

반으로 쪼개지던 바위는 다음 순간 더욱더 요란한 소리를 내며 네 조각으로, 여덟 조각으로 볼품없이 갈라지기 시작했다. 거대한 청룡이 그 조각들을 붙잡으려 했지만 소용없었다. 미카엘의 날개가 레드블러드를 휘감았던 은빛 그물을 거두고 부서지는 조각들을 감싸 안으려 했지만 소용없었다. 봉선대의 조각들은 요란한 소리를 내며 사방으로 흩어졌다. 조각이 사방으로 흩어지면서 미카엘도 조각과 함께 숲의 가장자리로 떨어졌고, 봉선대의 조각과 부딪힌 청룡 역시 힘없이 땅 아래로 떨어져 내렸다.

"으아악!"

봉선대의 조각은 낙빈을 향해서도 쏟아졌다. 그중 하나가 낙빈이 타고 있는 바위를 향해 날아왔다.

콰가가각!

엄청난 소리를 내며 부딪힌 조각 하나가 바위를 밀쳐냈다. 낙빈은 바위에서 떨어지지 않기 위해 바위 사이에 불쑥 튀어나온 무언가를 더욱더 꼭 붙잡았다. 온몸이 이리저리 흔들리며 휘청거렸다. 이대로 떨어졌다가는 끝도 없는 저 아래 동굴 바닥에 내팽개쳐지거나 거대한 노목들 사이에 내팽개쳐질 것 같았다.

"어, 어머니!"

낙빈은 너무 무서워 저도 모르게 어머니를 불렀다.

이대로 어머니의 얼굴도 보지 못하고 죽겠다는 생각이 들었다. 그러면 외로운 어머니는 어찌 될지 눈앞이 캄캄했다. 살고 싶었다. 죽고 싶지 않았다. 어머니를 위해서, 제발…….

토옹.

그때였다. 좀 전까지 몇 번은 들은 것 같은 익숙한 소리가 바로 코앞에서 들려왔다. 그 소리와 함께 낙빈이 타고 있는 바위가 갑자기 고요해지는 것이 느껴졌다. 바위에 매달려 있던 몸도 더 이상 흔들리지 않았다.

"......!"

낙빈은 떨리는 두 손을 놓지 않고 눈을 슬며시 떴다. 눈앞에 붉은 노을이 어렸다. 낙빈은 무서워서 왈칵 울음이 터질 것만 같았다. 그 붉은 노을의 정체를 낙빈은 벌써 알고 있었다.

낙빈은 도로 눈을 꾹 감았다. 죽음이 그의 코앞에 다가와 있는 것만 같았다.

"......"

하지만 어찌 된 일일까. 더 이상 아무 일도 생기지 않았다. 아무 소리도 들리지 않았다. 오히려 위험하게 흔들리던 바위가 멈추며 안정된 느낌만 들었다.

낙빈이 다시 눈을 떴다. 부들거리는 심장을 간신히 누르며 까만 두 눈을 떠보았다.

"......!"

붉은 노을을 본 것은 착각이 아니었다. 낙빈의 눈앞에 그 아이가 있었다. 붉은 기모노를 입고 까만 머리카락을 허리까지 늘어뜨린 여자아이였다. 새하얀 가면을 쓴 아이가 낙빈 앞에서 고개를 갸우뚱거리며 낙빈을 바라보고 있었다.

흑단인형이 낙빈의 코앞에 있었다. 한 뼘도 안 되는 거리에서 낙빈의 얼굴을 빤히 쳐다보고 있었다. 낙빈의 사지가 사시나무처럼 벌벌 떨려왔다. 낙빈은 마치 뱀 앞에 선 작은 개구리처럼 움직일 줄을 몰랐다.

그 흑단인형이 작은 손을 뻗어 낙빈의 얼굴을 만졌다. 그녀의 손이 낙빈의 턱을 감싸 쥐더니 이리저리 돌려보기 시작했다. 가면 사이로 까만 눈동자가 데굴거렸다. 흰자위가 거의 없이 새까맣게만 보이는 눈동자 앞에서 낙빈의 사지는 완전히 얼어버렸다.

"내가 아는 눈이로구나."

흑단인형이 낙빈을 향해 중얼거렸다. 낙빈은 너무 두려워 온몸이 굳었다. 그 하얀 가면 저편에서 깜빡거리는 눈동자를 피하고 싶었지만 낙빈의 두 눈은 그 눈에 못 박힌 듯 꽂히고 말았다.

"참으로 오랜만이로구나."

무시무시한 가면 속의 아이가 마치 낙빈을 알고 있는 것처럼 말했다. 하지만 낙빈은 맹세코 그 아이를 알지 못했다. 단 한 번도 만난 적이 없었다.

"네 어머니는 이제 사람이 되어 살고 있더냐?"

"……?"

낙빈은 자신도 모르게 동공이 벌어졌다.

어머니! 어머니라니!

예기치 못한 순간 예기치 못한 곳에서 '어머니'라는 말이 나왔다.

어머니, 나의 어머니…….

"어떻게 당신이…….."

낙빈이 무언가를 물으려는 순간 다시 통 하고 가벼운 발소리가 울렸다. 그리고 언제 그 자리에 있었냐는 듯 그 붉은 아이는 눈앞에서 사라졌다. 이 모든 것이 꿈이었다는 듯 어떤 흔적도 남기지 않고.

그제야 낙빈은 겨우 몸을 움직였다. 둥둥 떠올랐던 바위는 쪼개진 봉선대의 조각과 부딪히면서 산 정상 가장자리에 떨어져 있었다. 봉선대가 산산조각 나면서 두둥실 떠올랐던 커다란 바위 대부분이 숲으로 떨어진 뒤였다.

콰과과과광!

그때였다. 온 땅을 뒤흔들 것처럼 요란한 굉음이 일었다. 동굴 안쪽에서 엄청난 굉음과 함께 샛노란 기운이 솟았다. 엄청난 양의 기운이 허공으로 솟아오르며 거대한 용오름을 만들어냈다. 그것은 마치 살아 움직이는 뱀처럼 이리저리로 휘청휘청 목을 돌리더니 하늘 꼭대기로 쑥쑥 올라갔다. 그리고 곧 하늘 저편으로 완전히 사라져버렸다.

사라져버린 흑단인형과 공허한 얼굴로 모든 광경을 바라보는 신성한 집행자들을 보자니, 흑단인형이 바라는 대로 모든 것이 이루어진 건 아닌가 싶었다. 즉 봉선대에서 봉선 의식을 치르며 신의 계시를 받으려던 계획은 실패한 것처럼 보였다. 완전한 봉선이 이루어지기 전에 흑단인형이 봉선대를 산산이 부수어버렸으니까.

낙빈은 아직도 얼떨떨한 얼굴로 멀리 사라져버린 노란빛을 찾아 눈을 굴렸다. 좀 전까지만 해도 분명히 이글거리던 그 모든 기운이 진공청소기에 빨려 들어가듯 순식간에 사라져버렸다.

"낙빈아! 낙빈아!"

멍한 얼굴로 하늘을 바라보던 낙빈의 귀에 너무나도 반가운 음성이 들려왔다.

"혀…… 혀엉……."

낙빈은 다리를 세울 힘도 없어 철퍼덕 앉은 채로 다가오는 승덕과 정현을 물끄러미 바라보았다. 다행히도 다들 다친 데 없이 무사한 모습이었다.

"아아, 진짜 걱정했어. 다행이다."

승덕이 낙빈의 작은 어깨를 와락 껴안았다. 정현도 옆에 꿇어 앉아 낙빈의 까만 머리에 손을 올렸다. 이 무시무시한 곳에서 다들 무사한 것이 꿈만 같았다. 그들의 뒤에서 낡은 배낭을 단단히 붙든 김창걸 교수 역시 벅찬 얼굴로 일행을 바라보고 있었다.

낙빈은 승덕과 정현을 만나자 온몸에 팽팽하던 긴장감이 풀어졌다. 근육에 얼마나 힘을 주고 있었는지 사지가 덜덜 떨려왔다. 특히나 바위를 붙잡고 있던 두 손과 두 팔은 제어할 수 없을 정도로 심하게 떨렸다.

"낙빈아, 그런데 이거…… 이상한데?"

정현이 감전된 것처럼 몸을 떨어대는 낙빈을 보며 인상을 썼다.

"너…… 지금 잡고 있는 거 말이야."

정현이 낙빈의 손아귀에 단단히 붙들려 있는 불룩 튀어나온 그것을 가리켰다.

"아, 바위에서 안 떨어지려고 잡았어요. 아까부터 계속 있는 힘을 다해 쥐고 있었더니 손에 마비가 왔나 봐요."

낙빈은 여전히 두 팔을 덜덜 떨며 얼굴을 붉혔다. 어쩐지 약한 모습을 보이는 것만 같아 쑥스러웠다.

"아니, 그게 아니라."

스릉…… 스르릉…….

정현이 갑자기 등 뒤에서 두 자루의 검을 꺼내들었다. 해의 검과 달의 검이 하늘을 향해 검신을 내뻗었다. 그러자 은빛 광채가 출렁기렸다.

"이거 봐. 떨고 있어, 맹렬하게. 그 자리를 가리키고 있어."

낙빈도 승덕도 정현의 말을 단번에 알아챘다. 해의 검과 달의 검이 가리키는 그곳. 맹렬히 떨고 있는 그곳……. 바로 대무신제 무휼의 일월신검이었다!

낙빈은 덜덜 떨리는 두 손을 거두었다. 두 손을 떼자 바위틈에서 불룩 튀어나온 것이 보였다. 아주 검은 무언가가 막대마냥 삐죽 솟아 있었다. 분명 처음에는 튀어나온 조각이 없었는데 여러 기운과 충돌하고 봉선대와 충돌하면서 바위 속에 갇혀 있던 것이 밖으로 삐져나온 게 분명했다.

"이게…… 정말……?"

낙빈은 믿을 수가 없어서 승덕과 정현의 얼굴을 번갈아 바라보았다.

"하지만…… 이건 검이라고 하기엔 끝이 좀 이상한데?"

승덕이 의아한 얼굴로 낙빈의 손이 부여잡고 있던 것을 자세히 살펴보았다. 바위 사이로 고개를 내민 것은 일부에 지나지 않았지만 그 모양이 검의 끝이라고 하기에는 미심쩍었다. 검의 앞쪽이라면 날카로워야 하는데, 그것은 둥글고 완만한 원형이었다. 검의 손잡이 부분이 원형인 환두대도의 끝이라고 하기에는 또 너무 작고 둥글었다.

"하지만 두 검은 이것이 바로 우리가 찾는 물건이라고 말하고 있어요."

정현은 해의 검과 달의 검을 하늘 높이 치켜들었다.

"가라앗!"

정현의 기합과 함께 바람을 가르는 매서운 소리가 쉭쉭 뻗어나갔다. 그리고 은빛 찬란한 두 개의 검이 마치 나무토막을 자르듯 매끄럽고 부드럽게 단단한 바위의 틈바구니를 스치듯 지나쳤다.

쩌적. 쩌어억…….

작은 틈새만 있던 곳에 깨끗한 십자 모양이 그어졌다.

"낙빈아, 이제 네가 해야 할 것 같다."

"네."

낙빈은 침을 꿀꺽 삼켰다. 인식하지 못하는 사이에 자신의 눈앞에 대무신제의 일월신검이 나타났다는 것이 믿어지지 않았다.

바로 그 검이 공중에서 낙빈을 지탱해준 유일한 희망이었다는 사실도 꿈만 같았다. 낙빈은 떨리는 두 손으로 그 까만 조각의 끝부분을 감싸 쥐었다. 조각을 붙잡는 순간 낙빈의 심장이 벌렁벌렁 요동쳤다.

"으으…… 으으읍!"

낙빈이 그 작은 조각에 젖 먹던 힘까지 실었다.

"끄아아!"

있는 힘을 다한 순간 커다란 무가 쑤욱 뽑히는 것처럼 바위틈에 숨어 있던 검은 물체가 낙빈의 두 손을 따라 공중으로 올라왔다. 그것이 공중으로 솟아오르는 순간 온갖 기운으로 들썩거리는 뒤숭숭한 소호산 곳곳을 향해 맑고 영롱한 소리가 울려 퍼졌다.

딸랑…… 딸랑…… 딸랑…….

낙빈은 그 자리에서 멍하니 얼어버렸다. 정현과 승덕도 낙빈의 손에 잡힌 그것을 바라보며 눈을 크게 떴다. 모두들 어안이 벙벙한 눈으로 서로를 바라보았다. 그것은 그들이 생각하던 검이 아니었다. 길고 날카로운 선을 가진 검신이 아니었다. 그것은 둥글고 작은 방울이 여덟 방향에 달린 검은색의 팔주령八珠鈴◆이었다.

"이게 대체 무슨 일이지?"

낙빈과 승덕, 그리고 정현 모두 영문을 몰라 달랑거리는 방울을

---

◆방사상으로 뻗은 여덟 개의 가지 끝에 여덟 개의 방울이 달린 무구巫具다. 태양을 중심으로 사방으로 햇살이 뻗어가는 것처럼 만들어놓았다. 약간 오목하고 납작한 형태의 독특한 방울인데 청동기시대와 초기 철기시대의 유물로 출토된 바 있다.

그저 바라만 보았다. 아주 맑은 기운을 뿜어내는 그 방울들 사이로 무언가가 일렁거렸다. 가장 깊은 암흑의 색깔을 띠고 있는 검은색 무령巫鈴의 중심에 금빛으로 새겨진 그림이 방울 소리를 타고 출렁출렁 춤을 추었다. 그것은 소리를 따라 연기처럼 점점 크게 뻗어 나오더니 마침내 일행의 눈앞에서 거대하게 확대되었다.

"이게 뭐…… 뭐야?"

승덕은 이 상황을 이해할 수가 없어 낮은 신음 소리를 냈다. 금빛으로 일렁거리는 그것이 힘껏 기지개를 켜면서 두 앞발을 허공으로 차는 순간.

'히이이잉!'

바람을 타고 날아오르는 그 울음소리만 들어도, 금빛 날개를 위아래로 펄럭이며 두 발을 차는 그 모습만 보아도 눈앞에 나타난 것이 금빛 찬란한 말이라는 것을 알 수 있었다.

"왜……?"

낙빈은 자신의 두 손에서 찰랑거리는 팔주령을 바라보며 대체 무슨 일인지 영문을 몰라 고개를 흔들었다. 갑자기 낙빈의 등 뒤에서 뜨거운 기운이 서서히 일어나기 시작했다. 강한 열기가 낙빈의 등을 불태울 것처럼 끓어오르더니 온몸을 휘감았다. 낙빈은 그 뜨거운 열기가 자신이 기다리던 대무신제의 기척임을 알았다.

"신마 거루여…… 나의 벗이여."

낙빈의 입을 통해 참으로 낮고 위엄 있는 음성이 흘러나왔다. 감히 거역할 수 없는 강력한 힘을 담은 음성이 눈앞에 나타난 금빛 찬란한 말을 반기고 있었다.

"아아, 신마 거루였구나!"

그제야 승덕은 고개를 끄덕였다. 상서롭고 아름다운 빛을 발하는 신마 거루! 그것은 대무신제가 아끼고 또 아끼던 거룩한 말의 이름이었다.

대무신제와 관련된 자료를 찾으면 일월신검에 관한 이야기는 거의 없는 반면 신마에 관한 기록은 빠지지 않았다. 대무신제가 너무나 소중히 아끼던 말. 부여와의 전쟁에서 잃어버렸던 거루가 부여 땅의 말 100여 필을 이끌고 대무신제에게 돌아왔다는 이야기는 믿기 힘든 전설처럼 전해져오고 있었다. 그 위대한 말 거루가 여덟 개의 방울 중심에 새겨져 있었던 것이다.

"벗이여, 나의 친구여……."

대무신제의 영혼을 담은 낙빈이 금빛 말을 향해 한 손을 뻗었다. 거루는 하늘을 향해 두 발을 내뻗으며 온 땅을 흔들듯 히이잉 하고 커다란 소리를 내더니 낙빈의 오른손 아래로 고개를 숙였다. 그 아름다운 말이 낙빈에게 인사하듯 두 앞발을 굽히고 고개를 땅으로 숙인 채 울었다.

'나의 왕이시여! 이날이 오기를 기다렸습니다. 지금껏 당신만을 기다려온 신마 거루입니다.'

말의 울음 속에서 그 마음의 울림이 주변으로 퍼져나갔다. 신마 거루가 날개를 펄럭거리자 대무신제는 감동한 듯 그 모습을 하염없이 바라보았다.

"죽어서도 너를 잊지 않겠다고 약속하였다. 그리고 나는 잊지 않았다."

그는 두 팔을 뻗어 말의 목을 감싸 안았다.

"너와 헤어지지 않겠다고 약속하였다. 그리고 이제야 그 약속을 지키게 되었다."

"나의 왕이시여, 기다렸나이다."

종을 뛰어넘은 강렬한 우정이 그들 사이에서 피어났다. 살아생전 대무신제가 얼마나 거루를 아꼈는지, 또한 거루가 그의 주인을 얼마나 존경했는지 또렷이 느낄 수 있었다. 대무신제는 2,000여 년 만에 만나는 소중한 벗을 가슴으로 감싸 안았다.

낙빈은 벅차오르는 감동에 가슴이 터질 것만 같았다. 그토록 그리워하고 또 그리워하던 벗을 만난 대무신제의 끓어오르는 기쁨을 고스란히 느낄 수 있었다. 위대한 왕의 눈가에 맑은 물이 고였다. 그리고 지난 2,000년간 그를 기다려온 충직한 벗 역시 눈물을 흘렸다.

'나의 왕이시여, 나는 왕의 모든 병사와 함께 이제 또다시 당신과 함께할 것을 약속하나니, 이제부터 이 목숨, 이 영혼이 다하는 날까지 당신을 지키고 당신을 위해 싸울 것을 다시 한 번 맹세합니다.'

신마 거루가 대무신제를 향해 크게 절하는 순간 거루의 뒤로 까마득히 많은 병사와 신하가 대무신제를 향해 함께 절하는 모습이 펼쳐졌다. 오랜 세월 헤어진 주군을 기다렸던 충신들이 그를 향해 기쁨의 절을 올리고 있었다. 신마 거루가 주군을 모시기 위해 지켜왔던 이들이 분명했다.

"그래…… 그래……."

대무신제는 전혀 변하지 않은 자신의 벗이 고마워서 눈물을 쏟았다.

"이제부터 영원히…… 나 역시 그대들과 함께 살고, 또 그대들과 함께 죽으리라!"

더 이상의 말이 필요치 않았다. 신마 거루의 황금빛 갈기에 목을 얹고 하염없이 비벼대는 낙빈의 모습을 보며 승덕은 무언가 막혔던 것이 뻥 뚫리는 기분이 들었다. 그는 대무신제가 왜 일월신검을 찾으라고 했는지 알 수 있었다.

그는 일월신검이라는 검에 집착한 것이 아니었다. 그는 그 안에 서린 신마 거루의 영혼을 찾고자 했던 것이다. 그는 벗인 신마 거루를 자신의 검에 서리도록 했지만 수많은 세월 속에 아마도 대무신제의 청동 검은 볼품없이 망가지고 어느 순간 왕실에서 사용하는 무구가 되었던 모양이다. 신마 거루의 영혼은 여덟 개의 방울이 달린 무령으로 바뀌었지만 그의 신의信義만은 변치 않은 것이 분명했다.

대무신제와 신마 거루! 영원히 변치 않을 두 벗의 2,000년! 2,000년 만의 재회를 지켜보는 이들의 가슴에도 벅찬 감동이 일렁였다.

"아름다운 장면이군요."

승덕은 자신이 넋을 잃고 두 벗의 재회를 바라보는 사이 누군 가가 바로 옆에 다가와 있음을 깨달았다. 검은 양복을 흐트러짐 없이 걸친 현욱이 승덕의 곁에서 낙빈을 바라보고 있었다.

"축하합니다. 원하는 걸 찾았군요."

그는 대무신제 무휼의 기운을 받은 채 여전히 금빛 말을 안고 있는 낙빈을 눈도 깜빡이지 않고 바라보았다.

승덕은 주위를 돌아보았다. 좀 전까지 수많은 사람이 북적거리 던 숲은 이제 검고 고요했다. 쥐새끼 한 마리 없는 듯 적막하기까 지 했다. 언제 그 모든 것이 정리되었는지 알 수 없지만 가득하던 신성한 집행자들은 인기척 하나 없이 사라진 뒤였다. 다만 현욱 혼자 남아 일행의 곁에서 낙빈을 바라보고 있었다.

"네, 그렇네요. 우리는 원하던 것을 찾았어요."

승덕은 감정을 숨기고 담담하게 대답했다.

"그런데 당신들은 목적을 달성하지 못한 것 같더군요."

승덕은 현욱을 바라보며 슬며시 말했다. 거대한 용오름이 뻗어 나오는 순간 봉선대는 산산이 부서져버렸고 누구도 그 거센 기운 을 받지 못했다. 현욱의 말대로라면 이번 세기의 신인은 탄생하 지 못한 것이다.

승덕은 현욱의 얼굴을 뚫어져라 바라보았다. 그의 표정에 떠오 르는 작은 변화라도 고스란히 읽어내기 위해 그를 주시했다. 하 지만 현욱의 얼굴에는 그 어떤 동요도 변화도 없었다. 그는 낙빈 만 묵묵히 바라보며 중얼거렸다.

"승덕 씨, 신의 섭리는 인간이 읽을 수 없는 겁니다. 오늘 겉으로 나타난 모습만 보고 신인이 탄생하지 않았다고 판단하는 건 섣부를지 모릅니다. 신인이 된 자도, 이 자리에 있었던 우리도, 그리고 제단을 파괴한 흑단인형도 신의 섭리를 모두 다 알아차리지는 못합니다. 코앞에 있으면서도 봉선이 성공했는지 실패했는지도 우리는 명확히 알 수 없습니다."

그는 천천히 한 발 앞으로 나섰다. 그러더니 낙빈을 태우고 떠다니던 평평한 바위에서 무언가를 집어 올렸다. 승덕이 바라보니 본래는 없었던 것 같은 흠집이었다. 아마도 봉선대의 조각 하나가 갈라지며 낙빈을 태운 바위에 박혔던 모양이다.

현욱은 다시 몸을 돌리더니 승덕을 향해 다가왔다. 어떤 표정 변화도 읽을 수 없는 침착한 얼굴이 승덕의 곁에 서서 그의 어깨를 짚었다.

"승덕 씨, 오늘의 봉선은 실패한 것일까요? 이번 세기의 신인은 정말로 탄생하지 않은 걸까요?"

그는 너무나도 자연스럽게 승덕의 손을 펼치더니 바위에서 뽑은 주먹만 한 조각을 쥐여주었다.

"그건 아무도 알 수 없습니다."

그는 속을 알 수 없는 표정으로 승덕을 바라보더니 까딱 작은 고갯짓을 했다. 그리고 일행을 뒤로한 채 검은 숲 저편으로 사라졌다. 승덕은 사라지는 현욱의 뒷모습을 한참 동안 보았다. 그가 대체 무엇을 생각하는지 알 수 없었다.

'오늘, 우리가 본 것이 다가 아니라는 말을 하고 싶은 건가?'

승덕은 그가 쥐여준 돌덩이를 바라보았다. 낙빈을 태운 커다란 바위에 박혀 있던 그것에 글자 하나가 새겨져 있었다. 분명 봉선대에서 깨져 나온 그 조각에는 너무나도 눈에 익은 글자, '하늘 천 天'이 새겨져 있었다.

'이게 뭐지……? 하늘의 뜻이라는 건가? 낙빈이가 하늘의 뜻을 받은 거라고? 그런 말을 하고 싶었던 걸까?'

승덕은 혼란스러운 머리를 세게 저었다. 무엇이 신의 뜻이고 섭리인지 생각할수록 머리가 터질 것만 같았다. 그는 한숨을 내쉬며 주변을 바라보았다.

이미 온통 암흑으로 둘러싸인 소호산에 일행만 남아 있었다. 작은 낙빈의 손에 그토록 찾아 헤매던 대무신제의 벗, 신마 거루가 담긴 팔주령이 있었다. 여덟 개의 방울 소리가 쓸쓸한 소호산 정상에 울려 퍼졌다.

너무나도 검은 하늘이 그들의 머리 위에 있었다.

너무나도 검은 숲이 그들을 둘러싸고 있었다.

그들 사이로 차가운 산바람이 불었다.

눈앞에 펼쳐진 뜨거운 감동 속에서도 스산한 바람이 뼛속까지 느껴졌다.

승덕은 어쩐지 이 모든 것이 고작 시작일지 모른다는 생각에 몸을 떨었다.

제4화

넋이 떠도는 밤

# 1

산속의 밤은 높은 봉우리 사이로 해가 꼴딱 넘어가버리는 그 순간부터 시작된다. 그리고 다시 높은 봉우리 위로 해가 뜰 때까지 밤은 오래오래 계속된다.

태어나서 벌써 15년간이나 산속에 살면서도 나는 언제나 이 밤이 지겹게 느껴졌다. 밤이 오면 뛰어놀 수도 없고, 친구들을 만날 수도 없다. 그리고 밤이 오면 엄마 등쌀에 책상 앞에 앉아 지긋지긋한 숙제를 해야 하니까.

우리 집은 이 산에 딱 하나 있는 슈퍼마켓이다. 이름이 '슈퍼'지 사실은 진짜 쪼끄만 구멍가게다. 하지만 우리 가게는 산속에 있는 암자와 근처 언덕배기의 집들이 이용하는 유일한 만물상이다.

그래서 우리 가게는 작긴 하지만 없는 게 없다. 과자랑 빵은 물론이고 문방구에서 파는 연필이랑 공책, 크레파스랑 필통, 또 과일이랑 채소도 파는데다 고무줄, 실, 바늘, 망치, 못, 빗자루, 바가지에 물통까지 없는 것 없이 다 있다.

그러다 보니 이 근처에서 우리 가게에 들르지 않는 집이 없다. 그래서 나는 온 동네 사람들의 얼굴을 빠짐없이 죄다 알고 있다. 심지어 얼굴도 잘 비치지 않는 저 위쪽 산속 암자에 누가 살고 있는지도 안다.

암자…….

생각해보니 그곳은 참 이상한 곳이다. 암자 주인이라는 아저씨
는 까만 도복을 입고 다니는 무슨 도사라고 불리는 사람이다. 그
아저씨에게는 부인은 없고 아이만 많다.

매일 까만 도복을 입고 다니는 도사 아저씨는 언제나 무표정하
다. 간혹 그 아저씨가 얼핏 웃음을 지으면 나는 그렇게 소름이 끼
칠 수가 없다. 마치 먹이를 앞에 두고 씩 웃는 호랑이 같다고나 할
까? 어떻게 그런 사람 밑에 아이가 줄줄이 있는지 정말 이해가 안
된다.

하긴 그 까만 도복 차림의 도사 아저씨도 이상하지만 그 아들
들도 만만치 않게 신기하다. 한 명은 매일 찢어진 청바지에 모자
를 쓰고 다니는데, 그나마 그 사람이 제일 평범한 편이다. 가게에
들르면 엄마한테 납죽납죽 아는 척, 친한 척을 한다. 좀 느끼한 데
가 있기는 하지만 보통 사람들과 별로 다른 데가 없는 형이다.

그 밑에 있는 형은 스님이다. 머리도 빡빡 깎고 회색 스님 옷을
입고 다닌다. 게다가 무지하게 무뚝뚝하다. 꼬마 녀석이 오기 전
까지 이 형이 매일 아침 편지를 가지러 가게에 왔지만 나는 그 목
소리를 제대로 들어본 적이 없다. 벌써 몇 년이나 우리 가게에 드
나들었는데도 말이다.

아 참, 누나도 한 명 있다. 이 누나는 스님인지 아닌지 조금 헷
갈린다. 빡빡머리 형이랑 똑같이 회색 옷을 입고 있지만 많은 머
리가 허리 아래까지 내려올 정도로 무지 길기 때문이다. 내가 알

기로는 여자 스님도 머리를 빡빡 민다던데…….

그리고 제일 밑에 나보다 어린 애가 하나 있다. 얘는 초등학생 쯤 되는 것 같은데 학교도 안 가고 매일 한복만 입고 다닌다. 옷이 그것뿐인 것 같다. 아마 엄마가 없는데다 도산지 뭔지 이상한 아버지가 학교에도 못 다니게 하는 것 같다.

얼마 전부터 이 애가 우리 집에 와서 신문이랑 편지를 가져가는데, 얘는 착해 보였다. 인사도 잘하고. 다만 혼자 서서 나무나 하늘을 보고 뭐라고 중얼중얼거리는 모습을 몇 번 본 적이 있다……. 약간 머리가 이상한 것 같다.

이런저런 잡생각을 하고 있는데 벌써 가게 문을 닫을 시간인가 보다. 엄마가 문을 걸어 잠그고 있다.

"아차차! 아이고, 내 정신 좀 봐!"

그런데 뭘 또 잊어버린 건지 가게 문을 닫고 방 안으로 들어오던 엄마가 갑자기 이마를 치며 "깜빡 잊었네"라고 말한다.

"야야, 야야, 재석아, 이를 우짜면 좋으냐? 이거 특급우편으로 온 거라 꼭 갖다 줘야 하는데 말이다!"

엄마는 편지 봉투를 하나 들고 있었다.

"에이, 어딘데 그래?"

"암자아!"

귀찮지만 누구네 집인지 후딱 갖다 주고 와야겠다 싶어서 신발을 꿰차던 나는 '암자'란 소리에 벌러덩 뒤로 넘어졌다.

"안 돼! 나 못 가! 배째!"

딴 데라면 몰라도 이 밤중에 산꼭대기 암자라니, 말도 안 되는 일이다!

"야야, 이건 특급이라 꼭 오늘 가야 한다더만 무지하게 급한 거면 어떡하니? 재석아, 후딱 댕겨오너라, 응?"

쳇, 우리 집 외아들을 이렇게 취급하다니 정말 살기가 괴롭다.

이 밤중에 외아들더러 암자에 다녀오라니! 그렇지만 할 수 없지. 우리 집에 남자라곤 나랑 할아버지뿐인 걸! 아버지가 일 나가시면서 엄마를 잘 돌봐드리라고 당부하셨으니……. 전국 방방곡곡을 돌아다니며 건축 일을 하시는 아버지 대신 내가 엄마를 돌봐드려야 한다.

나는 할 수 없이 신발을 도로 벗고 방으로 들어가 목도리에 모자와 장갑, 그리고 점퍼까지 완전무장을 하고 나왔다. 혹시나 암자까지 가는 동안 입이 심심할까봐 부엌에 숨겨놓은 쥐포 네 마리를 왼쪽 주머니에 쑤셔 넣고, 오른쪽 주머니엔 아까 먹고 있던 감자칩도 욱여넣었다. 이 정도면 완벽한 준비 아니겠어?

"재석이 어디 가냐?"

텔레비전을 보고 계시던 할아버지가 고개를 돌려 물으셨다.

"네, 할아버지. 엄마가 암자에 전해줄 게 있대요."

"그러냐? 암자에? 흘흘…… 내일 가면 안 되냐?"

"안 된대요. 꼭 오늘 갖다 줘야 한대요."

"그러냐? 허이고, 이런…… 거길 너 혼자 가게?"

"네."

"괜찮겠냐? 무섭지 않겠어?"

할아버지는 자리를 털고 일어서며 걱정스러운 눈초리로 나를 바라보셨다.

"내가 같이 가주랴?"

다리도 불편하신 할아버지가 이리 말씀하시니까 더 이상 걱정을 끼쳐서는 안 된다는 생각이 들었다. 맘 같아서는 귀찮은 일을 시키는 엄마에 대해 투정도 하고 좀 더 툴툴거린 다음에 천천히 올라가고 싶지만…… 그랬다간 정말로 할아버지가 쫓아 나오실지도 모를 일이다.

"에이, 할아버진! 나도 중학생인데 뭐. 플래시도 하나 갖고 갈 거고. 매일 다니는 산길인데 뭐가 무서워요? 금방 갔다 올 테니까 테레비나 마저 보세요!"

괜찮다는데도 굳이 할아버지는 가게 밖까지 나와 조심하라며 걱정이셨다.

나는 할아버지의 배웅을 받으며 좀 뿌듯한 느낌이 들었다. 이 정도는 돼야 외아들 느낌이 나지, 하여간 엄마는……! 나는 엄마에 대한 불만을 중얼거리면서 힘차게 산길을 올랐다.


2


생각보다 암자로 가는 길은 많이 어두웠다.

우리 가게 불빛이 어느 순간 점처럼 작아지더니 다시 돌아보았을 때는 아예 까맣게 아무런 빛도 보이질 않았다. 이제 내가 의지할 것은 오른손에 든 플래시뿐이었다. 나는 플래시를 바짝 들어서 코앞의 길만 비추도록 해놓았다. 혹시나 너무 멀리 비춰서 무서운 유령이나 도깨비불이 보일까 무서워서였다.

"쳇, 엄마 미워어어!"

나는 또 엄마에 대한 원망을 중얼거리면서 특급우편이든 뭐든 내일 갖다 주면 될 걸 하고 중얼거렸다. 편지 한 통 때문에 이 고생이라니 정말 기분이 나빴다.

바스락!

"헉!"

무언가 내 오른쪽에서 움직이는 소리가 났다. 나는 깜짝 놀라 소리가 나는 곳을 향해 불을 비췄다. 회색 털의 산토끼가 보였다.

제길! 하지만 토끼라는 것을 알았다고 해서 두려움이 없어지진 않았다. 재수 없게도 난 그 토끼의 번쩍하는 눈을 정확히 정면으로 쳐다봤고, 그 순간부터 그 번쩍이는 눈이 머릿속에서 떠나질 않았다.

짐승의 눈은 참 신기해서 낮과 밤에 다른 색으로 보인다. 낮에는 아주 평범한 검은 눈이라고 해도 밤에 불빛을 비추면 녹색이나 노란빛으로 번쩍인다. 그 눈을 보면 아무리 순한 토끼라도 더럭 겁이 나곤 한다. 번쩍하는 그 눈을 보는 순간 평소엔 생각도 나지 않던 산에 얽힌 옛이야기들이 서서히 내 머릿속을 파고 들어오는 것이었다.

"제길! 제길! 제길!"

아무리 욕을 해도 좀처럼 무서움이 가시지 않았다. 낮이라면 이렇게 무섭지도 않을 텐데…….

'재석아, 이 할애비가 이 산에 얽힌 얘기 하나 해주마.'

"제길! 제길! 제길!"

아무리 욕을 해대도 귓속에서는 어릴 적부터 할아버지가 자주 해주던 옛날이야기가 또렷하게 들려오는 것이었다.


옛날, 이 할애비가 청년이었을 때다. 네 애비가 아직 학교 문턱에도 들어가지 못했을 때의 일이란다. 바로 우리 옆집에 살던 네 아버지의 친구, 그 녀석의 이름이 아마 봉수였을 거다.

그때 네 애비는 예닐곱 살쯤 되었고 봉수란 놈은 열 살쯤 되었을 거다. 동네에 있는 또래 대여섯 놈이 그 겨울에 무슨 열매를 따겠다고 어른들 몰래 산을 탔던 거야.

한나절 동안 동네 사람들은 누구는 누구 집에 놀러 갔겠거니 하고 서로서로 믿고 있다가 저녁이 어스름해져서야 온 마을의 꼬마 놈들이 몽땅 없어졌다는 사실을 알게 되었단다.

동네는 발칵 뒤집히고 온 마을의 애비들과 청년들이 자식새끼, 조카새끼를 찾는다며 산길을 나섰지. 손에 횃불을 들고 말이야.

그렇게 여러 명의 장정이 산 중턱을 조금 올랐을 때 잉잉거리며 울고 있는 애새끼들을 발견했단다. 서로 자기 아이를 찾고 나서 바로 꿀밤이 날아갔지. 하여간 애를 찾았다는 안도감에 다들 그렇게 애들을 한 대씩 쥐어박았단다.

그런데⋯⋯ 다른 아이들은 모두 돌아왔는데 나이가 제일 많은 봉수만 온데간데없다는 것을 알았단다. 애들을 선동해서 산으로 데려온 바로 고놈이 보이질 않았단다. 동네 사람들은 청년 하나와 함께 아이들부터 마을로 내려보내고, 봉수를 찾기 위해 온 산을 헤맸단다.

아마도 봉수 애비가 불같은 성격이라 봉수 녀석은 아주 죽도록 혼쭐이 날 거라고 생각한 모양인지 어딘가에 꼭꼭 숨어서 통 나오지 않았단다. 그래도 어린아이가 도망가봤자라고 생각하고 마을 사람들은 꼼꼼히 이곳저곳을 뒤졌단다. 하지만 아무리 헤매고 돌아다녀도 봉수란 놈은 어디에도 보이질 않는 거야. 겁을 먹고 도망친 건 아닌가. 굴속에 숨어 있는 건 아닌가. 별생각이 다 들어서 숨을 만한 곳은 모두 샅샅이 뒤졌단다. 하지만 어디에도 봉수 녀석은 보이질 않았단다.

날도 어두워지고, 게다가 서서히 눈발이 휘날리기 시작했단다. 섣불리 움직였다간 우리에게까지 뭔 일이 생길까 싶어 다음 날 아침 일찍 다시 산에 오르기로 하고 그날은 모두 산을 내려왔단다.

물론 자식을 잃어버린 봉수 애비는 애를 찾아야 한다고 버럭버럭 소리를 질러댔지. 그러다가 봉수 애비까지 잘못될까봐 우리는 그 사람을 억지로 끌고 산을 내려왔단다.

하지만 다음 날 아침 일찍 봉수를 찾아나서기로 했던 약속을 우리는 도저히 지킬 수가 없었단다. 밤새도록 내린 눈이 장정의 허리가 넘도록 쌓이고 눈보라가 쳐서 바로 옆집에 다녀오기도 어려울 정도였거든. 하지만 애를 잃어버린 봉수 애비는 가만히 앉아 있을 수가 없었겠지.

아침 일찍 눈물을 펑펑 흘리며 찾아온 봉수 에미 말로는 봉수 애비가 해가 뜨기도 전에 횃불을 들고 눈보라를 헤치며 산으로 올라갔다더구나. 이렇게 되니 마을 장정들 역시 손만 놓고 있을 수는 없더구나. 우리는 다시 횃불을 들고 봉수와 봉수 애비를 찾으러 산을 탔단다.

하지만 아무리 젊은 장정들이라 해도 휘몰아치는 눈발 속에선 한 발 한 발 내딛는 것이 늪을 건너는 것보다 어렵더구나. 죽을힘을 다해 산을 올랐지만 해가 저물도록 우리는 산 중턱까지도 못 가고 도로 내려와야 했단다.

하루, 이틀, 사흘······.

아들과 남편을 하루아침에 잃어버린 봉수 에미는 거의 제정신이 아니었고 봉수와 봉수 애비 모두 아무런 소식이 없었단다.

눈이 그치고 날이 맑아진 열흘 후쯤 우리는 다시 산을 오르기 시작했지. 다들 봉수나 봉수 애비의 시신이나 잘 건져왔으면 하는 바람뿐이었단다. 마을의 젊은이들은 서로 허리에 노끈을 묶고 미끌미끌한 산등성이를 겨우 올라서 며칠간 샅샅이 뒤진 끝에 눈구덩이 속에서 싸늘하게 얼어 있는 어린 봉수의 시신을 발견할 수 있었단다.

어린것이 아마도 지 애비한테 혼날까 두려웠던지, 신발이 너덜너덜해질 때까지 얼마나 걷고 또 걸었는지 마을 반대편에 있는 산등성이에 쓸쓸히 얼어 죽어 있더라. 그 어린것이 얼마나 추웠으면 누에가 고치를 틀듯이 잔뜩 웅크린 채 두 손발을 꼭 껴안고 동그랗게 몸을 틀고 있는데…… 이 할애비도 마음이 참 아프더라.

하지만 이상하게도 그 겨울이 다 가도록 우리는 봉수 애비의 시신을 찾을 수가 없었단다. 온 산의 개구리 구멍까지 다 뒤져봤지만 도저히 찾을 수가 없었단다. 대체 어디에 시체가 나뒹굴고 있는 건지, 굶주린 짐승들에게 흔적도 없이 뜯어 먹힌 건지 정말 모를 일이었다.

마침내 봉수 에미도 포기하고 거의 반미치광이가 되어 마을을 떠났단다. 어느 사이에 우리는 봉수네를 잊어버리고 매일매일을 살았단다. 봄이 가고, 여름이 가고, 가을이 가고, 또다시 겨울이 왔단다.

그리고 다시 찾아온 싸늘한 겨울날에 우리는 봉수 애비를 볼 수 있었단다. 희미한 윤곽이었지만…… 사내가 내지르는 소리는 분명히 "봉수야! 봉수야!" 하는 봉수 애비의 목소리였단다.

봉수 애비의 목소리를 처음 들은 건 바로 이 할애비였단다. 여느 날처럼 나무를 하러 산을 올랐다가 그날따라 이것저것 캔다고 돌아다녔는데 그만 날이 깜빡 넘어갔지 뭐냐. 그래서 어두컴컴한 길을 조심조심 내려오는데 멀리서 그 소리가 들리더라. 봉수야…… 봉수야…… 하고 목이 터져라 불러대는 봉수 애비의 목소리 말이다.

그 소리를 듣고 할애비는 혼비백산해서 산을 내려왔지. 날이 저물도록 모은 땔나무는 신경도 쓰이지 않을 만큼 혼이 빠져서 마을로 내려왔단다. 그런데 마을에 거의 다 왔다고 한숨을 쉬며 이마에 맺힌 땀을 닦는데…….

"봉수…… 봉수 봤나……?" 하는 소리가 귓가에서 들리더구나. 멀리서 목소리가 들려올 때는 혼비백산해서 별생각이 다 들더니, 막상 바로 귓가에서 목소리가 들리니까 심장이 딱 멈춘 것 같고, 오히려 사람이 냉정해지더구나. 할애비는 그렇게 심장이 멈춘 듯한 상태에서 천천히 뒤를 돌아보았단다. 새까맣게 얼어버린 봉수 애비의 옆얼굴이 보이더구나.

"나는 못 봤네."

그렇게 대답하고 그대로 봉수 애비의 얼굴을 뚫어져라 쳐다보았단다. 달리 뭘 해야 할지 머리가 하얘져서 생각이 나지 않더구나. 그랬더니 봉수 애비가 그대로 뒤돌아 다시 산으로 올라가더라. 봉수야…… 봉수야…… 하고 외치면서 말이다.

나는 간신히 집까지 내려왔고 그 이야기를 동네 사람들에게 했단다. 처음엔 다들 여우한테 홀렸다느니, 헛것을 봤다느니 하면서 믿지 않더구나. 하지만 그해 겨울에만 봉수 애비를 봤다는 사람이 이 작은 마을에서 대여섯 명이나 나왔단다. 특히 눈이 많이 내리고 바람이 많이 부는 날 밤. 봉수가 사라진 그날 밤처럼 눈보라가 휘몰아치는 밤이면 어김없이 한두 사람은 산을 떠도는 봉수 애비의 혼령을 봤단다.

그러고도 몇 해 동안이나 겨울이 오면, 특히 사방에 거센 눈이 내리는 밤이면 '봉수야…… 봉수야……' 하는 소리가 바람에 섞여 들려왔단다. 봉수 애비의 넋이 봉수를 찾아 떠돌면서 애타게 새끼를 찾는 그 소리가 말이지…….


"으윽, 제길!"

나는 또다시 욕지거리를 내뱉지 않을 수 없었다. 할아버지한테 봉수 애비 이야기를 들은 후로 한 번도 떠올린 적이 없는데 이렇게 무서운 순간에 어쩌면 이렇게나 생생하게 기억나는 건지!

'재석아, 재석아, 할애비가 무서운 이야기 하나 더 해주마!'

또다시 귓속에서 울려 퍼지는 할아버지의 목소리에 나는 힘껏 고개를 흔들었다.

"싫어요, 싫어! 아무 말도 하지 마세요! 으아, 듣기 싫어!"

하지만 어둠 속에서 무언가가 튀어나올 것만 같고 뒤쪽에서 자꾸만 바스락거리는 소리가 들릴 때마다 할아버지의 목소리가 생생하게 내 귀를 울려댔다.

# 3

할애비가 아주 팔팔하던 젊을 때의 얘기란다. 그때는 혈기가 왕성해서 무슨 일에든 겁이 없고 동네 사람들 앞에 서서 여러 가지 일도 하고 씨름판에 나가기도 했단다.

그날⋯⋯.

그날은 여름이 한풀 꺾인 어느 화창한 늦여름이었단다. 동네 축제나 다름없는 학교 운동회가 열렸단다. 온 동네 사람들이 모여 땡볕 아래서 너나없이 달리기를 하고 줄다리기와 씨름도 했단다.

해가 뉘엿뉘엿 저물 무렵 동네 총각들끼리 모여 앉아 얼큰하게 술을 한잔했지. 그러다 사방이 어두컴컴해지자 하나둘씩 집으로 돌아갔고 할애비도 얼큰하게 취기가 돌아 터벅터벅 집을 향해 걸었단다.

당시 국민학교에서 할애비 집까지 가려면 낮은 산등성이 하나를 지나쳐야 했단다. 할애비가 천천히 그 중턱을 오르고 있을 때였지. 갑자기 부슬부슬 비가 내리더구나. 그러다 산마루에 올랐을 때는 빗줄기가 굵어지면서 계곡물이 불어 '콸콸콸' 소리가 났단다.

주룩주룩 내리는 비에 옷도 흠뻑 젖으니 취기는 말끔히 없어지고 정신도 말짱해지더라. 그때 마침 어디서 나타났는지 예쁘게 생긴 처녀 둘이 오더니 "우산 씌워드릴까요?" 하고 묻더구나.

이미 비를 쫄딱 맞아 우산이 소용없는데도 젊은 혈기에 예쁘게 생긴 처자들과 말이나 섞어볼까 싶어 건네주는 우산을 받아들었단다. 투박하게 생긴 새까만 우산……. 그때 우산은 다들 그렇게 똑같이 생겼지. 두 아가씨는 우산 하나를 내게 건네고 둘이 함께 우산을 쓰더구나.

우산을 건네줄 때 슬쩍 보니, 시골에서 농사를 지으며 사는 여인네들과는 다르게 얼굴이 반들반들하고 뽀얀 것이 둘 다 한눈에 반할 정도의 미인이더구나. 얼굴은 하얗고 입술은 야시시한 붉은 빛에 귀밑까지 오는 머리카락은 아름답기 그지없더라.

두 아가씨가 함께 우산을 쓰고 내 앞에서 걸어가고, 내가 그 뒤를 따라가는 모양이었단다. 어떻게 하면 아가씨들에게 말을 한마디 더 걸어볼까 노심초사하는 동안 어느새 마을로 내려가는 얕은 계곡에 다다랐단다. 불어난 계곡물이 철철 내려오고 있었지만 두 아가씨가 먼저 계곡을 건너는 모습을 보니 평소와 별다를 바 없어 보이더라.

두 아가씨 모두 발목까지 오는 새까만 치마를 한 손으로 살짝 들어올리면서 총총히 계곡물을 건너는 것을 보니 기껏해야 종아리 정도밖에 물이 차오르질 않더구나. 아가씨들이 계곡 반대편에 서더니 천천히 발을 떼는 나를 보고 "어서 오세요"라면서 살며시 손을 흔들더구나.

"네에, 네!"

할애비가 힘차게 대답하며 첨벙첨벙 발을 디디는데……. 이게 웬일이냐? 발목까지 차오던 물이 중간쯤에서 점점 깊어지더니 순식간에 가슴팍까지 차오르는 것이 아니냐!

"히익!"

정말 깜짝 놀란 나는 부랴부랴 오던 길로 다시 되돌아가버렸지.

"어머, 왜 그러세요? 어서 오세요!"

한 아가씨가 내가 건너지 못하는 것을 보고는 도로 이쪽 편으로 건너왔단다.

"어어…… 위험합니다!"

나는 물이 깊어져서 안 된다며 손을 저었지만 그 아가씨는 또다시 종아리까지 차오르는 물을 톡톡 밟으며 건너오더구나.

"자, 절 따라오세요. 어서 가야지요."

단발머리가 찰랑거리는 여자의 얼굴은 이세 사방이 깜깜해져서 또렷이 보이진 않았지만 그래도 언뜻 보이는 하얀 얼굴, 빨간 입술이 참으로 예쁘더라. 살폿…… 살폿…… 까만 치마 밑으로 보이는 뽀얀 종아리, 뽀얀 발……. 나는 고놈을 보면서 그 걸음을 그대로 따라갔단다.

"어서 오세요. 다 왔네요."

이미 저편에 도착한 아가씨가 살며시 손을 흔들기에 나는 넋이 빠진 것처럼 손을 흔들어주려고 했단다.

그런데…….

앞서가는 여인의 뽀얀 종아리와 발만 보고 가다 보니 또다시 계곡물이 가슴팍까지 차 있더라. 흔들흔들 손을 흔드는데 손에 닿는 것은 공기가 아니라 차가운 계곡물이 아니겠냐! 퍼뜩 정신이 들어 다시 처녀를 봤지. 처녀는 역시 종아리께만 물이 퐁당퐁당 튀기고…… 나만 가슴팍 넘게 물에 빠져 있었단다.

"으악! 으악! 으아아악!"

그때는 제정신이 아니었단다. 두 여자가 건네준 까만 우산은 계곡물에다 버려두고 나는 정신없이 계곡 건너편으로 뛰어 부리나케 돌아왔단다. 그대로 뒤도 한 번 돌아보지 않고 건너 마을 불빛을 향해 줄행랑쳤단다. 논이며 밭이며 닥치는 대로 지나쳐서 동네 어귀에 있는 첫 번째 집으로 다짜고짜 들어갔단다. 그리고 그 집 사람들의 눈동자를 보고는 그 자리에서 기절해버렸단다.

나중에 동네 어른이 이 얘길 듣더니 그러더구나. 내가 만난 건 몇 년 전에 계곡물에 빠져 죽은 두 처녀 귀신이었다고. 물귀신이 된 두 처녀가 산 사람을 데려가려는 거라고.

그러니 깜깜한 밤엔 돌아다니지 말거라. 비가 오고 눈이 오고…… 그렇게 달빛조차 없는 새까만 밤이 오면…… 온 산에 깃든 넋들이 이곳저곳을 떠돌며 살아생전과 같이 익숙한 곳을 걷고 또 걷는다더구나. 달빛조차 없는 새까만 밤이 오면 말이다.


"으, 으으…… 제길!"

나는 할아버지가 젊어서 겪었던 괴상한 경험담들이 자꾸만 머릿속에 떠올라 아주 죽을 지경이었다. 재수 없게도 오늘따라 왜 저놈의 달은 초승달만큼도 안 보이는 걸까! 왜 하필이면 새까만 밤이난 말이야, 달빛도 없는⋯⋯!

　나는 할아버지가 해주신 이야기들만 자꾸 생각하면 안 되겠다 싶어서 다른 생각을 하려고 애썼다. 나는 한쪽으로 고개를 돌리고 자다가 무서운 생각이 나거나 이상한 생각이 들면 반대쪽으로 고개를 꺾었다. 그러면 희한하게도 좀 전에 했던 생각이 사라지고 다른 생각이 든다는 이야기를 들은 적이 있다. 언젠가 아버지가 들려준 이야기 같은데, 실제로 나는 잠을 자다가 무서운 생각이 들면 반대편으로 돌아눕곤 했다. 그러면 신기하게도 무서운 생각은 싹 사라지고 새로운 생각들이 떠오르곤 했다.

　나는 이렇게 잠잘 때마다 종종 사용하는 방법이 생각나서 고개를 왼쪽으로 꺾고 걸어보았다.

　"어, 어어⋯⋯ 어어어!"

　하지만 누워서가 아니라 걸으면서 고개를 꺾으니 중심을 잃고 말았다.

　"으악! 우와악!"

　나는 바보처럼 고개를 꺾은 상태에서 중심을 잃는 바람에 뒤로 몇 바퀴나 굴러버렸다. 그리고 판판한 돌판에 부딪히면서 겨우 멈출 수 있었다.

　"크흑."

　다행히도 흙먼지만 가득 묻었을 뿐, 손목이나 다리가 부러지지는 않았다. 그렇더라도 제길, 역시나 재수 옴 붙은 날이다!

　"으윽."

허리를 세워 일어서는데…….

바스락!

또 뭔가 뒤쪽에서 소리가 들려온다.

"제기랄!"

나는 성질도 나고 열도 받아서 앞에 떨어진 돌멩이를 들어 소리가 나는 쪽으로 냅다 던져버렸다.

톡…… 톡톡톡…….

돌멩이가 굴러가는 소리 외에는 아무것도 들리지 않았다.

"쳇!"

나는 화가 났지만 여전히 할아버지의 이야기가 귓가에 맴도는 것도 사실이었다.

'달빛조차 없는 새까만 밤이 오면…… 온 산에 깃든 넋들이 이곳저곳을 떠돌며 살아생전과 같이 익숙한 곳을 걷고 또 걷는다더구나. 달빛조차 없는 새까만 밤이 오면 말이다.'

제길!

나는 할아버지가 겪었던 괴상한 경험담들이 자꾸만 머릿속에 떠올라 아주 죽을 지경이었다. 그래서 옆에 있는 판판한 돌판 위에서 커다란 돌멩이 하나를 집어 들었다. 귀신이건 도깨비건 유령이건 여차하면 확 던져버리기 위해서였다. 그리고 자꾸만 떠오르는 할아버지의 이야기를 잊어버리기 위해 나는 다시 세차게 고개를 흔들며 일어섰다.

'제길, 딴생각을 해야 하는데……. 이놈의 암자는 왜 이렇게 먼

거야? 아, 그래, 암자! 암자에 대해 생각해보자!'

나는 사람들의 왕래가 별로 없고 조금 희한한 사람들이 살고 있는 암자에 대해 생각해보기로 했다. 자꾸만 떠오르는 할아버지의 목소리를 탈탈 털어버리며, 나는 암자에 사는 사람들을 하나하나 손꼽아보았다.

꼬마 녀석, 그래, 그 꼬마 녀석을 '낙빈'이라고 부르던데. 그 녀석은 일 년 전부터인가 나타나서 "형, 형" 하며 빡빡머리와 모자를 뒤집어쓴 형들을 잘도 따라다니고 있다. 그런데 그 녀석은 이 동네에 하나밖에 없는 일봉초등학교에 다니지도 않고 매일 산에 처박혀 있다.

난 그 녀석이 아침저녁으로 신문이랑 편지를 받으러 올 때마다 무지하게 불쌍하다는 생각을 했다. 그 녀석은 다른 엄마에게서 태어난 것이 아닐까? 그래서 세 명의 형 누나와 나이 차이도 많이 나고 이 산에도 뒤늦게 온 것이 아닐까? 아마도 엄마랑 둘이 살다가 엄마는 교통사고로 죽었을 거다. 그리고 녀석은 징징 울면서 이곳에 왔겠지. 하지만 아버지란 사람이 자기를 '도사님'이라고 부르라면서 이 녀석에게 온갖 잡일을 시키는 것이겠지. 학교도 보내지 않고 말이다. 게다가 배다른 누나랑 형들도 이 꼬마 녀석을 별로 좋아하지 않는 것이 아닐까? 온갖 잔심부름을 다 시키는 걸 보면 말이다.

모자를 눌러쓰고 다니는 첫째형은 낙빈인가 뭔가 하는 애를 매일 쥐어박는다. 아주 애를 데리고 놀려먹으면서 약을 올리는데,

그걸 취미로 삼는 것 같았다. 저번에 보니까 빡빡머리는…… 산속에서 막대기를 들고 칼싸움을 하면서 진짜 장난 아니게 애를 두들겨 패던데. 그래도 그 꼬마는 용케도 울진 않더군. 그나마 누나는 별로 괴롭히지 않는 것 같지만……. 하지만 모를 일이다. 아무도 보지 않는 부엌에서 등짝을 때리고 허벅지를 꼬집으면서 못살게 굴지도. 여자들이란 겉으로 안 그런 척해도 속으로 무지하게 잔인하니까.

쳇, 그러고 보니 옛날 초등학교 5학년 때 짝꿍이었던 김상미한테 꼬집고 뜯겨서 손등의 살점이 떨어져나갔던 게 생각나네. 쳇, 살점이 뜯길 정도로 꼬집다니, 나쁜 계집애! 아직도 흉터가…….

나는 플래시로 오른쪽 손등을 비춰보았다. 그때 꼬집혔던 흉터가 아직도 쪼끔은 남아 있었다.

사사삭!

그때였다. 내가 손등을 보는 순간 무언가 뒤쪽에서 휘익 하고 재빠르게 움직이는 소리가 들렸다.

"헉!"

나는 또다시 플래시를 비췄다가 아까처럼 토끼 눈알과 정면으로 마주 볼까봐 두려웠다. 그래서 눈앞의 길에만 불빛을 고정했다.

"또, 또 토끼 새끼겠지. 아니면 다람쥐던가."

나는 천천히 앞을 보고 암자를 향해 보다 빠르게 걸었다.

'@#$#%&……?'

"으악!"

나도 모르게 비명을 지르고 말았다. 무슨 말인지는 하나도 못 알아들었지만 분명히…… 분명히 사람 목소리였다. 낮은 저음…… 아주 낮은 아저씨 음성이 바로 등 뒤에서 들려왔다.

'봉수…… 봉수를…… 봤니?'

나는 그 목소리가 두 번째로 들려왔을 때에야 비로소 무슨 말인지 알아들었다. 봉수! 그 목소리의 주인공은 할아버지가 얘기했던 봉수 아버지가 틀림없었다.

'거…… 겁먹을 필요 없어. 거, 겁먹지 말자. 분명히 할아버지도 아무 일 없었다고 했잖아. 모른다고 했더니 그냥 갔다고. 그, 그러니까…….'

나는 간신히 마음을 추스르고 용기를 쥐어짜내 천천히…… 정말 천천히 고개를 돌렸다. 그러고도 차마 봉수 아버지 귀신을 바라볼 수가 없어서 고개를 숙인 채로 발밑만 쳐다보며 간신히 말했다. 땅바닥에 내 신발 한 켤레가 보였다. 그리고…… 바로 앞에 나를 마주 보고 선 낡은 운동화가 있었다.

"난 몰라요."

들렸을까? 생각보다 훨씬 작은 목소리라 저놈의 귀신이 들었는지 알 수가 없었다.

내 눈에는 귀신의 낡은 신발만 보였다. 지저분한 흙투성이의 신발과 바지 자락이 그가 얼마나 봉수란 애를 찾아다녔는지 말해 주고 있었다. 벌써 몇십 년 동안이나…….

'봉수…… 봉수…….'

나는 할아버지 말대로 봉수 아버지 귀신이 어서 뒤로 돌아 사라지기를 바랐다. 그런데 봉수 아버지 귀신은 아무 데도 가지 않고 멈춰 있었다. 그러다 그 지저분한 신발과 바지 자락이 나를 향해 한 걸음 더 다가오는 것이었다.

"으으……."

나는 어쩔 수 없이 귀신의 얼굴을 바라보았다. 정말 어쩔 수가 없었다. 다가오는 귀신의 눈을 향해 아무 생각 없이 내 눈이 올라가버린 것이었다.

'봉수는 네가 데려갔지!'

"으…… 으악! 으아아악!"

그 순간 내 입에서 터져 나온 것은 내 모든 힘을 쥐어짜낸 비명소리였다. 내 눈에 들어온 것은 새까만 얼굴의 봉수 아버지였다. 그리고 더더욱 분명한 것은 그의 시퍼런 눈이 번쩍하고 빛나면서 나를 향해 거세게 고함을 질렀다는 사실이었다.

'네가 데려갔지!'

화난 모습. 분명히 화난 얼굴이었다. 새까만 얼굴에 일그러진 눈매가 매섭게 나를 노려보았다.

"사람 살려! 으악! 사람 살려! 귀신이야! 으아아악! 으아악!"

나는 정신없이 뒤로 돌아 아무 생각 없이 있는 힘을 다해 내달렸다. 귀신을 향해 던지려던 돌맹이도 버릴 생각을 못한 채 이를 악물고 암자를 향해 죽을힘을 다해 달렸다.

"으악! 으악! 하느님 아버지! 부처님! 예수님! 성모 마리아님! 으아아악."

정말 공포가 극에 달하자 온갖 신의 이름이 입에서 쏟아져 나왔다.

파박! 파바박!

내가 뛰어나가자 뒤에서 봉수 아버지의 발소리도 들려왔다. 바로 내 뒤에서…… 아주아주 빠르게…….

'봉수는 어디 있냐, 봉수는 어디 있어!'

"으악! 으아아악!"

떠도는 넋이…… 떠도는 넋이 화를 냈다.

까만 밤에 혼령들의 눈이 푸른빛으로 일렁거린다는 할아버지 말이 거짓이 아니었다! 내가 거짓말이라고 믿지 않았던 할아버지의 이야기가…… 새까만 밤이 오면 온 산에 깃든 넋들이 이곳저곳을 떠돌며 살아생전처럼 돌아다닌다는 말이 거짓이 아니었다. 제길! 제길! 제길! 할아버지 말이 거짓이 아니었던 거다! 나는 숨이 턱까지 차오르고 다리가 저릿저릿 저려올 정도로 정신없이 뛰었다.

'봉수는 어디 있냐, 봉수는 어디 있어!'

하지만 귀신의 발소리, 내 뒤를 밟는 그 소리가 바로 뒤에서 점점 더 가까이 들려오는 것이었다. 나는 정말 이대로 기절이라도 해버렸으면 좋겠다는 생각까지 했지만 이놈의 멀쩡한 정신은 꺼져버릴 생각도 하지 않았다.

제길! 제길! 제길!

꾸웅!

"으아아악!"

나는 정신없이 달려가다 뭔가 물컹한 것과 부딪히고는 그대로 벌러덩 누워버렸다. 그리고 보았다, 내 앞에 있는 까만 옷을. 등불을 들고 있는 까만 악마를. 악마의 이글거리는 눈동자를. 나를 보고 침을 꿀꺽 삼키면서 잡아먹으러 다가오는…… 나를 노려보는 그 눈동자를!

"아악! 사람 살려! 으악!"

나는 두 귀를 꼭 막고 두 눈도 질끈 감고 고개를 흔들었다. 아아, 열다섯. 열다섯 살에 이렇게 세상 종 치는구나! 어머니, 아버지, 제가 먼저 죽어서 죄송해요! 할아버지, 정말 미안해요. 할아버지 이야기를 뻥이라고 생각했던 거 진짜 잘못했어요. 나 죽었다고 너무 슬퍼하지 마세요. 특급 우편 심부름 시킨 엄마, 난 절대로 엄마 원망 안 해요. 너무 미안해하지 말아요. 아니다, 편지도 못 전하고 죽어서 제가 정말 죄송해요. 나는 먼저 하늘로 가서 할아버지랑 엄마랑 아빠를 기다릴게요. 그럼 안녕. 안녕히…….


4


"괜찮니, 애야?"

그런데…… 그런데 믿을 수 없는 목소리가 들려왔다.

귀신의 째지는 목소리도 아니고 내 뒤를 따라오던 봉수 아버지의 화난 음성도 아니었다. 그것은 귀신이 아닌 사람, 그것도 아버지 같은…… 왠지 따스한 음성이었다.

"괜찮니, 얘야?"

나는 질끈 감았던 눈을 뜨고 목소리의 주인공을 쳐다보았다.

가까이서 한 번도 본 적이 없는 까만 도복. 그것은 바로 암자에 있는 도사 아저씨였다. 도사 아저씨가 걱정스러운 눈으로 날 바라보고 있었다.

"괜찮니?"

나는 무릎을 구부리고 걱정스럽게 나를 쳐다보는 아저씨의 눈빛에 당황했다.

"귀, 귀신…… 귀신은요?"

나는 새파랗게 질려 사방을 바라보았지만 좀 전까지도 내 뒤를 바짝 쫓아오던 봉수 아버지 귀신은 보이지 않았다.

'뭐, 뭐야? 내가 잘못 본 건가? 겁이 나서 잘못 보고, 잘못 들은 거야?'

"얘야, 무슨 일이 있었니?"

걱정스럽게 내 얼굴을 빤히 쳐다보는 도사 아저씨 때문에 나는 갑자기 부끄러워지기 시작했다. 그래서 이 상황을 모면하기 위해 주머니에 쑤셔두었던 편지를 검은 도복 아저씨에게 쑤욱 내밀었다.

"음……."

아저씨는 편지를 받아들고 이리저리 보다가 봉투를 뜯어 그 안의 내용을 찬찬히 읽어 내려갔다.

이상했다. 아저씨가 천천히 봉투를 열고 편지를 읽는 동안 좀 전까지만 해도 급박하게 돌던 시계가 따악 하고 멈춘 느낌이 들었다. 아주 고요하고…… 그렇지만 어쩐지 춥거나 무섭지 않은 따뜻하고 묘한 기분이었다.

"흠. 허허. 아이들의 편지구나. 우리 애들이 지금 중국에 머물고 있거든. 찾는 물건이 있어 멀리까지 갔는데 무사히 물건을 찾았다는구나. 그리고 내일이면 암자에 돌아온다는구나."

아저씨는 나를 보고 빙긋 웃었다.

"이 편지 때문에 밤중에 온 거냐?"

"에…… 네, 네에."

또다시 아저씨가 빙긋이 웃더니 내 머리를 솔솔 문질러주었다.

"고맙구나. 내일 아이들이 온다니 나도 맛난 거라도 준비해서 아이들을 맞아야겠구나. 네가 수고해준 덕분에 빈손으로 아이들을 맞지는 않게 되었다. 고맙구나."

아저씨는 천천히 내 손을 잡고 일으키더니 옆에 놓아둔 등불을 들었다.

"그런데 애야, 네 손에 그것은 뭐냐?"

나는 왼손에 들고 있는 기다란 플래시를 도사 아저씨에게 보여주었다. 플래시를 처음 보는 건 아닐 텐데…….

"아니, 그것 말고."

그제야 나는 오른손에 묵직한 돌멩이가 들려 있다는 사실을 알아챘다.

"아, 이건 저…… 무서운 게 나오면 던지려고요."

나는 뒷머리를 벅벅 긁으며 돌멩이를 아저씨 앞에 내밀었다.

"허, 저런. 이건 아기보살님이구나."

도사 아저씨는 돌을 들어 이리저리 살펴보았다. 그제야 나는 아까 내가 주워 들었던 그 돌이 둥그스름한 작은 보살상이란 것을 알았다.

"사람 손이 닿지 않도록 해놨는데. 이걸 어디서 주웠느냐?"

"저기…… 아까 올라오다가 굴러떨어졌어요. 그래서 귀신이 나오면 던지려고 우연히 집어 들었는데…… 그냥 돌멩인 줄 알았어요."

"그러냐?"

나는 어쩐지 혼날 것 같아 우물우물 대답하고 말았다. 그런데도 아저씨는 내 대답을 모두 이해했는지 고개를 끄덕이며 내 머리를 쓰다듬어주었다.

"으음."

돌멩이를 받아든 아저씨가 별말도 없이 그저 고개를 끄덕이며 으음, 으음 하기에 나는 별로 할 말이 없어서 꾸벅 하고 인사를 해버렸다.

"그, 그럼 안녕히 계세요."

나는 쭈뼛쭈뼛 일어서서 머리를 벅벅 긁으며 대충 인사를 하고
뒤로 돌아섰다. 그런데.

턱!

막 걸음을 떼려는 내 어깨를 커다란 손이 붙잡는 것이었다.

"으으……."

나는 다시 무서운 생각이 들어서 도저히 돌아볼 수가 없었다.
뒤를 돌아보면 검은 도복을 입은 아저씨가 새빨간 눈으로 나를
노려볼 것만 같았다. 그리고…… 봉수는 어디 있냐고 묻지 않을
까? 내가 이렇게 덜덜 떨고 있는데 다정한 목소리가 들렸다.

"같이 가자. 내가 아랫동네까지 데려다주마."

"안 무서운데요……. 괜찮은데……."

생판 모르는 도사 아저씨가 같이 가준다는 말에 고마워서 눈물
이 나올 지경이었지만 정작 내 입에서 나온 소리는 이거였다. 바
보! 바보! 그냥 고맙다고 하지! 하지만 아저씨는 내 맘을 알았는
지 허허 웃으면서 "괜찮다, 어서 가자" 하며 내 손을 꼭 붙잡고 산
아래로 내려가는 것이었다.

아무 말도 없이 손을 잡고 터벅터벅 걸어가는 아저씨에게 나는
좀 전에 있었던 일을 털어놓고 말았다.

"아저씨, 저, 저기…… 실은 저…… 귀신을 봤어요. 봉수 아버지
귀신이오. 죽은 봉수를 찾아다닌다는 봉수 아버지 귀신……. 도
사 아저씨도 보신 적이 있으세요?"

"그래, 그랬구나. 많이 무서웠겠구나."

아저씨는 또다시 내 머리를 솔솔 쓰다듬으며 어깨도 톡톡 두들겨주었다.

"산에는 떠도는 넋들이 많아서 밤에는 조심하는 게 좋단다. 여럿이라면 그래도 괜찮지. 하지만 혼자 밤길을 걸을 때는 두려움 때문에 마음속에 음기가 가득해져서 자칫 평소에는 보지 못하던 귀신이나 영혼을 볼 수도 있단다. 그러니 이런 캄캄한 밤에 혼자 다니면 안 되는 거란다."

아저씨는 귀신이나 영혼이나 넋에 대해 아무렇지 않게 이야기했다. 마치 할아버지가 아무렇지 않게 귀신 이야기를 하는 것처럼. 역시 괜히 '도사'라고 불리는 게 아닌 모양이었다.

"여기가 네가 넘어진 자리냐?"

터벅터벅 산길을 내려가던 아저씨가 문득 한곳에 등을 비췄다. 판판하고 커다란 바위가 있고 주변에 어지럽게 돌멩이들이 굴러내린 것을 보면 분명히 아까 내가 넘어진 곳이 맞는 것 같았다.

"네, 아까 저런 판판한 바위가 있었어요!"

"그래……."

아저씨는 내게 등불을 들라고 하더니 무언가를 찾았다. 그러고는 주변을 이리저리 둘러보다가 마침내 사람 머리 크기의 바위 하나를 줍는 것이었다.

아저씨가 주워 드는 바위에 등을 밝혀서 자세히 보았더니 좀 전에 내가 들고 뛰었던 보살처럼 대충대충 얼굴과 눈 모양만 갖춘 두리뭉실한 보살상이었다. 아저씨는 내가 들고 뛰었던 작은 보살을 바위 보살의 앞에 끼워 넣었다. 작은 보살이 큰 바위상의 무르팍에 쏘옥 하고 들어가 아주 한 몸처럼 따악 맞아떨어졌다. 이렇게 두 개의 상을 잘 맞춰놓은 도사 아저씨는 평평한 바위 안쪽으로 손이 닿지 않는 곳에 두 개의 보살상을 놓았다.

그러고는 잠깐 묵념을 하더니 내게 맡겼던 등을 왼손에 쥐고 오른손으로 내 손을 꼭 잡고는 아무 일도 없었다는 듯 다시 마을을 향해 천천히 내려갔다.

"모든 부모의 마음은 언제나 자식에게로 향해 있는 법이란다. 자식을 걱정하고 염려하는 마음은 이 세상 어떤 것보다 진한 감정이기에 죽어서도 잊지 못하지. 그래서 추위에 떨고 있을 자식을 찾아 헤매고 또 헤매는 불쌍한 영혼도 있지. 더 이상 그리 슬프게 헤매지 말라고 가슴에 아이를 묻어주었는데, 어쩌다 보니 네가 아기보살을 들고 뛰었던 모양이구나. 이제 다시 가슴에 아이를 안겨주었으니 방황하지 않겠지."

도사 아저씨의 손은 참 따뜻했다. 게다가 도사 아저씨는 몇 번이나 굴러 넘어질 뻔한 나를 붙잡아주었다.

나는 내 손을 꼭 잡고 밤길을 걷는 까만 도복 아저씨를 보며 아까 도사 아저씨에 대해 상상했던 것들을 취소했다. 애를 학교에 안 보낸다느니, 아동 학대를 한다느니, 무섭다느니 하는 생각이 완전히 사라져버렸다. 그러면서 문득 언젠가 할아버지가 해주셨던 이야기 하나가 생각났다.

'우리나라의 모든 산에는 산신이 있단다. 우리 산도 예외가 아니라 산신이 돌보았지. 100년 전에는 커다란 흑호黑虎가 있어서 인간이나 짐승이나 나무나 숲을 모두 굽어보며 산을 소중히 여기게 했다. 그리고 산을 아끼지 않는 사람이나 짐승은 크게 벌을 내렸단다. 산신이었던 검은 호랑이는 나중에 늙어서 세상을 떠났지만 그 후로도 계속 흑호의 정기를 받은 새로운 산신들이 나타나 이 산을 보호하고 지키고 있단다.'

나는 문득 까만 도복 아저씨와, 할아버지가 이야기했던 흑호가 겹쳐 보였다. 까만 도복 아저씨는 혹시 흑호가 아닐까?

그렇다면 나는 지금 산신의 손을 붙잡고 마을로 내려가는 거다. 크고 따뜻한 검은 호랑이의 손을 잡고서…….

산을 올라올 때보다도 더 새까만 밤이었지만 아저씨의 커다란 손이 있어서 하나도 무섭지 않았다. 달빛 하나 없이 이렇게 새까만 밤인데도…….

-5권에 계속

신비소설 무 4 하늘이 열리는 날

초판 1쇄 발행  2016년 3월 21일
초판 2쇄 발행  2018년 10월 24일

지은이 · 문성실
펴낸곳 · 달빛정원
펴낸이 · 전은옥

출판등록 · 2013년 11월 14일 제2013-000348호
주소 · 03935 서울 마포구 월드컵북로 260, 31-309(성산동)
전화 · 02-337-5446
팩스 · 0505-115-5446
전자우편 · garden21th@naver.com
블로그 · blog.naver.com/garden21th

ⓒ 문성실 2016

ISBN 979-11-87154-00-6 04810
     979-11-951018-6-3 (세트)

이 도서의 국립중앙도서관 출판예정도서목록(CIP)은 서지정보유통지원시스템 홈페이지(http://seoji.nl.go.kr)와
국가자료공동목록시스템(http://www.nl.go.kr/kolisnet)에서 이용하실 수 있습니다. (CIP제어번호: CIP2016005675)